1

Et voilà – die Champagnerpyramide!«

Zweihundertundvier aufeinandergestellte Kristallschalen glitzerten in der Rotunde. Cédric drehte auf das Stichwort des Gastgebers hin die Halogenbeleuchtung im quadratischen Podest auf. Das Licht schoss hoch, explodierte geradezu im Glas. Winzige Lichtpunkte tanzten in allen Farben durch die geometrische Form.

»Überirdisch«, flüsterte eine Frauenstimme.

Schweißtreibend traf es besser. Für Cédric war die Pyramide harte Arbeit gewesen. Er griff zur ersten Champagnerflasche im Eiskühler auf dem Serviertisch.

Zusammen mit seinem Schwiegervater hatte er acht mal acht Kristallgläser an der Pyramidenbasis ausgerichtet, mit Wasserwaage und Lineal, sonst wäre das Bauwerk schief und instabil geworden. Darauf hatten sie sieben mal sieben, sechs mal sechs und so weiter Kristallschalen so aneinandergestellt, dass eine Stufe jeweils halb unter der darüberliegenden hervorragte.

Erwartungsvolles Schweigen hatte sich über den Raum gelegt. Alle hatten nur noch Augen für das eine Glas ganz oben, über das Cédric nun die Pyramide befüllen musste.

Auch Gastgeber Bernard Grandjean, der seine Rosenneuzüchtung feierte, war darunter. Dessen Gesicht und die grauweiße Lockenpracht wurden vom lichtsprühenden Kristall ausgeleuchtet wie ein Königsgemälde im Louvre.

Cédric knipste ein Lächeln an, wie es ihm seine Frau Maryse geraten hatte. *So ein gespielt scheues wie bei unserem ersten Sonnenuntergang an der Sacré-Cœur, als du mich doch noch geküsst hast.*

Aber anders als in Liebesdingen war Cédric diesmal wirklich unerfahren. Überdies hatte der Rosenzüchter bei der Kristallpyramide auf einem klassischen Aufbau bestanden. *Lézy-le-Sec liegt in der Champagne, wir stehen noch für Handwerk und Tradition!* Wenn er, Bernard Grandjean, weitbekannter Rebenveredler und eingeschworener Rosenverehrer, seine neueste Züchtung präsentierte, gäbe es keine Tricks, die Pyramide mit dünnen Plexiglasplatten zu stabilisieren, wie bei billigen Hochzeitsfeiern.

Der Gastgeber konnte es sich leisten, dass für die Kaskade nun sehr viel Rosé-Champagner fließen würde.

Cédric drehte die Flasche mit der Linken ganz langsam, bis es zischte. Mit dem rechten Daumen hielt er den freigelegten Korken fest darauf, zählte bis vier. Das reichte, damit der Schaum nicht herausschoss. Diese erste zu öffnen war der leichteste Teil der Präsentation. Cédric hob den Fuß auf die dreistufige Trittleiter.

Dass das Aufgießen einer Champagnerpyramide dieser Größe Übung brauchte, hatte sogar sein Schwiegervater Paul zugegeben. Hätte Cédric doch gleich auf ihn gehört, statt sich im Netz schlauzumachen, dann hätte er das Video nicht gesehen, das ihn von da an bis in den Schlaf verfolgt hatte: Beim Empfang einer russischen Bank vertat sich der Kellner mit dem schäumenden Strahl nur um ein paar Grad im Eingießwinkel – wodurch das erste Glas kippelte. Schale für Schale, Schicht für Schicht sackte die ganze Pyramide in sich zusammen.

Langsam zog Cédric den anderen Fuß auf die Trittleiter nach. Draußen verblasste das Abendlicht, weshalb ihn das Halogen aus dem Podestboden viel stärker blendete als bei seinen Übungsaufbauten in der Versandhalle.

Noch eine Stufe auf dem Tritt. Cédric hatte nicht bedacht, wie sehr ihn der intensive Rosenduft in der Rotunde benebeln würde. Alle Fenster waren mit Girlanden geschmückt, in die rotgoldene Blüten eingeflochten waren. Cédrics sehr gute Nase konnte Fluch wie Segen sein. Er roch es genau: So seltsam es war, der Duft seines ersten selbst komponierten Champagner Rosé glich tatsächlich dem der neu gezüchteten Rose. Und weil Gastgeber Bernard Grandjean ein alter Freund seines Schwiegervaters war, hatte der das bei der Verköstigung im kleinen Kreis sofort bemerkt und Champagnes Cherriot-Bresson für die Präsentation gebucht.

Cédric mochte es nicht, wenn er den Kontakt zum Fußboden verlor. Türme, Aussichtsplattformen mied er. Leider galten die Gesetze der Physik: Jede Kaskade floss nur von oben nach unten. Cédric stellte sich auf die oberste Stufe der Trittleiter. Einmal mehr verfluchte er die Bande aus dem benachbarten Viertel, die ihn als Sechzehnjährigen beinahe vom Hochhaus in Sucy-en-Brie gestürzt hätte, in der Banlieue von Paris, wo er groß geworden war. Revierkämpfe aus einem anderen Leben, noch vor der Kriminalpolizei, die er ebenso vergessen wollte. Und vor allem, an die er jetzt überhaupt nicht denken sollte.

Cédric drückte den Rücken durch und gab Spannung in den Bauch, wie Schwiegervater gepredigt hatte. Er hielt den Rosé einhändig, den rechten Daumen im Flaschenboden, und führte ihn langsam in einem eleganten Bogen zu dem einen Glas ganz oben hin.

Aber ganz, ganz langsam gießen. *Einfach ganz genau ins Zentrum des Glases.* So hatte seine Frau ihn beruhigen wollen. *Erst sanft wie dein Kuss am Morgen.* Rosé perlte in die eine weiße Kristallschale, genau auf den glitzernden Punkt in der Mitte über dem Stiel.

Der Champagner schäumte auf. *Dann leidenschaftlich wie bei Nacht* … Cédric ließ seinen Rosé herausschießen, führte mit dem Flaschenhals einen Zirkel aus, damit der Champagner richtig schwappte bis über den Rand.

Ein spitzer Ton, leise …

O Gott! Noch ein Klirren, weiter unten?

Die Pyramide kippte aber nicht unter ihm weg. Cédric atmete mit spitzen Lippen aus. Die warmen Gläser hatten wohl nur geknackt, weil der eiskalte Champagner hineinstürzte.

Die zweite Stufe Kristallschalen lief voll. Cédric goss die Flasche ganz aus.

»Chéri, hier!« Maryse stand neben der Trittleiter.

Ihr herzförmiges Gesicht war dezent geschminkt. Sie hatte das lange Haar zu einem seitlichen Zopf gebändigt. Mit dunklen Jeans und weißer Bluse hatte sie sich ganz in die nette Winzerin von nebenan verwandelt. Cédric liebte diese Facette an ihr genauso wie die resoluten und zarten.

Mit nicht ganz spiegelbildlich geschwungenen Lippen, die er so gern küsste, lächelte sie nur für ihn. »Voilà.« Sie hob die nächste schon geöffnete Flasche zu ihm herauf und griff nach der ausgeleerten, als jonglierte sie elegant mit federleichten Bällen.

Für eine schöne Kaskade brauchten sie mindestens zehn davon. Cédric goss weiter.

Flasche für Flasche füllte sich die Pyramide. Aus seiner Position, von oben betrachtet, schwappten winzige roséfarbene Brunnenbecken über.

Wie sie wohl von der Seite aussah für die Gäste? Um sie herum war die Crème de la crème von Lézy-le-Sec versammelt.

Cédric spürte, wie sich seine Wangen zu einem Grinsen verschoben, das zu dem dummen Jungen gepasst hätte, der er einmal gewesen war. Dessen Horizont von der RER-Station mit Großmutters Kiosk kaum über die Pariser Ringautobahn hinausgereicht hatte.

Cédric schloss für einen Moment die Augen. Er schnupperte in der aufsteigenden kühlen Frische wieder den Blütentau einer sich öffnenden Rosenknospe. Von der Farbe her war sein Rosé nur ein wenig mehr dem Rot zugeneigt als die Rosen Grandjeans, mit deren Duft sich das Champagnerparfum im Raum gerade »vermählte«, wie man gern bei Verköstigungen sagte.

Aber hier unter ihm schäumte tatsächlich Lebensfreude pur über. Maryse hatte so recht gehabt. Nicht anders als *Rosé absolu* hatten sie ihn taufen können, seinen ersten Champagner, den er mit Schwiegervater zusammen hatte komponieren dürfen!

Und wieder war eine Flasche leer.

Ein jähes Kribbeln im Unterarm irritierte Cédric. Beinahe hätte er an der nächsten Flasche vorbeigegriffen, die Maryse heraufjonglierte. Dieses Gefühl hatte er damals als Kommissar gehabt, wenn ein wichtiges Detail nicht in sein Bewusstsein hatte vordringen können, weil er zu abgelenkt gewesen war.

Aber hier standen doch bloß die Gäste des Empfangs vor den großen Glasscheiben der Rotunde zum Garten hin. Und draußen in der Dämmerung schirmte die lange Rosenpergola den Parkplatz ab wie immer.

»C'est magnifique ... superbe«, raunten die ersten Damen.

Seiner Trittleiter am nächsten stand an einem Stehtisch André Mancy, Inhaber der örtlichen *Fayences Mancy*, die Spezialkeramik für die europäische Weltraumrakete *Ariane* herstellten. Wie immer trug er eine auffallende Brille, ein Keramikgestell in Grün, der Firmenfarbe. Er applaudierte als Erster.

An seiner Seite nahm Viviane, die Patentante seiner Frau Maryse, den Impuls auf. Als ehemaliger Filmstar wusste sie, wie Applaus bei einer Soirée zu klingen hatte. Laut, lange, heftig. Viviane streckte die Arme vor und klatschte einen schnelleren Takt. »Großes Kino!« Ihre blonden Haare schwangen elegant um den faltenfreien Hals. Breite Armbänder schimmerten so rotgolden wie die Rosen, die Bernard

Grandjean gezüchtet hatte. Vivianes perfekt sitzendes Kostüm war allerdings zitronengelb. Selbst mit wahrscheinlich neunundsechzig – ihr genaues Alter durfte niemand wissen – war ihre Figur noch die gleiche wie in den Filmen auf dem Höhepunkt ihres Ruhms im letzten Jahrhundert.

»Die Beleuchtung der Kaskade ist phantastisch. Bernard kann das einfach.«

Der Applaus wurde lauter. Das Ganze folgte der ungeschriebenen Hierarchie in Lézy: Tante Viviane setzte als reichste Frau der Gegend die Maßstäbe. Sie residierte im Schloss über den Hügeln; aber wichtiger war, dass ihr die besten Lagen bis hinter St. Félix gehörten.

Der massige Bürgermeister Blaque beeilte sich natürlich. Er richtete kurz den Sitz seines gut geschnittenen Jacketts, das besser nach Paris gepasst hätte. Wer zuerst das Wort ergriff, wäre todsicher auf den Fotos für die sozialen Medien.

»*Mon cher ami*, einfach großzügig wie immer, bravo!«

»Ich möchte lieber hören, was du erst sagst, wenn du ihn probiert hast.« Bernard Grandjean schüttelte seine grauweiße Löwenmähne und sah herauf. »Cédric, kipp noch eine drauf, dann serviere ich!«

In Wirklichkeit würde Bertrand nur die ersten *coupes* reichen, danach würden Maryse und Cédric mit Tabletts herumgehen.

Eigentlich waren flache Schalen bei Kennerinnen und Kennern verpönt, weil auf dem breiten Flüssigkeitsspiegel Aroma und Perlung so schnell verloren gingen. Aber bei einer Pyramide wie dieser machten alle gern eine Ausnahme. Danach würde man nur in der klassischen *flûte* anbieten – dazu hatte Grandjean klare Ansagen gemacht.

Gastgeber Grandjean verneigte sich vor seinen Gästen wie der altersschwere Depardieu, mit dem er die etwas aus der Form geratene Figur teilte, dabei war er erst achtundfünfzig. »Ihr wisst, dass Rosen meine Passion sind. Und weil ich so anspruchsvoll bin und unbedingt die alte Rose Thibauts des Vierten, des Grafen der Champagne, als gefüllte Variante pflücken wollte, und auch noch in der Farbe Rotgold, musste ich sie eben züchten.«

Manche nannten ihn spaßeshalber Lézys Rosenpapst.

Grandjean drehte sich um seine Achse und wies auf die vielen Gestecke auf den Tischen und die rotgoldenen Blüten in den Girlanden um die großen Fensterflächen. »Wie heißt es so schön? ›Pflücke die Rose und sorge dich nicht um dein Schicksal.‹« Er nickte, die Hand am Doppelkinn. »Hätte von mir sein können.«

Die Gäste lachten brav. Cédric zog die letzte Flasche in elegantem Bogen zurück.

Maryse strich über den im braunen Band gebändigten Zopf. »*Chéri*, die ersten *coupes*, bitte. Oben das erste und …«

»Ich weiß, immer diagonal von den Ecken her abbauen.«

Das oberste Glas war noch immer sehr kalt, aber natürlich auch gefährlich nass. *Mach eine Kralle.* Er hob es, wie Schwiegervater Paul gesagt hatte, vorsichtig senkrecht nach oben ab.

Geschafft.

Unter der weißgrauen Lockenpracht leuchteten Grandjeans kluge blaue Augen, als Cédric es ihm hinabreichte.

Ganz in Wallung ging der Rosenzüchter mit dem Glas in großem Bogen vor seinen Gästen her, fast um die ganze Pyramide herum.

Die Rotunde war an das Garteneck des Haupthauses angebaut worden. Sie reichte vom Parkplatz herum zur Gartenseite, wo sich die Hanglinie entlang noch fünf Gewächshäuser anschlossen. Drei Viertel des Kreisbogens nahmen große Fenster ein, die einen Blick über den Garten, den Hang hinab und auf die Weinberge von Lézy und Daverny eröffneten.

Das letzte Viertel der Rotunde nahm eine Wand ein, vor

der ihr Serviertisch stand. Dahinter lag der Flur zum Toilettentrakt.

Grandjean schwenkte die volle *coupe*, ein paar Tropfen flogen auf seinen weißen Hemdsärmel: »Den Spruch mit den Dornen, ohne die es keine Rose gibt … kennt ihr bestimmt. Haltet euch besser an die schlauen alten Chinesen.« Er wies auf das große Gesteck neben dem Durchgang. »›Rosen haben nur Dornen für die, die sie pflücken wollen.‹ Meine Rosen sehen zwar aus wie aus massivem Rotgold, aber sie haben zarte empfindliche Blüten. Lasst also schön die Finger bei euch, ja? Sonst fließt heute noch Blut!«

Léonore Voissinet stand dem Gastgeber am nächsten. Sie trug ein zu geschäftlich wirkendes Kostüm. Sie war beruflich ebenfalls mit Rosen befasst. Ihr Teint war sonnengebräunt.

Ihr aber reichte Grandjean die erste *coupe* nicht.

Stattdessen drehte Grandjean seine füllige Figur weiter wie ein eleganter Musketier, der statt eines Glases einen Fechtdegen führte, und reichte die erste Schale schließlich doch Bürgermeister Blaque, weil Viviane zu weit weg stand.

Wieder die stillschweigend akzeptierte Hierarchie von Lézy also … Cédric nahm über Eck zwei der vier Gläser der nächsten Ebene und stieg rückwärts von der Trittleiter.

Kaum spürte er wieder festen Boden unter den Sohlen, seufzte er leise. Nirgendwo gab es Champagnerpfützen, in denen Scherben schwammen wie in dem russischen Video.

Blaque zelebrierte sich als Kenner und hielt die Nase lange über den Champagner.

Grandjean wartete aber nicht auf dessen Urteil. »Madame Lemonnier, Monsieur Mancy. Und für dich Sandrine, *voilà*.«

Der Gastgeber kehrte für weitere Schalen zu Cédric und der Pyramide zurück und setzte die Runde unter seinen Gästen fort.

»Wer hat noch nicht? Ah, wie konnte ich dich übersehen, mein Bester? – *Mais oui!* Die Girlanden sind auch eine handwerkliche Tradition, ja, ja … Ach, Marie-Antoinette ist nicht an allem schuld. Madame Pompadour steckt dahinter … Glaubst du nicht? Schau's nach im Netz. – Monsieur …«

Grandjean versorgte seine weiteren Gäste, die jetzt an ihm vorbeidefilierten. Die üblichen Gesichter aus Lézy.

»Die Rose ist so prachtvoll.« – »Es hat mich so berührt, dass du sie nach deiner Frau benannt hast.«

»Sie fehlt mir jeden Tag mehr.« Grandjean breitete die Arme aus. »Aber sie hätte als gute Französin gewollt, dass wir das Leben lieben.«

Die volle Stimme Grandjeans schwankte ein wenig. Cédric fühlte schon wieder das Kribbeln im Unterarm. Aber dass sein Gastgeber den tragischen Tod seiner Frau betrauerte, war eigentlich normal. Cédric ärgerte sich, schon lange wollte er nicht mehr wie ein Kommissar reagieren. Zumal heute Abend sein erster Rosé öffentlich präsentiert wurde und er jetzt wirklich Winzer war.

»*Bien sûr*, wir alle vermissen Madame Mô.« – »Ohne sie wäre ich meinen Ischias nie losgeworden, sie hatte Zauberhände.« – »Ohne die Alt-Stimme Ihrer Frau ist der Kirchenchor ehrlich gesagt … Der Pfarrer ist ja nicht hier …«

Cédric hörte nicht weiter hin, weil Grandjean sich mit seinen Gästen durch die Rotunde treiben ließ und er mit vollen Schalen hinterherflitzen musste.

Cédric war bei Ebene fünf, als Grandjean mit zwei *coupes* gleichzeitig nach vorn zu einem Stehtisch zeigte. »Alle sind versorgt. Bis auf die drei Männer da hinten.«

Keine Lézyois. Und gleich drei davon. Cédric kannte keinen von ihnen. Wie seltsam an solch einem Abend. Zwei waren im Alter des Gastgebers Mitte fünfzig, einer eher Ende dreißig.

»Die Herren sind in meinem Kurs Historisches Handwerk ›Wein machen wie früher‹, der gerade läuft«, sagte Grandjean. »Wir haben sogar schon den Pinot-Schnitt durchgenommen.«

Cédric hatte keine Ahnung, was Grandjean meinte. Hauptberuflich veredelte der Rosenzüchter als Inhaber einer Pflanzenschule im großen Stil Setzlinge für Champagner-Rebsorten. Seit der Reblauskrise in den 1890er Jahren wurden auf amerikanische Reben die Triebe zugelassener Sorten in speziellen Verfahren aufgepfropft. Im Entrée der Firma, durch das man die Rotunde betrat, lief eine digitale Präsentation in einer stummen Endlosschleife.

»Deinen genialen Rosé kann man nicht oft genug probieren.« Grandjean nahm ihm ein volles Glas vom Tablett.

Cédric hatte wirklich Grund, ein bisschen stolz zu sein – als Anfänger der Kellereimagie. »*Merci, merci.* Ohne Schwiegervater …«

»Ach, was. Paul hat mir gestanden, dass ohne deine Spürnase bei Cherriot-Bresson nichts mehr geht.« Grandjean zwinkerte, drehte sich weg und trudelte mit vollen Gläsern aus der Rotunde.

»Na, Messieurs, gleich wissen Sie wieder, warum Sie sich mit Pfropfmesser und Bindewachs so abmühen sollen!«, rief Grandjean auf der Gartentreppe.

Cédric beeilte sich. Maryse zeigte schon auf die Tabletts mit den *flûtes*, die sie für die zweite Runde aufgegossen hatte. Cédric hörte es zwar gern, aber so richtig glaubte er dem Rosenzüchter nicht, was sein eitler Schwiegervater von sich gegeben haben sollte. Vor noch nicht allzu langer Zeit hatte der Cédric überhaupt nicht abgenommen, dass er wirklich bei der Kriminalpolizei aussteigen und Winzer werden wolle. Je mehr Cédric inzwischen von der Vielfalt der Aufgaben im Weinberg und im Keller begriff, desto mehr verzieh er das. Ein von der École Nationale Supérieure de la Police – der nationalen Polizeihochschule – diplomierter Kriminalkommissar war wirklich nicht der

Traumschwiegersohn für einen bodenständigen Winzer wie Paul Cherriot. Für ein Weingut schien solch einer noch unbrauchbarer als selbst ein Einheimischer ohne Geld und Rebhänge.

Aber eine Amour fou war immer stärker als die Welt, die sich gegen sie verschwor.

Maryse verteilte am Serviertisch die Häppchen mit einer Geschwindigkeit, die nur viel Übung verlieh. Cédric würde auch das noch lernen. Maryse hatte er wirklich für eine Neo-Punk-Rocksängerin gehalten bei ihrer ersten Begegnung in einem Club, wo sie mit Lederjacke herb aufgestylt mit Freundinnen abgefeiert hatte. Und noch weniger hatte Cédric damals geahnt, dass er wirklich glücklich sein würde, wenn er morgens um sieben in einem Weinberg wie ein Lehrling Reben schnitt. Es tat ihm noch immer keinen Funken leid, dass er für Maryse seine Blitzkarriere als beste Spürnase der Pariser Kriminalpolizei aufgegeben hatte. Samt aller Privilegien des Beamtenstatus.

Manche der Gäste wie das Apothekerpaar Signoret, beide so schlank und rank wie Models in einer Bio-Vitamin-Werbung für die Generation sechzig plus, hielten ihre Kristallschalen sogar neben die Rosengestecke. Sie steckten die silbergrauen Köpfe tuschelnd zusammen.

»Grandjean hat mir verraten, als er gestern sein übliches Päckchen geholt hat, dass er die Macarons für heute Abend mit Rosenwasser hat parfümieren lassen, das er extra aus diesen Blüten destilliert hat.«

»Quatsch. So viele davon hat er doch noch gar nicht großziehen können. Du darfst Bernard Grandjean nicht alles glauben. Der nimmt gern Leute auf die Schippe.«

»Er lässt aber gerade eine alte Destille mit den fünf Rohren restaurieren. Das weiß ich vom Restaurator selbst.«

»Und wo kriegt Grandjean dafür die riesigen Glasballons her? Bestimmt nicht im nächsten Supermarkt.«

»Der Hausherr kennt Gott und die Welt in der Bewegung ›Schützt unser altes Handwerk‹. Bestimmt auch Glasbläser.«

Cédric kam mit seinem Tablett einfach nicht an ihnen vorbei.

»Der kennt noch ganz andere Leute. Früher soll er ganz schön halbseiden gewesen sein.«

»Du kannst unseren Gastgeber einfach nicht leiden, Marion. Aber seiner Einladung folgst du.«

»Ich wollte einfach selber sehen, ob er … Ach, Bonsoir Monsieur Bresson. Gratuliere, Ihr Schwiegervater hat sich selbst übertroffen!«

Mit Cédrics Hilfe. »Ich werde es ausrichten, Madame Signoret. Darf ich?« Er nahm ihnen die beiden geleerten Schalen ab und stellte sie auf sein Serviertablett.

»Merci.«

Drei Jahre nach der Hochzeit mit Maryse war Cédric in der Kellerarbeit schon so weit, dass er ein Gefühl für die Geheimnisse der Assemblage, dem Zusammenfügen der Basisweine vor der zweiten Gärung in der Flasche, gewonnen hatte. Nur mit den Erdarbeiten im Weinberg haperte es noch. Da half auch seine Nase nichts – die Erde roch zwar unterschiedlich, mal mehr sandig wie am Strand, mal mehr nach Winterschlamm, aber das verriet Cédric gar nichts über die Pflege der Bodenmikroben oder die richtige Dosierung des Düngers. Deshalb hatte Cédric noch den Abendkurs für die Zusatzausbildung an der Abendschule des *Avize Viti Campus* auf sich genommen. An die Prüfung morgen wollte er lieber nicht denken. Richtig vorbereitet ging anders.

Zurück am Serviertisch öffnete Maryse in einer Geschwindigkeit, die er nur bewundern konnte, neue Flaschen.

»Die Mütter«, sie blickte kurz hinaus zu den Damen aus Lézy, die sich am Gartenbecken um Grandjean geschart hatten, »fragen alle, ob Luise und Constantin gut versorgt seien. ›Wie alt sind Ihre Zwillinge denn jetzt? Ach, schon siebzehn Monate‹.« Maryse platzierte ohne hinzuschauen die Flaschen im Kühler.

Cédric machte zwei Schritt auf sie zu, beugte sich vor und stupste mit seiner Stirn auf die kleine Falte zwischen ihren Augenbrauen. »›Wie die Zeit vergeht, ja, ja … Zahnen sie schon?‹, hörst du wahrscheinlich auch«, flüsterte er. »Wenn es dich beruhigt, *chérie*, sie fragen mich das auch.«

»Sie sind nur neidisch, dass wir den besten Betreuer gleich in der Familie haben. Weil mein Vater seinen Enkeln einfach gern die Äpfel mundgerecht schneidet, Tee fünfmal umgießt, bis er für Luise trinkbar ist, oder Constantin die Wuttränen abwischt, wenn er das größte Stückchen nicht gleich kriegt. Was grinst du so frech?«

»Von wem Constantin diese Ungeduld wohl hat?«

»Wenigstens hat er deine schönen schwarzen Locken.« Sie wuschelte ihm über den Kopf.

Seit es die beiden Enkel auf Erden gab, war Cédrics Schwiegervater wirklich ein anderer Mensch – zumindest zu Hause. Er schimpfte kaum noch, wenn Cédric an der Mostpresse Fehler machte oder im Weinberg die Erde zu tief umzackerte. »Wir können ihm wirklich dankbar sein. Ohne ihn würden wir das alles kaum schaffen.« Cédric tippte noch mal mit der Stirn gegen Maryses.

»Ach was.« Sie packte leere Flaschen unter den Serviertisch. »In Wirklichkeit tun wir ihm einen Gefallen. Papa hat solche Veranstaltungen nie gern gemacht.« Maryse blickte durch die Rotunde.

Cédric glaubte eher, dass sein Schwiegervater einfach glücklich war, dass es nach ihm nicht nur eine, sondern bestimmt noch zwei Generationen Champagnes Cherriot-Bresson geben würde. Wer so viel arbeitete, wollte wissen, wofür.

»Nimm eins.« Maryse reichte ihm ein Canapé mit Käse.

Die kurze Pause täte gut. Er wurde die Anspannung nicht los, dabei war die Pyramide doch überstanden.

Maryse zupfte das braune Band zurecht, das den Zopf auf ihrer Schulter zusammenhielt. »Ich bin schon zwölf Karten mit dem Barcode losgeworden, der direkt auf die Bestellseite führt«, nuschelte Maryse mit halb vollem Mund.

Cédric hob den Daumen. Sie krempelte gerade die Vertriebsstrategie um.

An den Stehtischen wurde laut gelacht. Die strenge Léonore Voissinet wanderte von Tisch zu Tisch, ebenso Bürgermeister Blaque, nur in entgegengesetzter Richtung. Auch Grandjean blieb mal hier, mal dort auf ein Wort, trank aber als Gastgeber vernünftigerweise wenig.

»Auch eins?« Cédric schenkte sich ein Mineralwasser ein. Nüchtern bleiben war eine der goldenen Regeln bei solchen Empfängen.

»Ganz voll.« Maryse hielt ihm einfach ihr Glas hin. »Serviere bitte erst die salzigen Pasteten. Sonst sind die Leute zu schnell betrunken.«

Umsatz ging vor, immer. Die Konkurrenz war groß. Champagner war ein hartes Geschäft.

2

Die Poesie des Augenblicks war längst verflogen, als Cédric wieder die Rotunde betrat: Reste von Schaum zerfielen in den wenigen verbliebenen Schalen. Ein paar Damen und Herren von der örtlichen Verwaltung winkten beim Durchgang zum Entrée schon Adieu.

Ein Mann lachte wie ein Tenor, der zu viel rauchte.

Cédric erschrak. Sein Polizistengedächtnis mit diesem vermaledeiten Sinn für Details, für den er bei den Pariser Kollegen so berühmt wie beneidet gewesen war, identifizierte sofort die Stimme, bevor er sie dem Mann hinter dem Podest zuordnete: Es war tatsächlich Staatssekretär Theuilly-Bazet aus dem Innenministerium. Schon wieder jemand, der nicht zur Abendgesellschaft passte.

Niemand anderes als dieser hatte Cédric vor knapp zwei Jahren in Ermittlungen gezwungen, als der Präsident der Vigne d'Or in Lézy tot aufgefunden worden war. Daher rührte also das Kribbeln im Unterarm. Er musste sich später unter die Gäste gemischt haben.

»Was will der hier?«, entglitt es Cédric halblaut.

Natürlich trug Theuilly-Bazet einen auffällig gut sitzenden Anzug, der seine Tennisspieler-Figur zur Geltung brachte. Und natürlich war der faltige Teint des Staatssekretärs nicht besser geworden. Starkes Rauchen behielt seinen Preis.

»Ich habe keine Ahnung«, flüsterte Maryse, die ihm gefolgt war und Blätterteigtäschchen auf ein Tablett sortierte. »Trotzdem: Immer schön lächeln.«

Cédric gab sich Mühe, spürte aber, wie seine Wangen Widerstand leisteten gegen das freundliche Wir-sind-immerfür-Sie-da-Gesicht, das Maryse ihm für Präsentationen oder Kundengespräche vorm Badezimmerspiegel antrainiert hatte.

»Was macht einer vom Range Theuilly-Bazets an einem Donnerstagabend in einem kleinen Ort wie Lézy-le-Sec?«, flüsterte er. Diese Verkaufsrotunde der Pflanzenschule Grandjean hatte gar nichts gemein mit den eleganten Pariser Salons. Hier war ein Staatssekretär fehl am Platz. Dazu war alles zu bodenständig dekoriert: Blumengirlanden im Stil des vorletzten Jahrhunderts samt einer Champagnerpyramide mit Halogenlicht? Hier gab es niemanden, den man wegen Staatsangelegenheiten hofieren müsste. Cédric hatte als Jungkommissar in Paris die dunkle, korrupte Seite der Großbourgeoisie gut genug kennengelernt, um die grüne, offene Seite der Menschen in der Champagne herzlich zu lieben.

Maryse nickte mit dem Lächeln eines Profis in die Rotunde. »Scha-aatz«, flüsterte sie, »Grandjean schaut schon kritisch. Raus mit dem Nachschub.«

Cédric gehorchte. Denn so hatten sie es vereinbart: In der Kellerei würde er irgendwann von Schwiegervater das Zepter übernehmen, beim Vertrieb, Marketing und allem, was dazugehörte, hatte Maryse die Hosen an. Über Geld und die Erziehung der Zwillinge entschieden sie gemeinsam.

Cédric peilte das vornehme Grüppchen an.

Dieses hohe Tier aus dem Innenministerium hatte ihnen hoch und heilig versprochen, dass Cédric nie wieder ermitteln müsste. So erfolgreich er auch im Fall des toten Champagner-Präsidenten gewesen war, die dauerhafte Suspendierung war amtlich.

Cédric zwang seine Wangen wenige Millimeter weiter hoch, damit sie wie ganz entspannt wirkten. »Messieurs, Viviane.« Cédric hob das Tablett in Griffhöhe. »Ein paar Häppchen?«

Sogar Mancys Ehering war wie die Brille in grüner Keramik gefasst. Das war Cédric gar nicht aufgefallen, als er vor knapp zwei Jahren in der Firma ermittelt hatte.

»Ihr Staatssekretär ist extra für unsere morgige Aufsichtsratssitzung angereist.«

Ihre Regeln für Freundlichkeit galten nur für Kunden, die man anwerben oder behalten wollte. Theuilly-Bazet war weder das eine noch das andere. Cédric hielt den Herren das volle Tablett hin. »Mein *ehemaliger* Staatssekretär ist korrekt.«

Der Inhaber von Fayences Mancy nahm eine mit Speck umwickelte Pflaume, die ihm eine Antwort ersparte.

Theuilly-Bazet umfing seine verschränkten Ellenbogen mit den Händen. »Sie scheinen sehr sicher, dass Sie hier am richtigen Platz sind, Commissaire Bresson. Der Rang steht Ihnen noch zu.«

»Tatsächlich?« Viviane griff nach einem Lachsschiffchen aus Blätterteig. Das Hüpfen des Schönheitsflecks auf ihrer rechten Wange verriet, dass es sie königlich amüsierte. Gerade weil Cédric sich in der Rolle des einfachen Kellners abmühte.

Cédric war inzwischen in die Familiengeheimnisse eingeweiht, denn eigentlich war Viviane die uneheliche Schwester von Maryses Mutter. Als Patentante seiner Frau hatte sie ihren Widerstand gegen Cédric längst aufgegeben, seit sie zusammen den Mörder des Champagner-Präsidenten enttarnt hatten. Inzwischen besuchten Maryse, die Zwillinge und Cédric Viviane öfter auf ihrem Schloss, wo man so herrlich über Lézy-le-Sec und das Flüsschen schauen konnte.

»Überzeugen Sie sich doch selbst mit einem Gläschen meines Rosé absolu, ob es sich gelohnt hat, dass ich das Metier gewechselt habe.«

»Dieser außerordentlich ausgewogen tiefgestaffelte Rosé ist wirklich von Ihnen komponiert, Bresson?«

Wenn man in einer Brennpunkt-Banlieue großwurde, lernte

man, mit dem Körper zu sprechen. Cédric legte den Kopf schräg, schob das Kinn vor und hob die Augenbrauen kurz, aber kräftig so weit hoch als möglich: Was denkst du denn, Großer?, sollte das heißen.

Theuilly-Bazet löste langsam die Hände von den Ellenbogen, hob die Zeigefinger wie eine Verkehrsschranke und führte sie neben seine Ohren. Das hieß: Ach Kleiner. »Ich denke, dass Sie ihn *sec* dosiert haben und dass dies das eigentliche Geheimnis des breiten Geschmacksbouquets ist.«

Der Süßegrad wurde selten gewählt, obwohl er nur siebzehn bis maximal zweiunddreißig Gramm Zucker auf den Liter erlaubte, also kaum mehr als die gängige Stufe brut bis zwölf. »Die Idee dazu hatte mein Schwiegervater. Sie haben recht. Ein bisschen mehr Zucker trägt das Aroma besser.«

Jeden anderen hätte Cédric dafür umarmt. Wer so viele Stunden mit Geschmacksproben verbrachte, hoffte auf Zungen, die die ganze Arbeit im Weinberg und im Keller zu würdigen vermochten.

Gastgeber Grandjean streifte mit dem Uhrarmband Cédrics Handrücken und stibitzte eine Tartelette mit Hummercrème. »Am besten ordern Sie gleich ein paar Kisten für Ihre Empfänge im Matignon, oder wo sitzt noch mal das Innenministerium in Paris?«

»Im Hôtel de Beauvau«, sagte Theuilly-Bazet.

»Bald bekommen Sie ihn vielleicht nur noch zusammen mit meiner Rose im Doppelpack«, sagte Grandjean. »Das könnten wir doch ausprobieren, oder was meinst du, Cédric?«

»Dafür ist Maryse zuständig.«

Viviane lachte gutmütig und räumte die beiden letzten Häppchen ab.

Cédric ließ das Tablett sinken. Er nutzte lieber die Gelegenheit zu entkommen.

»Ich glaube, da möchte jemand etwas von Ihnen, Monsieur Grandjean.« Theuilly-Bazets kratzige Raucherstimme konnte die Ironie nicht ganz verbergen.

Die Innenarchitektin Sandrine Clément pirschte sich zwischen Pyramide und Apotheker-Ehepaar heran. Wobei heranwogen es besser beschrieb. Sie war groß, üppig gerundet wie das Steinfigürchen einer archaischen Muttergöttin und konnte sich mit Stoffen, Schmuck und wechselnden Hochsteckfrisuren so souverän inszenieren wie keine andere in Lézy-le-Sec.

Cédric machte ihr Platz und kehrte zu Maryse die paar Schritte hinter den Serviertisch zurück.

»Halt, du edler Ritter!«

Grandjean machte sich steif und hob den rechten Arm wie einen Schild. Er schüttelte die grausilberne Lockenpracht. »Mich kannst du nicht meinen, o edle Herrin.«

Bei jedem Empfang erschien Sandrine anders und wurde nicht zuletzt deshalb gern eingeladen. Ihr Repertoire reichte von ethnischer Große-Muster-Mode à la Neuestes aus Dakar über riesige Hut-mit-Tüllaufbau-Kreationen à la Pferderennen von Longchamps bis hin zur schlichten geschäftsmäßigen Rock-mit-Halstuch-Uniform. Sie führte ein kleines feines Atelier in Lézy.

Cédric mochte die wollweiße Tunika mit den geometrischen Mäanderbändern an den Säumen, die sie trug. Das Gewand erinnerte ihn an eine Hohepriesterin aus Delphi, die gleich ein Orakel verkünden würde. Erst auf den zweiten Blick entdeckte er die feine goldene Kordel im braunen Haar. Die züngelte wie eine goldene Schlange auf ihrer Schulter.

»Indem wir an die Rosen glauben, bringen wir sie zum Blühen.« Sandrine Clément breitete die Arme aus.

Auch die Lautstärke war bühnenreif. Die anderen Gäste an den Stehtischen hatten ihre Gespräche unterbrochen.

»Sie zitieren aus dem Theaterkurs letzten Sommer«, flüsterte Maryse. »Sie schafft es immer, dass sie nicht wie verkleidet aussieht, selbst mit so einer Tunika, sondern nur wie eine Sandrine, die man noch nicht kennt.«

Léonore Voissinet rückte von der Seite zu Cédric auf. »Steht in jeder zweiten Rosenbroschüre. Das Zitat stammt von Anatole France, nicht von ihr.«

»Tatsächlich?« Maryse reichte ihr ein Rosen-Macaron vom Desserttablett.

Grandjean wechselte mit wirbelnden Unterarmen von der Ritterpose zum Troubadour. »Um mehr Rosen zu ernten, reicht es, mehr Rosen zu pflanzen«, schmetterte er geradezu durch den Festsaal.

Léonore Voissinet rümpfte die Nase. »Ach Gott. Die arme George Eliot! Ob er überhaupt weiß, dass er bei einer englischen Schriftstellerin abkupfert?« Wieder wanderte ein Macaron zwischen die rosa geschminkten Lippen. »Nun, Grandjean klaut, wo er kann. Das wissen wir ja.«

Cédric musste sich eine Nachfrage sparen, weil jetzt allgemeines Gelächter und Applaus einsetzten.

Die üppige Hohepriesterin und der nicht gerade schlanke Gastgeber umarmten sich.

»Wir können noch eine Weile Pingpong spielen mit schönen Rosenzitaten, nicht wahr?« Sandrine Clément ließ ihn los und wandte sich zu den Gästen. Sie griff mit großer Geste in ihr Dekolleté und fischte unter dem Saum etwas hervor, das sie bis über ihren Kopf hob: »Deine außerordentlich großzügige Spende erlaubt, die Arbeiten am Heimatmuseum von Lézy-le-Sec abzuschließen. Diese goldene Rose überreicht dir der Trägerverein!«

Den Maßstab schätze Cédric auf 1:2. Filigraner Stängel mit zwei Blättern, darauf eine halb geöffnete Blüte samt Staubgefäßen.

»Respekt! Eine Alba-Rose.« Grandjean kniff ein Auge zu. »Mir kommt das gute Stück bekannt vor.«

»Dir bleibt nichts verborgen.« Sandrine musterte ihn. »Das

Vorbild hängt im Schloss von Madame Viviane Lemonnier an der Haupttreppe.«

Grandjean fuhr sanft über das Metall der Rosentrophäe. »Daher kenne ich's. Vom Frühjahrsempfang.«

»Das Gemälde gehörte zum Inventar, als mein Mann Rollain das Schloss in den Neunzigern gekauft hat«, fügte Viviane erklärend hinzu. »Die Marquise de Sillery, eine frühere Schlossherrin, war eine Schülerin von Vigée-Lebrun, der Lieblingsmalerin von Marie-Antoinette.«

Cédric beteiligte sich am allgemeinen Applaus. Worum genau es bei Vivianes Empfang gegangen war, wusste er allerdings nicht – um Lokalpolitik vermutlich, mit der er sich nicht weiter beschäftigte. Der Lernstoff rund ums Champagnermachen beanspruchte seine geistigen Speicher mehr als genug.

»Interessant, interessant.« Bürgermeister Blaque nahm gleich zwei Macarons vom Desserttablett.

»Sie wussten also bislang von dieser Ehrengabe nichts?« Léonore Voissinet verschränkte die Arme und lehnte sich ein wenig zurück. »Das tut mir aber leid.«

»Ach was.« Blaque drehte sich zu Maryse und Cédric. »Die Macarons sind köstlich. Aber sie sind doch nicht wirklich mit Extrakten der Rosen da parfümiert?« Beim Kauen nuschelte er und zeigte auf ein Gesteck bei der Pyramide.

»Wir haben nur den Champagner geliefert«, sagte Maryse neutral.

»Haben Sie schon …«, der Bürgermeister fischte sein Handy aus der Anzugtasche, »die Fässer gesehen, die bei meiner Tombola morgen versteigert werden?«

»Es ist immer noch das Bürgerfest der Gemeinde Lézy-le-Sec!«, fiel Léonore Voissinet ihm laut ins Wort. »Das der Gemeindeetat bezahlt.«

»Beruhigen Sie sich, Madame. Samstag Punkt elf Uhr geht es los. Sie können immer noch genug Lose kaufen.«

»Das fehlt noch.« Léonore Voissinet schnappte sich das Pistazienmacaron, nach dem der Bürgermeister gerade greifen wollte. »Mal wieder zu spät, mein Lieber.« Sie steckte es sich schnell in den Mund.

Blaque konnte froh sein, wenn dieser Augenblick auf keinem Foto landete. Sein sonst so rosiges Gesicht war lang gezogen, sein Kiefer wirkte für einen kurzen Moment wie ausgehängt.

Léonore Voissinet aber drehte sich auf dem Absatz um. Der Bürgermeister hatte sich wieder in der Gewalt, kaum dass sie am Tischende zum Durchgang zu den Toiletten abgebogen war.

Maryse verdrehte hinter Blaques Rücken die Augen, weil der mit abgekauten Fingernägeln auf seinem Handydisplay Bilder großzog. »Fässer aus sieben verschiedenen Kellern von Lézy. Für die Produktion haben sie ausgedient.«

Amerikanische Eiche. Sogar die Seitenzahl des Lehrbuchs schoss Cédric durch den Kopf, auf der die Holzsorten aufgeführt wurden. Er war froh, dass weder sein Schwiegervater noch Maryse alte Fässer als Raumdekoration oder als Gartenschmuck recyceln mochten. In der Maison Cherriot-Bresson hatte man es lieber modern.

Der Bürgermeister wischte noch ein paarmal über das Handy. »Die Leute reißen sich bereits darum.«

»Davon bin ich überzeugt«, sagte Maryse in dem neutralen Tonfall, mit dem sie langwierige Kundenbestellungen telefonisch annahm.

»Kommen Sie rechtzeitig zum Losverkauf.« Der Bürgermeister hob eine Strähne aus der Stirn, stopfte noch zwei Macarons in den Mund und folgte mit einem vollen Glas in der Hand einem weiteren Grüppchen aus Lézy, das hinaus zum Entrée drängte.

»Er ahnt nicht, was ich mit meinen Freundinnen anbieten werde. Er bekommt Konkurrenz …«, Maryse gluckste.

Sie und ihre Winzerinnen-Clique machten ein richtiges Geheimnis daraus. Cédric fing sie mit dem linken Arm an der Hüfte ein.

»Ich auch nicht.« Cédric machte einen Schmollmund wie ihr kleiner Constantin kurz vorm Brüllen. Maryse gab ihm einen schnellen Kuss. »Du wirst auch was davon haben. Versprochen.«

Sie schob ihn weg. »Wir dürfen die Raucher draußen nicht vergessen. Bitte bringe jetzt die nächste Runde Rosé in den Garten. Da stehen ein paar Vieltrinker. Das Letzte, was Grandjean bei seinem Fest gern sieht, sind leere Gläser.«

»Oui, chérie.«

Vor der Rotunde bei den Gartentüren stand Tante Viviane beim Keramik-Unternehmer Mancy und dem Staatssekretär Theuilly-Bazet. Sie hatten den Stehtisch gewechselt.

»Unsere Firmenfarbe ist zwar pointiertes Hellgrün …«, Mancy zog seine Keramik-Brille in ebenjener Farbe vom Gesicht und schaute hinüber zum Pyramidenrest, den Cédric nachher noch abräumen würde, »… aber beim Champagner denke ich oft, dass die roten Varianten noch nicht ausgereizt sind.« Mancy war gesprächig geworden. Er war offenbar tatsächlich sehr kurzsichtig, so wie er blinzelte, als er sich Viviane zuwandte.

Die entdeckte Cédric, bevor er vorbeischleichen konnte. »Fragen Sie doch einfach Monsieur Bresson.«

»Bislang erlaubt die Reglementierung keinen Champagner, der nur aus Rotweinen komponiert wird, bevor er in die Flaschengärung geht«, sagte Cédric.

»Warum eigentlich?« Mancy drückte die grüne Brille wieder auf die Nase. »Es gibt doch auch Krimsekt.«

»Gibt es irgendwen, den der überzeugt?«, seufzte Viviane. »Außer die Russen natürlich.«

Theuilly-Bazets Blick verlor sich einen Moment in einem

angeleuchteten Rosenstrauch im Garten hinter Cédrics Rücken. »Ihnen kann ich es ja verraten, dass selbst der Minister – und ich meine den russischen – bei einem Empfang in Moskau den roten Sekt stehen ließ.« Theuilly-Bazet kniff ein Auge zu. »Ich zitiere: ›Krimskoye, sprudeliger Sirup, aber was erduldet man nicht alles in der Diplomatie.‹ Unser Minister war höflicher und hat wenigstens daran genippt.«

»Einmal ist genug fürs ganze Leben. Den habe ich bei Dreharbeiten kosten dürfen – nie wieder!« Viviane winkte ab, dass ihr breites Armband nur so wackelte. Mancy lachte, und auch Viviane stimmte mit ein und klang fast wieder wie die junge Schauspielerin aus einem ihrer frühen Filme.

»Einer der Oligarchen hat einen der besten Kellermeister der Champagne angeworben. Vielleicht wird's ja noch was«, fügte Theuilly-Bazet hinzu.

»Ich glaube, die Oligarchen haben inzwischen andere Sorgen«, sagte Mancy.

»Non, non!« Grandjeans laute Stimme brachte die Gespräche zum Verstummen. »Das wirst du schön lassen.«

Cédrics Kopf fuhr herum. Auch der Staatssekretär, Mancy, Viviane und alle anderen verbliebenen Gäste blickten zum Durchgang zu den Toiletten.

Dort reichte eine Rosengirlande am Fensterrahmen bis auf Hüfthöhe herab. Léonore Voissinet wollte gerade eine voll entfaltete rotgoldene Blüte, die sie offenbar von der Girlande gepflückt hatte, in ein Plastiktütchen fallen lassen.

»Finger weg von meiner Mô! Was bildest du dir ein?« Grandjean riss Léonore die Blüte aus den Händen. »Die bleibt schön hier.«

Voissinet war auf ihren hohen Absätzen kaum kleiner als Grandjean. Eine Sekunde oder zwei stand sie hochaufgerichtet, das streng zurückgekämmte Haar hinter dem Reif schwang nicht ein bisschen. Da entriss sie dem Gastgeber wieder die Blüte. »Die Regeln gelten auch für dich!«, zischte sie. »Bagatelle … Das kannst du vergessen.«

»Du …« Grandjean stemmte die Hände in die Seiten und ging mit seinem Gesicht ganz nah an ihres heran, zuckte aber zurück, weil der Apotheker Signoret durch den Durchgang hereintrat.

»Entschuldigen Sie.« Er drängte sich zwischen den beiden und der Rosengirlande durch, streifte Voissinet an der Hüfte. »Pardon, Madame.«

Die reagierte nicht, genauso wenig wie Grandjean.

Zurück am Serviertisch deutete Signoret auf die Flaschen von Cherriot-Bresson im Kühler: »Haben Sie noch ein Glas von Ihrem Halbtrockenen?«

Er blickte durch die Rotunde, weil er wohl jetzt erst bemerkte, wie still es war, bis auf das summende Halogenlicht im Podest der Pyramide. »Oder ist die Bar schon geschlossen?« Der schlanke Signoret hakte beide Daumen am Hosenbund ein.

»Ach was.« Grandjean, der immer noch an der Rosengirlande stand, stampfte kurz auf wie ein Flamenco-Tänzer, nur ohne vergleichbare Eleganz. Er machte drei Schritt auf seinen Gast zu, schwang den ausgestreckten Arm, dass sich der weite Hemdsärmel samt goldener Rose in der Brusttasche straffte, und ließ ihn auf dessen Schulter sacken. »Signoret, mein Lieber. Eine Bar beim alten Grandjean schließt um diese Uhrzeit noch lange nicht. Trinken wir! – Maryse, zwei vom Millesime, bitte.«

»Sehr gern.« Maryse lächelte, griff aus dem Kühler ohne hinzusehen die richtige Flasche, die mit der silbernen Folie um den Flaschenhals, und schenkte ihren Teuersten ein.

Grandjean nahm sein Glas, prostete damit erst Signoret zu, dann allen anderen Gästen in der Rotunde – bis auf Léonore Voissinet, die zur Pyramide trat und eine abgestandene Schale nahm, als ob sie ebenso gemeint wäre.

»Auf meine wunderbare Madame Mô.«

»Auf Madame!«, riefen Bürgermeister Blaque und die Innenarchitektin Sandrine Clément gleichzeitig.

»Wen meint er?«, fragte Theuilly-Bazet hinter Cédrics Schulter.

Sollte Viviane es ihm beantworten.

»Seine vor zwei Jahren verstorbene Frau hieß so«, erklärte sie. »Nach ihr ist die Rose benannt, die wir heute bewundern sollen. Die beste Physiotherapeutin, die ich je erlebt habe. Thalasso-Spezialistin. Sie hat mir mein Knie …«

Körperliche Befindlichkeiten interessierten Cédric nicht, viel mehr jedoch, warum Léonore Voissinet so kurz nach dem Eklat bei den Toiletten auf einmal so ausgelassen mit dem Bürgermeister plauderte, dass sie sogar einen Pumps auf die Spitze aufstellte. Die beiden galten doch als verfeindet im Gemeinderat.

Cédric fing einen Blick von Theuilly-Bazet auf, der seinem zu Léonore Voissinet gefolgt war. Der Staatssekretär hob eine Braue, so als wollte er sagen: *Komm schon, Bresson. Einmal Kriminalist, immer Kriminalist. Du langweilst dich längst als Kellner für diese Provinzler.*

Cédric hielt dem Blick stand. Hoffte, dass dem anderen seine minimale Kinnbewegung nicht entging. Cédric servierte nur ausnahmsweise, sonst kreierte er Champagner. Dabei war seine Spürnase besser eingesetzt. Ebenfalls eine Art Fahndung, aber die nach der einen Komponente, welche einen Geschmack perfekt machte.

»Die drei Männer aus Grandjeans Weiterbildungskurs haben darum gewettet, wer blind unsere Champagner erkennt. Gleich verstehst du, warum ich ohne Mutters Zauberkiste keine Veranstaltung mache.« Maryse ging am Serviertisch in die Knie und langte unter der überhängenden Decke danach.

Sie hatte ihm bislang nicht verraten, warum er die große schwere Holzkiste hatte hierher schleppen müssen.

»Fünfundsechzig Jahre Erfahrung mit den lieben Kunden und Kundinnen.« Maryse strich zärtlich über die einfache, aber sehr stabile Kiste aus solider Eiche. »Mutter hat wie meine Großmutter schon alle seltsamen Wünsche gesammelt. Am verrücktesten sollen die Jahre direkt nach dem Krieg gewesen sein.« Maryse klappte den Deckel auf und schlug ein rotes Samttuch zurück.

»Opernmasken, Seidentücher, aber eine Schöpfkelle?«

Maryse zeigte ihm ein schwarzes Notizbüchlein, das im Deckel hinter Haltebändern klemmte. »Steht bestimmt drin, wofür. Mutters Notizen sind ein Schatz!«

Maryses Maman war an Krebs gestorben, als sie vierzehn gewesen war. Ihr Bild hing im privaten Flur. Cédric hätte die so pragmatische Frau gern kennengelernt. Selbst seinen widerborstigen Schwiegervater hatte er einmal heimlich eine Träne vor dem Portrait verdrücken sehen, nach all der Zeit.

»Wusste ich's doch!« Maryse kramte aus dem vielen Zeugs drei blaue Hüllen hervor. »Halt mal, da fehlt noch was.«

Cédric erkannte am Umriss die Form der Standardflasche, als er die drei Samtteile auf den Tisch legte. »Mit dem Reißverschluss kann man sie wohl ganz schnell einpacken.«

»Genau. Wenn du sie draufschieben oder rollen müsstest, wäre es nur ein Gefummel. Sie müssen ja eng sitzen, sonst würde der Stoff vom Etikett und vom Hals rutschen.«

Maryse drückte sich aus den Knien hoch. »Hier, das brauchst du auch noch.« Sie drehte ein Champagnerglas in den Fingern, blau wie ein dunkler undurchsichtiger Saphir.

»So was gibt es?« Es war sogar dickwandig und verfügte über einen Raffelschliff wie ein Likörglas.

»Polnisch oder russisch, glaube ich.« Maryse überprüfte den Flüssigkeitsstand in den Flaschen im Eiskühler. »So sieht man die Farbe nicht oder die Perlung – der Blauschliff verfremdet das bestens.« Maryse gönnte sich ein boshaftes Mundspitzen. »Mal sehen, wer von den drei Herren wenigstens einmal richtig liegt.«

»Selbst schuld. Champagner ist eigentlich ein synästhetisches Erlebnis.«

»Du kennst ja Worte ... Moment, nimm das blaue Seidentuch mit. Das hat die gleiche Farbe. Mutter hat bestimmt ein Ensemble gemacht. Das wird die Augenbinde sein.«

»Oui, Madame.« Cédric steckte ihren Blanc-de-Blancs *Nuit blanche* in die erste Hülle, den Zéro-brut Blanc de Noirs in die zweite. »Aber den Rosé verschwenden wir nicht.« Cédric stellte noch das blaue Glas auf sein Tablett. Und ab.

Große Fackeln, die man in den Rasen gesteckt hatte, flackerten in der Nachtluft. Sowohl in der Pergola als auch in vielen Sträuchern auf der weiten Fläche leuchteten Strahler die Rosen sanft an. Ein Hauch von Abendtau vermischte sich mit dem Duft der Rosen. Hinter der Pergola hörte Cédric mehrere Wagen starten. Es war schon nach zehn Uhr.

Am Stehtisch vor dem türkisen Gartenbecken mit den Unterwasserstrahlern warteten die drei Männer, mit denen Grandjean persönlich angestoßen hatte.

Sie trugen noch die Anstecker mit ihren Namen aus dem Kurs an der Kleidung. Cédric konnte nicht anders, als sie sich einzuprägen wie früher, obwohl er diesen Polizistenreflex an sich hasste.

Roger Sorel stand sehr gerade, mit viel Körperspannung, dabei steckte seine Hand in der Hosentasche. Der Mann war schon über fünfzig, den Falten um die dunkelbraunen Augen nach zu urteilen. Trainierte Sportler standen so breitbeinig. Sein schwarzes Haar war kantig geschnitten. In Paris sahen Türsteher in Edelclubs gern mal so aus, oder vielmehr deren Chefs.

»Spendabel ist Monsieur Grandjean ja, da kann man nicht meckern.« Cordier, der zweite Mann um die fünfzig, trug die Haare mit dünnem Gummiband am Hinterkopf zusammengezogen. Das trugen selbst in der Provinz nur die Bio-Winzer. In Paris oder selbst Reims hätte ein Kerl wie der wenigstens einen japanischen Samurai-Dutt daraus geformt. Außerdem erkannte Cédric die Fairer-Handel-Marke der Gummistiefel. Auf die keiner aus der Generation seines Schwiegervaters etwas gab, weil sie nach drei Jahren am Schaft ausrissen. Arbeitszeug musste länger halten; man brauchte sein Geld für Wichtigeres.

»Na ja, bei den Kursgebühren muss ja wohl mal ein Glas extra drin sein«, sagte der dritte Mann.

Er hieß Gérard Jaquin. Er war eher in Cédrics Alter. Ihm gefiel wohl tatsächlich dieser Mix aus japanischen Zeichen, Gitarre und graphischem Rockergesicht, den er auf seinem T-Shirt trug. Wie bei einem Fahndungsbild aus der Lehrkartei passte es, dass der Typ offenbar den letzten Haarschnitt hatte ausfallen lassen – vielleicht weil der Monat fürs Bankkonto mal wieder zu lang gewesen war oder sogar wirklich wegen der Kursgebühr.

»Jaquin, du bist zu streng. Wein-wie-früher-machen. Das komplette Programm. Ich hätte auch mehr gezahlt«, sagte Sorel in Tenorlage.

»Wenn man ein Weingut in Tonnerre in Burgund geerbt hat wie du, fällt das leicht.«

Sorel blieb entspannt, aber breitbeinig stehen. »Was wollt ihr eigentlich? Wo kriegst du das in Frankreich? An drei Wochenenden die ganze Palette Rebenpflege, vermittelt von Meistern des Fachs, die wirklich für die Tradition brennen!«

»Ist ein toller Mentor. Das Pfropfen von Chardonnay-Setzlingen auf amerikanische Rebstöcke hat er doch super erklärt. ›Stellt euch vor, ihr drückt zwei Puzzleteile ineinander. Nur dass ihr die Omega-Bögen vorher selbst genau ausstanzt.‹

Genial. Das merke ich mir für meine Touristen und Touristinnen im Museum. Auf Grandjean!«

Kaum trug man eine weiße Kellnerschürze und ein Tablett mit Gläsern, verschwand man aus der Wahrnehmung der Leute. Das hätte Cédric sich als Kommissar auch gewünscht: beobachten und belauschen zu können, ohne dass irgendjemand es bemerkte. Jaquin arbeitete offenbar in einem Museum für Weinbau.

»*Voilà.* Ihre Blindprobe.« Cédric stellte das Tablett auf den Stehtisch und zählte ihnen die unter den blauen Samthüllen verborgenen Sorten auf. Cédric übte sich in Charme, wie Maryse es beim Frühstück befohlen hatte. »Wer möchte beginnen?«

»Geben Sie halt mir das erste Glas.« So samten der Tenor Sorels auch war, Cédric hörte einen winzigen Seufzer darin. Das glatte Gesicht mit der männlichen Kerbe am Kinn verriet allerdings nicht, ob er von dem juvenilen Spaß der beiden anderen wirklich angestrengt war.

»Ich gieße ein wie immer, nur bis zur bauchigsten Stelle. Für die Entfaltung der Aromen …«

»… muss Platz sein. Wissen wir, Bresson, Grandjean predigt uns das schon den ganzen Abend.«

Sorel ließ den ersten Schluck nur zweimal mit spitzem Mund kreisen. Legte den Kopf in den Nacken, der Adamsapfel hüpfte im Hals, wo erste silberne Stoppeln wuchsen. Also war sein Haupthaar schwarz nachkoloriert. Langsam drehte er den Kopf zurück. »Das ist Ihre Cuvée tradition, die angenehme Säure verbindet sich wunderbar mit den Anklängen von grünem Apfel, Agrumen und wildem Salbei.«

»Richtig! Meine Frau hätte es nicht besser in den Katalog schreiben können.« Es stimmte einfach. Sorel war ja der, der ein Weingut geerbt hatte. Burgunder schulte die Zunge.

»Cordier, jetzt bist du dran.«

»Wir müssen noch die Flaschen ein paarmal vertauschen,

sonst errät er es mit dem Gehör, welche Bresson nimmt. Michel hat nämlich das absolute, nicht wahr, du Blechbläser?«

Sie lachten. Cédric tat nur so.

Cordier band sich den blauen Schal über die Augen. Jaquin testete das mit ein paar Wischbewegungen und drehte ihn an der Schulter. »Schön zweimal um die eigene Achse. Tritt dir nicht auf den Fuß.«

Sorel tauschte unterdessen auf dem Tablett die Flaschen. Schnell und präzise. Links in die Mitte, rechts in die Mitte und einmal zurück. So viel Geschick hatte Cédric nur an der Métro Barbès-Rochechouart in Paris gesehen, wo die Hütchenspieler ihr Unwesen trieben.

»Suchen Sie eine Flasche aus, sonst heißt es noch, wir manipulieren.« Sorel trat zum Beckenrand zurück. Wo einer der drei ein Päckchen Tabak liegen hatte.

Cédric wählte den Blanc de Noirs, erkennbar an den drei letzten Zähnchen, und goss ein. Er hatte die Reißverschlüsse jeweils unterschiedlich weit hochgezogen. »*Voilà.*«

Die arbeitsgewohnte, von Schrammen und Schwielen gezeichnete Hand des Bio-Winzers tastete langsam vor. Wie der Gründlerfisch in dem Aquarium, das Cédric einmal kurzzeitig besessen hatte.

»Warm, wärmer, heiß«, sekundierte Jaquin.

Die rauen Finger griffen den blauen Stiel. »Schön kalt ist er.«

»Die Flaschen lagen alle gleich lange im Kühler.«

Cordier vollzog das ganze Ritual. Sorel legte den Kopf von der einen zur anderen breiten Sportlerschulter.

Jaquin kniff ein Auge zu. »Und, Meister?«

»Blanc de Noirs, ganz eindeutig. Chardonnay allein, da habe ich immer so einen Nachgeschmack wie von grünem Tee. Der fehlt.«

»Richtig erkannt, Monsieur.«

Cordier hob den dicken Daumen, zog sich die Augenbinde

vom Kopf. Mit beiden Händen stülpte er sie Jaquin auf die dunklen Haare. Und zog auch gleich den Knoten hinten fest. »Mein Schädel ist ein bisschen größer.«

»Dicker bestimmt.« Sorel tauschte wieder schnell die Flaschen. »Keiner bohrt bei Monsieur Grandjean so nach wie du.«

Der andere zuckte nur mit den Schultern. Irgendwo lachte Léonore Voissinet laut. Eine weitere Frauenstimme fiel ein, die Cédric nicht erkannte. Er mochte sich aber nicht zur Rotunde umdrehen. Also einfach noch mal den Blanc de Noirs. *»Voilà.«*

»Gebt mir das Glas, sonst verschütte ich es noch.« Der Benjamin der drei hob die Hand.

Wie ein Spaten fast, kleine Finger. Aber eher Tastaturen gewöhnt. Cédric schob ihm das blaue geschliffene Champagnerglas vorsichtig zu. »Haben Sie es?«

Jaquin trank davon, wie man es bei Wein tat. Zu viel. Er nahm auch zu schnell den zweiten Schluck. Wieder zu vollmundig.

»Blanc de Blancs. Ganz sicher. Die Bläschen sind da immer wie Cidre auf der Zunge.«

Was für eine Logik! Als wären alle Apfelweine gleich ... Man wollte es nicht glauben, aber sogar Franzosen hatten manchmal keine Ahnung von Essen und Trinken. »Es tut mir leid. Es ist noch mal der aus roten Trauben.«

»Pech gehabt!« Cordier zog eine kleine Tube aus der Gesäßtasche. »Habe ich heute Mittag im Gewächshaus mitgehen lassen.« Er legte sie vor die drei samtverhüllten Flaschen. »Isovinex. Damit werden die Edeltriebe, nachdem wir sie auf die Trägerpflanze gepfropft haben, gegen Infektionen abgedichtet ...«

»Der macht Champagner, der weiß das«, sagte Sorel.

Allerdings.

»Wer verliert, hat Pech.« Der Bio-Winzer drückte eine

kleine Wurst von dem Zeug aus der Tube. »Fast so blau wie der Samt.«

Er nahm davon auf die Finger, betrachtete sie. »Riecht wie Hustensaft.«

Und zack, hatte er Jaquin eine gelangt. Cédric schrak zurück, wie auch der sportliche Sorel, aber zwei breite blaue Streifen wie bei einem Fußballfan schmückten die Wange des Jüngeren.

Jaquin guckte dumm.

»Tat es weh?« Cordier lachte laut. Sorel leiser, Cédric verkniff es sich. Kindische Kunden waren trotzdem welche.

»Weh tut nur der Preis des Millesime von Cherriot, den ich euch nun ausgeben muss.«

»Na, dann lauf.« Roger Sorel gab dem jungen Jaquin einen Schubs.

Cordier zündete sich eine Selbstgedrehte an.

Einen Moment glaubte Cédric, einen englischen Akzent zu bemerken, aber manche Leute nuschelten schon nach dem ersten Glas mit schwerer Zunge. »Meine Frau hilft Ihnen gern weiter.« Cédric nahm ihm das blaue Glas aus der Hand. Ehe es Beine bekam … »*Messieurs.*«

In der hereingebrochenen Sommernacht wirkten die Rebhänge von Daverny wie schraffiert. Hinter den grauen Feldern blinkte die Straßenbeleuchtung von Lézy in einer dürren Kette verlorener Sterne. Seitlich schimmerten die Gewächshäuser des Betriebs im Licht der Mondsichel wie eisüberzogene Scherben.

Fackellicht ringsum schien sich im Wasser zu brechen, über die Gesichter Cordiers und Sorels leckte es in grüngelben Wellen.

Und in den Rosenduft mischte sich eine deutliche Nuance bitteres Gras.

3

Den Parkplatz vor dem zweigeschossigen Betriebsgebäude beleuchteten sesselgroße Kugellampen an den vier Ecken erstaunlich gut.

»Super, dass du heute Nachmittag gleich an der Rosenpergola hier vorn geparkt hast«, sagte Cédric.

»Ich mach das schon ein paar Jährchen, Schatz.«

»Einundzwanzig, um genau zu sein. Seit du zwölf bist. Vorsicht, ich merke mir, was du erzählst!« In dem Alter hatte Cédric noch mit seinen Kumpels am alten Kanal von Sucy-en-Brie die Fabrikruinen erkundet. Cédric hatte Freiheiten gehabt, weil seine Eltern kaum zu Hause gewesen waren. Sein Vater hatte einen Posten in Südamerika beim Hafen von Cayenne angenommen, und seine Mutter schrubbte Überstunden, damit sie nicht mehr am Sortierband der Post, sondern im Büro vor den Überwachungsbildschirmen sitzen durfte.

Maryse ging mit dem Gläserkorb in die Knie am Lieferwagen, auf dem noch der Schriftzug *Champagnes Cherriot* prangte. Cédric hatte nicht darauf bestanden, dass für eine Ergänzung seines Namens umlackiert würde. Der alte Renault wäre steuerlich sowieso bald abgeschrieben. Auf Geschäftsbriefen handhabten sie es bereits anders.

Von der Rotunde scholl Gelächter herüber. Cédric ließ mit dem Autoschlüssel die Schlösser klacken.

Maryse zeigte zu den roten steilen Ziegeldächern mit der einen Gaube. »Sieht aus wie ein altes Bauernhaus, das man im letzten Jahrhundert mal zum Bürogebäude umgebaut hat. Grandjean wohnt oben, obwohl er sich was Feineres leisten könnte. Angeblich liebt er die Aussicht von der Terrasse runter zum Fluss über seine Gewächshäuser.«

Es hatte schon was, wenn man seinen Besitz immer im Blick hatte. Vom Balkon an seinem und Maryses Schlafzimmer aus konnte auch Cédric wenigstens zwei von sieben Weinbergen von Cherriot-Bresson betrachten.

Über die Zufahrt zur Straße nach Daverny kam ein Lichtpunkt durch die dunklen Reben herangehüpft und wurde rasch größer. Ein behelmter Mensch auf einer Vespa düste lautlos heran, bog aber hart auf den Parkplatz ab und machte einen so starken Schlenker auf sie beide zu, dass Cédric Kies an den Lack von parkenden Wagen spritzen hörte.

Die Bremsung des Fahrers war sanfter. Solch stabile Lederjacken und perforierten Handschuhe trugen Militärpiloten im Cockpit. Der brustlange Kinnbart hätte eher in eine coole Bar am Pariser Canal Saint-Martin gepasst.

»Schön, dass es noch geklappt hat.« Der Fahrer riss sich den Helm vom Kopf wie ein Normannenkönig nach der Schlacht.

Was machte denn Yves aus dem Abendkurs hier?

»Wo gibt es euren famosen Rosé?« Yves strahlte mit seinen großen hellblauen Augen Maryse an.

Er wackelte mit dem Kopf, als würde er für ein Foto posieren. Das Licht an der E-Vespa erlosch.

»Also …« Maryse strich sich über das herzförmige Kinn. »Ich würde dir gern vorstellen …« Sie drehte die Hände vor der Brust ineinander. »Das ist Yves Rémond. Er wohnt in der Rue Ducale, die bei Chantals *bistrot* vorbeiführt.«

Ihr Blick streifte die grüne E-Vespa und Yves' Stiefelabsätze. Was zierte Maryse sich denn so? Sonst erklärte sie, wenn sie Bekannte trafen, kurz und knapp: *Antoine: Cédric, Cédric: Antoine. Wir waren im Ferienlager in der Vendée.* Oder so etwas.

»Moment«, sagte Cédric. »Du hast mir doch letzte Woche in der Abendschule erzählt, dass du am Marktplatz wohnst?«

Yves stieg ab und bockte die E-Vespa seitlich ihres Lieferwagens auf. »Tu ich doch. Das Grundstück ist tief. Von meinem Wohnzimmerbalkönchen kann ich über die Dächer bis zu den Marktständen schauen.«

Maryse tippte Cédric am Ellenbogen an. »Ihr kennt euch?«

»Wir haben morgen Abend zusammen Prüfung.« Yves strich sich die braunen Löckchen aus der Stirn.

Aus welcher Zeit kannte Yves seine Frau? Er hatte Cédric erzählt, dass er erst vor sechs Monaten von irgendeinem Pariser Konzern zum großen Champagnerhaus in Épernay gewechselt war, wo er das Marketing aufpeppen sollte.

»Bei Lektion acht bin ich vorhin mit dem Wiederholen ausgestiegen und dachte mir …«, Yves' Blick wanderte von Maryses Gesicht hinab bis zu ihren Beinen, »… dass es netter wäre, Cédrics Rosé zu probieren.«

»Komm einfach rein«, sagte Maryse.

Wie fürsorglich von ihr. Vor der Abendschule war Yves mit einem Dienstwagen vorgefahren. Einmal hatte er Cédric sogar zu Hause abgesetzt. Von der Bekanntschaft mit Maryse hatte er nichts erwähnt.

Maryse ging voraus zur Rotunde. »Lasst uns außenrum durch den Garten gehen, dann badest du gleich im Duft der Neuzüchtung.«

»Soll ich was tragen helfen?« Yves legte seinen Helm auf das Trittbrett der E-Vespa.

»Du bist Gast. Das ist meine Arbeit.«

»Wie du meinst.« Mit schnellen Schritten folgte er Maryse.

Moment mal.

A und B.

Einmal nur hatte Maryse Cédric in Paris versetzt. Da kannten sie sich erst seit drei Wochen. Cédric hatte vor dem Kino auf den Champs-Élysées lange gewartet, bis er eingesehen hatte, dass Maryse nicht mehr kommen würde. Am nächsten Morgen hatte sie ihn mit Croissants überrascht, und sie hatten den ganzen Tag zusammen in seinem Bett gefrühstückt. Das war auch eine Art Kino gewesen.

Zähle immer A und B zusammen. Der Spruch Montaviels, seines Mentors bei der Kriminalpolizei, blitzte in Cédrics Gedanken auf. Der lockige Bartträger dort vorn hieß Yves. Wie jener Mann, den es vor ihm in Maryses Leben gegeben hatte. Cédric war nie ganz klar geworden, wann genau dessen Beziehung mit Maryse geendet und seine begonnen hatte.

A plus B.

Dieser Yves dort in der Pilotenlederjacke *war* sein Vorgänger! Was dachte Maryse sich überhaupt? Ihn einzuladen, zu einem Abend, an dem Cédric vielleicht wie ein Idiot in eine Glaspyramide gekracht wäre!

So war sie, seine Frau. Die eben an der Pergola mit ihrer sportlichen Energie, die er so mochte, um die sesselgroße Kugellampe bog. Schnell, ohne Umwege, zum Ziel.

Er musste das nicht verstehen.

Cédric wühlte im dunklen Lieferwagen aus drei Kartons den richtigen raus. So hatte er im winzigen Lager seiner Großmutter im Kiosk am RER von Sucy-en-Brie auch gekramt. Es war ihm, als streifte ihr kalter Zeigefinger seine Wange, wie wenn sie ihn ermahnt hatte. *Niemand gehört jemandem, mon petit Cécé, vergiss das nie. Wir alle sind frei, oder sollten es sein. Maryse gehört, wenn überhaupt jemandem, noch für eine Weile euren Zwillingen Louise und Constantin. Wie du.*

Es war … komplett lächerlich. Yves war sogar ein interessanter Typ, kommunikationsstark. Cédric warf die Tür des Lieferwagens zu und ließ die Autotüren zuklacken.

Er holte die beiden ein, wo der Kies ein paar Meter weiter zur Rosenpergola führte, die den Garten einrahmte. Der starke honig-zitronige Duft der Blütenpracht umfing ihn, bereitete ihm geradezu Kopfschmerzen.

Lederjacke, Stiefel, Armbanduhr – als hätte Yves das gesamte Outfit einer Anzeige in *Vogue hommes* nachgekauft. Cédric nahm sich vor nachzusehen, ob er sich vielleicht sogar als eine Art Influencer betätigte.

»Du bist doch im Marketing weit oben. Was machst du überhaupt in der Abendschule in Avize?«, fragte Maryse.

Und warum, verdammt, sagst du mir nicht, dass du ihr Ex bist, und setzt dich noch dazu genau neben mich in die Bank?

»Man hat … Ich habe einfach bessere Ideen, wenn ich alles richtig begreife. Also die ganzen Querverbindungen vom Champagner zur Region, zu den Leuten, die ihn machen. Das ganze Zusammenspiel so vieler Branchen. Werbung für Champagner wird seit über hundertfünfzig Jahren gemacht.«

»Die wird auch im Museum von Épernay gezeigt«, sagte Cédric.

»Stimmt. Aber ich kann nicht einfach immer nur dieselben Themen wiederholen. Dafür bekomme ich kein Geld.«

Cédric wollte lieber nicht wissen, wie hoch das Monatsgehalt ausfiel.

»Wenn ich nur so gut in Geschmacksanalyse und Bewertung wäre wie Cédric. Mir graut vor der Prüfung morgen.«

»Ihm auch.« Maryse kniff Cédric in die Seite.

»Du brauchst den Abschluss doch gar nicht für deine Position«, sagte Cédric.

Yves strich fast zärtlich mit den Fingern über eine Rose an der Pergola. »Wenn schon, dann richtig. So habe ich es immer gemacht.«

Außer bei Maryse, dachte Cédric. Da hast du gezögert. Aber jetzt ist es zu spät.

Oder nicht?

Maryse lächelte für Yves anders als für die Kunden. Sie schenkte ihm nach, obwohl das Glas noch gar nicht ausgetrunken war und er nicht darum gebeten hatte. Sie waren immer noch vertraut miteinander.

Oder schon wieder?

A und B ist nicht gleich C und D, hörte Cédric seinen Mentor mahnen.

»Ich gehe mal den alten Grandjean begrüßen«, sagte Yves.

Weg war er. Cédric brauchte wenigstens nicht zu antworten.

Aus dem Garten hörte Cédric Gelächter. Die Innenarchitektin Sandrine in ihrem Gewand einer Hohepriesterin machte große Tanzschritte um Mancy und Léonore Voissinet herum. Jaquin zückte sein Handy, um ein Selfie mit ihr zu machen, und hielt die Wange mit den blauen Streifen in die Kamera. Die anderen beiden prosteten ihnen zu.

Das *Dada-da-daaa* von Beethoven ließ Cédric an einem Rosenstrauch herumfahren.

»Der Klingelton bedeutet: Der Elysée ruft an. Entschuldigen Sie bitte die Lautstärke.« Der Staatssekretär wandte sich am nächsten Stehtisch ab und griff in seine Anzugjacke. »Theuilly-Bazet …« Er machte schnelle Schritte, um außer Hörweite zu gelangen, ging aber gleich weiter bis zur Rosenpergola und Richtung Parkplatz.

Cédric hörte hinter dem nächsten Rosenstrauch Grandjean seufzen.

»Hört mir auf mit unserer Politik … Wenigstens ist Lézy mit unserem Bürgermeister Blaque gesegnet, nicht wahr …«

Cédrics Schwiegervater sah das anders.

Tatsächlich lief in diesem Moment der Bürgermeister vorbei, nahm aber keine Notiz von Cédric.

Am Gartenbecken entfernte sich Sandrine Clément mit Jaquin mit der blau markierten Wange vom Bio-Winzer Cordier, unweit schnorrte Sorel bei Léonore Voissinet eine Zigarette, die diese ihm aus einem silbernen Etui anbot. So eines hatte Cédric schon lange nicht mehr gesehen, fehlte nur noch die lange Zigarettenspitze.

Jaquin stapfte die Treppen in die Rotunde hoch.

Die Hohepriesterin Sandrine Clément hielt sich den Mäandersaum ihrer Tunika *à la grecque* zu, weil Bürgermeister Blaque auf sie einredete, die Fingerspitzen demonstrativ vor der Brust aneinandergepresst. »Immer nur Nein sagen. Mehr fällt euch …«

Streit im Rat interessierte Cédric nicht. Er sollte jetzt besser die liegen gebliebenen Papierservietten einsammeln, statt dass er hier wie früher als Polizist in den Pausen Menschen beobachtete.

Er kam aber nicht weg, weil ihn etwas irritierte, und zwar gerade jetzt in seinem Blickfeld seitlich: In der Rotunde drinnen rieb sich Jaquin mühsam mit einem Feuchttuch die blaue *Isovinex*-Schmiere von der Wange – wohl aus Maryses Beständen am Serviertisch. Grandjean, der ein paar Schritt neben Cédric auf dem Rasen stoppte, starrte einen langen Moment hin. Abrupt drehte Grandjean den Kopf weg, dass seine weißen Locken nur so flogen. Über die verlassenen Stehtische blickte er an Cédric vorbei zum ovalen Gartenbecken zurück.

Innen verschwand Jaquin durch den Durchgang zu den Toiletten aus der Rotunde.

Grandjean machte vor Cédric einen Satz, aber zur Seite, zum Garten hin. Und noch fünf Schritte mehr, direkt auf die Hohepriesterin zu, streckte die Hand aus, als wollte er nach ihrer goldenen Kordel greifen, die sich aus dem Hochsteckhaar auf die üppigen Büste schlängelte.

»… Belmondo …«, hörte Cédric Grandjean hinter sich sagen.

Yves kam mit einem Glas Rosé in der Hand von den Rosensträuchern heran und ging zum Gartenbecken.

»… aufgekreuzt …«

Yves hätte das wirklich zugeben können im Abendkurs.

»... jetzt im *Nid d'amour* ...«, insistierte Grandjean.

Liebesnest? Aber das Wort hatte Cédric wirklich gehört, aus dem Munde des Gastgebers am Rosenstock links von ihm, neben Bürgermeister Blaque und Sandrine Clément.

Aber Grandjean lief schon so knapp an Yves vorbei, dass der schnell das Glas mit der freien Hand zudeckte. Mit hartem Chefgesicht sprang der Gastgeber des Abends über die Stufen hinauf in die Rotunde und lief drinnen am Pyramidenstumpf vorbei bis hinaus ins Entrée.

Bürgermeister Blaque schnitt Cédric den Weg ab, querte vor seinen Füßen den Rasen und sprang ebenfalls die Stufen hinauf.

Am Gartenbecken, von unten beleuchtet wie bei einem antiken Ritual mit Kerzen, legte Sandrine Clément sich beide Hände in den Ausschnitt, verdrehte die Augen zum Himmel, schloss sie und atmete tief durch.

»Madame Clément!«, rief Léonore Voissinet von den niederbrennenden Gartenfackeln her. Die Geschäftsfrau drückte im Gehen rasch ihre Zigarette auf der Einfassung des ovalen Bassins aus. »Gönnten Sie mir eine Minute?«

Die Hohepriesterin Clément blieb höflich stehen.

Cédric hatte schon genug Zeit mit diesem Zirkus vertan. Am Ende eines Abends verhielten sich die Leute oft seltsam. Nicht alle vertrugen viel.

Ein sanftes Tippen auf der Schulter stoppte seinen Schritt.

Tante Viviane schob ihren Arm unter seinen. »Es gibt bei jeder Party eine Nervensäge. Meide diese Frau und ihre altmodischen Konjunktive.«

»Als Sprachpuristin bist du mir bisher noch nicht aufgefallen.«

Viviane zog ihn zu den Stufen der Rotunde hin und weiter hinein bis zu Maryse, die hinter dem Serviertisch auftauchte. »Bei den Ursulinen wurde ich in Grammatik getriezt.« Sie zuckte mit den Schultern. »Fehler wurden immer schon gemacht. Die Schulen waren früher auch nicht so viel besser, auch wenn es eine französische Krankheit ist, das zu behaupten.«

»Wir sind froh, dass wir mit der Einschulung noch ein paar Jahre Zeit haben. Kann ich dir noch etwas einschenken?«, fragte Maryse.

Viviane lächelte plötzlich. »Eigentlich wollte ich euch sagen, dass wirklich alle den Rosé gemocht haben. Ihr solltet unbedingt am Wettbewerb *Effervescents du Monde* teilnehmen. Meint sogar dieser aufgeblasene Verwaltungshei…«, sie verschluckte gespielt vornehm die letzte Silbe, »der Staatssekretär möchte mit euch tatsächlich über eine offizielle Bestellung fürs Ministerium sprechen.«

»Klingt nach einer besonderen Form der Steuerrückerstattung.« Cédric legte die Unterarme über Kreuz. »Aber für Verhandlungen von Großmengen ist leider meine Frau zuständig.«

»Kommst du gleich mit?«, fragte Viviane.

Maryse schnappte sich ihr Handy aus der Handtasche. »Das reicht für Memos.« Sie streifte den Tisch mit dem Blick. »*Chéri*, du könntest die Tarteletts umsetzen und die Serviertabletts unter den Tisch stapeln, dann …«

»… sparen wir nachher Zeit.«

Die beiden gingen untergehakt nach draußen.

Cédric zog die verrutschte Unterlage an der papiernen Spitze gerade, setzte die Lachshäppchen und Kaviarfüllhörnchen in klare Reihen um.

Ohne Übung brauchte er ganz schön Zeit dafür. Aber in der Gastronomie hatte er sich als Schüler nie Geld dazu verdient, weil er lieber im Verteilzentrum von *LaPoste* in der Akkordschicht ausgeholfen hatte.

Cédric stapelte die abgeräumten Tabletts unter den Serviertisch. Im Mülleimer lagen noch die Feuchties mit dem blauen

Isovinex-Schmier. Dahinter hatte Maryse einen Wischeimer gebunkert, mit Mopp und drei Rollen Krepppapier. »Hast du also auch ein bisschen Bammel gehabt.« Seine Quote drei zu zehn beim Pyramidentest zu Hause war auch nicht gerade vertrauenerweckend gewesen.

Baguette brauchte Cédric keines mehr aufzuschneiden. Davon gab es noch genug. Er kippte zwei Körbchen in eines um.

Die süßen Macarons vielleicht zur Abwechslung mal statt in Reihe als farbiges Schachbrett? Die violetten hatte er noch gar nicht probiert.

Je weniger äußere Ablenkung es gab, desto besser funktionierte der Geschmackssinn. Bei Cédric jedenfalls. Er schloss die Augen. Vom Garten her hörte er aus verschiedenen Richtungen die letzten Gäste lachen, es war weit genug weg.

Er steckte sich das violette Schaumgebäck in den Mund. Und war für einen Moment in den Kleiderwandschrank seiner Großmutter versetzt, wo er als Kind mit den Mottensäckchen gespielt hatte. Die mit echten Lavendelblüten gefüllt waren. Das Macaron war mit einer Essenz davon parfümiert. Ein Tick zu viel, sodass die Earl-Grey-Note als Gegengewicht ordentlich kämpfen musste.

»*Au secours* – Hilfe!«, schrie ein Mann im Falsett. »Grandjean, schnell!«

Cédric riss die Augen auf. Der Bio-Winzer Cordier wankte aus dem Entrée in die Rotunde herein. »Der Rosenmeister ist … oh Gott.« Er taumelte weiter auf das Podest der Pyramide zu.

Cédric stemmte die Hand auf den Serviertisch, sprang mit einem Satz darüber und packte den Winzer an beiden Schultern, damit der nicht rückwärts in die Kristallschalen stürzte.

»Was ist passiert?«

Die großen grauen Augen starrten ihn zwar an, aber fokussierten sich nicht auf ihn.

»Reden Sie!«

Von draußen stürzten die Gäste aus dem Garten herbei.

»Grandjean ... im *Nid d'amour*.« Cordier sackte schwer gegen Cédrics Brust und knickte in den Knien zusammen.

Cédric blieb nichts übrig: Er ließ den Ohnmächtigen vor sich auf den Fußboden gleiten. *Nid d'amour* – Liebesnest. Cédric richtete sich auf, alle starrten ihn an.

»Schnell! Wo um Himmels willen ist dieses Nest?«

4

Wildrosengeruch umhüllte alles surreal intensiv. Auf dem Schreibtischstuhl sitzend war der massige Grandjean an die Lehne gesackt. Sein hintübergekippter Kopf überdehnte den Hals, der Adamsapfel drückte sich spitz vor. Der Rachen stand offen, und daraus ragte senkrecht eine Rose auf.

Tot und starr wie der Rosenzüchter. Golden.

»Mein Geschenk!«, schrie Sandrine Clément.

Es war unmöglich, dass der penetrante Duft allein von den vier, fünf echten Rosenknospen in der Deko-Ranke aufstieg, die um Grandjeans Hals gezerrt war. Die Finger der linken Hand des Toten hatten vergeblich nach der Ranke gekrallt. Der rechte Arm hing seitlich schlaff herab.

»C'est l'horreur!«, flüsterte der Bürgermeister. Hinter sich hörte Cédric weitere Gäste stöhnen vor Schreck.

Ein im schwarzen Schuh steckender Fuß war ausgestreckt und nach rechts gekippt, der andere hatte sich hinter dem Stuhlbein verhakt. Ein Hemdzipfel war aus dem Gürtel gerutscht, sodass ein Dreieck heller Haut darüber schimmerte.

Zwar deuteten Grandjeans Verrenkungen auf einen Kampf hin, aber so platzierte kein Zufallstäter eine goldene Rose. Und schon gar nicht vergoss er teures Wildrosenöl wie bei einem Ritual von vor tausend Jahren.

Cédric stieß mit der Brust gegen den Türrahmen, weil von hinten Yves gegen ihn prallte. Cédric spürte es kaum.

Der Raum war in ein kaltes, surreales Licht gebadet. Es sickerte aus einer raumhohen Laborvitrine. Über zwei Rosenstöcken war dafür ein alter Filmscheinwerfer einmontiert. Von jeder der beiden Pflanzen war ein Trieb weggebogen, der eine Blüte trug. Eine Wickelung aus Bast hielt diese aufeinandergedrückt. Traditionelle Züchter bestäubten auf diese Weise.

Deshalb also hieß das mit allerlei Zeug vollgepackte Privatbüro *Nid d'amour*, weil Grandjean hier Rosen miteinander kreuzte.

»Was ist überhaupt passiert?« – »So helft ihm doch!«, riefen im Entrée Stimmen durcheinander. »Es muss ein Überfall sein.«

Sandrine Clément hielt sich am Türrahmen neben Cédric und starrte auf die Leiche.

Der Bürgermeister drückte sich zwischen ihnen durch in den Büroraum, dabei tappte er in Papiere, Ordner und auch in Scherben, die am Boden zerstreut waren.

Cédric riss ihn mit beiden Händen an den Schultern zurück. »Das ist ein Tatort. Zurücktreten! Zurück! Alle – und zwar sofort! Das war kein Überfall, sondern Mord.«

Eine kalte Stille erfasste alle.

»Ich werde die Polizei anrufen, ich habe die Nummer von Lieutenant Lacoste.« Die grüne Brille des Unternehmers Mancy tauchte kurz hinter Viviane auf, die die Hand auf den Mund presste. Er war nicht besonders groß und hüpfte bei seinen Worten hoch, damit Cédric ihn wahrnahm.

Bürgermeister Blaque rieb sich über die Augen und strich sich eine widerspenstige Strähne aus dem Gesicht, das ausnahmsweise blass war. »Lacoste ist auf Fortbildung. Ich habe für das Bürgerfest nur die Gendarmen da.«

»Was ist mit Amadou Diouf?«, rief Léonore Voissinet. Sie musste ganz hinten im Entrée stehen. »Der ist doch auch Polizist.«

»Aber nur ein kleiner. Er ist kein Kommissar«, sagte Blaque.

»Das ist besser als nichts. Amadou hängt bestimmt bei Chantal im *bistrot* ab, heute ist ihr Musikabend wie jeden Donnerstag. Ruft dort an.«

Sandrine Clément starrte über die Schulter von Viviane hinweg auf das Chaos des *Nid d'amour*. Sie fingerte wie verloren an der goldenen Kordel in ihren Haaren.

»Machen Sie bitte Platz.« Theuilly-Bazets dunkle Stimme erklang, befehlsgewohnt wie in Pariser Machtzentralen. »Ich bin Staatssekretär im Innenministerium, mir untersteht die Polizei.«

Natürlich wichen alle zurück. Sie bildeten für ihn ein Spalier, an dessen Ende im Entrée unter den quadratischen Deckenlampen die drei Auswärtigen standen, die drei Männer aus dem Wein-wie-früher-machen-Kurs.

Theuilly-Bazet trat an Cédric vorbei in den Raum, aber er hielt vernünftigen Abstand zur Leiche. Er kannte offenbar die Regeln, die an einem Tatort galten. Deshalb machte er nur einen halben Schritt zur Seite, vor eine Regalwand, in der Privatgegenstände untergebracht waren. Bücher und Mitbringsel, ein Silberrahmen mit einem großen Porträt der verstorbenen Frau Grandjeans, Madame Mô.

Ob sie nun vereint waren?

Welch absurder Gedanke. Für Romantik hatte Cédric jetzt wirklich keine Zeit. Diesen kalten Blick Theuilly-Bazets, die von Stress und Beherrschung flach gezogenen grauen Raucherwangen kannte er. So hatte er auch damals ausgesehen, bevor er ihn …

»*Messieurs-dames.* Ihr Kommissar ist schon hier. Cédric Bresson wird die Ermittlung aufnehmen. Und zwar sofort.«

»*Non, non.*« Cédric wehrte mit beiden Armen ab.

Theuilly-Bazet wies zur Leiche. »Das ist abscheulich. Diese goldene Rose im Rachen … Wer will Grandjean damit verhöhnen?«

Graue Locken waren von der strangulierenden Ranke miteingefasst … Cédric konnte nicht anders, die Ausbildung war zu gut gewesen. Der Widerspruch fiel ihm auf: Eigentlich war Haar glatt und dämpfte Zugkraft bei Strangulation sehr. Als ermittelnder Commissaire müsste Cédric das wichtig finden. »Ich bin Winzer. Es gibt genug andere. Punkt.«

»Kommen Sie, Bresson. Das hier ist ein Fall für eine Spürnase wie Sie, nicht für einen braven Typen aus der ...«

Provinz? Theuilly-Bazet merkte wohl noch rechtzeitig, dass viele Ohren ebensolcher Leute ihm aufmerksam zuhörten.

»... aus der Champagne.«

Maryse drängte sich an Blaque und Yves vorbei. »Keine Ermittlungen mehr. Sie hatten es uns nach dem letzten Fall versprochen, bevor Sie mit dem Helikopter wieder nach Paris geflogen sind.«

Cédric legte seinen Arm um ihre Schulter, sie ihren um seine Taille.

Theuilly-Bazet spreizte beide Hände und tippte die Fingerspitzen vor seiner Brust aneinander. Sein Blick wanderte über die Gesichter um ihn herum, eines blasser als das andere: Bürgermeister Blaque, Sandrine Clément und Viviane. »Als Bürgerinnen und Bürger von Lézy-le-Sec haben Sie denselben Anspruch auf Justiz wie jeder in Frankreich.«

Wenn die Führung mit dem hohen Ton anfing, wurde es meist ungemütlich für die Untergebenen.

»Ein Verbrechen wurde begangen. Offensichtlich ist es Mord.« Theuilly-Bazet ließ die Hände sinken und stellte einen Fuß vor, wie man es in den Führungskursen lernte.

Und Brust raus.

»Ich weise Commissaire Cédric Bresson hiermit offiziell an, den Fall zu übernehmen. Leiten Sie die notwendigen Schritte ein.« Seine Stimme war einen Hauch milder geworden. »Dass es – trotz Ihres Status als dauerbeurlaubter Beamter – Paragraphen gibt, die meine Entscheidung erforderlich machen, brauche ich Ihnen nicht zu erklären.«

Cédric spürte die Blicke aller auf sich. Ihm fielen nur alle möglichen Flüche ein. Er verbarg sein Gesicht in Maryses

Haar, damit niemand die Wuttränen sah, die er aufsteigen fühlte.

Seine Frau neigte ihr Kinn vorsichtig zum Toten hinter dem verwüsteten Schreibtisch hin. »Papa wird auch wollen, dass du den Scheißkerl findest, der unseren alten Freund umgebracht hat«, flüsterte sie.

»Und die Prüfung morgen, die *palissage* nächste Woche, die Messe in Strasbourg?«, flüsterte er.

»Grandjean hat dieses Ende nicht verdient. Und schon gar nicht, dass sein Mörder noch lange frei herumläuft.« Ihre braunen Augen füllten sich mit Tränen. »Wir schaffen das zu Hause wieder, *chéri*.«

Cédric presste die Augenlider fest aufeinander. Er konnte schon nicht mehr sagen, ob er am liebsten aus Wut über den Täter weinen wollte oder vor Zorn über Theuilly-Bazet, der ihn in sein altes Leben zurückzwang.

Er würde sich sein neues zurückholen. So schnell als möglich. Schon der Zwillinge wegen und Maryses.

Cédric entließ sie aus seinen Armen und zwang sich zu einem neutralen Gesichtsausdruck. »Wie Sie wünschen, Monsieur. Dann zitieren Sie aber bitte auch gleich die Spurensicherung aus Châlons herbei. Wenn ich als einfacher Kommissar deren Notdienst anrufe, haben wir vor morgen früh niemand hier.« Cédric deutete auf die verstreuten Dokumente am Boden. »Wer weiß, welche Spuren dann schon verweht wären. Dieser intensive Duft mit Sicherheit.«

»Ich regele das.« Theuilly-Bazet zückte sein Handy. »Sonst noch etwas?«

Wenn sich schon so ein hohes Tier erbot … »Lassen Sie Amadou Diouf holen. Und Sie anderen alle warten draußen in der Rotunde!«

Alle zogen sich die wenigen Schritte durchs Entrée zurück, wobei bestürztes Gemurmel einsetzte.

Cédric zuckte hilflos mit den Schultern und gab Maryse

einen Kuss. »Füttere die Leute mit dem letzten Brot, damit sie halbwegs nüchtern werden, sonst notiert Amadou nur Geschwafel.«

»Ich packe alles wieder aus.« Sie ging.

Cédric schloss die Augen. Er hatte nie wieder Kommissar sein wollen. Schon gar nicht jetzt, wo ihm sein erster Rosé gelungen war.

Aber Maryse hatte recht. Grandjean war ein Freund der Familie, der ihn mit der Einladung zu diesem Abend sogar gefördert hatte. Cédric nickte dem Leichnam auf dem Schreibtischstuhl zu. Wenn er schon nicht mehr richtig Danke sagen konnte …

Cédric drehte sich um. Jetzt hieß es, sich so viel als möglich vom noch frischen Tatort einprägen. Auch wenn er besser hier vor den Scherben, eines Flacons offenbar, am Fuß des Toten stehen blieb. Die Spurensicherung sollte sauber rekonstruieren können, ob es wirklich einen Kampf gegeben hatte.

In der Plastikranke um den Hals steckten echte Madame-Mô-Rosen. Sie glich den Girlanden draußen an den Fenstern der Rotunde. Die Plastikblätter wurden von einer dicken grünen Nylonschnur zusammengehalten. So eine war stabil genug und bestens geeignet, wenn man jemanden erdrosseln wollte.

Hinter dem Schreibtischstuhl ganz in der Ecke befand sich eine schmale Tür, halb so breit wie üblich. Im Schloss steckte ein Schlüsselbund.

Cédric wusste nicht wirklich viel über den toten Freund seines Schwiegervaters. Bernard Grandjean galt als sehr erfolgreicher Geschäftsmann. So ein Ruf zog schnell den Neid und die Missgunst jener nach sich, denen das nicht gelang. Und berufliche Verlierer gab es im Champagnergeschäft, und vielleicht auch in Lézy-le-Sec.

Die goldene Rose im Rachen des Opfers war offensichtlich eine Botschaft des Täters. Ihr Vorbild war eine gemalte edle

Alba-Rose im Schloss von Viviane. Das hatte sogar das Opfer Grandjean selbst an diesem Abend erwähnt. Aber dennoch hatte der Täter sich sogar die Mühe gemacht, ihn mit dem Duft der wilden Ursprungssorte in den Tod zu schicken.

5

Cédric stand im Entrée. Er fühlte den eigenen Herzschlag endlich langsamer pulsen. Um ihn herum strebten die Gäste des Abends in alle Richtungen davon. Auf dem Parkplatz sprangen die Motoren an. Das Apothekerpaar fuhr ab. Der Bürgermeister Blaque stützte die Innenarchitektin Sandrine Clément. Oder war es umgekehrt? Ihre Schultern stießen aneinander, weil sie sich mit gebeugten Köpfen und kleinen Schritten voranschleppten.

Nur weg vom grausamen Anblick der goldenen Rose, die im Rachen des Toten steckte, als wäre ein menschlicher Mund eine Vase. Jeder Profiler würde sich auf diese Symbolik stürzen, gewiss, noch dazu, wenn das Opfer im sogenannten Liebesnest auf diese Weise drapiert worden war. Aber Cédric hatte sich schon immer lieber auf die traditionelle Faktenarbeit verlassen. Rekonstruktionen, Befragungen, logische Schlussfolgerungen. So mühsam das auch war.

Cédric hatte angeordnet, dass alle noch verbliebenen Gäste draußen am ovalen Gartenbecken warten sollten.

Unter dem sternlosen Himmel flackerten die im Rasen steckenden fast niedergebrannten Fackeln zwischen den künstlich angestrahlten Rosenstöcken. Es wirkte falsch. Das Licht in den Blättern der Pergola schien zu weiß, die Unterwasserlampen im Becken zu gelb. Gespiegelte Lichtflecke huschten über die Gesichter der verbliebenen Gäste.

Draußen machte der dicke Amadou Diouf von der örtlichen Gendarmerie unter ihnen die Runde. Er sammelte die Handys ein, damit sie anhand der Fotos den Abend sowie die letzten Minuten vor dem Mord rekonstruieren konnten.

Amadou sprach hin und wieder Memos in sein Handy, wahrscheinlich die Kontaktdaten.

Aus der Distanz wirkte sein Kollege grotesk, obwohl er sich so geschmeidig bewegte: Ein vielfarbig gestreifter Umhang reichte bis zu seinen Füßen und Flipflops. Cédrics Kollege Brigadier war mitten aus einem Auftritt seiner Senegal-Band in Chantals *bistrot* geholt worden. Ohne Amadou an der Kora, einer Art Harfe mit kürbisförmigem Schallkörper, hatte man das Konzert abbrechen müssen.

Cédric seufzte. Spätestens jetzt wusste ganz Lézy-le-Sec vom Mord. Hoffentlich hatten sie erst morgen früh die Medien am Hals. Es war immerhin schon kurz vor Mitternacht.

Hinter ihm baute Tranh von der Spurensicherung neben der Tür des Liebesnests ihre Ausrüstung auf. »Es tut mir leid, *Monsieur le Commissaire*, dass ich allein bin.«

Cédric brauchte einen Moment, bis er begriff, dass die junge Frau ihn angesprochen hatte. Die Polizeikarriere, sein Dienstrang, all das gehörte zu einem anderen Leben.

»Mein Chef Meillant ist noch in Urlaub in Schweden.«

Er nickte Tranh aufmunternd zu. »Das kriegen Sie bestimmt hin.« Schon beim Fall des Präsidenten der Vigne d'Or war sie ihm für eine Berufsanfängerin ausgesprochen kompetent vorgekommen. Außerdem bewunderte er, wie präzise sie mit ihren feinen Fingern die Stellschilder und Probensäckchen vorsortierte.

»Mein Chef hat recht. Er sagt immer, dass jeder Tatort Überraschungen birgt. Meistens stinkt es ja, aber hier ...« Sie wedelte sich Luft zu. »Eine Parfümerie ist nichts dagegen.«

»Nehmen Sie eine Probe von dem Rosenöl.«

Sie beugte sich wieder über ihre Koffer. »Selbstverständlich.«

Er selbst wollte den Zugang zum eigentlichen Tatort umrunden.

Von den Toiletten kamen, einer hinter dem anderen, die drei Männer des Wein-wie-früher-Kurses.

Jaquin, der jüngere, war noch immer blass. »Sagen Sie, Bresson …« Er legte beide Fäuste auf sein buntes T-Shirt und linste zum Parkplatz.

»Entschuldigen Sie. Wir wollen nicht unhöflich sein. *Monsieur le Commissaire* ist wohl jetzt Ihr offizieller Titel«, ging die samtene Tenorstimme Sorels dazwischen, der neben Jaquin trat. »Wir fragen uns gerade, ob morgen der Kurs hier zu Ende geführt werden darf?«

Michel Cordier, der Bio-Winzer, der die Leiche gefunden hatte, baute sich daneben auf. Er hatte sich schnell wieder gefangen, und Cédric hatte ihn noch vor Amadous Ankunft zum ersten Mal befragen können. Mit fester Stimme hatte Cordier ausgesagt, dass er zum Parkplatz gegangen sei, um das Nachfüllpack seines Verdampfers aus seinem Wagen zu holen. Auf dem Rückweg habe er im Entrée seltsame Geräusche aus dem Privatbüro gehört. Es habe geklungen, als ob ein Gegenstand zerschellt wäre. Er hatte an der Tür des Liebesnests geklopft und gesehen, dass ein Lichtstreifen unter der Tür schimmerte. Cordier glaubte an eine eingesperrte Katze, denn er hatte gehört, dass drei dicke schwarze Kater auf dem Gelände herumstreunten. Also hatte Cordier die Tür geöffnet und den Toten im Büro aufgefunden.

»Die Gewächshäuser sind weit weg vom Haupthaus«, sagte Cordier langsam. »Bestimmt fünfzig Meter, meine ich. Der Kurs hat viel Geld gekostet, den zahlt die Gemeinschaftskasse meiner *Coopérative*. Als *Terroir-Viticulteurs* kämpfen wir noch um Marktanteile.«

Cédric hatte in der Abendschule viel vom hart umkämpften französischen Weinmarkt gehört und kannte auch die Lamenti seines Schwiegervaters auswendig. »Sofern sich aus der Spurensicherung kein Hinweis ergibt, dass die Gewächshäuser näher untersucht werden müssen, habe ich nichts dagegen. Allerdings kann ich Ihnen nicht sagen, wer hier für Bernard Grandjean einspringt.«

»Patricia wird das machen. Sie ist seine rechte Hand.«

»Meinst du? Wenn ihr Chef gerade …«

Amadou winkte Cédric von der Rotunde aus zu. Offenbar hatte er etwas Wichtiges entdeckt. »Messieurs, gehen Sie bitte erst mal schlafen. Wir befragen Sie morgen noch einmal.«

Michel Cordier blies die Backen auf. »Ich habe doch schon alles gesagt.«

»Routine.« Cédric wies zum Parkplatz. Aber das Gespräch mit den Männern hatte ihm einen wichtigen Punkt ins Bewusstsein gerückt: Wer führte den Betrieb weiter? Und noch bedeutender: Wer erbte ihn?

»Bonne nuit, Messieurs.«

Das Trio gehorchte und verzog sich.

Draußen auf dem Parkplatz trug Maryse drei aufeinandergestapelte Kartons vor dem Bauch und ans Gesicht gestützt. Es waren wohl die leeren, denn Yves ging mit zwei weiteren langsamer neben ihr her. Cédric hätte die nächsten zwei Stunden am liebsten damit verbracht, dass er Kristallschale für Kristallschale in einen Eimer auskippte und in einen blaugrauen Trägerkorb für den Spüler einsortierte. Ausgerechnet Yves hatte nun seinen Platz eingenommen.

Es half nichts. Cédric nahm den Durchgang in die Rotunde und ging an der kurzen Wand vor dem Toilettentrakt am Bildschirm des Werbevideos vorbei.

Viviane hatte sich offenbar seiner Anordnung widersetzt. Sie stand am Podest der Pyramide und strich mit den Fingern sehr langsam über die Ränder der letzten Kristallschalen. Cédric war sich nicht sicher, aber es schien, als würde sie wortlos ihre Lippen bewegen, ganz so, als spräche sie ein Gebet – oder, was in ihrem Fall wahrscheinlicher war, als rezitierte sie weise Worte eines Philosophen. Ihre Augenlider waren wie in Meditation gesenkt.

Amadou trug einen Karton von Cherriot-Bresson herein und stellte ihn auf den Serviertisch. »Ich habe den Gästen noch geraten, ihre Daten im Netz zu sichern. Manche haben es hingekriegt. Die Handys sind hier drin.«

»Welche fehlen?«

»Meines«, sagte Viviane und löste sich aus ihrer Meditationshaltung. Sie klang sehr müde. »Ich möchte es lieber später dir persönlich zur Auswertung geben.«

Es hatte natürlich eine exquisite Lederhülle von Hermès.

Viviane neigte den Kopf über die Schulter zu Amadou. »Nichts gegen Sie persönlich. Aber ich kenne mein Lézy. Es muss nicht gleich der ganze Ort wissen, welche privaten Telefonnummern hochgestellter Persönlichkeiten ich habe.«

Als guter Brigadier brummte Amadou nur und wartete, bis sein Chef entschieden hatte.

»Nun gut.« Wenn es aber notwendig würde, das Telefon eingehender zu prüfen, würde Cédric auf Vivianes Sonderwünsche keine Rücksicht nehmen.

»Der Staatssekretär hat sich allerdings nicht in den Garten begeben. Er ist gleich abgefahren«, sagte Amadou.

»Ohne die Spezialabteilung lesen wir aus seinem Hochsicherheitshandy auch nur Datenmüll.« Cédric hatte Theuilly-Bazet länger auf dem Parkplatz telefonieren sehen.

Aber was kümmerten ihn die Belange der Mächtigen in Paris? Der Mörder war heute am späten Abend hier gewesen. Und höchstwahrscheinlich unter den Gästen.

»Was nun, Chef?«

Cédric zeigte sein schrägstes Lächeln. Damit protestierte er sonst gegen Maryse, wenn sie in der Hektik des Warenversands Klebeband für die Kartons im Abroller nicht ersetzt hatte. »Ab jetzt räumen wir hier gründlich auf.«

6

Setz dich erst mal.« Schwiegervater Paul schaltete mit der Fernbedienung den Großbildschirm aus.

Auf dem niedrigen Glastisch davor standen zwei der alten Branntweinschwenker mit Goldrand, die er sonst im Salon in der Vitrine aufbewahrte.

»Maryse hat mir alles erzählt. Das Fernsehen hat es noch nicht gebracht, aber auf der Website von *France 3 régions* steht der Mord schon im Ticker.« Paul straffte sich im grünen Hausanzug und ging zur gegenüberliegenden Wand mit dem großen Regal. Chromstreben verbanden mattiertes Glas und lackierte Stahlflächen. Paul öffnete die Klappe der Hausbar.

Cédric ließ sich in den breiten Ledersessel fallen, der vor dem niedrigen Glastisch stand. Normalerweise wäre der Lieferwagen von *Champagnes Cherriot* in der Garage geparkt, statt draußen vor der Halle zu stehen. Die Kartons mit den vollen Flaschen wären wieder im Lager einsortiert, die Kristallschalen und Gläser durch den Express-Spüler gelaufen, der Abfall vom Abendempfang wäre ordentlich in die verschiedenen Mülltonnen entsorgt, und er würde jetzt, um halb zwei in der Nacht, oben im Haus unter der Bettdecke liegen, mit Maryses Wärme im Rücken.

Cédric rieb sich über das verschwitzte Gesicht. »Wie geht es meinen Zwillingen?«

Paul drehte sich von der von innen beleuchteten Bar mit den *eaux-de-vie* zu Cédric um. Er zeigte auf den Kragen seines grünen Hausanzugs. »Ein paar Spritzer Kürbisbrei von Louise und ein kleiner Wutanfall von Constantin, weil er Tomate essen sollte.«

»Wenigstens ist noch irgendetwas wie immer.«

Paul stellte eine braune bauchige Flasche zwischen die Gläser. Eine staubige Patina überzog sie.

»Die letzten Jahre waren …« Paul setzte sich in das Ledersofa über Eck neben Cédric. »Die Welt ist aus den Fugen, sogar Lézy-le-Sec gerät aus der Façon.« Er griff zur Flasche. »Umso wichtiger ist es, dass wir unsere Traditionen pflegen und ihren Wert erkennen. Das hat Bernard Grandjean hier im Salon gesagt, und es ist noch nicht mal zwei Wochen her.« Er zog den Korken. »Heute brauchen wir zur Stärkung das Beste, was wir haben. Ein Hausbrand nur für die Familie, aber offiziell deklariert und versteuert. Den hat noch mein Onkel gemacht, aus dem Trester unserer besten Reben. Es gab vier Flaschen davon zu meiner Hochzeit 1982.«

Paul schenkte nur je einen Fingerbreit ein, aber der Duft des Marc-de-Champagne stieg bereits auf. »Auf sein Vermächtnis.«

»Und Bernard Grandjean.«

Eine traubige Fruchtigkeit zerfloss mild auf Cédrics Zunge, getragen von Eichenholzaromen, die in jahrelanger geduldiger Durchdringung zu einem herrlichen Bukett gereift waren – und für einen langen, langen Moment alle Sorgen mit sich nahmen.

»Es trifft immer die Falschen in unserem Land.« Paul ließ sich mit dem Rücken an die Lederlehne sinken.

Aber es war kein Feuer in seiner Stimme wie sonst, wenn er über »die da oben« schimpfte. Es klang eher verletzt.

Paul legte sogar die Hände im Schoß zusammen. »Wenn einer den Titel Wohltäter von Lézy verdient hätte, dann Bernard Grandjean. Und nicht unser Bürgermeister Blaque, der sich mit allem aufbläst, was ohnehin zu seinem Amt gehört. Bernard hat wirklich mit den Leuten geredet und auch mal was locker gemacht. Den Jugendclub im Alten Waschhaus gäbe es ohne ihn gar nicht. Grandjean hat Spenden zusammengetrommelt. Hat alle so lange bequatscht, bis sie was rausgerückt haben.« Paul schwenkte den Marc-de-Champagne in seinem Glas. »Das konnte mein alter Freund gut, Leute überzeugen.«

Cédric wollte genauer zuhören, aber die letzten Stunden hatten ihn geschafft. Tranh von der Spurensicherung hatte geseufzt, dass sie die ganze Nacht brauchen werde für eine vernünftige Bestandsaufnahme. Und vorher durfte die Leiche nicht abtransportiert werden. Bürgermeister Blaque hatte ihnen Räume im Amt zugesagt, weil die Gendarmerie, in der Cédric beim Fall des toten Champagner-Präsidenten Hauptquartier bezogen hatte, gerade eine Baustelle war. Cédric vertagte die vielen Organisationsfragen auf morgen und benetzte noch mal die Lippen mit dem Marc. Eine Geschmacksvielfalt, die in ihm aufstrahlte wie bei schneller Fahrt das Licht am Ende eines Tunnels.

»Sogar mich alten Dickkopf hat Grandjean überzeugt, auf der Liste zu kandidieren.«

Cédric öffnete die Augen. »Welche Liste?«

»Na seine, Lézy für den Ausgleich, für den Gemeinderat. Ich bin sein Ersatzmann und rücke wohl jetzt nach.«

Cédric stöhnte auf. »Wir brauchen dich aber hier.« Nächste Woche stand eine biodynamische Nachdüngung an, Cédric fiel gerade nicht ein, in welchem ihrer sieben Weinberge. »Ich falle komplett aus. Wer weiß, wie lange.«

»So viele Sitzungen sind das nicht. Außerdem muss erst die Unterpräfektur über den Todesfall informiert werden, bevor mein Sitz bestätigt werden kann. Ich habe in der Verordnung nachgeschaut.« Paul wischte mit seiner schwieligen Hand durch die Luft. »Fest steht: Du nimmst dir so viel Zeit, wie du brauchst, um den Mörder zur Strecke zu bringen, der meinen alten Freund auf dem Gewissen hat.« Paul beugte sich weiter vor. »Und glaube mir, so wenig ich vom Herrn Staatssekretär Theuilly-soundso halte, weil sie ihre Versprechungen ja immer brechen, die Herren und Damen Politikerinnen – in diesem besonderen Fall bin ich ausnahmsweise froh, dass es so ist.« Pauls graue Augen blickten hart. »Du wirst den Scheißkerl mit deiner Spürnase kriegen!«

Diesen verfluchten Spitznamen wurde er wohl nie mehr los.

»Und wenn ich drei Hilfskräfte einstellen muss – falls ich überhaupt welche kriege heutzutage ... – das ist es mir wert!« Paul schlug sich mit den Fäusten auf die Knie. »Seit Grandjean in Lézy zurück war und aktiv die alten Handwerkstechniken pflegte, verstanden wir uns. Ich kannte ihn natürlich von früher.« Paul benetzte seine Lippen mit dem Marc und schmeckte nach. »In der Jugend machen ein paar Jahre Altersunterschied etwas aus. Da war Grandjean halt einer von den Jüngeren aus dem Ort, die man am Wochenende mal im Auto nach Reims mitnahm. Wenn sie eine hübsche Schwester hatten ...«

»Und? Hatte er?«

»Ich hatte nur Augen für Véronique, Maryses Mutter.« Er zwinkerte. »Grandjean war Einzelkind. Sein Vater war heilfroh, als er wieder zurückkam. Es ging ihm damals wie vielen. Nur raus in die Welt, nach Paris und am besten noch weiter. Weg von den Weinbergen, dem kalkigen Schlamm im Winter, der Hitze im Sommer, der Knochenarbeit bei der Lese.«

»Du bist immer hiergeblieben.«

Paul roch tief ins das Glas Marc hinein. »Ich hatte mit einer Umschulung, na ja, geliebäugelt, wie man so sagt. Du weißt, dass ich gern schraube, Maschinen zum Laufen bringe. Aber dann in einer Fabrik stehen, selbst als Leiter von Abteilung-Dingsbums, irgendwo in der zugebauten Banlieue von Paris zwischen anderen Fabriken, Bahngleisen, Einflugschneisen? Was ist das dort für ein Leben, im Vergleich zu dem in Lézy?«

Das dachten alle, die nicht aus dieser Zone kamen. Diesem

Brei von Nicht-Orten zwischen französischer Landidylle und aufpolierter Innenstadt. Die Zone dazwischen, wo alles produziert, entsorgt, hin- und herschafft wurde, was die anderen beiden Frankreichs brauchten, wo Zigtausende lebten wie Cédric früher. Und wenn es auch stimmte, dass es dort nicht allzu viel Schönheit gab, die Menschen, die sich dort durchkämpften wie seine Großmutter mit ihrem Kiosk am RER und seine Mutter in ihrem Verteilzentrum der Post waren bei sich selbst. Vielleicht mehr als sonst wo. Mit all ihrem kleinen Glück und oft genug großem Unglück.

Aber auch Cédric hatte Lézy gewählt. Weil es hier mehr vom Glück gab. Hoffte er.

»Mir haben die Ferien gereicht, um mal rauszukommen«, sagte Paul etwas lauter. »Mit Maryses Mutter bin ich gern gefahren. Wir haben uns den Midi angeschaut, die Provence. England. Sogar in Norwegen waren wir. Aber als Witwer …«

Bernard Grandjean war auch einer gewesen. »Woran ist Grandjeans Frau gestorben?«

»Madame Mô war bei den Leuten genauso beliebt wie Bernard. Die beiden zusammen auf einem Fest, da war Stimmung garantiert. Sie hatte immer Ideen für Aktionen, bei denen man über sich selber lachen konnte. Einmal sollten wir über ein niedrig gespanntes Seil in ihrem Garten balancieren. *Nachdem* wir schon ordentlich Champagner verkostet hatten!« Paul legte sich die Hand auf die Brust. »Du sprichst mit dem Rekordhalter von Lézy. Freihändig über fünf Meter zwölf.« Sein Lächeln verrann in Wehmut. »Ein Gehirntumor hat Madame Mô dahingerafft, inoperabel. Die Chemo hat nicht geholfen. Sie hat sich fünf Monate lang gequält im Uni-Krankenhaus von Reims.«

»Weißt du, wer den Betrieb erbt?«

Paul fuhr sich durch die noch immer dichten grauen Haare. »Ich kann mir nicht denken, dass Grandjean ihn einem seiner entfernt verwandten Cousins in Dijon vermacht hat. Frag

Notar Duvert, dort hat er sicher sein Testament aufsetzen lassen.«

»Er hat es dir nicht gesagt?«

»Wenn es um Geld ging, ließ Grandjean sich nicht gern in die Karten schauen. Geschäftssinn hatte er schon immer, sonst wäre nicht aus einem kleinen Bauernhof der große Vermehrungsbetrieb für Setzlinge geworden. So viel er auch mit den Leuten redete – und das gern und laut –, so genau wusste er immer, wem er was sagte und vor allem was nicht.«

Cédric brummte. So kontrolliert waren nur Menschen, die gern manipulierten. Der dicke Grandjean hatte sich bei den Vorbesprechungen zur Rosenfeier Zeit genommen, hatte sogar die Zwillinge bewundert, die Klötzchen gestapelt hatten. Wie eine Masche war Cédric das nicht vorgekommen. Er blinzelte, weil die Augenränder brannten. »Wie ist Grandjean darauf gekommen, auch Rosen zu züchten?«

Paul wiegte den Kopf. »Erzähle ich dir besser morgen. Du kannst kaum noch die Augen offen halten, Junge. Geh schlafen. Berufserfahrung hin oder her, während deiner Ermittlungen werden deine Tage noch länger werden, als sie es im Weinberg sind. Das habe ich ja schon mal erlebt.« Paul erhob sich vom Ledersofa und streckte ihm die Hand hin.

Er hatte recht. Cédric schlug ein und ließ sich aus seinem Sessel hochziehen.

»Ich bringe das hier später weg.«

Er gönnte Paul das weitere Glas Marc, das er sich sicher gleich einschenken würde.

Cédric hatte an der Garderobe die Schuhe stehen lassen und schlich auf Strümpfen die Treppe hoch. Die fünfte und achte Stufe knarrten, das Geräusch machte Constantin manchmal Angst.

Die Tür zum Kinderzimmer stand einen Spaltbreit offen. Maryse hatte sich wohl gedacht, dass er hineinschauen mochte.

Drinnen waren die Rollos heruntergezogen. Das Nachtlicht in der Steckdose schimmerte grün.

Die zwei Bettchen standen direkt nebeneinander vor der Wand. Egal wo, unter welcher Decke oder auf welche Seite gelegt, die Zwillinge schliefen erst ein, wenn sie einander die Köpfchen auf Hörweite zuneigten. So als bräuchten sie den Herzschlag des anderen, wie sie es im Mutterleib gewohnt waren.

Genau so wollte Cédric jetzt auch Maryse in seiner Nähe fühlen, gerade weil er so kaputt war. Sonst würde er überhaupt nicht einschlafen können. Er brauchte ihren warmen Duft, der, seit sie Constantin und Louise auf die Welt gebracht hatte, den Hauch wilder Vanille nicht mehr verloren hatte.

Freitag

7

Haben Sie schon eine Spur? … Monsieur Bresson, wer tut so was? … *Oui, non, bien sûr* … Monsieur, wir werden Sie für den Wiederholungstermin vormerken, ja kommenden Samstag schon … Einzelprüfung? Das müsste ich mit dem Direktor … *Oui, non, bien sûr* … Wo erreiche ich Sie? … In der Mairie? … Ja, nein, natürlich, Monsieur.«

Cédric pfefferte sein Diensthandy auf die Fensterbank und hieb mit beiden Händen auf die grau lackierte Fläche. Das Telefonat mit dem Prüfungssekretariat von *Avize Viti Campus* hatte er zwar abgehakt, aber dennoch ärgerte er sich.

Seine wenigen Stunden Freizeit hatte er umsonst geopfert. Welche Zuckerarten waren für die Dosage erlaubt? Welcher Biodünger für welchen Boden-PH-Wert maximal? Es war endlos. Das würde er doch sofort vergessen.

Normversessenheit hatte es auch in der Polizeiausbildung gegeben. Cédric drückte sich von der Fensterbank ab, schnappte sein Handy vom Fensterrahmen, wohin es gerutscht war. Natürlich hatte er längst keinen Schimmer mehr, wie die Dienstanweisung überhaupt hieß, nach der er jetzt ein provisorisches Büro im Rathaus einrichten sollte.

Aber auf die Regeln der Bürokratie würde er bei diesen Ermittlungen weniger geben als noch vor knapp zwei Jahren beim toten Champagner-Präsidenten, der unter dem Kunstwerk im Weinberg gelegen hatte. Damals war er noch nicht allzu lange raus aus den Polizei-Routinen gewesen. Anders als jetzt, wo er sich schon fast wie ein richtiger Winzer fühlte, wo sein erster Rosé bei den Gästen des Abendempfangs viel Zuspruch gefunden hatte. Das war nicht selbstverständlich bei den anspruchsvollen Zungen der Männer und Frauen in Lézy, die, was Champagner anging, mehr als verwöhnt waren.

Aber bevor Cédric sich an die Entwicklung eines frischen Blanc de Blancs mit Thymian- und Melonennoten herantrauen konnte – er war sicher, dass er diese aus den Basisweinen von Cherriot-Bresson herausarbeiten könnte –, musste er erst wieder zum auf seine Intuition und Details fixierten Jungkommissar re-mutieren. Falls es dieses Verb überhaupt gab.

Cédric steckte das Handy ins blaue Sommersakko und drehte sich um. Das Eckzimmer hatte zwei breite Fenster, eines ging zum Marktplatz, das andere zur Rue Ducale hin. Die hohen Decken gaben dem Raum Luft. Wenigstens das. Cédric hasste miefige Büros. Anders als heute – unter der Decke blätterte bereits die grauweiße Farbe ab – hatte die *République* im 19. Jahrhundert nicht gespart, als in ganz Frankreich diese soliden Steinhäuser gebaut worden waren, in denen die Repräsentanten des Staates – die Herren Bürgermeister, Frauen gab es noch nicht in dem Amt – über das Volk herrschten.

Lézy verfügte über eine eher kleine Version, mit fünf Fenstern in der Fassade zum Marktplatz.

»Wann hast du denn das ganze Zeug rangeschafft?« Cédric hatte um kurz nach halb neun Uhr nicht schlecht gestaunt, dass sein Brigadier mit der Einrichtung fast fertig war.

»Ich habe nicht schlafen können.« Amadou spickte gerade die transportable Pinnwand mit roten Pfeilen, gelben Fragezeichen und noch unbeschrifteten Merkzetteln. Er trug einen brauen Sommeranzug überm weißen Hemd und schwarze Sandalen ohne Socken. Er hielt sich zwei blaue Markierungskreise vor die Augen. »Meine verschwollenen Glubscher willst du heute Morgen sowieso nicht sehen.« Er lachte. »Leyla hat erst gedacht, ich wäre total besoffen, als ich ihr das Liebesnest beschrieben habe. Dann hat sie mir um halb sechs in der Röstkanne ihren Spezialkaffee gekocht – der würde Tote aufwecken – und mich zu einer Dusche verdonnert. Seit sechs habe ich hier mit dem Hausmeister geräumt.« Amadou wies auf zwei stark verschrammte Schreibtische, die vielleicht 1990 neu gewesen waren. Auf einem lag ein aufgeschnittenes Baguette auf einer weißen Serviette. Cédric roch den Gruyère bis ans Fenster.

»Der Hausmeister hat vielleicht herumgemeckert, dass er die wieder mit mir reinschleppen musste, wo doch übernächste Woche die neue Ausstattung geliefert werden soll.« Amadou hob so weit den Kopf, dass sich in seinem Nacken der Speck faltete. »Vorher soll noch gestrichen werden. Die Führerscheinstelle zieht hier ein. Deshalb ist der Netzanschluss schon aktiv.«

»Das ist ja schon mal was. Hast du die Zugangscodes für die Datenbanken?«

Amadou nickte und stellte den Materialkoffer neben die Pinnwand. Er packte den Karton von Cherriot-Bresson mit den eingesammelten Handys auf den Tisch. »Es fehlen nur Ihres, Chef, das von Madame Lemonnier und das Ihrer Frau.«

Chef d'équipe – das war jetzt leider wieder Cédric. »Sie hatte beim Empfang so wenig Zeit wie ich, überhaupt Aufnahmen zu machen. Wir haben ja serviert. Ich werde Maryse bitten, dir gegebenenfalls wichtige Bilder zu schicken.«

Es klopfte dreimal kurz, aber deutlich.

Amadou blickte ihn aus seinen wirklich ziemlich verquollenen Augen fragend an.

»Herein«, rief Cédric. »Corinne!«

Im Türrahmen stand die hagere Kollegin in roten Jeans und schwarzer Lederjacke über weißem Ringelpulli. Sie war so drahtig, weil sie Marathons lief.

»Ich habe gerade gehört, was los ist. Ehe ich mir auf dem Marktplatz beim Aufbau des Standes der Polizeigewerkschaft die Hände schmutzig mache: Brauchst du Verstärkung?« Die dunklen Augen in ihrem sonnengegerbten Gesicht leuchteten tatendurstig.

Cédric ging auf sie zu. »Du kannst sofort anfangen.« Er streckte die Faust zum Gruß aus. *»Merci.«*

Sie knuffte dagegen. »Dieser Affe vom Ministerium aus Paris soll das regeln, dass man mich in Châlons beim Drogendezernat so lange freistellt.«

»Das harte Fach liegt dir.«

Sie legte die Lederjacke auf den nächstbesten freien Stuhl. »Wie man hört, ist der Täter mit Grandjean nicht gerade zimperlich umgesprungen. Stimmt das mit der Rose im Rachen?«

Amadou reichte ihr sein Tablet und zog eine Aufnahme groß.

Einen Moment flackerten ihre Lider, bevor sie ihren Körper in eine sehr gerade Haltung straffte. »Den kriegen wir, der das auf dem Gewissen hat.« Sie presste die dünnen Lippen zusammen und reichte das Gerät zurück. »Ich mochte Bernard Grandjean. Er hat viel für unsere Polizeigewerkschaft gespendet.« Sie wies mit dem Kinn zum Fenster in Richtung Marktplatz. »Da draußen zum Beispiel die Banner für den Stand.«

Corinne lehnte sich mit der Hüfte gegen den Schreibtisch. »Den Kontakt bekam ich über seine Frau, Madame Mô. Sie war echt gut als Physio, ihre Zauberhände haben mir die Achillessehne wieder in Ordnung gebracht.«

»Warum nennt sie eigentlich keiner beim Vornamen?«, fragte Cédric.

Corinne stellte die Beine über Kreuz. »Weil sich ›Voahiranahanitra‹ oder so ähnlich, was in der Sprache ihrer madegassischen Vorfahren ›Knospe der Teichblüte‹ heißt, keiner richtig merken konnte. Wir fanden es alle lustig, dass Bernard sie mit ›Madame Mô‹ geneckt hat, und sind bei dem Kosenamen geblieben.«

»Bernard Grandjean war bei allen beliebt, das sagt sogar meine …«

»Mamie.« Cédric sagte es zeitgleich mit Corinne. Und brach mit ihr in lautes Gelächter aus.

»Wenn deine Großmutter das sagt, muss es ja stimmen«, setzte Corinne nach.

»Amüsiert euch nur. Ich habe sie vorhin angerufen, sie steht nicht gern vor acht auf. Mamie irrt sich nie, wenn es um Leute aus Lézy geht.« Amadou nickte und hob den Zeigefinger. »Wichtiger ist aber, dass Mamie natürlich schon mit ihrer Freundin, der alten Marie-Jeanne, konferiert hat.«

Marie-Jeanne war die Kindergärtnerin in der *école maternelle*, bei der alle in Lézy sozusagen auf dem Töpfchen gesessen hatten, jedenfalls alle, die älter waren als fünfundzwanzig.

»Es gibt eine unklare Periode im Leben von Bernard Grandjean, über die sogar Mamie und ihre Freundin nichts wissen.« Amadou nahm einen Merkzettel aus der Reserve im Materialkoffer und einen breiten Filzstift. *1984–1995* schrieb er darauf. »Bernard verlässt nach dem Schulabschluss mit dem technischen Abitur Lézy. In der Zeit danach taucht er nur ab und zu bei den Eltern auf, für ein Wochenende oder Geburtstage. Der alte Briefträger schwört, dass er damals oft Umschläge und Postkarten mit exotischen Briefmarken aus Asien zu den Grandjeans getragen hat, sagt Mamie.«

»Gibt es eigentlich etwas, das in Lézy-le-Sec geheim bleibt?« Corinne stellte die langen Beine um.

»Natürlich nicht«, sagte Amadou.

»1995 kam Bernard zur großen Überraschung aller zurück, setzte noch ein Studium in Pflanzenschutz in Angers drauf und übernahm den elterlichen Betrieb.« Amadou machte ein paar Schritt und angelte sich das belegte Baguette. »Entschuldigt, aber ich muss einfach was essen.«

Cédric hatte mit den Kindern und Maryse zugeschlagen wie jeden Morgen um sieben Uhr.

»Du kaust ja immer auf irgendwas, also nur zu.« Corinne zeigte erneut zu den Fenstern. »Der Bühnenaufbau für den Bürgermeister geht schnell voran. Die schleppen schon die Tonanlage ran. Da fällt mir ein, dass Grandjean im Gemeinderat von Lézy mit seiner Stimme oft das Zünglein an der Waage war, wie man so sagt. Der Bürgermeister verdankt ihm eigentlich, dass die Tombola morgen überhaupt stattfinden darf.«

»Ich muss zugeben …«, sagte Cédric langsam.

»… dass du keine Ahnung hast.« Corinne spitzte die Lippen. »Schöner Chef! Es gab im Rat mal wieder Streit, weil der Bühnenaufbau was kostet.«

»Und der Samstagsmarkt ausfällt. Das ist für einige Händler ein großer Umsatzverlust«, nuschelte Amadou zwischen zwei Bissen.

»Die Wahlliste *Lézy-zuerst* war natürlich für Blaques Ideen, die Liste *Lézy-für-alle* dagegen. Wie immer eigentlich«, Corinne verschränkte die Arme vorm weißen Ringelpulli.

Amadou kaute nicht weiter. »Blaques Gegner wollten das Geld in die Jugendarbeit stecken. Böse Zungen halten den Bürgermeister für viel durchtriebener, als er scheint. So oft, wie der die Ansichten gewechselt hat. Bei der strammen Jäger-Partei soll er auch schon mal Mitglied gewesen sein.«

»Jedenfalls hatte Bernard oft mit seiner Einzelliste *Lézy-für-den-Ausgleich* den Stichentscheid«, sagte Corinne.

Da kam auf Cédrics Schwiegervater ja einiges zu – und auf die Nerven der Fraktionen. Paul war nicht gerade vom moderaten Temperament Grandjeans. Und weder Fan von Blaque noch von irgendwem sonst in der Lokalpolitik.

»Übrigens, die Winzer an den anderen Ständen da draußen

stöhnen schon. Sie fragen sich, von welchem Betrieb sie nun ihre Setzlinge beziehen sollen und wer sie ihnen im Weinberg pflegt? Die Leute machen sich Sorgen, dass Fremdfirmen Mehltau einschleppen.«

Cédric wies zur Tafel. »Notiere: Wer erbt?«

Amadou griff zu einem gelben Fragezeichen und pinnte es an die Wand.

Draußen am Marktplatz sirrte eine Säge und fraß sich durch Holz, so klang es jedenfalls durch die Fenster. Corinne rollte mit den Augen.

Amadou schrieb Namen für Namen auf Zettel. »Das sind die Gäste, die noch anwesend waren, als Michel Cordier den Toten entdeckt hat.«

Cédric versetzte sich zum gestrigen Abend zurück. »Der größte Teil hatte den Empfang da schon verlassen.«

»Moment. Sollten wir nicht besser von einem früheren Zeitpunkt ausgehen? Noch vor dem Fund der Leiche?«, fragte Corinne.

»Du hast recht. Da könnte der Mörder schon verschwunden sein. Wir müssen schon vorher ansetzen.« Cédric erinnerte sich nur an einige Momente, in denen er dem Rosenzüchter begegnet war. Da hatte er sich immer im Zentrum von Grüppchen befunden. Aber Cédric war die meiste Zeit zu beschäftigt gewesen, mit Häppchen und leeren Gläsern, und mit seiner Eifersucht auf Yves. Was ihn da bloß geritten hatte …

»Chef?«, fragte Amadou.

Cédric riss sich zusammen. »Die goldene Rose muss eine Rolle spielen«, sagte er. »Sonst hätte der Täter sie nicht so brutal in den Hals des Opfers gesteckt. Nehmen wir als Startpunkt der Rekonstruktion den Moment, als Sandrine Clément mit großer Geste die Rose überreicht. Das haben bestimmt viele mit ihren Handys fotografiert und gepostet.«

Grandjean hatte die Rose hinter einen der oberen Knöpfe

seines Hemds gesteckt und herumgetragen, jedenfalls eine Zeit lang. Cédric klappte den Polizeicomputer auf, der auf der abgesplitterten Schreibtischplatte stand und den Amadou schon angeschlossen hatte.

Aber Corinne kam ihm zuvor und setzte sich auf den Stuhl. »Ich habe aktuell mehr Übung mit dem Programm als du.« Sie hatte die Hand schon auf der Tastatur, hob aber schnell den Kopf, weil er nicht sofort reagierte. »Oder willst du selbst ran? Du bist der Chef der Ermittlung.«

»Nein, nein, ich habe nur nachgedacht.« Was stimmte. Es hatte Brüche gegeben im heiteren Fluss des Abends.

Amadou und Corinne schickten sich Bilder hin und her. Cédric verfolgte auf dem Bildschirm, wie das Programm der *Police nationale* automatisch nach den Uhrzeiten sortierte, zu denen die hochgeladenen Dateien erstellt worden waren. Die Bilderkennung ordnete die Aufnahmen in der Folge nach Personenanzahl.

»Hier, um 22:08 Uhr, wird die Rose überreicht. Da haben wir vier Grüppchen.«

Amadou steckte die entsprechenden Namen an der Pinnwand zueinander. »Madame Lemonnier, unser Ex-Filmstar, mit Unternehmer Mancy …«

»… und unserem obersten Vorgesetzten Theuilly-Bazet an Stehtisch eins. Wollen wir Nummern vergeben?«, fragte Corinne.

Cédric nickte. »Bürgermeister Blaque und die Rosendame Léonore Voissinet sind die zwei.«

»Dann ist das Trio der Männer aus dem Wein-wie-früher-Kurs die drei am Bassin im Garten. Lässt sich auch gut merken. Ich habe ihre Personalien aufgenommen, die kommen ja nicht von hier. Sorel wohnt im Gästezimmer in der *Grenouille Bleue*, die beiden anderen bei Chantal im *bistrot*. Sie hat oben auch Zimmer. Wer fehlt noch?«

»Na, die Familie Bresson natürlich.« Corinne dehnte die

Arme über der Tastatur nach oben. Cédric hörte ihre Gelenke knacken. »Gehört der bärtige Frischling zu euch?«

Yves.

»Ein Cousin zur Aushilfe oder so?«

Amadou guckte wie zufällig unter den Tisch, er wusste es also auch, wollte aber wohl nicht antworten. Cédric gab sich einen Ruck. »Das ist Yves Rémond, der Ex meiner Frau.«

»Und was will der Typ dann noch da auf dem Empfang?«

Corinne registrierte etwas hinter Cédric, Amadous Gesichtsausdruck wahrscheinlich.

Sie hob die Schultern. »Entschuldige, meine Zeit bei der Prostitutionsüberwachung hat mich ein bisschen unsensibel gemacht. Ich meine: Habt ihr ihn mitgebracht, oder hat Bernard Grandjean ihn eingeladen?«

»Ich jedenfalls nicht. Vielleicht Maryse. Ich kläre das.« Vor allem wollte er wissen, *warum* sie ihn eingeladen hatte.

»Packen wir ihn erst einmal mit der Innenarchitektin Sandrine Clément in Gruppe vier, sie ist auch noch übrig. Wusstet ihr, dass sie die alte Seigneurie, den Herrschaftssitz, hier gleich nebenan innen neu ausstattet?«, fragte Corinne.

»Klar«, brummte Amadou. »Der Museumsverein hat das Ding gekauft. Keine Ahnung, wo die das Geld für den nötigen Denkmalschutz aufgetrieben haben.«

Der Klatsch im Ort ging noch immer an Cédric vorbei, auch weil die Zwillinge das bisschen Zeit, das noch blieb, wenn die Arbeit getan war, komplett absorbierten. Cédric ging an der Pinnwand und den Tischen vorbei zu den Fenstern.

»Das Apotheker-Ehepaar Signoret können wir auslassen. Die hatte ich die ganze Zeit im Blick, weil ich amüsant fand, dass sie jeden der vielen Rosenstöcke im Garten untersuchten, wie man alte Porzellanfiguren auf Absplitterungen untersucht.«

»Die beiden sind ein bisschen schräg.« Corinne nickte.

»Aber ihre selbst gerührten Salben wirken Wunder, wenn du wunde Füße hast.«

»Ihr fangt damit an, für jeden Gast ein Bewegungsprofil zu erstellen. Beziehungsweise die zeitlichen Lücken einzugrenzen, in denen sie weder durch die Bilder noch eventuelle Videos genau zu verorten sind.«

Draußen auf dem Marktplatz standen viele Lieferwagen, kleine, große, alte. Maryse würde auch einen Stand bestücken mit ihren Winzerinnen. *Champagner-Perlen* nannten sie sich ironisch. Sie machte ein Geheimnis daraus, was sie dort verkaufen würden. Aber es sollte dem Bürgermeister ein bisschen die Show stehlen.

An der kurzen Seite eines blauen Wagens prangte der Schriftzug *France 24*. Das Fernsehen fehlte Cédric noch.

»Ist dir gestern Abend noch etwas aufgefallen?«, fragte Corinne hinter ihm. »Irgendetwas außer der Reihe?«

Cédric wandte sich zu ihr um.

Sie rückte sich den straffen weißen Rolli zurecht. »Ich weiß, Bresson, dass du weißt, wie man Zeuginnen und Zeugen befragt, aber wenn du als ermittelnder Kommissar schon mal selbst einer bist … Hat jemand was Besonderes von sich gegeben, etwas, das dich irritiert hat?«

Die Erinnerung ploppte geradezu auf wie ein Werbefenster im Internet. »Da war ein Moment. Bernard Grandjean stand seitlich hinter mir. Er sagte zu – wem eigentlich …?« Cédric überlegte. »Prüft es später noch mal, ich glaube, er sprach mit Bürgermeister Blaque, Léonore Voissinet und der Hohepriesterin …«

»Wer?« Corinne hob die gezupften Augenbrauen.

»Sandrine Clément. Sie trug eine Tunika, die mich ans alte Griechenland erinnert hat.« Cédric schloss die Augen. »Grandjean sagte etwas, verstanden habe ich ›Belmondo‹ und einen Moment später ›aufgekreuzt‹ … und dann noch ›ins Liebesnest‹.«

»Im oder ins?«, fragte Corinne.

»Er meinte die Richtung.«

»Von alten Filmstars war nur Madame Lemonnier anwesend. Belmondo ist übrigens schon tot.«

»Das war es wohl auch, was mich irritiert hat.«

»Bernard liebte Sprachspiele mit gleichklingenden Wörtern wie mo-*dern mo*-dern oder *Spiel*-ende Spielende.« Corinne wiegte den Kopf. »Wahrscheinlich hast du dich verhört.«

»Aber auch dann könnte es von Bedeutung sein«, meinte Amadou.

Cédric griff sich ein gelbes Fragezeichen und pinnte es an, darauf schrieb er *Belmondo*.

Draußen sirrte wieder die Kreissäge, auch dröhnte eine Kehrmaschine auf dem Marktplatz. »Man würde denken, dass die alten Mauern mehr Lärm abhalten.«

»Die Fenster sind's«, seufzte Amadou. »Wir haben auch solche zu Hause. Leyla liegt mir in den Ohren. Aber schallisolierende kosten ein Vermögen.«

Vom Treppenhaus drangen Stimmen in ihr provisorisches Büro. »*Non*, Durchgang verboten. Sie dürfen da nicht hoch!«

»Klingt wie der Hausmeister«, sagte Amadou. »Und die Leute von *France 24!*«

»Soll ich mir die vorknöpfen?« Corinne rückte mit dem Stuhl zurück.

»Verweise sie an den Polizeisprecher«, ordnete Cédric an.

»Aber gern.« Corinne schnappte sich ihre Lederjacke vom Tisch. »Die müssen ja nicht wissen, dass der vor Montag zehn Uhr nicht erreichbar sein wird. Nicht wundern, wenn's gleich scheppert. Ich mache eine klare Ansage.«

Sie warf die Tür hinter sich zu.

»*Messieurs-dames*, raus auf die Straße, sofort! Sie stören eine Ermittlung. Vorher sage ich gar nichts … Jaja, hopp hopp, schön die Treppe wieder runter. Die Kamera natürlich auch. Ja, genau, so wie Sie hereingekomm…«

Den Rest verschluckte gnädig das Treppenhaus.

Amadous Diensthandy piepte. »Die Spurensicherung ist fertig.«

Die alte Routine erfasste ihn langsam. Es verschaffte Cédric Zeit zum Denken. »Ich fahre noch mal raus zum Tatort. Aber ich nehme lieber den Hinterausgang.« Dort auf dem Parkplatz des Rathauses würden die Medienleute nicht parken. Es war zu schwierig, auf die Stellplätze zu rangieren, denn die alten Gassen rechts und links waren eng.

»Denk an die Absperrungen fürs Bürgerfest.«

»Kein Problem. Ich bin mit dem Fahrrad unterwegs.«

8

Als Cédric nun bei Tageslicht und ein paar Stunden Abstand wieder das Liebesnest betrat, hatte der Tatort seinen ganzen Schrecken verloren. Die Kollegen hatten die Bahre mit dem Leichnam an Cédric vorbeigetragen. Nur die Umrisse des schweren Leibes von Bernard Grandjean hatte er unter der dunkelgrauen Folie erahnen können. Der Geruch von Wildrosen, den er in der Nacht als so penetrant wahrgenommen hatte, schwebte nur noch irritierend angenehm im Raum, fast stimmungshebend wie eine sanfte Droge.

In der Tatnacht hatte der alte Filmscheinwerfer oben in der Vitrine gespenstig kalt das tödliche Liebesnest beleuchtet. Das helle Tageslicht machte daraus nicht mehr als ein verwüstetes privates Arbeitszimmer. Ein Chaos aus von Regalen gestürzten Ordnern, zerbrochenen Duftflakons und verstreuten Gegenständen zeigte sich auf dem blauen Teppich.

So inkonsequent verwüstet hatte es bei Einsätzen in Cédrics Ausbildungszeit in Pariser Bordellen und Clubs ausgesehen, wenn Schutzgelder nicht gezahlt worden waren oder Revierkämpfe im Milieu tobten. Der angerichtete Schaden sollte bloß eine Warnung sein.

Aber Grandjean war vernichtet worden. Mehr noch, er war mit einer goldenen Rose im Rachen zu einem Gegenstand erniedrigt worden.

»Ich schneide noch schnell die Aufnahmen der Überwachungskameras zusammen«, rief Tranh hinter ihm aus dem Entrée, wo sie an ihrem provisorischen Arbeitstisch in die Tastatur hackte.

Grandjean hatte sein Anwesen überwacht. Eine Kamera reichte mit dem Aufnahmewinkel vom Parkplatz bis zur Pergola. Eine zweite Kamera war im Eingangsbereich verborgen. Auf Bildschirmen in den Gewächshäusern, wo das Personal die meiste Zeit arbeitete, konnte man die Zufahrt und den Bürotrakt immer im Blick behalten. Viele Gartencenter verfügten über solche Anlagen.

Cédric konzentrierte sich wieder auf das Büro. Um den leeren Schreibtischstuhl herum war der Fußboden mit Markierungstäfelchen übersät. Sie würden den Abwehrkampf des Opfers rekonstruieren können, sobald die Leiche untersucht war.

Im Schloss der schmalen Verbindungstür zu den Gewächshäusern steckte kein Schlüssel mehr. Dafür waren Klinke und Rahmen mit dem Kontaktpuder für Fingerabdrücke überzogen, wie auch viele größere Scherben auf der blauen Auslegeware.

Liebesnest – das stand sogar außen im Entrée auf einem kleinen Porzellanschild, wie Cédric erst vorhin bemerkt hatte. Der Name zeugte von Grandjeans Humor – und von der Leidenschaft des Toten für die Rosenzucht.

Die Vitrine zur Bestäubung hatte Grandjean in seinem privaten Bereich aufgestellt und nicht etwa in einem der automatisch klimatisierten großen Gewächshäuser, die sich an den Technikraum hinter der schmalen Tür anschlossen. Am Rebstock warfen verwachsene Blütenblättchen ein Käppchen ab, Stempel und Staubgefäße bestäubten einander dabei – wenn alles gutging und kein Regen oder starker Wind die Pollen vertrieb. Stimmte die Temperatur, betrug sie also zwischen zwanzig und fünfundzwanzig Grad, war in fünf Tagen alles vorbei. Spielte das Wetter nicht mit, konnte es drei Wochen dauern, und der Fruchtansatz war dann trotzdem schlecht. Verrieselung drohte.

Der Hausherr aber wollte offenbar seine Lieblinge immer

im Blick haben. Vielleicht war es für die Rosenzucht zwingend.

Auf dem Wandregal neben der Vitrine thronten afrikanische Holzmasken, wie Cédric sie einmal im ehemaligen Kolonialmuseum im Palais an der Porte Dorée in Paris gesehen hatte. Die Basttasche mit Muscheln daneben passte eher in den pazifischen Raum. Grandjean hatte offenbar Reisemitbringsel in Sichtweite vor seinem Schreibtisch aufbewahrt. Das alles hier schien aus dem Lebensabschnitt zu stammen, über den Amadous Mamie und der Tratsch von Lézy nichts wussten.

Neben einer der afrikanischen Masken lag wie ein herausgefallener Augapfel ein kleiner Golfball aus Kristallglas. In seine Riffelung war eine sechseckige Fläche matt eingefräst, ein *Hexagone*, ein Sechseck mit geschwungenen Linien, zu dem Frankreichs Umrisse gern abstrahiert wurden. Cédric hatte diese Formgebung französischer Grafiker nie überzeugt. Zig Konzerne verwendeten sie in ihren Logos, wie auch der Hersteller dieses Balls.

»Tranh, haben Sie Aufnahmen der Gegenstände hier im Regal gemacht?«, fragte Cédric laut.

»Sind schon raus an den Kollegen Diouf.«

»Sehr gut.« Loben war wichtig, außerdem brauchte er nicht sparsam damit zu sein. Er würde keine nachträgliche Bewertung der Leistung seiner Mitarbeiter pinseln, das konnten die Pariser Bürokraten vergessen.

Es gab nur einen Bilderrahmen unter all den Sachen, auf dem obersten der drei Regalbretter. Eigentlich waren Fotografien ja fast altmodisch. Heute müllten ja alle ihre Speichermedien zu. »War Grandjean in den sozialen Medien aktiv?«

»Es gibt eine Seite des Betriebs auf Facebook, *Monsieur le Commissaire*. Seinen Firmenserver nehmen wir uns erst noch vor. Die Kameraaufnahmen schienen mir wichtiger. Ich bin gleich fertig.«

Cédric stellte sich auf die Zehenspitzen und streckte den Arm nach dem Farbbild aus. Es zeigte eine kleine Jacht vor einem Hafen. An der Kaimauer wehte die finnische Flagge. Vielleicht Helsinki? Ein bartloser schlanker junger Mann in gestreifter Badehose und mit sehr kurzen blonden Haaren stand am Steuerrad und streckte Zeige- und Mittelfinger zu einem V aus. Er grinste breit unter der runden Sonnenbrille. An der Bugspitze schimmerte eine französische Königslilie aus Chrom.

»Das ist ja Grandjean selbst«, sagte Cédric bei sich. Kaum wiederzuerkennen, denn er hatte zwanzig Kilo weniger und war auf der Aufnahme vielleicht dreißig Jahre jünger.

Ob Cédric mit über fünfzig selbst so dick sein würde wie Grandjean? Hoffentlich hielt ihn die Knochenarbeit im Weinberg besser in Form, maschinelle Hilfen hin oder her.

»Ich bin so weit. Wenn Sie schauen möchten?«, rief Tranh aus dem Entrée.

Cédric balancierte zwischen den Markierungstafeln der Spurensicherung vorsichtig zur Tür. Zuletzt sprang er mit einem großen Satz auf die grauen Bodenfliesen hinaus.

Im Eingangsbereich war es sehr hell, weil die Front zum Parkplatz hin aus Glasflächen bestand. Nach fünf Metern gingen sie in die Fensterbögen der Rotunde über, die sich zum Garten hin als großer Kreis anschloss. Neben dem Durchgang dorthin stand unverrückt der Bildschirm, wo gestern tagsüber noch ein Werbefilm der Pflanzenschule Grandjean gelaufen war. Ein Rundbogen teilte die kürzere Seite des Entrées vom Flur mit den Besuchertoiletten ab. In der rückwärtigen Wand gab es nur die bordeauxrot lackierte offen stehende Tür zum Liebesnest.

An der Wand hinter Tranhs provisorischem Arbeitstisch war ein früherer Rundbogen zugemauert und weiß verputzt worden.

»Zum Büro des Betriebs und zur Privatwohnung des

Opfers kommt man nur durch den Nebenaufgang. Die Kollegen, die den Leichnam zu Meillant in die Gerichtsmedizin gebracht haben, werden dort noch nach Auffälligkeiten suchen. Wir sind leider nicht voll besetzt.«

Ihre Züge waren blass. Die Nase schien Cédric noch spitzer als in der Nacht. »Waren Sie überhaupt zu Hause?«

»Überstunden gehören zum Polizistinnenleben, nicht wahr? Meine Erfahrung ist, dass Spuren schnell verwischen. Olfaktorische erst recht.« Tranh wies auf einen Stapel Plastiksäckchen neben dem Computer. »Dafür hat es sich gelohnt. Aus dem Rätsel um den Rosenduft werde ich meine Abschlussarbeit machen.«

»Klären Sie mich auf.« Cédric lehnte sich mit der Hüfte an den Arbeitstisch.

»Echte Rosenextrakte sind sehr teuer. Ich glaube kaum, dass Grandjean sie fahrlässig auf seinem Regal in Absturzhöhe hinstellen würde. Auch wenn der Flakon aus stabilem Glas war.«

Sie zeigte zur offenen Tür des Liebesnests. »Es muss vorher woanders gestanden haben. Wo genau, finde ich noch heraus.«

»Bon.« Cédric drehte sich zum Bildschirm des Dienstcomputers um. »Was sagen uns die Überwachungskameras?«

»Der Nachtmodus war schon automatisch aktiviert. Deshalb beginnen die Aufnahmen erst in dem Moment, als das Opfer Grandjean aus der Rotunde herüberkommt. Also nicht wundern, wenn die Wiedergabe zwischen den beiden Aufnahmewinkeln springt. Die Kameras nehmen im Nachtmodus nur auf, wenn sich etwas im Raum bewegt.«

22:08 blendete das Polizeiprogramm oben links ein. »Hier«, ihr dünner Finger zeigte auf den Durchgang zur Rotunde, »Grandjean kommt von dort, bleibt kurz vor dem Bildschirm mit dem Werbefilm stehen, fährt sich durch die Haare. Jetzt geht er drei Schritte weiter.«

»Er zögert ziemlich lange.« Grandjean bückte sich vor der Tür zum Liebesnest.

»Ihm fällt der große Schlüsselbund aus der Hand, als er aufschließt.« Tranh zeigte zum Stapel Plastikbehälter. »Den untersuchen wir heute Mittag.«

»Grandjean schließt die Tür nicht hinter sich, er lässt sie angelehnt«, sagte Cédric. »Das Licht im Entrée ist aber ziemlich funzelig.«

»Der alte Scheinwerfer in der Rosenvitrine ist zwar ziemlich stark, weil ein Leuchtmittel mit der Wellenlänge von Tageslicht eingebaut ist, um das Chlorophyll der Rosen zu ernähren, aber deshalb ist er auch auf die Pflanzen ausgerichtet, und die Lichtstreuung reicht nicht weit durch den Türschlitz heraus.« Tranh zeigte über Cédric zur Decke vor dem Rundbogen zu den Toiletten. »Und die quadratischen Deckenlampen hier, von den dreien ist eine kaputt.«

Die Aufnahme sprang auf die Parkplatzansicht.

»Die Kamera draußen hat im Nachtmodus nur gestartet, weil diese beiden Gäste unter der Rosenpergola neben der Rotunde verschwinden.«

Cédric zuckte zusammen. Yves hielt Maryse, einen Schritt vor ihr gehend, bei der Hand und zog sie schnell hinter einen Rosenstrauch am ersten Pergolabogen. Maryse wandte dabei den Kopf, wie es jemand tut, der nicht gesehen werden will.

»Die beiden hatten wohl was vor«, kicherte Tranh. »Unterm Rosenbogen – wie romantisch.«

Genau so sah es aus. Sie wusste offenbar nicht, dass es sich um seine Frau und ihren Ex-Freund handelte.

Cédric fühlte gar nichts. Es kam ihm so vor, als hinge er in einer seltsamen Lücke in der Zeit. *Es kann nicht sein, wonach es aussieht.* Wo hatte er nur selbst in dem Augenblick gesteckt? War er gerade bei den drei Männern am Gartenbecken bei der Blindverkostung gewesen? Oder hatte er gerade sein Serviertablett neu bestückt?

»Sei's drum. Fakt ist: Das Pärchen entfernt sich vom Tatort.«

Das … Cédric fühlte, wie er in die Gegenwart zurückstürzte. Jetzt war er Kommissar und hatte einen Mord aufzuklären. Für alles andere würde es Erklärungen geben. »Weiter«, sagte er mit rauer Stimme.

Tranh beugte sich zu ihren Füßen und präsentierte ihm eine Wasserflasche. »Sie haben ja einen Frosch im Hals. Möchten Sie einen Schluck? Die Flasche ist noch zu.«

Cédric griff zu und drehte das Vittel auf. »Danke.«

Tranh ließ das Programm weiterlaufen. »Da kommt ein Mann vom Durchgang zur Rotunde ins Entrée.«

»Der Bürgermeister von Lézy.« Blaque spurtete direkt zum Liebesnest. Die bordeauxrote Tür fiel hinter ihm zu.

»Keine Bewegung im Aufnahmewinkel außen. Deshalb stoppt die Aufnahme.«

»So schnell, wie die Tür zugegangen ist, könnte sie auch von innen geschlossen worden sein. Vom da noch lebenden Opfer Grandjean.«

»Oder jemand anderem.«

Die Anzeige sprang auf 22:14 Uhr vor, weil es wieder Bewegung gab. »Grandjean und Blaque haben also knapp drei Minuten miteinander gehabt.«

Blaque spurtete durchs Entrée hinaus auf den Parkplatz. Die zweite Kamera erfasste ihn, wie er hinter einem Wagen verschwand. Sie stoppte kurz. Der Bürgermeister tauchte wieder auf und wischte sich die Finger an einem Papiertaschentuch ab, das er vor der großen Kugellampe zwischen ein paar Lavendelbüsche warf. Dann bog er an der Pergola in den Garten ab.

»Das Beweisstück habe ich schon gesichert.«

»Mitgedacht – gefällt mir.« Auf den Gedanken war Cédric noch gar nicht gekommen. Er musste sich konzentrieren, verdammt. »Das wird uns helfen.«

»Sieben Minuten später wird die Kamera im Entrée erneut aktiv, aber nur sehr kurz, für ein paar Sekunden.«

»Gehen Sie auf Einzelbild. Welche Bewegung hat die Aufnahme überhaupt ausgelöst?«

Tranh klickte. Das Video sprang sekundenweise rückwärts. »Da! Was ist das für ein Schatten?«

»Ein Ellbogen oder eine Schulter?« Cédric blickte durch den Raum. »Wo genau ist die Lichtschranke?«

Tranh wies auf einen Schalter an der Wand hinter dem Bildschirm des Werbefilms. »Das schmale gelbe Plastikteil unter der Steckdose. Dahinter ist der Minilaser des Sensors verborgen, der die Überwachungsanlage schaltet.«

Cédric ging hinüber zum Bogen vor den Besuchertoiletten. »Wenn jemand hier herauskommt und sich langsam in den Raum vortastet …« Cédric schob sich Fuß für Fuß unter dem Bogen vor.

»Wenn Sie zum Liebesnest schauen, drehen Sie unwillkürlich den Oberkörper, und Ihr Ellenbogen streift den Sensorstrahl.«

»Offenbar ist aber die Person zurückgezuckt, weswegen die Aufnahme stoppte.«

Tranh klickte im Programm. »Es war ja bereits Nacht. Wenn die Person in diesem Moment erst Blaque vor den Frontscheiben bemerkt, der draußen vom Parkplatz her an den Kugellampen vorbeigeht, ist es logisch.«

»Offenbar geht die Person danach aber nicht weiter ins Entrée.« Cédric drehte sich zum Rundbogen um.

Im kleinen Flur vor den Toiletten gab es nur einen Wandspiegel. Weiter hinten befand sich wieder ein Bogen. Wenn man unter ihm hindurchging, gelangte man ebenfalls zurück in die Rotunde. Oder zu den Gewächshäusern. Aber der Übergang dorthin war am Vorabend verschlossen gewesen. »Verdammt viele Winkel.«

»Oder die Person hat sich nur in der Richtung geirrt und

wollte eigentlich zu den Toiletten gehen. Es gab doch Ihre Champagnerpyramide.« Tranh zuckte mit den Schultern. »Also ich verliere schnell die Peilung nach dem zweiten Glas.«

Ein sich verirrender Gast wäre möglich. »Ziehen Sie diesen Ellbogen mal ganz groß.«

Drei weitere Klicks, und Cédric war sich sicher: »Das ist der Stoff einer klassischen Damenbluse, nicht wahr?«

»Ich schaue in der Datenbank, ob ich eine Übereinstimmung finde.«

»Warten Sie damit. Höchstwahrscheinlich findet Amadou auf den Handys schneller eine Aufnahme des Originals.« Cédric würde sich nicht wundern, wenn der Stoff zu der Bluse passte, die Léonore Voissinet unter ihrem eleganten Kostüm getragen hatte.

»Es geht noch weiter«, sagte Tranh.

Cédric kehrte zum Tisch zurück. »Dieser Mann heißt Michel Cordier.«

Der Bio-Winzer kam vom Parkplatz herein, auf den Stufen steckte er einen Verdampfer in seine Jackentasche. Im Entrée wandte er sich dem Bogen zu den Toiletten zu. Er stutzte.

Tranh zeigte auf das lange Haar im Gummiband auf dem Hinterkopf. »Er hört offenbar etwas, so wie der Zopf schwingt.«

»Er geht, wie er ausgesagt hat, vor zur Tür, klopft. Wartet. Klopft wieder. Öffnet …«

»… und zuckt noch in der Tür zurück, stößt sich am Türrahmen, dreht sich um und wankt zur Rotunde.«

»Ab da habe ich es selbst erlebt.«

Tranh stoppte die Aufzeichnung. »Aber beweist das jetzt, dass Blaque der Täter ist?«

Cédric wagte es nicht zu hoffen. Sein Bauch drückte viel zu sehr. Auch erfasste ihn nicht das Ziehen in den Unterarmen wie sonst, wenn er auf einer richtigen Spur war. Dafür kämpfte sich ein Gedanke vor. »Lassen Sie uns etwas versuchen. Aktivieren Sie die Überwachungsanlage.«

Tranh neigte den Kopf um den Dienstcomputer herum, weil Cédric auf die Knie ging und den Sensor am Wandschalter inspizierte. »Das kann ich leider nicht mehr, die Kollegen haben den Server mitgenommen. Wir müssen erst den Daten-Ist-Zustand sichern.«

Cédric fiel es wieder ein. »Ist Vorschrift, stimmt.«

Es ging vielleicht auch anders. »Haben Sie eine Schnur?«

»Klar.« Tranh sprang auf und holte ein Knäuel aus dem Materialkoffer, den sie am anderen Ende des Tischs abgestellt hatte.

»Wo endet der Lichtstrahl?«

»An diesen kleinen Quadraten.« Tranh bückte sich unter dem zugemauerten Wandbogen zu einem kleinen Stückchen Plastik in der Fußleiste. »Und dort neben dem Türrahmen.« Sie zeigte zu einem Quadrat neben dem Porzellanschildchen *Liebesnest*. »Sie wollen den Strahl simulieren. Moment ... Ich habe einen Hammer.«

Cédric konnte gar nicht so schnell gucken, wie sie zur Tat schritt. Tranh steckte sich ein paar Nägelchen zwischen die Lippen. Sie eilte von Wand zu Wand, hämmerte je eines an die Sensoren und Gegenpunkte und rollte die blau-weiß-rot gedrillte Kordel quer durch den Raum aus.

Cédric knotete die Enden an die Nägelchen fest. »Und jetzt spannen.«

Zwei straffe Kordeln querten das Entrée.

»Tja.« Tranh blieb vor der Glasfront zum Parkplatz stehen. »Wenn Sie mich fragen ...« Sie ging in die Knie, legte sich flach mit dem Rücken auf den Boden und robbte unter der ersten Kordel hindurch. Mit einer Vierteldrehung rollte sie zum zugemauerten Wandbogen herum und kam wieder hoch. »Mit etwas Ortskenntnis sind die Lichtschranken leicht zu umgehen. Jedenfalls wenn man vom Parkplatz kommt.«

Cédric lehnte am Durchgang zur Rotunde. »Von hier aus müsste man es so machen.« Er setzte sich auf den Hintern und kroch mit den Füßen voraus auf den Ellenbogen wie bei einer Sportübung unter der Schnur vorm Toilettenbogen hindurch. Hinter dem Bildschirm, der an der kurzen Wand stand, rollte er auf die Knie.

»Man braucht nur neun Sekunden«, stoppte Tranh die Zeit mit ihrer Armbanduhr.

»Von hier kommt man sogar mit dem Rücken die Wand entlang bis zum Liebesnest.« Cédric probierte es aus. »Man muss dort nur einmal sehr tief unter dem Porzellanschild abtauchen.«

»Wieder nur sieben Sekunden. Ich erfasse das gleich mal für unsere offizielle Nachstellung.« Tranh notierte es in ihren Unterlagen.

»Das heißt, die Überwachungskameras beweisen nur, was wir gesehen haben. Nicht aber eine Täterschaft.«

Tranh seufzte. »Es beweist allerdings, dass der Bürgermeister, die Blusenträgerin oder dieser Cordier selbst noch einmal am Liebesnest vorbeigeschaut haben könnten. Nur dass sie einer Aufnahme ausgewichen wären.«

»Das Zeitfenster ist aber äußerst klein, oder?«

Sie betrachtete ihre Notizen und kniff die Augen zusammen. »Zwölf bis fünfzehn Minuten. Das ist gar nicht so wenig. Je nach Methode benötigt man erstaunlich wenig Zeit, um einen Menschen zu töten. Aber das wissen Sie ja selbst.«

Cédric erinnerte sich an solche Fälle. Ein einziger Messerstich, ein Schuss. Aus dem Privatbüro wehte wieder der Rosenduft her. Fast schien es, als schickte Grandjean aus dem Jenseits ein Zeichen. »Auch die Spuren da drinnen sprechen nicht für einen langen Kampf.«

Und Winkel und Ecken im Flur vor den Toiletten gab es genug, wo sich sogar Dritte versteckt haben könnten, wenn sie aus dem Garten und durch die Rotunde gekommen wären, ohne überhaupt von den beiden Kameras aufgenommen worden zu sein. Darauf käme jede Verteidigung vor Gericht.

Tranh rollte die blau-weiß-rote Kordel ein. »Aber unsere Simulation beweist noch etwas. Wie hier die Lichtschranken und Überwachungsanlagen funktionieren, das musste der Täter wissen, wenn es nicht eine der aufgezeichneten Personen war.«

»In Lézy war bekannt, dass Grandjean sein Geschäft sicherte. Das tut ja jeder vernünftige Inhaber. Aber ob die Leute auch wissen, wo genau er die Lichtschranken eingerichtet hatte?«, seufzte Cédric.

Tranh hob die Schultern. »Wir fangen ja erst an.«

»Das hätte auch Ihr Chef Meillant sagen können.«

»Er kommt sogar früher aus Schweden zurück und hat sich Bernard Grandjean persönlich reserviert.«

Gerichtsmediziner waren wirklich nicht zimperlich in der Wortwahl.

Cédric löste die Nägel aus der Wand. Er legte sie Tranh neben den Dienstcomputer.

Eigentlich war der geringe Überwachungsaufwand mit nur zwei Kameras in einer soliden Ortschaft wie Lézy gerechtfertigt. Es gab keine Barkasse. Winzer kauften Setzlinge zu Hunderten, und auch Zusatzmaterial oder die Dienstleistungen der Pflanzenschule Grandjean wurden sicher per Überweisung bezahlt. Und wer würde schon aus der Rotunde, in der normalerweise Muster präsentiert wurden, die schweren Pflanzkübel rausschleppen.

»Machen Sie weiter. Ich schaue mich mal bei den Gewächshäusern um.«

Er musste dringend mit Patricia, der leitenden Angestellten des Betriebs, sprechen. Eigentlich führte der kürzeste Weg an den Besuchertoiletten vorbei durch den kleinen Flur und nach rechts in die Gewächshäuser.

Draußen schimmerten rote, gelbe, weiße Kaskaden von Kletterrosen an der Pergola, sanft vom Wind bewegt.

Die Überwachungsaufnahme fiel Cédric wieder ein. Was hatten Yves und Maryse nur dort gemacht? Verdammt.

Cédric entschied sich für den Umweg über die Außenanlagen.

Er ging am Parkplatz an der großen Kugellampe vorbei unter den ersten Bogen der Pergola. Ranken voller kleiner hellrosa Blüten hingen herab, manchmal bis auf Brusthöhe.

Genau hier hatte Yves Maryses Hand gehalten. Cédric drehte sich zwei-, dreimal auf dem Kies im Kreis. Er verrannte sich in seiner Eifersucht, komplett. Geküsst oder sonst was getan hatten die beiden bestimmt nicht.

Zwar schien es aus dem Aufnahmewinkel der Kamera, die den Parkplatz überwachte, als hätte das dichte Gerank auf der Pergola die beiden verschluckt. Auf der Seite, die man vom Garten aus sehen konnte, waren die Kletterrosen ganz anders geschnitten. Die Blütenpracht war hier nur auf die Stützbögen der Pergola gezogen. Deshalb gab es auch keinen Sichtschutz vor den Gästen durch die Rosenranken. Man sollte sie ja bewundern können und sich darunter im Schatten aufhalten können. Logisch eigentlich. Cédric stand vielleicht drei Meter hinter dem Stehtisch, an dem er Viviane und den Staatssekretär bedient hatte.

»Außerdem sind zig Gäste champagnerselig durch den Garten gelaufen, du Idiot!«

Cédric erschrak. Er hatte ziemlich laut mit sich selbst gesprochen. Er ging unter der gelben Blütenkaskade heraus in den Garten.

Nur der Zulauf des ovalen Gartenbeckens plätscherte. Auf den Stehtischen standen vergessene Gläser von Cherriot-Bresson, neben den Stufen zur Rotunde eine leere Flasche seines Rosés. Er würde Maryse zum Aufräumen herbitten müssen.

War wäre er ohne sie?

9

Cédric lief auf die Gewächshäuser zu. Das Hauptgebäude wirkte nur wegen der Anbauten großzügig. An die Rotunde schloss sich eine Remise an, wo früher vielleicht einmal zwei Pferdewagen gestanden hatten. Heute brummte hinter Lüftungsgittern in der Alufront die ganze Technik, die man für den Betrieb der großzügigen Gewächshäuser brauchte.

Auf Trägerreben aufgepfropfte Knospen der Edelsorten trieben bei gut dreißig Grad aus, dafür benötigten sie viel Luftfeuchtigkeit.

Die ersten beiden Glashäuser wiesen kleine Scheiben auf, wie sie bis in die siebziger Jahre des 20. Jahrhundert gebaut worden waren. Cédric lugte hinein.

Endlos viele Kisten standen dort nebeneinander aufgereiht, in denen die präparierten Zweigstücke lagerten, mit Sägemehl bedeckt, damit sie besser austrieben. Fast freute er sich. So sah also der Lernstoff aus Lektion sieben in natura aus. Natürlich verabreichte man den Endstücken noch eine Anti-Pilzbehandlung und badete sie in einem pflanzlichen Wachstumshormon. Aber das wurde offenbar woanders gemacht. Wohl in einem der vier weiteren Glashäuser den Hang hinunter. Sie mussten später gebaut worden sein, denn ihre Fronten bestanden aus großflächigen Scheiben.

Es schimmerte dahinter nur vage grün. Jetzt, kurz vor Mittag, spiegelten die Scheiben zu sehr. Das ganze Tal, und Lézy sowieso, verschwammen darin zu ein paar Farbtupfern.

Aber Cédrics eigentliches Ziel war sowieso das Grüppchen weiter unten am Hang.

Viele parallele Bahnen dünner grauer Plastikfolie erstreckten sich dort. Vier davon waren schon bepflanzt.

Gut zwanzig Personen knieten am Boden. Die kurzen Setzlinge schimmerten rötlich.

»… doch nicht so krumm wie meine Zähne, herrje!« Eine stämmige Frau drückte sich aus den Knien hoch.

Das musste Patricia Manigray sein, die leitende Angestellte. Sie kümmerte sich nicht um die Erdkrümel auf ihrem grünen Vlies-Anzug. Ihr sehr blondes Haar trug sie in einem praktischen Kurzhaarschnitt. Sie machte ein paar Schritte auf einen der Teilnehmer zu.

»Schauen Sie mal von der Seite, Monsieur. Und?«

Cédric erkannte den Sportlichen von der Champagner-Blindverkostung wieder.

Sorel legte bei seinem Kontrollblick sogar die Schulter auf die Folie. Er trug moderne Wanderkleidung aus schwarzem Thermostoff. Die dünne Jacke spannte über den breiten Schultern. Der Mann trainierte sicher mit Hanteln.

»Wackelt ein bisschen.«

Sein heller Tenor klang gut gelaunt.

»Ein bisschen?« Manigray machte mit den erdigen Fingern eine drohende Geste. »Wie ein Hundeschwanz! Noch mal. Sie müssen die Zweigstücke möglichst senkrecht durch die Folie bohren.«

Die Erde darunter war gelockert, gedüngt und antipilzbehandelt. Cédric hatte das gemeinsam mit seinem Schwiegervater und mit der Unterstützung eines Spezialpflugs auch schon durchexerziert.

»Wenn die Setzlinge schräg austreiben, müssen Sie zu viel aufbinden. Das kostet Material und vor allem Zeit.«

Cédric stellte sich einfach dazu. Ein bisschen breitbeinig, wie es die Winzer im Hang gern taten.

Die Kursteilnehmerinnen und -teilnehmer waren konzentriert bei der Arbeit.

»Bonjour, Commissaire Bresson«, rief Jaquin, der Jüngere aus dem Trio. Er wischte sich ein paar Erdkrümel aus dem Bart. Heute steckte er in einem blauen Trainingsanzug der Marine.

Prompt ließen alle die mit rotem Paraffin geschützten Stängel sinken, die sie in den Händen hielten.

»Dürfen wir den Kurs doch nicht zu Ende machen?«, fragte eine Frau von ganz hinten.

»Doch, doch. Lassen Sie sich nicht stören. Ich habe nur ein paar Fragen. Reine Routine.«

»Ihr habt es gehört. Und bis zum Mittagessen solltet ihr euren Vorrat eingepflanzt haben. Sonst müssen wir die wegwerfen, weil sie austrocknen. Also ...«, Patricia Manigray klatschte in die Hände und kam dabei auf Cédric zu.

Sie ging gleich ein Stück über die nächsten grauen Folienstreifen am Boden weiter, außer Hörweite.

»Ihre Kollegin hat Sie mir heute Morgen schon angekündigt.« Manigray ließ ihren Oberkörper nach vorn sinken und stützte mit gestrecktem Rücken die Hände auf die Knie. »Bernard – tot! Sagen Sie mir, dass ich gleich aus einem Albtraum aufwache. Ich kann das immer noch nicht glauben.« Sie drückte sich wieder hoch und atmete mit geschlossenen Augen tief durch. »Seit dreißig Jahren arbeite ich hier, können Sie sich das vorstellen? Und jetzt ist der Chef weg, von heute auf morgen. Was sollen wir nur machen?«

Cédric wartete einfach, dass sie weitersprach.

»Gut, ich habe den tollen Titel Geschäftsführerin.« Manigray wies zu den Gewächshäusern den Hang hoch. »Damit die anderen nicht meckern, weil Bernard mir ein bisschen mehr zahlt, weil ich so lange dabei bin und Bescheid weiß mit den Pflanzen.« Sie tippte sich an die Schläfe. »Aber Bernard war das Hirn des ganzen Ladens, wenn Sie so wollen. Ich habe bloß die zig Hände von unseren Leuten ans Arbeiten gebracht.«

Tränen stiegen ihr in die Augen.

Manigray fuhr sich schnell mit dem Handrücken darüber. »Entschuldigen Sie, Bresson. Finden Sie den Scheißkerl, der ihn auf dem Gewissen hat.«

Cédric kaufte es ihr ab. »Ihr Chef hatte keine Kinder und ist verwitwet. Wissen Sie, wer ihn beerbt?«

»Er hat überlegt, ob er den Laden an uns Mitarbeiter übertragen kann, wenn er mal alt ist. Er wollte, dass wir eine Genossenschaft gründen.«

»Haben Sie nicht?«

Sie seufzte gedehnt. »Der ganze Papierkram ... So was dauert. Stellen Sie sich besser auf die Folie. Sie haben keine Stiefel an. Die Erde ist sehr klebrig.«

Cédric wusste es eigentlich selbst. Aber er hatte sich noch nicht wieder an Anzug und schwarze Lederschuhe gewöhnt, die er heute früh angezogen hatte, wie es sich für einen Kommissar gehörte. »Hat Grandjean sein Testament geändert, nachdem Madame Mô gestorben war?«

»Glaube schon. Fragen Sie Notar Duvert, bei dem war Grandjean vor ein paar Monaten ein paarmal. Ich habe ihn hingefahren.«

Cédric hatte ihn schon auf der Liste. Er durfte die Routinefragen nicht auslassen. »Gab es seltsame Vorkommnisse in den letzten Wochen? Hatte Grandjean Feinde?«

»Grandjean? Nein. Der hatte eher zu viele Freunde hier in Lézy. So spendabel wie er war, wollten alle was von ihm. Die Radfahrer haben ihm neue Trikots abgeleiert, die Vogelkundler zwei Ferngläser, die Angler einen neuen Steg unten am Flüsschen hinter dem Hameau Royal.«

»Was störte Sie daran?«

»Dass die anderen nichts rausrücken.« Manigray drehte sich zu den knienden Kursteilnehmern um, die fleißig Setzling für Setzling durch die graue Folie stießen. »Alle berufen sich auf Tradition und Terroir, die ganzen reichen Winzerfamilien hier in Lézy. Aber glauben Sie, eine hätte mal etwas für unsere Pflege des alten Handwerkerwissens gespendet? Geizkragen allesamt!«

Ihr war wohl nicht klar, dass Cherriot-Bresson ein bisschen dazugehörte. Auch wenn die Bilanzen für viele kleine Produzenten nicht jedes Jahr üppig ausfielen. Noch mal solche Krisenjahre wie die letzten, dann gute Nacht.

Manigray schnaufte. Sie zeigte auf die zwanzig Knienden. »An dem Kurs Wein-wie-früher-machen hat der Betrieb keinen Cent verdient. Das kann ich Ihnen verraten.«

Also hatte sie doch Einblick in die Zahlen.

»Hatten Sie einen Zweitschlüssel zum Liebesnest?«

»Zu seinem Allerheiligsten?« Sie schüttelte den hellblonden Schopf. »Es stand ja offen, wenn er im Haus war. Aber dort hatte er nur sein privates Zeug – und das aktuelle Liebespaar.«

»Aha?«

»So nannte er die Rosen, die er für seine Züchtungen miteinander kreuzte.« Sie schnäuzte sich. »Früher hatte Madame Mô noch einen, aber den hat er an seinen Schlüsselbund gemacht, wie er auch ihren Ehering auf seinen gesteckt hat.«

»Was werden Sie nun tun?«

»Erst mal weiterarbeiten wie immer. Bestellungen, Lieferungen, Betreuung laufender Pflanzungen bei den Winzern im Hang. Bis klar ist, wer hier in Zukunft das Sagen hat. Wenigstens darf ich wohl die Gehälter überweisen, hat mir eine Frau vom Arbeitsgericht vorhin gesagt.«

»Warum waren Sie gestern Abend nicht beim Empfang?«

Sie lächelte milde. »Mein Ältester, der bei Mancy im Keramikwerk die Brennöfen steuert, hat die ganze Familie zu Chez Mélusine eingeladen. Ein Fischmenü in fünf Gängen.« Sie führte Zeigefinger und Daumen zum Mund und ließ einen Schmatzer hören. »*Huîtres rôties au Champagne*. Ich bin gerade Oma geworden. Mit neunundvierzig.«

»Gratuliere.« Seine Mutter hätte Cédric wohl eher gesteinigt, wenn er sie so früh mit Enkeln beglückt hätte. »Und der Kurs? Warum waren nur drei Teilnehmer eingeladen?«

»Fragen Sie sie selbst. Ich war letzte Woche gar nicht hier, weil ich zwei Kunden drüben in Charly-sur-Marne betreut habe. Sie hatten Probleme mit der Bodenfeuchte, wir mussten nachpflanzen.«

»Cordier, Sorel, Jaquin! Kommen Sie bitte zu mir, Messieurs«, rief Cédric zu der Gruppe rüber.

»Dann könnt ihr auch gleich alle eure Körbe das Stück mit nach vorne tragen!« Manigray streckte den Arm aus. »Bis dahin, wo die vorgebohrten Löcher in der Folie aufhören.«

Die drei Männer schauten sich an. Die übrigen Leute steckten die Köpfe zusammen und tuschelten irgendetwas; sie standen zu weit entfernt, als dass Cédric sie hätte verstehen können.

»Von da können die drei dann rückwärts den Hang hoch pflanzen. Sonst werden wir vorm Essen nicht fertig.« Patricia Manigray beschattete ihre blauen Augen mit der Hand. »Es ist immer das Gleiche. Die Leute werden nachlässig nach einem Korb oder zwei. Und quatschen alle miteinander. Die Setzlinge ragen von Meter zu Meter ein paar Zentimeter mehr über der Folie raus, weil sie sie nicht richtig einbohren.«

»So wachsen sie nicht richtig an, fürchte ich.«

Manigray blickte Cédric direkt an. Die Stirnfalte verschwand gleich wieder. »Hat er Sie schon auf Trab gebracht. Freut mich. Paul Cherriot gehört ja auch zu unseren Kunden.«

Manigray stiefelte davon. Ihr blonder Kurzhaarschnitt leuchtete in der Sonne.

Cédric schaute zu, wie die drei Männer die grauen Körbe weiter unten absetzten. Heute verbarg der Bio-Winzer Cordier seine langen Haare unter einer großen Samtmütze. Sorel ließ sich Zeit und zog erst einmal seine schwarze Jacke über dem hellen atmungsaktiven Hemd glatt. Jaquin wirkte in dem blauen Marinetrainingsanzug wie ein verirrter Matrose.

Sie stellten sich im Halbkreis vor Cédric auf.

»Ich sehe hier knapp zwanzig Leute.« Cédric wählte einen kühlen amtlichen Ton. »Warum waren nur Sie drei gestern Abend eingeladen?«

Sie sahen sich an.

»Die anderen wohnen alle in der weiteren Umgebung, die müssen mit dem Auto fahren.« Jaquin spielte am Reißverschluss der Marinejacke. »Grandjean hat mitgekriegt, dass wir drei uns in Lézy einquartiert haben. Er wollte nicht, dass wir uns abends langweilen.«

»Wie gut, dass wir Ihren Rosé nicht verpasst haben.« Sorel setzte eine dünne blaue Baumwollmütze auf seine kurzen schwarzen Haare. »Dieses ausgeprägte Aroma, das so lange im Munde anhält.« Er musterte ihn interessiert.

»Das gehört nicht zu meinen Ermittlungen.« Cédric behielt den amtlichen Ton bei.

»*Pardon, Monsieur le Commissaire.*« Sorel machte sogar einen halben Schritt zurück.

»Warum haben Sie diesen Kurs gebucht?«

Wieder wechselten die drei Blicke.

»Logisch, dass er wissen will, warum wir überhaupt hier sind. Wenn einer abgemurkst wird …« Jaquin zog den Reißverschluss ganz auf. Die Sonne schien ihn zu blenden, denn er kniff die Augen zusammen. »Ich entwickle mit Kollegen im Weinmuseum von Beaune ein neues Konzept für die Ausstellungen. Wir machen auch die Führungen neu. Wein-wie-früher-machen, der Überblick über alle alten Verfahren, das hat mich angesprochen. Vielleicht kriege ich ein paar Ideen.«

»Und Sie, Monsieur Cordier? Kannten Sie Grandjean über die Winzergenossenschaft vorher schon?«

»Wir haben sie in Is-sur-Tille vor drei Jahren gegründet

und stellen komplett um auf Demeter-Standard.« Der Bio-Winzer schüttelte den schütteren Haarzopf aus. »Irgendwer hatte einen Link des Angebots geteilt. Wir sind ja wie Grandjean mit der Terroir-Bewegung gut vernetzt. Es geht darum, das Wissen aus den alten Verfahren für nachhaltiges Wirtschaften zu retten. Ihn persönlich habe ich erst hier kennengelernt. Wir sind ja nur für je drei Wochenenden in Lézy.«

»Monsieur Sorel?«

»Ehrlich gesagt ist es für mich eher eine Ablenkung. Ich sortiere mich neu.« Er schaute den Hang hinauf zu den Gewächshäusern. »Ich war lange in der Versicherungsbranche tätig. Risikobewertung.« Er lachte. »Staubiges Statistikzeug.«

Ein getuntes Motorrad brauste drunten im Tal über die kleine Straße nach Saint Felix. Sie warteten, bis der Lärm abgeklungen war.

»Vor einem Jahr habe ich von meinem Großvater ein bisschen Geld geerbt. Nicht wirklich viel, aber es reicht. Außerdem ein kleines Landhäuschen und zwei kleine Weinberge in Tonnerre. Immerhin ist das eine Appellation in Burgund.«

»Die Weißen sind gar nicht schlecht«, nickte Cordier.

»Genau. Deshalb würde ich auch gern schlau aus Großvaters krakeligen Notizen, wie man die Reben richtig pflegt.« Sorel kickte mit der Spitze seiner Wanderschuhe ein Steinchen zur Seite weg. »Und so dachte ich mir, wenn ich ein bisschen vom Handwerk verstehe, kann ich das entziffern und selber einen guten Tropfen machen. Mehr für mich und die Nachbarn als für einen Vertrieb.«

»Wir haben Sie schon gestern Abend befragt. Ist Ihnen inzwischen noch etwas eingefallen, das wichtig sein könnte?«

Cordier schüttelte den Kopf. »Ehrlich gesagt versuche ich, gar nicht viel daran zu denken.«

Cédric versuchte es anders. »Können Sie die Geräusche,

die Sie aus dem privaten Büro gehört haben, genauer beschreiben?«

»Es klang … wie auf Steinboden zerschellendes Glas.«

Im Büro lag aber ein blauer Teppich.

»Keine Ahnung, ob das wichtig ist.« Jaquin fingerte an seinem Reißverschlussende herum. »Wir drei haben uns gestern am Becken im Garten gefragt, ob Grandjean bei der rotgoldenen Blütenfarbe ein bisschen trickst. Das metallische Schimmern der Blüten wirkte unecht.«

Cédric überlegte. »Meinen Sie die Beleuchtung?«

»Es gibt ja Spezialbirnen, deren Licht die Farben verändert. Bei Metzgern sieht das Fleisch immer besonders frisch und rot aus, zu Hause auf dem Hackbrett hat es dann eher ein stumpfes Braun.«

»Die Gemüsehändler machen auch alles Mögliche, damit die Auberginen schön glänzen.« Cordier drehte sich aus der Sonne und trat neben Sorel. »Aber heute früh, als wir mit Patricia um die Rotunde herumgegangen sind, war die ganze Beleuchtung im Garten abgeschaltet. Da war die Farbe noch genauso ungewöhnlich.«

»Wahrscheinlich ist er deshalb so stolz auf seine Züchtung«, sagte Sorel. »So ganz begriffen habe ich aber nicht, warum er den Empfang überhaupt gegeben hat. Ihr?«

Die anderen hoben die Schultern.

»Eines fällt mir gerade ein, Commissaire.« Sorel verzog den Mund zu einem schiefen Lächeln. »Weil diese Frau auch mit Rosen zu tun hat. Ob Züchterin oder -händlerin, was weiß ich«, er hob beide Hände vor die Brust, »ehrlich gesagt hat es mich auch nicht besonders interessiert.«

Sorel meinte wohl Léonore Voissinet.

»Die war nicht dein Fall, klar, so wie du gestern Mittag bei Monique gebagg…«

»Monsieur, bitte. Unterbrechen Sie ihn nicht. Es kann wichtig sein.«

»Ich kam gerade aus der Herrentoilette, als mir die Dame in dem kleinen Flur begegnete. Sie stand am Durchgang zum Entrée, ganz ruhig, als ob sie über etwas nachgrübelte. Ich wollte in die Rotunde zurückgehen, da stieß sie im Flur vor dem Spiegel gegen meinen Arm, weil sie sich plötzlich umgedreht hatte. Sie murmelte *›Pardon‹* oder so etwas und verschwand hinter der Tür zur Damentoilette.«

Also gehörte der Ellbogen, den die Überwachungskamera erfasst hatte, tatsächlich Léonore Voissinet. Aber das war noch kein Alibi für sie, falls sie die Lichtschranken kannte.

»Und ich bin wieder zu euch ans Gartenbecken zurück.« Sorel breitete die Arme aus. »Cordier ging gerade los, um seinen Verdampfer zu holen.«

»Und ich war vorher bei Ihrer Frau, das klebrige blaue Isovinex loswerden, aber das haben Sie ja bei der Blindverkostung mitgekriegt, dass Cordier mir das verpasst hatte.« Jaquin strich sich über die Wange. »Außerdem wollte ich mir die Lemonnier anschauen.«

Tante Viviane liebte es, dass sie noch immer Verehrer hatte, auch wenn sie es nicht zugab. Besonders schmeichelten ihr die Fans aus der nächsten Generation.

»Stimmt, du hast uns den ganzen Abend über sie vollgetextet.« Cordier knuffte ihn in die Seite.

»Ihre Filme, bei denen Éric Rohmer Regie geführt hat, sind Klassiker. Wir haben sogar einen in der Museumsmediathek, weil er in Burgund spielt und am Ende in Beaune … egal. Außerdem meidet sie die Öffentlichkeit. Ich war halt neugierig, wie sie heute aussieht.«

Seine Ohrmuscheln wurden sogar ein bisschen rot. »Und?«, fragte Cédric.

»Fast noch wie früher, dabei muss sie über sechzig sein.«

Ihr wahres Alter war auch so eines der Familiengeheimnisse. »Wenn Ihnen noch etwas einfällt, melden Sie sich bitte im Rathaus bei meinem Kollegen Diouf.«

»Dort? Gibt es kein Kommissariat?«, fragte Sorel.

»Es ist nur provisorisch. Ich will Sie nicht weiter stören.« Cédric nickte förmlich. *»Messieurs.«*

»Kommt, nicht trödeln. Patricia hat uns genau im Blick«, hörte Cédric Cordier hinter sich sagen.

Cédric peilte die Glashäuser weiter oben am Hang an und lief auf der grauen Folienbahn zurück. Er würde keine Zeit haben für eine Schuhreinigung.

Aber von oben an der Rotunde winkte ihm jemand zu. Im Gegenlicht der grellen Mittagsonne erkannte Cédric nur einen unförmigen Umriss. Für die junge Kollegin Tranh war er zu klein, zu gedrungen.

»Spinne ich, oder hat der Typ ein Fass unter dem Arm?«, rief Jaquin hinter Cédric.

»So früh schon besoffen.« Die helle Frauenstimme war ernst, kippte dann aber in ein Lachen über.

»Monique, Monique, du brauchst eine Brille.« Sorels heller Tenor war ziemlich laut.

Noch mehr Leute redeten durcheinander.

Cédric lief weiter den Hang hoch. An den älteren Gewächshäusern entlang trug tatsächlich jemand ein Fässchen unter dem Arm heran. Hugo Langreval, eindeutig.

Die Oberarme waren dick und rund, wie überhaupt der ganze Mann ein Kraftpaket war. Das dunkelrote Hemd spannte über seinen Muskeln, die Hosen waren so schwarz wie die Haare.

Vor fünfundzwanzig Jahren war Langreval mal französischer Champion im Ringen gewesen, Jugendliga oder so etwas. Champagnes Cherriot-Bresson kauften auch ihre Fässer für die Jahrgangschampagner in seiner Küferei mitten in Lézy. Auch ein Traditionsbetrieb über vier – oder sieben? – Generationen.

»Entschuldigen Sie, Bresson. Ich hoffe, ich störe nicht«, sagte Langreval etwas atemlos. »Eigentlich wollte ich das nur kurz bei Patricia abgeben.« Er tippte mit der freien Hand auf die runde Front des Fässchens.

Die silbrigen Metallringe, die es vorn und hinten zusammenhielten, glänzten in der Sonne.

Die Kursteilnehmer an der grauen Folie hockten am Boden, fast alle hielten mit den Setzlingen in der Hand inne und schauten zu Cédric und Hugo herauf. Jemand zückte ein Handy und nahm Langreval offenbar auf Video auf. Das Trio aus Burgund packte Setzlinge aus einem Korb aus und teilte sie in drei gleich große Häufchen, aber alle drei blickten neugierig den Hang herauf.

»Immer schön weitermachen. Alles muss in den Boden. Vorher ist nicht Schluss!« Patricia Manigray stapfte mit ihren grünen Stiefeln quer über die Folienbahnen.

»Was hast du denn da wieder angeschleppt?«, fragte sie Hugo Langreval. Sie tätschelte das Holz wie einen Hund.

Langrevals Teint war ungewöhnlich hell und zart wie bei einem sehr jungen Mädchen. Cédric mochte solche Kontraste.

»Drei-Liter-Fass in Eiche mit zweifachen Dauben wie bestellt.«

»Zweifach?« Eine Hohlwand konnte Cédric sich nicht vorstellen. »Was bedeutet das?«

Langreval ließ die runden Wangen hüpfen. »Innovation.« Er schlug die Augen nieder. »Na ja, nicht ganz so neu. Eine Wiederverwertung. Abwechselnd werden sehr alte und mittelalte Dauben neu zusammengesetzt. Davon gibt das Eichenholz unterschiedliche Aromen in den Likör ab, die älteren mehr die nussigen, die mittelalten die Karamellnoten.« Er kniff die Augen zusammen und wippte sogar ein wenig in den Knien. »Eine größere Ausführung wäre vielleicht sogar etwas für Sie, Bresson. Für den Millesime.«

Das Experiment wäre es vielleicht wert. Nussaromen in ganz leichter Dosierung könnten die Sherrynote im Blanc de

Noirs ergänzen … Cédric hörte die Kursteilnehmer hinter sich wieder miteinander quatschen. Er war nicht zum Fachsimpeln hier.

Langreval tockte mit dem Zeigefinger gegen den kleinen hölzernen Zapfhahn. »Grandjean hat es vorletzte Woche bei mir bestellt. Er hat gestern Mittag noch angerufen, dass ich es ihm unbedingt heute liefern sollte.« Er drehte sich aus den Hüften, was mit dem Fässchen unter dem Arm drollig wirkte. »Ich wusste jetzt nicht, ob es für euch dringend ist, Patricia. Auch wenn … ach, es ist so furchtbar.«

Aus Erfahrung wusste Cédric, dass in Ermittlung auch unbedeutend erscheinende Nebensächlichkeiten von Belang sein konnten. »Wofür brauchte er es denn so dringend?«

»Kommen Sie.« Patricia Manigray stiefelte voran.

Cédric folgte Langreval über die Folien.

Sie kürzten durch eines der langen Treibhäuser für die Setzlinge ab. Im Juni war es darin kaum wärmer als draußen in der Sonne, achtundzwanzig bis dreißig Grad konstant.

Und wieder Glastüren wie Schleusen, dann eine Stahltür.

»Unser Technikraum«, sagte Manigray.

Der Raum befand sich schon wieder in der alten Remise. Dicke und dünne Rohre aus Edelstahl traten aus den gemauerten Wänden und führten zu Kuben und Tonnen. Graue Schaltschränke, Anzeigen, Drehknöpfe waren mal über dem Kopf unter der rohen Decke, mal auf Brusthöhe angebracht. Zwei Steuerpulte gab es auch.

»Von hier aus regulieren wir Luftfeuchte, Wärme und all das. Im Sommer ist nicht viel zu tun.«

»Es riecht aber nach Rosen«, sagte Cédric. Der Geruch war sehr intensiv. »Hat er mit Extraktion von Rosenöl experimentiert?«

»Genau.« Manigray stellte einen Eimer aus dem Weg. »Die Destille dahinten. Noch ziemlich neu. Seit Mai erst, seit der ersten Blüte hat er damit angefangen.«

»Die drei Ballons und der Tank auf dem Tisch dahinten?« Langreval ging mit dem Fässchen hin und stellte es auf dem freien Ende ab.

»Du brauchst verdammt viele Kilo Blüten für Rosenöl. So viele haben wir nicht im Garten.«

»Aber wozu hat er dann das Fass bestellt?«, fragte Cédric.

»Was weiß ich?« Manigray breitete die Arme aus. »Das Rosendings war seins. Ich habe mit den Reben schon genug zu tun.« Sie ging zum Tisch vor und zeigte auf einen Holzschuber mit kleinen Fläschchen. »Letzte Woche hat er hier gesessen und die ersten eigenen destillierten Tropfen in einen Flacon gefüllt.« Sie überflog die Ansammlung. »Keine Ahnung, wo der hingekommen ist.« Sie rieb die Finger am Daumen. »Hast du erst ein erstklassiges Rezept, baust du im großen Stil Rosen irgendwo im Midi an, und den Rosenliqueur macht dir einer von den Brennern in Lézy oder drüben in Daverny mit deinem eigenen Öl. Das ist rentabel.«

»Ich lass es einfach hier, Patricia.« Langreval strich noch mal über sein Werk und prüfte mit den Fingern noch einmal vorsichtig, ob der Einlassstopfen oben auf der bauchigen Seite fest saß. »Der Kork ist dicht.«

»Steck die Rechnung in den Briefkasten am Büro.«

»Hat Zeit.«

»Nett von dir. ›Arbeit soll sofort bezahlt werden‹, sagte der Chef immer.« Sie fischte ihren Schlüsselbund aus der Tasche ihrer Vliesjacke. »Ich kümmere mich.«

Sie ging zur Stirnseite des Technikraums mit den vielen Geräten. »Ich lass dich hier raus. Wollen Sie auch gehen, Monsieur Bresson?«

Cédric nickte. Hugo Langreval folgte ihm.

Zwei Türen. Eine aus Stahl rechts bei den Lüftungsschlitzen zum Hang hin, die Manigray aufschloss. Links in der Ecke des Raums eine schmale, die gerade mal halb so breit war wie üblich und bordeauxrot lackiert. »Dahinter befindet sich das Liebesnest, nicht wahr? Kann ich mal sehen?«

»Wie ich schon sagte, ich habe keinen Schlüssel dafür.« Sie zeigte ihren Bund. »Aber Sie haben schon recht. Die schmale Tür war Grandjeans Abkürzung in sein Reich, die hat er sich vor Jahren einbauen lassen, mehr Platz war nicht.«

Die Stahltür schwang leicht und ohne einen Laut auf. »Das Personal und ich, wir gehen immer hier durch zur Rotunde.«

Cédric blickte durch das kurze Flurstück vor den Besuchertoiletten bis in die Rotunde, wo unter einem Serviertisch noch ein leerer Karton Cherriot-Bresson Rosé übrig geblieben war.

»Hoffentlich bin ich die Leute bald los.« Manigray holte mühsam Luft. »Dein Fässchen, Hugo, hat mich daran erinnert …«, ihre Stimme brach, »Bernard hatte immer so viele Ideen, und nun ist er weg. Und wir wissen nicht, was wird.« Sie presste die Augen zusammen. »Tut mir leid, ich glaube, ich muss heulen.«

»Wir sind alle geschockt.« Hugo legte ihr die Hand auf den Arm.

Manigray wischte sich über die Augen. »Ich bin dann draußen bei den Stecklingen.« Sie schlurfte durch die Stahltür zurück, die lautlos hinter ihr ins Schloss klickte.

Hugo Langreval bog vor dem Durchgang an den Toiletten zum Entrée hin ab.

»Stopp, stopp. Das ist ein Tatort. Die Kollegin sichert noch Spuren.«

Langreval federte wie ein Boxer vor einem Schlagsack zurück. »*Pardon.* Ich gehe außen rum.«

»Nicht nötig, ich bin fertig«, rief Tranh.

Im Entrée standen schon ihre gepackten Materialkoffer. »Ich warte noch auf die Kollegen.«

»Machen Sie ein paar Stunden Pause.«

»Da kennen Sie meinen Chef Meillant aber schlecht.« Sie

unterdrückte ein Gähnen. »Im Dienstwagen, eine halbe Stunde Nickerchen bis Châlons muss reichen.«

Cédric hob den Daumen.

Hugo Langreval war schon auf den Stufen des Entrées zum Parkplatz hin. »Sandrine! Was machst du hier?«, rief er.

Cédric beeilte sich. Aus der Hohepriesterin war eine Kalifornierin geworden: Heute trug Sandrine Clément einen lila Hosenanzug, ein oranges Halstuch im gebräunten Dekolleté und Goldohrringe so dick wie ein Champagnerkorken, samt weiß gerandeter Sonnenbrille in extrabreit.

»Ich habe meine Tragetasche vermisst.« Sie hob einen roten sackartigen Gegenstand aus hochwertigem Leder in die Höhe. »Beim Stehtisch vergessen, ts, aber bei dem ganzen Horror gestern … kein Wunder. Da drin hatte ich gestern mein Geschenk verstaut.«

Die goldene Rose, die am Ende im Rachen des Opfers gelandet war.

»Gott sei Dank habe ich die Vorzeichnung wieder. Ich darf ja die alte Seigneurie, die der Museumverein gekauft hat, innen neu gestalten. Ich habe gleich einen Termin mit dem Eisenspezialisten, der mir die Trenngitter zu den Vorratsnischen im Keller schweißt.«

»Warten Sie, Madame«, sagte Cédric laut oben an den Stufen.

»Oh, *Monsieur le Commissaire*.« Sandrine Clément nahm die große runde Sonnenbrille ab. »Wie Sie wünschen.«

Hugo Langreval machte drei tänzelnde Schritte rückwärts, aber mehr wie ein Boxer. »Meine Kunden warten leider nicht«, sagte er und spurtete zum Firmenwagen, der bei der ersten Kugellampe am Parkplatz wartete. Weg war er.

Die Frage war Cédric seit dem gestrigen Abend schon mehrfach durch den Kopf gegangen. Auch wenn sie Grandjean für seine Spenden danken wollte, hatte sie eigentlich ein sehr auffälliges Symbol gewählt. »Warum haben Sie die aufwändige Rose geschenkt?«

Clément schob ihre Sonnenbrille ins Haar. »Verraten Sie es niemandem. Der Museumsverein, der die alte Seigneurie ersteigert hat, nun, hatte ihm die entscheidende finanzielle Unterstützung zu verdanken.«

»Das heißt?«

»Wie viel, weiß ich nicht. Ich bin Innenarchitektin, keine Finanzberaterin. Ich habe dem Museumsvorstand einen Gefallen getan. Weil sie mich um eine Idee für ein hübsches, aber auch kostbares Geschenk für Grandjean gebeten haben, das mit dem Projekt in Verbindung stehen sollte. Moment«, sie beugte sich vor und kramte im roten Ledersack, »gleich habe ich das Vorbild.«

Ihr Parfüm roch nach Karibik. Sie präsentierte eine flache Blüte ohne Stiel, ganz aus Gold. »Rosen sind ein historisches Motiv in der Champagne. Deshalb setzen wir sie in der Seigneurie als Dekoration ein. Außerdem will der Museumsverein damit im Logo oder als Teil des grafischen Werbekonzepts arbeiten, das steht noch nicht ganz fest. Sie wissen ja, wie das ist.«

Cédric nickte. »Bis zum letzten Moment werden Ideen sortiert.«

»Genau.« Sie drehte die Metallblüte auf ihrer Handfläche. »Und weil ich sowieso welche davon in Reserve hatte, habe ich angeregt, dass mir der Kunsthandwerker noch schnell einen Stiel und zwei Blätter dazu bastelt. So hat es sich ergeben, dass wir ihm eine Rose überreicht haben.« Sie schloss vorsichtig die Finger über der goldenen Blüte. »Meinen Sie, er hat noch etwas gespürt, als man ihm den Stiel ...« Sie schüttelte sich.

»Das ist unwahrscheinlich. Damit ist nur einmal eingestochen worden. Hätte er noch gelebt, hätte die Rose nicht so senkrecht aufragen können.«

»Sie sind der Experte.« Sandrine Clément ließ die Blüte in das Seidenpapier gleiten, das aus dem roten Ledersack lugte.

Gestern, noch im Gewand der Hohepriesterin, hatte sie dabeigestanden, als die merkwürdigen Worte gefallen waren. »Als Grandjean wenige Minuten vor seiner Ermordung aufgeregt zu Ihnen gestoßen ist, nachdem Sie mit dem Bürgermeister gesprochen hatten … Was hat er von Ihnen gewollt?«, fragte Cédric.

Sie zog die Sonnenbrille auf die Augen. »So grell hier. Ich weiß es ehrlich gesagt nicht.«

»Ich habe zufällig Brocken Ihrer Konversation gehört: ›Belmondo‹ und einen Moment später ›aufgekreuzt‹ und dann noch ›ins Liebesnest‹. Was meinte er damit?«

Sie lachte frei und laut. »Commissaire. Das haben Sie falsch mit Filmstars assoziiert. Vielleicht weil Madame Lemonnier in Ihrer Nähe stand. Bernard hat etwas von der *Belle tombola* genuschelt.« Sie überlegte kurz. »Weiter habe ich noch verstanden, dass Bernard es *im Kreuz* hatte. Ich weiß leider nicht, warum er mit mir …«, sie deutete zum Haus, grüne Armbänder klingelten an ihrem Handgelenk, »… in seinem privaten Büro hat reden wollen.« Die großen Champagner-Korken-Ohrringe blitzten in der Sonne, als sie den Kopf wiegte.

»Vielleicht wollte er einen Rat zur Ausstattung seines Stands beim Bürgerfest. Bernard hatte hohe Ansprüche. Oder es ging um den Gemeinderat, er hat mich ja mit dem Bürgermeister reden sehen. Ich gehöre ja zu den Gewählten der Liste *Lézy-für-alle*. Er hatte seine eigene, *Lézy-für-den-Ausgleich*.«

Cédric würde sich wohl doch noch in die Abgründe der Kommunalpolitik begeben müssen.

»Wenn sonst nichts ist, *Monsieur le Commissaire*? Ich habe ein dringendes geschäftliches Rendezvous.«

»Ich weiß ja, wo ich Sie finde.«

»Abends bin ich fast immer im Atelier, gleich neben der Seigneurie.« Sie hängte sich den roten Ledersack über die

Schulter. »Sie glauben nicht, wie praktisch das bei diesem Projekt ist. Kurze Wege – ein Traum!«

Auf dem Parkplatz hinter ihnen klickten die Türen ihres Citroën.

Cédric blieb noch einen Moment in der Mittagssonne stehen, die sich in den großen Fenstern der Rotunde spiegelte.

Grandjeans Geschäft warf viel Geld ab. Das war klar. Irgendjemand würde profitieren. Auch passte Sorels Bemerkung, dass er Léonore Voissinet vor den Toiletten begegnet war, zeitlich genau zusammen mit dem Ellbogen in Blusenstoff, der die Kameraaufnahme ausgelöst hatte.

Cédric musste sich von der Dame erklären lassen, warum sie dort gestanden hatte, aber nicht ins Entrée weitergegangen war, sondern Sorel in die Arme gelaufen war. Die Kamera hatte ja wieder abgeschaltet. Der Eklat an der Rosengirlande fiel ihm wieder ein. Léonore Voissinet hatte eine Blüte eingesteckt, was Grandjean hatte verhindern wollen. Warum und wieso, sollte sie Cédric selbst erklären. Und wie genau sie mit Rosen eigentlich ihr Geld verdiente, gleich mit.

10

Von der Rue Ducale auf der Höhe von Chantals *bistrot* in die Rue du chemin creux abbiegen«, befahl die Stimme der Navigationsapp. So groß war Lézy-le-Sec ja gar nicht, und doch gab es Sträßchen, in die Cédric in den gut dreieinhalb Jahren, die er jetzt hier wohnte, noch nicht gekommen war. Léonore Voissinets Adresse hatte Amadou ihm schnell auf sein Handy geschickt.

Die ersten Häuser waren mittelalterlich, klein und verwinkelt, aus Naturstein und mit Holzbalkenwerk geschmückt. Cédric trat kräftig in die Pedale, weil es den Hang hinaufging. Ein Stück weiter wurde die Straße doppelt so breit. Die Architektur änderte sich ebenso abrupt. Blumenreiche Vorgärten und Garagen schufen Abstand zu gut zwanzig vornehmen Häusern in jenem schwingenden Jugendstil, in dem nach den Zerstörungen des Ersten Weltkriegs halb Reims aufgebaut worden war: mit Frauenmasken, gezackten Art-déco-Fensterrahmen und ein paar rustikalen Holzbalken, die rot, blau oder gelb lackierte auskragende Gauben trugen. Je weiter Cédric bergan radelte, desto großzügiger wurden die Grundstücke.

Vor dem vorletzten Haus links stieg er an der Straßenlaterne vom Fahrrad und nahm die schwere Sicherungskette von der Schulter.

Die gestaffelte Fassade war asymmetrisch. Links unter einem Zackensims gab es drei große Atelierfenster, neben dem Entrée ragte ein Türmchen auf, in dem sich ein dreieckiges Fenster befand – das sich gerade öffnete.

»*Monsieur le Commissaire.* Sie sparten sich die Mühe,

wenn Sie Ihr Rad bis in den Garten schöben«, rief Léonore Voissinet mit rauer Stimme.

Altmodische Konjunktive – Vivianes Bemerkung über Léonore fiel Cédric wieder ein.

»Einfach unter der Clematis durchtauchen.«

Die zartrosa Kletterpflanze hing rechts von der Fassade herab über einem Stellplatz, auf dem ein Renault parkte. Cédric kam am Wagen vor der efeuüberzogenen Hauswand gerade so vorbei. Er bückte sich unter den Ranken hindurch. Betonboden im Schummerlicht. Offenbar hatte Léonore Voissinet die früheren Garagentore vorn und hinten durch Gitterwände für Rankwerk ersetzt. Cédric lehnte das Fahrrad innen dagegen und trat auf der anderen Seite hinaus – in ein impressionistisches Gemälde. »Giverny in Lézy!«

Gut fünfzig Meter entfernt hinter einem flachen Teich leuchtete über einer grünen Brücke bläulich ein Glyzinienbogen. Dorthin führte ein Steinpfad, der von lila und gelben Iris gesäumt wurde. Blattgrün aller Schattierungen umstand das Gewässer.

Léonore Voissinet strahlte stolz, während sie über eine mit wildem Wein bewachsene Freitreppe von der Terrasse herabstieg. Sie trug eine praktische Jeans und eine schlichte gelbe Bluse, die Haare hielt wie am Vortag ein Reif aus dem Gesicht. Ihre Hände steckten in gelben Gärtnerhandschuhen, in der Linken hielt sie eine Pflanzenschere.

»Ich gebe zu, dass Monets Garten ein Vorbild ist. Aber dafür brauche ich mich nicht zu schämen. Er war einer der Größten.«

»Ehrlich gesagt hätte ich statt Blauregen Rosen bei Ihnen erwartet.« Die Gartenmauern schirmten die Nachbargrundstücke völlig ab. Efeu, Wilder Wein und wer weiß was noch alles kletterte an hohen Mauern.

»Wenn Sie mir folgten ...«

Gärten schufen eine Illusion von Natürlichkeit. Dabei waren sie Ausdruck menschlichen Gestaltungswillens und scharfer Eingriffe mit Säge, Schere, Messer. Ein Teich am Hang in Lézy-le-Sec war allenfalls wenige Zentimeter tief und keinesfalls echt. Auch die kleinwüchsigen Bäume und Hecken gehörten in andere Teile Frankreichs oder Europas.

Als sie noch zehn Meter weitergegangen waren, begriff Cédric das raffinierte Spiel mit Hecken und Uferbögen – der Garten wirkte größer, als er war.

Madame Voissinet schlüpfte durch eine hohe Lücke in der Buchshecke, gerade so schmal, dass eine einzelne Person hindurchpasste. Der Duft kündigte Cédric üppige Rosenpracht an.

»Wie Sommertracht-Honig.«

Gelb, Weiß, Rosa – kein Rot. Wild durcheinander wuchsen Kletterrosen über zwei abgestorbene Apfelbäume hinweg und weiter die ganze Mauer hoch. Eine halbkreisförmige Sitzbank rahmte eine Brunnenschale aus weißem Marmor.

»Das Vorbild steht im privaten Garten des Chalets der Madame Pommery in Chigny-les-roses. Wenn Sie sich in die Mitte setzen mögen? Von dort ist der Blick am schönsten.«

Cédric gönnte es sich. Die Hecken waren so geschnitten, dass nur die Terrasse mit dem grünen Wilden Wein und das Dach mit den bunt eingefassten Gauben zu sehen waren.

Madame Voissinet nahm an einem Ende der Sitzbank Platz und legte die Pflanzenschere auf den getrimmten Rasen. »Sie haben Glück, dass ich überhaupt zu Hause bin. Freitag ist mein Bürotag. Mittags mache ich immer meine Runde durch den Garten. Es gibt ja immer etwas zu korrigieren.«

Ein seltsames Wort für schneiden, aber Cédric war nicht hier, um sich über Gartenarbeit zu unterhalten. Er begann mit seiner Taktik der freundlichen Zeugenbefragung, die er sich auf dem Radsattel zurechtgelegt hatte. »Es gibt keine Gärtnerei Voissinet in Lézy, aber meine Mitarbeiter meinen,

Sie verdienen Ihr Geld mit Rosen. Also …« Er lehnte sich betont entspannt zurück.

»Ich bin selbstständige Rosenberaterin und Gartengestalterin. Ich lege Ihnen einen Garten an oder rette selbst struppigste Kletterrosen vor Leerwuchs und Mehltau.« Sie breitete die Arme aus. »Wissen Sie, *Monsieur le Commissaire*, mein Mann und ich haben uns dieses Paradies hier nur schaffen können, weil wir hart arbeiten. Er ist gerade auf Dienstreise in Deutschland. Pascal arbeitet inzwischen in leitender Position im Vertrieb eines führenden Flughafenlogistikers.«

Er tat ihr den Gefallen. »Und wie ist Ihr Werdegang?«

»Nach ein paar Umwegen in Laboren landete ich bei Parfums Chanel in der Qualitätskontrolle, wo ich damals ISO 9000 durchgesetzt habe. Über die Grundstoffe kam ich zu den Rosen – und zu meinem Ehemann.« Sie lachte unerwartet fröhlich, und auch ihre strengen Gesichtszüge lockerten sich. »Verlorene Koffer haben uns am Reklamationsschalter des Flughafens Nice-Côte d'Azur zusammengeführt. Wirklich! Seiner war auch weg!«

»Sie züchten aber keine Rosen beruflich?«

»Wie man es nimmt. Ein bisschen experimentiere ich, bewege mich in den Internetforen der Passionierten. Ich diskutiere gern mit. So bleibe ich an den Moden dran und beteilige mich an internationalen und nationalen Wettbewerben. Eine meiner Rosen ist sogar prämiert worden. *Flug 246* heißt sie, nach dem Flug damals.«

Die freundliche Taktik ermöglichte den Überraschungsangriff. »Die Regeln gelten auch für dich!«, hatte sie am Vorabend gezischt. »Es hat gestern Abend zwischen Ihnen und Grandjean einen Eklat gegeben – Sie waren ja laut und deutlich. Welche Regeln hat Bernard Grandjean nicht eingehalten?«

Als hätte er einen Schalter umgelegt, kehrte die Anspannung in ihre Züge zurück.

»Waren Sie schon mal im Champagner-Museum in Épernay? Da kann man zig Beispiele für Plagiate bewundern.« Sie spitzte den dezent geschminkten Mund. »So etwas gibt es auch bei Rosen. Deshalb habe ich Pollen- und Blattproben genommen.«

Jetzt fiel es Cédric wieder ein. »Darum haben Sie mit dem Plastikbeutelchen an der Girlande hantiert.«

»Bei Pflanzen ist die Gesetzgebung, was Genanalysen angeht, nicht streng. Hätte ich es ihm nachweisen können, hätte ich ihn beim Verband angezeigt.«

»Sie drohten ihm: ›Bagatelle … Das kannst du vergessen.‹«

»Ja, aber ganz offen. Und deswegen habe ich ihn bestimmt nicht umgebracht.« Sie streifte die Handschuhe ab. »Züchterehre, wenn Sie so wollen. In Bagatelle bei Paris wird der große französische Rosenpreis vergeben. Das hat mehr mit Ruhm unter den Passionierten zu tun als mit Geld. Grandjean war nominiert.« Sie beugte sich vor. »Sie, Monsieur, kommen aus einer Banlieue wie ich. Und Sucy bei Paris ist noch um einiges besser als le Verbeau bei Châlons. Immerhin hatten Sie den RER nach Paris.«

In Lézy wussten natürlich alle Bescheid, woher er stammte.

»Sie werden verstehen, dass ich für meine Leistung ehrlich anerkannt werden möchte. Und nicht von einem Filou wie Grandjean um diese Ehre betrogen werden will. Ich zeige es Ihnen …«

Sie sprang auf und lief an den Kletterrosen vorbei in eine Mauerecke. Auf einem kleinen Plastikring prangte ein Logo des größten Rosenhändlers Frankreichs.

Für jemanden, der wie Voissinet angeblich nur als Rosenberaterin und Gartengestalterin arbeitete, gab es an recht vielen Stämmen solche Plastikschleifchen. Auch Cédrics Schwiegervater bestellte dort. Voissinet log, wenigstens ein bisschen, wenn Cédric seinem Bauchgefühl traute.

Hinter einem großen als Spitzkegel geschnittenen Buchsbaum wuchsen die Mauer entlang gut zehn Stammrosen in einer Reihe.

»Die dritte hat dieselbe rotgoldene Farbe wie die, die wir gestern bewundern sollten. Grandjean hat sich einen Ableger davon besorgt und bei sich aufgepfropft, keine Ahnung, warum und wie.« Ihr Blick loderte vor Wut. Die Entrüstung war echt, die Stimmlage klang allerdings im Ansatz schrill wie bei allen Aktivisten, die gegen irgendetwas kämpften.

Cédric trat näher und roch an einer Blüte. Der Farbton stimmte vielleicht wirklich überein, aber bei dieser Rose hier war die Note frischen Morgentaus zu schwach. Es würde ihn sehr wundern, wenn sie mit Grandjeans genetisch identisch wäre. Das behielt er für den Moment aber lieber für sich.

»Worum ging es wirklich? Ihr Streit am Abend war nur kurz, denn Grandjean hat Sie stehen lassen. Uns aber«, er ließ den Rosenzweig zurückschnellen am Stamm, »zeigt eine Überwachungskamera Sie zur wahrscheinlichen Tatzeit vor dem Liebesnest!«

Voissinets Arme verschwanden hinter dem Rücken. Sie stellte ein Bein vor das andere. »Nicht dort, auf keinen Fall. Ich bin noch vor dem Rundbogen zum Entrée im kleinen Flur stehen geblieben.«

»Aber Sie wollten zu Grandjean, nicht wahr?« Cédric neigte sich über die rotgoldenen Blüten am Zweig vor seiner Brust. »Waren Sie bei ihm oder nicht?«

»Nein. Dieser schlecht angezogene Bio-Winzer mit dem unmöglichen langen Haarzopf kam vom Parkplatz angetrabt. Auch zerschellte etwas im Liebesnest, als hätte jemand einen Gegenstand vor Wut gegen die Wand geworfen.« Madame Voissinet strich sich über die Wangen. »Hören Sie. Grandjean war cholerisch. Gut versteckt hat er das hinter seinem jovialem Ich-bin-euer-Bester-Getue.« Sie kniff ein verwelktes Blatt aus einer Stammrose neben sich. »Es war keine gute Ausgangslage für eine Diskussion. Also habe ich mich zurückgezogen.«

Sie lächelte mit dünnem Mund und irgendwie schief. *Maliziös* war das passende Wort dafür.

»Fragen Sie diesen Monsieur aus Burgund, der ein kleines Weingut geerbt hat und damit so angibt. In den Herrn bin ich vor dem Flurspiegel reingelaufen, so sehr war ich in Gedanken.«

Konkurrenzneid war ein starkes Motiv für Affekthandlungen. Aber ihre Angaben deckten sich mit der Aussage von Sorel.

Madame Voissinet drehte sich am Ende der Doppelreihe Stammrosen um. Sie stemmte die Hände in die Hüften. »*Monsieur le Commissaire.* Blicken Sie sich um, genießen Sie den Duft in Pascals und meinem kleinen Paradies. Glauben Sie im Ernst, ich würfe das weg? Wegen eines eitlen Mannes, wie Grandjean einer war? Meine Eltern hatten eine Drei-Zimmer-Sozialwohnung im Vorort von Châlons, und wir waren zu fünft.« Ihr linker Zeigefinger schnellte über rosa Knospen vor. »Bohren Sie mal lieber bei unserm Bürgermeister Blaque nach. Ich kann mir schon denken, wer mir die Luft aus dem Hinterreifen gelassen hat. Nur weil ich im Gemeinderat unangenehme Fragen zur Tombola gestellt habe. Das Bürgerfest. Ein bescheuertes und affig teures Projekt.«

Jetzt bediente sie sich einer nicht mehr so vornehm tuenden Sprache. Die Lehrbücher der Polizei legten es als Ehrlichkeit aus, wenn Leute ihre sozialen Ambitionen vergaßen. Und es deckte sich auch mit Cédrics Erfahrung. »Was meinen Sie damit genau?«

»Bresson. Die Reichen wie die Patentante Ihrer Frau drücken alles durch. Nun also eine Tombola, damit Blaque mit den angeblichen Überschüssen, die in Wirklichkeit aus dem Gemeindehaushalt abgezweigt werden, seine Leute bedient.«

Sie hob den Zeigefinger und rieb ihn am Daumen. »Oder für seine Zwecke damit ›überzeugt‹. Wir sind in Frankreich, dem Land der *pots-de-vin* – der Weinkrüge, ein schönes altes Bild für banale Schmiergelder. Korruption wäre ja auch viel zu grob als Wort. Sie wissen doch auch, wie das läuft.«

Cédrics Erfahrung nach lief es jedenfalls nicht so simpel, wie sie behauptete. »Welche Projekte werden durchgedrückt, meinen Sie?«

»Dieser Digitalzirkus im Rathaus, die Kunstobjekte im Weinberg. Sie haben doch den Mörder des armen Champagner-Präsidenten Sylvain Clouet gefunden. Sie wissen doch mehr von diesen Machenschaften als ich.«

Der Fall damals war allerdings anders gelagert. Aber um den ging es hier nicht. Auch wusste Cédric von Tante Viviane, dass sie sich aus der kommunalen Politik heraushielt – soweit das für die reichste Frau der Gegend mit vielerlei Interessen möglich war. Madame Voissinets Abscheu vor Kungelei war echt, aber diese schien sie zu Fehlschlüssen zu verleiten. Cédric hatte Voissinet eigentlich für intelligenter gehalten.

»Grandjean war kein Engel. Bohren Sie lieber in seinem Leben herum statt in meinem.« Sie marschierte an ihm vorbei zurück zur weißen Bank, blieb aber am taillierten Buchsbaum stehen.

Ein bisschen viel der Anwürfe für eine Frau, die sich so seriös gab.

»Oder fragen Sie mal Yves Rémond, der früher in der Clique Ihrer Frau abhing, als sie alle noch jünger waren. Warum hat der Bernard Grandjean so fest am Ärmel gezogen, gleich zweimal, dass der ihn wütend abschlug?«

Das war neu.

»Oder fragen Sie diesen Herrn aus dem Innenministerium mit dem Doppelnamen, den ich vergessen habe. Was wollte der überhaupt von Grandjean? Der hat auch die ganze Zeit abseits telefoniert, mal vor der Pergola, mal vor dem Entrée auf dem Parkplatz.«

Dass Theuilly-Bazet als Staatssekretär ohne Ohrenzeugen telefonierte, war nur plausibel.

Voissinet blieb hinter ihrer weißen Bank stehen und stützte sich mit den Ellenbogen auf der Lehne auf, die Hüfte nach hinten weggeschoben, als wollte sie ihr Gartenreich bewundern.

»Ich wollte gestern Sandrine Clément ansprechen, wegen der Terrassenmauern …« Sie wies mit dem Kinn nach vorn. »Die Einfassungen bröckeln, sind ja auch schon hundert Jahre alt. Wir wollten die Treppe erneuern, eventuell umbauen, weil sie uns eigentlich zu breit ausläuft. Sandrine Clément hat einen exzellenten Ruf als Innenarchitektin.«

»Die Treppe liegt aber außen, oder nicht?« Cédric setzte sich wieder auf die Bank und schlug die Beine entspannt übereinander, was Voissinet sicher irritierte.

»Also … sicher. Sie hat ein Händchen für Mauerwerk. Sagen alle. Deshalb hat sie den Auftrag für die alte Seigneurie bekommen und nicht der Schwiegersohn des Kumpels von Blaque.«

»Also ist die Korruption doch nicht so ausufernd?« Cédric legte den Kopf schräg.

Voissinet drückte sich von der Bank ab. »Ausnahmen bestätigen … das wissen Sie. Außerdem: Fragen Sie sich lieber einmal, woher der Museumsverein das viele nötige Geld für die Sanierung der Seigneurie hinter dem Rathaus hat. Es würde mich nicht wundern, wenn ein Oligarch dort sein Geld geparkt hätte, jetzt wo es schwieriger für die geworden ist …«

Was für eine abstruse Vermutung. »Sie wollten eben auf etwas hinaus, das sich am Tatabend ereignet hat.«

Voissinet kam herum und setzte sich auf die runde Bank. »Wie gesagt wollte ich Sandrine gerade ansprechen. Ich war schon in Hörweite. Da schoss Grandjean heran. Er brach in das Gespräch Sandrines mit Blaque ein und redete von den ›Belmont-Rosen gekreuzt im Liebesnest‹, die sich Sandrine Clément gleich anschauen sollte.«

Cédric stellte das überschlagene Bein zurück. Das klang zwar plausibler als seine eigene Erinnerung an »Belmondo«, aber seltsamerweise war es nicht das, was Sandrine Clément gehört haben wollte. »Sind Belmont-Rosen etwas Besonderes oder etwa die grüngelben in der Vitrine?«

»Na ja. Für den Laien: Gefüllte Blüten, in kleinen Dolden stehend, buschiger Wuchs.« Sie zuckte mit den Schultern. »Erst heute Morgen ist mir aufgefallen, dass Grandjean solche gar nicht züchtete. Vielleicht hat er auch einfach *›ma belle, – mon cœur‹* – meine Schöne, mein Herz – zu Sandrine gesagt, und ich habe nicht alles mitgekriegt. Grandjean hatte ja schnell für jeden einen Kosenamen.«

»Für Sie offenbar nicht, oder?«

Sie nahm die Pflanzenschere vom Boden auf. »Doch, falls Sie ›die Unerbittliche‹ für charmant halten.«

In ihrem Gesicht verdunkelte sich etwas. Sie legte die Schere neben sich auf die Bank. »Jedenfalls war Sandrine ihr einnehmendes Lächeln dabei vergangen. Eigentlich fand ich sie ja toll aufgemacht, in dem antiken Gewand mit der goldenen Kordel im Haar und dem Goldstaub auf den Lidern.«

Voissinet strich sich wieder die Falten aus den Wangen. »Es kann aber auch an Blaque gelegen haben, der sie die ganze Zeit zugetextet hat. Ich wollte sie ja nur fragen, ob sie überhaupt Zeit für ein Vorgespräch zu unserer Treppe hätte.«

Cédrics Diensthandy schickte den neutralen Do-Re-Mi-Dreiklang in die Idylle, den er für wichtige Textnachrichten der Kollegen reserviert hatte.

»Entschuldigen Sie bitte«, sagte Cédric und sah nach, was es Neues gab.

Bürgermeister Blaque ist in der Grenouille Bleue zu sprechen.

Der stand ganz oben auf seiner Liste. »Madame, ich danke Ihnen für Ihre Offenheit. Bemühen Sie sich nicht. Ich finde allein zu meinem Fahrrad zurück.«

»Wie Sie möchten.« Voissinet griff ihre Schere. »Ich habe genug zu korrigieren.«

Cédric genoss auf seinem Rückweg den Blick durch das weitläufig wirkende Gartenparadies. Meisterschaften, internationale Preisgelder … Wie viel Geld wirklich mit Champagner zu verdienen war, überschätzte man bei seinem Renommee schnell. Aber Rosen? Vielleicht war es da umgekehrt. Cédric würde Amadou darauf ansetzen herauszufinden, wie groß das Geschäft damit im Vergleich eigentlich war.

11

Schon von der Straße aus hörte Cédric, dass die *Grenouille Bleue* voll besetzt war. Im Sommer wurde im mittelalterlichen Innenhof serviert. Das Restaurant war nicht ohne Grund beliebt. Cédric blieb an der Sandsteinpforte beim Schaukasten stehen, auf dem der namensgebende blaue Frosch thronte, und warf einen Blick auf das Mittagsmenü. Hätte er die Zeit für eine Pause gehabt, hätte er *Velouté de châtaignes et lard fumé* gewählt. Er mochte einfach Kastanien, und den Räucherspeck liebte er für seine vielfältigen Aromen. Danach hätte er sich vielleicht Hühnerfrikassee *au Riesling* gegönnt.

Hellrosa Oleanderbüsche in großen Kübeln schmückten die Ecken im Hof. Zehn, zwölf Tische gab es hier. Die Gästezimmer im ersten Stock gingen auf einen durchlaufenden dunklen Holzbalkon hinaus. Darüber folgte ein Stockwerk mit Fensterläden im Froschblau des Restaurants.

Ein paar Leute von der Krankenkasse der Winzer saßen links. In der Mitte waren mehrere Tische zusammengestellt. Cédric erkannte die Männer und Frauen des Wein-wie-früher-Machen-Kurses wieder, die meisten Köpfe waren über den Hauptgang gebeugt. Die burschikose Patricia Manigray war nicht dabei. Weinflaschen wurden weitergereicht. Offenbar wurde der Kursabschluss gefeiert.

Jaquin aus dem Burgunder-Trio predigte Sorel irgendetwas mit dem Messer wie mit einem Taktstock. Cordier stieß ihn an, die drei blickten kurz zu Cédric herüber. Cédric suchte aber den Bürgermeister Blaque.

Im ruhigeren Teil des Hofes hatte man die Frontseite einer

alten Scheune abgerissen. Deren Dach hatte man aber behalten. An einem Zweiertisch darunter erhob sich Blaque. Ihm gegenüber saß Notar Duvert, unverwechselbar mit dem lockigen Haarkranz und dem kahlen Hinterkopf, und tauchte seinen Löffel in eine grüne Crème.

»Monsieur le Commissaire.« Der Bürgermeister kam auf Cédric zu und strich sich die ewig widerspenstige Strähne aus der Stirn. Sein blauer Anzug samt seidigem Einstecktuch passte nicht zur Tageszeit. So groß war Lézy nicht, dass er sich nicht hätte umziehen können, falls er abends offiziell unterwegs war. Blaques Wangen waren gerötet vom *Apéritif maison*, den er sicherlich mit dem Notar genommen hatte.

»Hier ist es ein bisschen zu laut, aber …«, Blaque wies zu einem Durchgang in der gekalkten Wand, »an der Rezeption der *Grenouille Bleue* sitzt um diese Zeit niemand.«

Der Empfang bestand aus nichts weiter als einem Schreibtisch mit Telefon, den man unter eine Wendeltreppe gequetscht hatte. Ein paar Prospekte der Tourismusförderung stapelten sich darauf.

Seine Pariser Zeit hatte Cédric einiges über den Umgang mit Honoratioren gelehrt, die sich auf ihre Ämter etwas einbildeten. Er nahm die Tür in den Rücken und verschränkte die Arme. »Blaque.« Mit Absicht blaffte er regelrecht und legte dabei viel Kälte in die Stimme. »Sie haben Madame Voissinet die Luft aus dem Hinterreifen gelassen.« Cédric hatte es nicht nur von ihr gehört. Er hatte sich auch an ölige Fingerspitzen erinnert, mit denen der Bürgermeister am Vorabend nach einem Champagnerglas gegriffen hatte. »Das ist eines Bürgermeisters von Lézy unwürdig! Was sollte das?«

Blaque schnappte nach Luft und wusste nicht, wohin mit den Händen. »Also. Das ist …«

»Überlegen Sie sich, ob Sie die Polizei wirklich anlügen wollen.«

»Hat Sie mich angezeigt, die Unerbittliche?«

Ob er beobachtet hatte, wie Cédric mit dem Rad zu Voissinet gefahren war?

»Das sieht ihr ähnlich. Léonore ist eine Nervensäge.«

»Luft aus ihrem Reifen lassen? Ich bitte Sie!« Cédric rückte ein Stück auf ihn zu. »Warum, Monsieur, verhalten Sie sich wie ein Fünfzehnjähriger?«

»Weil Léonore sich darüber mehr ärgert, als wenn ich ihr mit Lézy-zuerst im Gemeinderat Paroli biete.«

Der Bürgermeister grinste wie die Typen, die hinter den Hochhäusern von Sucy Müll angesteckt und sich als große Helden gefühlt hatten.

»Bei Bernard Grandjean mussten Sie härter vorgehen, nicht wahr?«

Sein Grinsen erlosch. »*Non, non.* So etwas tue ich nicht. Niemals. Das könnte ich gar nicht.«

»Sie waren aber im Liebesnest.« Cédric tippte dem Bürgermeister gegen sein Einstecktuch. »Das können wir be-weisen.«

Der Maire wankte rückwärts und stieß mit der Hüfte gegen den Stapel Tourismusprospekte. Er barg das Gesicht in den Händen. »Es war dumm, es nicht gleich zuzugeben.«

»Allerdings. Sind Ihnen die Überwachungskameras heute erst eingefallen?«

Er nahm die Hände herunter und nickte. Die Aperitif-Röte seines Teints war verblasst. »Ich brauchte seine Stimme für die Gewinnverwendung der Tombola. Ich … habe da eine Idee für ein Konzept von Laserprojektionen am mittelalterlichen Mauerwerk.«

Cédric wollte lieber nicht schwören, dass sein Schwiegervater als Nachrücker im Gemeinderat nicht zustimmen würde, so technikverliebt wie er war. »Was hielt Grandjean von Ihrer Art, mit solchen öffentlichen Aufträgen örtliche Unternehmen zu füttern?« Wie das Grafikbüro der Nichte von Blaque. So weit kannte sich Cédric in Lézy schon aus, weil Maryse dort den neuen Internetauftritt hatte bauen lassen.

»Bernard wimmelte mich ab, ich kam gar nicht zu Wort. Und das will bei mir was heißen.« Er lächelte schwach. »Wenn Sie mich fragen, hat er überhaupt nicht zugehört. ›Nicht jetzt, Jean-Philippe, arrangiere dich mit Léonore, teilt doch die Summe einfach auf. Jede Liste bekommt ein Projekt, dann habt ihr meine Stimme – und nun raus, raus, tut mir leid, Jean-Philippe, geh noch was trinken, ich muss hier … *dégage*!‹«

Hau ab? »Wirklich so grob hat er Sie hinausgeworfen?«

Blaque errötete. »Deshalb musste ich mich abkühlen. Deshalb der Reifen von Léonore.« Er senkte den Kopf. »Ich verstehe es selbst nicht. Es ist furchtbar unreif. Bitte behalten Sie das für sich.«

»In die Akten kommt es, das ist Ihnen klar.« So peinlich es für den Bürgermeister war, in den Augen eines Richters wäre es ein dünnes Mordmotiv. Streit um Investitionen, deren Volumen noch gar nicht feststand? Weil die Tombola ja erst morgen durchgeführt würde. Das war einfach der falsche Zeitpunkt für einen Mord. »Wenn wir auch nur ein Fitzelchen Fremd-DNA an der Nylonschlinge finden, mit der Grandjean erdrosselt worden ist, müssen Sie allerdings zum Abgleich.«

»Einverstanden«, sagte Blaque leise. Und straffte sich. »Das wäre mir sogar recht. Ich war es nicht.«

Wie oft Cédric das schon von Tätern gehört hatte … »Lassen Sie mir ein Wort mit dem Notar.«

»Wie Sie wünschen, *Monsieur le Commissaire*. Ich gehe zahlen.« Blaque zückte seine Kreditkarte.

Im Hof zeigte er sie im Gehen kurz Duvert. Er strebte aber hinter Cédric weiter am langen Tisch vorbei, wo der Geräuschpegel der feiernden Kursteilnehmer noch gestiegen war, weiter ins Restaurant. Cédric setzte sich einfach an den

Zweiertisch unter dem Dach, das einmal zu einer Scheune gehört hatte.

Notar Duvert genoss noch einen Löffel der grünen Crème.

»Pistazie oder Minze?«, fragte Cédric einfach. Seit seiner letzten Ermittlung, in der der Notar eine fragwürdige Rolle gespielt hatte, kannten sie sich. Er brauchte nicht besonders höflich zu sein.

»Weder noch.« Duvert legte den kleinen Löffel neben das Schälchen. »Zitronenverbena püriert und in Joghurt untergezogen.«

»Verführerisch.«

»Die Wirtin hat einen neuen Koch, gute Wahl, würde ich sagen.«

Vielleicht sollte Cédric mit Maryse herkommen, wenn er das alles hinter sich hatte. Ein Abend zu zweit beim *Grand menu* der *Grenouille Bleue*. Sieben Gänge inklusive dreier Jahrgangschampagner.

Duvert lehnte sich zurück. »Aber deswegen sitzen Sie nicht hier.«

Der Notar war Gesprächsführung gewohnt, aber hier gab Cédric den Takt vor. »Wer erbt?« Er zweifelte nicht daran, dass Bernard Grandjean bei ihm sein Testament hatte aufsetzen lassen.

»Sie wissen, dass ich das nicht einfach ausbreiten darf.«

Cédric legte die Ellenbogen auf den Tisch und beugte sich vor. »Wir würden uns Zeit und Papierkram sparen. Wir beide.«

»Die Einhaltung gesetzlicher Vorgaben ist nun einmal der Kern des Notariatswesens – und pflegt die Basis des Rechtsstaats.« Duvert legte die Fingerspitzen vor seiner Brust über dem braunen Anzug aneinander.

»Wenn Sie darauf bestehen …«, konnte Cédric wenig tun, außer dass er jetzt sehr bedauernd, länger und drohend seufzte. »Der Staatsanwalt wird das schätzen.« Der führte auch die Aufsicht über die Notare. Cédric garnierte es mit einem harten Blick: *Lassen wir die Spielchen, wir sind lange genug dabei.*

»Nun gut. Dieser Theuilly-Bazet aus Paris, der Sie eingesetzt hat als Commissaire, soll mir aber eine Aufforderung des zuständigen Untersuchungsrichters zukommen lassen.«

Geschenkt. Cédric legte die flache Hand vor das Schälchen mit der grünen Crème. »Also. Wer erbt?«

Duvert versicherte sich mit einem Blick über Cédrics Schulter in den Hof, dass gerade niemand zuhören konnte. Er strich sich über den Haarkranz. »Grandjean ist zu seinem großen Bedauern kinderlos geblieben. Bis zu ihrem tragischen Tod war seine Frau Alleinerbin.« Duvert kontrollierte wieder, was im Hof hinter Cédric vor sich ging.

»Haben Sie solche Bedenken, dass jemand mithört?«

»Sie nicht? Ein Täter läuft frei herum. Diese Informationen könnten ihn zu weiteren …«

»Mutmaßen Sie nichts.« Leider hatte der Notar recht. »Sprechen Sie eben leise.«

»Das Vermögen ist nicht unbeträchtlich, weil es neben dem Betrieb, Gewächshäusern und Ackerflächen noch ein schönes Aktienpaket umfasst, samt einiger Immobilien in Reims.« Duvert hob die Augenbrauen. »Ich habe Grandjean alle denkbaren Vor- und Nachteile juristischer Konstruktionen erläutert, kann Ihnen aber nicht sagen, warum er diese gewählt hat: Das Vermögen erbt eine von ihm und seiner Frau errichtete Stiftung, die *Fondation du patrimoine de Lézy-le-Sec.*«

»Also eine juristische Person zur Förderung des kulturellen Erbes.« Das schloss aber ein Motiv von Geldgier noch nicht aus. »Wer kontrolliert diese Stiftung?«

»Ein Stiftungsrat. Der Vorsitzende soll Hugo Langreval werden, der die Küferei betreibt.«

Der das Liqueur-Fässchen geliefert hatte. »Waren die beiden befreundet?«

»Es liegt nahe. Wen genau Langreval in den Stiftungsrat berufen soll, ist in einem Schreiben festgelegt, das in einem verschlossenen Umschlag steckt. Der Annex des Testaments befindet sich in meiner Obhut, aber seinen Inhalt kenne ich nicht. Grandjean hat ihn mir verschlossen übergeben.«

»Wer die Stiftung kontrolliert, profitiert vom Vermögen, nicht wahr?«

Duvert wiegte den Kopf. »So einfach kann man eine Stiftung nicht leersaugen, wenn Sie das meinen. Grandjean hat auf mein Anraten hin einige Sicherungen eingebaut. Bestimmt müssen Aufwandsentschädigungen gezahlt werden, aber die Einlage kann gesichert werden.«

Hugo Langreval war nicht beim Empfang gewesen. Und eine Pflanzschule für Champagnerreben war ein sehr spezielles Unternehmen. Man brauchte viel Wissen, wenn man Geld damit verdienen wollte. »Aber die Stiftung muss den Betrieb weiterführen, oder?«

»Sicher. Aber heutzutage finden Sie einen Geschäftsführer oder eine Geschäftsführerin. Die Champagne ist in der beruflichen Ausbildung sehr gut aufgestellt. Selbst Sie gehen ja zum *Viti Campus* in Avize und bilden sich fort.« Er hob sogar leicht das Kinn für das sorgsam angedeutete Lächeln.

»Dann wird ja alles gut.« Cédrics Schwiegervater würde sich freuen, dass es mit dem Betrieb weitergehen würde.

»Es sei denn …« Der Notar wischte ein Oleanderblättchen vom Tellerrand. »Es sei denn, ein nicht berücksichtigter Abkömmling taucht auf. Bernard Grandjean hatte eine, was das schöne Geschlecht angeht, sagen wir mal, sehr bewegte Jugend. Fragen Sie Ihren Schwiegervater. Ändert man sich später als Mann? Wen Grandjean auf seinen vielen Reisen getroffen oder gar geliebt hat, bevor er nach Lézy in den elterlichen Betrieb zurückkehrte, davon weiß man hier nichts.«

»Eine theoretische Möglichkeit oder eine Hoffnung Grandjeans?«

»Immerhin hat er mich selbst zu dieser Eventualität ausgefragt. Aber ich persönlich habe keinen Anhaltspunkt. Es würde in so einer Situation jedenfalls sehr kompliziert, weil Pflichtteilsansprüche zu klären wären.«

Cédric brauchte sich mit diesem juristischen Knoten jedenfalls nicht herumzuschlagen. »Ich brauche die Liste, wer in den Stiftungsrat berufen wird.«

»Ich schicke Ihnen die Namen, sobald ich wieder im Büro bin.« Sein Blick fiel auf den Rest Verbenacrème.

»Merci.« Cédric erhob sich. Es war Zeit, mit den Kollegen zu reden. Und auch selbst etwas zu essen.

Hinter ihm am großen Tisch wurde gelacht. Cédric drückte sich an einem Oleanderbusch vorbei zum Hofausgang.

Sein Handy meldete sich. Cédric blieb unter der Sandsteinpforte stehen. Ein Videoanruf von Maryse? Er aktivierte.

Die sonnenüberfluteten Hänge der Montagnes de Reims, nur in ganz klein? Das schlängelnde Band der Marne zwischen Weinbergen, die Route nationale im wackelnden Zentrum des Bildes sowie in einem Waldstück die Dachspitzen von Château Boursault, des Schlosses von Veuve Cliquot. Nur war alles irgendwie verzerrt dargestellt, mit einem gekippten himmelblauen Horizont, nicht wie von oben auf einer Karte. »Was ist denn das für eine Drohnenaufnahme im Hintergrund?« Wind pfiff und schepperte aus dem Handylautsprecher.

»Alles echt! *Chéri*, ich weiß, du ermittelst, aber es ist einfach zu großartig!«

Alles verwirbelte bunt, das Video stockte, sprang. Eine Hand um Maryses Schulter, ein dunkles Geflecht, brusthoch? Maryses braune Haarsträhnen flatterten ihr über das Gesicht, an ihre Schulter gedrückt ein Bart. Yves!

»Wir hätten das längst machen sollen.«

Cédric begriff es erst jetzt. »Du fliegst mit dem Heißluftballon von Épernay?« Er sackte mit der Schulter gegen den Sandstein.

»Ja«, schrie sie total begeistert, was vom Handylautsprecher surreal verzerrt wurde. Yves' hellblaue Augen leuchteten. Die beiden grinsten auch noch wie auf dem blödesten aller Selfies.

Cédrics Knie verschafften ihm nur noch ein instabiles Gefühl. Und das lag nicht nur am Zusehen. Sie fuhr also endlich Heißluftballon. Dabei hatte Cédric versprochen, es mit ihr zu tun. Jetzt war sie mit Yves in diesen wackeligen Korb geklettert und sauste hoch oben durch die Luft, angetrieben von Helium, wie es sich nur Verrückte ausdenken konnten. Sie war wirklich dort, im Himmel über Épernay, fünfzig, achtzig, jedenfalls viel zu viele Meter über sicherem Boden. »Habt ihr das gestern ausgeheckt? Unter der Rosenpergola? Yves und du allein über den Wolken?«

»Also echt!« Maryse war so laut geworden, dass der Lautsprecher schepperte.

Das Bild wackelte wieder, alles verwischte. Gelbe, orange, blaue Jacken tauchten auf. Jetzt konnte Cédric Frauen erkennen, die sich die Haare festhielten, und Männer, die an ihre Brillen griffen. »Der Aufstieg mit dem Ballon ist offizieller Bestandteil des Marketingseminars des CIVC, das ich besuche. Für unser Champagnerhaus, schon vergessen?«

Hatte er tatsächlich. »Ah ja.« Aber er konnte es jetzt unmöglich zugeben. Er säuselte mit Absicht. »Und?«

Es änderte aber nichts daran, dass sich Maryses rosa geschminkte Lippen zusammenzogen.

»Unter der Pergola, Schatz, hat mir Yves nur einen fachlichen Rat für mein Marketing-Konzept gegeben.«

Yves' Männerfinger erzeugten fleischfarbene Streifen im Bild. Sie tauschten das Handy. »Mein Thema heute ist visuelle Großwerbung. Warum wir dich anrufen …«

Wir. Dich.

»... ich habe über diesen Jaquin recherchiert. Mit dem stimmt was nicht, der ist gar nicht an der Berufsschule von Beaune.«

»Nein, weil er im Weinmuseum von Beaune beschäftigt ist, du verwechselst da was.« Die Barthaare verdeckten das Bild.

»Ach so. Ich dachte halt nur, weil dein Kollege gesagt hat, wenn uns noch was auffällt ...«

Das waren genau die Art Hinweise, die aufhielten. »*Merci.* Kommt sicher wieder runter.«

Yves lachte. »Der Ballon ist noch nie abgestürzt.«

Das hieß es vorher immer. »Gibst du mir noch mal ...«

Das Video brach mit einem quäkigen Signalton ab.

Cédric starrte auf den Bildschirm. Bis heute Abend brauchte er eine gute Entschuldigung.

Familie war nicht immer einfach.

Ermitteln auch nicht. Viviane fiel ihm ein. Ihre Beziehungen in die höheren Kreise konnten ihm wieder nutzen. Sie wüsste bestimmt jemanden, der Kontakte ins große Rosengeschäft hatte. Cédric wählte einfach.

Erst nach dem siebten Klingeln ging Viviane dran. »Hast du ...«

»*Non, non.* Was auch immer du willst, Cédric – ich habe endlich, endlich einen gemeinsamen Termin mit dem Dachdecker, der die Traufe im Schlosshof reparieren soll, und dem Baumpfleger bekommen, der die alten Linden sichert, die dem Gerüst im Wege stehen ... *Oui*, Madame Faure. Bringen Sie das in die obere Galerie ... Entschuldige, meine Haushälterin ... Cédric, du wirst doch nicht wirklich glauben, dass ich den armen Bertrand erwürgt habe, mit meinen Elfenhänden?«

»Viviane, ich ...«

»Setz mich doch ans Ende deiner Liste. Morgen ist auch noch Zeit. *À bientôt, mon cher.*«

Es summte. Sie hatte aufgelegt.

Sein Magen grummelte, als wollte er sich beschweren. Cédric sollte wirklich etwas essen, am besten mit seinen Kollegen.

Wenigstens war es nicht weit bis zum Rathaus, nur ein paar Häuser weiter die Rue Ducale hinunter. Irgendeinen schnellen Lieferdienst hatte Amadou bestimmt in seinem Handy gespeichert.

Cédric trat auf die Straße. An der Mauer fiel ihm zum ersten Mal auf: Über dem Glaskasten des Restaurants lachte der blaue Frosch mit dem großen breiten Maul so richtig frech.

12

Im Keller roch es muffig nach Baustaub und Schimmel. Matten aus gelbem Dichtungsmaterial standen aufgerollt in den Ecken. Stromkabel schmiegten sich an die Wände. Mit Isolierband am grauen Putz befestigte Papierzettel wiesen den Weg durch das Amtsgebäude in Châlons. Auf einem von ihnen stand mit grünem Filzer *Médicine légale I–III* geschrieben. Darunter zeigte ein Pfeil nach rechts.

Cédric bog ab, nur um sich in einem weiteren niedrigen Gang wiederzufinden. »Wenn ein Scherzkeks die Zettel vertauscht hat, finde ich aus diesem Labyrinth nicht mehr raus.« In diesem Zickzack um Versorgungsrohre herum und an Stahltanks vorbei versagte selbst Cédrics sonst recht guter Orientierungssinn. »Irgendwo hier muss die Gerichtsmedizin doch untergebracht sein.«

Amadou stöhnte hinter ihm. »Aber wenigstens werden die öffentlichen Mittel mal richtig eingesetzt. Oder würdest du ewig unter den bröckelnden Decken von 1978 arbeiten wollen?«

Cédric wollte überhaupt nicht bei der Kriminalpolizei arbeiten. Die Entwicklung des biologisch angebauten Champagners mit den Möglichkeiten des 21. Jahrhunderts interessierte ihn weit mehr. »Was hast du noch?«, fragte er trotzdem.

Den ganzen Nachmittag hatte Cédric die Videoaufnahmen auf den Mobilgeräten der Gäste gesichtet. Grandjeans Stimmung war an einem bestimmten Punkt am Abend, kurz vor dem Mord, jäh gekippt. Ab da erschien er wie verunsichert und von den Gästen abgelenkt. Aber es waren zufällige Ausschnitte. Cédric durfte sie nicht überinterpretieren.

Gegen halb sechs hatte schließlich der Notar geliefert. Amadou hatte Cédric bei der Herfahrt auseinandergesetzt, dass die Stiftung des Mordopfers von einem Vorstand geleitet werden sollte, der sich aus Vertretern der Listen im gleichen Verhältnis wie im Gemeinderat zusammensetzte. Hugo Langreval und Sandrine Clément von Lézy-für-alle und Blaque und die Wirtin des *Grenouille Bleue* von Lézy-zuerst. Cédric hatte bis heute nicht verstanden, was die beiden Gruppen eigentlich unterschied. Außer dass sie sich immer uneins waren.

»Na ja, von den zu berufenden Stiftungsvorständen habe ich keinen erreicht.« Amadou schnaufte, weil Cédric so schnell lief. »Kein Wunder, diesen Freitagnachmittag ist in Lézy die Hölle los, weil alle ihre Stände fürs Bürgerfest vorbereiten oder ihre Sachen packen, um vor dem Trubel zu fliehen.«

»Was soll das denn?« Cédric zeigte auf einen Zettel mit einem grünen Pfeil nach links, der aber einen Knick nach oben machte.

Amadou überholte ihn. »Ich tippe auf den Lastenfahrstuhl da hinten.«

Beiger Lack blätterte von einer großen Stahltür. Cédric drückte den mürben schwarzen Rufknopf in der Aluleiste links.

»Ich habe mit der Bilderkennung noch ein bisschen zu Grandjeans Mitbringseln recherchiert. Also, wo die Aufnahmen der Spurensicherung dafür taugten.« Amadou nieste. »Ist das staubig hier … Na ja, aus persönlichem Interesse habe ich mit den Sachen aus Afrika angefangen.« Er legte seine Hand in den kräftigen Nacken. »Eines ist sicher: Grandjean war mal im Lande meiner Vorfahren im Senegal, in Touba. Ich habe eine internationale Anfrage abgeschickt und mich erkundigt, ob es Meldedaten zum Zeitraum gibt.«

Ein Aufzug senkte sich hinter dem Sichtfenster der Stahltür.

»Gut. Alles kann wichtig sein.« Die Türen gingen metallisch knirschend auf. »Von Ölen haben die hier auch noch nichts gehört.« In den Lastenfahrstuhl hätte ein Auto hineingepasst.

»Den Golfballkristall und das Bild aus Helsinki habe ich mir für heute Nacht vorgenommen.«

»*Bon.* Aber übertreib es nicht mit den Überstunden. Ermittlungen können langwierig sein.« Einmal hatte er in Paris ein Dreivierteljahr in einer Sonderkommission geackert, bis sie das Komplott gegen den Modeschöpfer aufgedeckt hatten.

»Keine Sorge, einmal komme ich mit fünf Stunden Schlaf aus. Leyla macht mir früh genug die Hölle heiß. Sie hat mich bei der UNSA eingeschrieben.«

Eine Mitgliedschaft in einer Polizeigewerkschaft – aber es wäre absurd, wenn Cédric jetzt noch Mitglied würde. Wobei, falls er einen Weg fände und formal endgültig aus dem Dienst scheiden könnte, würde es sich lohnen. Cédric entdeckte die Steuerknöpfe in der gegenüberliegenden Ecke. »Wo, hast du gesagt, erwartet uns Meillant?«

»In der 11. Die ist im Erdgeschoss.«

»Verstehe einer, warum die uns durch den Keller leiten.« Cédric drückte. Mit einem Ruck setzte sich der Fahrstuhl langsam in Gang.

Amadou dehnte seine langen Arme wie bei einer Aufwärmübung. »Ich habe in den Datenbanken nach Querverbindungen zwischen den Gästen von gestern Abend und dem Mordopfer gesucht. Es gibt keine Kredite oder Schulden. Nur Bürgermeister Blaque hat Grandjean ein Grundstück verpachtet, aber das schon seit neunzehn Jahren.«

Der Fahrstuhl hielt an. Cédric stand auf der richtigen Seite. Er drückte die Tür auf. »Hast du seine Bankkonten schon durch? Irgendeine ungewöhnliche Bewegung?«

»Corinne saß da dran. Du kennst sie ja. ›Grandjean hat

kein uneheliches Kind, keine Zahlung für Alimente, auch keine seltsamen wiederkehrenden Summen.‹«

Jedenfalls gab es keine Nachkommen, von denen Grandjean gewusst hatte.

Im Flur stank es nach industriellen Desinfektionsmitteln. Die beige gestrichenen Wände und der beige Plastikboden hätten in jede unterfinanzierte französische Institution gepasst.

»Da lang.«

Cédric folgte Amadou bis zur *Salle 11. Section de Médicine légale I – Docteur Meillant.*

In der Mitte des großen Raumes standen zwei Seziertische, einer war leer, auf dem zweiten lag unter einer grünen Plane die Leiche von Bernard Grandjean. An der Längsseite reihten sich Waschbecken und lange Stahlablagen voller Instrumente und Chemikalien in weißen Plastikkanistern.

Es musste einen fachlichen Grund geben, warum in den meisten Laboren der Gerichtsmedizin, die Cédric hatte aufsuchen müssen, die Beleuchtung so auf die Arbeitstische ausgerichtet war, dass sie die Köpfe der Mediziner im Halbdunkel beließ.

»Commissaire Bresson, ich glaube, wir beide hätten uns lieber an einem anderen Ort wiedergesehen.« Durch die grüne Haarkappe schimmerten Meillants weiße Haare hindurch. »Verzeihen Sie, dass ich nicht längst meine Champagnerbestände bei Ihnen aufgefüllt habe, aber meine Kinder halten mich ganz schön auf Trab.« Er nickte Amadou zu. »Brigadier Diouf.«

»Das kann ich nachfühlen. Ich habe Zwillinge.« Cédric ging auf den vertraulichen Ton ein, weil er Meillant schätzte. Er hatte ihm beim Fall um den toten Champagner-Präsidenten mit seiner Präzision sehr geholfen. »Kommen Sie einfach mal bei uns vorbei.«

»Versprochen.« Meillant spreizte seine Finger, die in blauen

Untersuchungshandschuhen steckten. Er trat zum Seziertisch, hob die grüne Plane über dem Leichnam und schlug sie bis zum Unterbauch Grandjeans zurück.

Die Haut wirkte im Kontrast zur lockig weißen Haarpracht grünlich. Amadou hielt sich hinter Cédric. Er schluckte.

Meillant beugte sich etwas vor und zeigte auf eine bläuliche Linie am Hals des Toten. »Für Sie wichtig: Diese hat das Nylonseil hinterlassen«, er zeigte zu einer Ablage an der Längswand, »das in diese Dekorationsranke eingeknüpft ist und sie zusammenhält. Auch die Plastikblätter wurden unter der hohen Zugkraft an einigen Stellen eingedrückt.«

Cédric erkannte auch über- und unterhalb der Linie weitere bläuliche Punkte.

Meillant hob das dichte Haar des Toten. »Erdrosselt worden ist er aber nicht. Sehen Sie die leichte Beule hinter dem Ohr?«

Amadou ging in die Knie, Cédric tat es ihm gleich. »Ja. Das heißt?«

»Der Röntgenbefund ist eindeutig: Genickbruch. Die Erdrosselung hat nach Eintritt des Exitus stattgefunden, das beweisen Mikrospuren in der Einblutung der Unterhaut.«

Amadou strich sich über den Schädel. »Also eine vorgetäuschte Erdrosselung.«

Meillant legte die Haare des Toten wieder über das Ohr und ließ die blauen Handschuhe über dem Hals schweben. »Oder zur Sicherheit, weil sie unmittelbar nach dem Genickbruch erfolgt sein muss, sonst würden die Blutergüsse sich stärker unterscheiden. Glauben Sie meiner Erfahrung.«

Cédric betrachtete den Leichnam. »Grandjean war zwar übergewichtig, aber er scheint mir recht muskulös an den Armen. Hat er sich nicht gewehrt?«

»Das private Büro war doch verwüstet«, sagte Amadou leise.

Meillant zückte eine stiftförmige Taschenlampe aus der

grünen Brusttasche und richtete den Lichtkreis auf eine Stelle an der linken Hand. »Es gibt eindeutige Abwehrspuren an den Händen.«

Die Spezialleuchte ließ die Hautfarbe ganz weiß erscheinen, sodass rote Verkrustungen und fast schwarze Risse darin erkennbar wurden, nur eineinhalb Millimeter groß. »Können Sie daraus und aus den Tatortaufnahmen etwas über den Kampf schließen?«

Meillant trat einen Schritt zurück. »Ich habe es mit meiner Assistentin Tranh nachgestellt.« Er zog einen Stuhl unter dem Waschbecken hervor. »Grandjean sitzt erst normal im Sessel wie beim Lesen eines Dokuments, das sich auf dem Schreibtisch befindet. Er dreht sich einem Besucher so zu, weil dieser überraschend hinter ihn springt.« Meillant tat verwundert, drehte den Hals, stützte sich auf die Lehne, erhob sich halb. »Und dann hat er die Hand ausstreckt. Wenn aber gleichzeitig der Angreifer seine Position noch weiter hinter den Sessel verlagert …« Meillant lächelte nicht, fror stattdessen in der unbequemen Haltung ein. »Bresson, treten Sie kurz hinter mich, dann verstehen Sie es.«

Cédric ging rasch hinter ihn.

Die grüne Chirurgenkappe reichte direkt vor seinen Bauch. Cédric umfing mit der Linken langsam den Hals Meillants, klemmte seinen Ellenbogen unter dessen Kinn. »Also brauche ich jetzt nur den rechten Unterarm gegen Ihre Haare im Genick zu hebeln.« Er ließ aber los.

»Genau.« Meillant streckte sich mit einer eleganten Drehung. »Mit einem Ruck und genug Kraft bricht es mir den Atlas, Axis oder den dritten wie bei Grandjean und beschädigt das Rückenmark tödlich.«

»Ist das ein Würgemal?«, fragte Amadou, der unter das Kinn des Toten deutete.

»Nicht Ihre erste Leiche, was?«

Meillant lächelte, weil Amadou mit den Fingern fünf zeigte.

»Die Tötungsabsicht ist eindeutig.« Cédric ging um den Seziertisch herum.

»Absolut. Man braucht aber nicht so furchtbar viel Kraft, wenn man weiß, wie man mit beiden Armen ansetzen und wie man hebeln muss. Heute gibt es ja für alles Anleitungen im Internet.«

Amadou machte mit dem Diensthandy ein paar Aufnahmen.

»Leider ja. Also ist auch eine Frau als Täterin denkbar?« Léonore Voissinet war resolut genug und stand ja fast zeitgleich im Flur vor dem Entrée. Wenn sie unter dem Bewegungsmelder der Überwachungskameras durchgetaucht war …

»Das Opfer ist mit 1,87 recht groß, aber Grandjean hat tatsächlich in dem Sessel gesessen, in dem man ihn gefunden hat. Die Rose ist aus dem Knopfloch im Hemd des Toten gezogen worden nach der Tat und wurde nur einmal in den Rachen gestoßen. Das zeigt die Verteilung der Abrieb- und Stichspuren.«

Die Dekoration des Toten mit Rose im Mund und Nylonschnur um den Hals war also nur Ablenkung, die womöglich einen psychologisch devianten Täter suggerieren sollte. Wie auch die abwehrend an der Nylonschnur positionierte Hand des Toten vom Genickbruch ablenken sollte.

»Wichtig für Sie ist noch die Brust.«

»Meinen Sie die Narben seitlich unter den Rippen?«

»Nein. Die sind alt, mindestens dreißig Jahre. Eine Rissverletzung durch einen stumpfen Gegenstand. Sieht aus wie ein Unfall beim Reiten oder Surfen.« Meillant deutete auf eine Stelle im grauen Brusthaar, die kaum heller war als die übrige Haut. »Wie im Nacken auch und in den Halsfalten ist hier die Pigmentierung unterschiedlich. Der Tote hat eine Halskette getragen.«

»Die müsste ich in den Aufnahmen vom Tatabend finden.« Amadou wischte durch die Verzeichnisse im Diensthandy.

»Bemühen Sie sich nicht.« Meillant reichte ihm drei Ausdrucke von der rückseitigen Ablage neben den Chemikalien. »Hier ist ein Farbausdruck. Ihre Kollegin Corinne hat uns schon die passende Bilddatei geschickt. Ein Gast hat es aufgenommen. Den Ausschnitt haben wir vergrößert.«

Cédric erinnerte sich nicht an den Schmuck, aber die Aufnahme war eindeutig. Zwischen dem weißen Hemdkragen Grandjeans und seinem vom Champagnergenuss gut durchbluteten Hals lag eine bleistiftdünne Goldkette. Ihre feinen Glieder lagen flach auf der Haut.

»Auf dem Foto kniet Grandjean vor einem Mäuerchen und dreht an einem Wasserhahn. Weil er sich weit vorbeugt, rutscht ihm der Anhänger aus dem Kragen«, sagte Amadou.

Cédric erinnerte sich. »Er hat mittags etwas von der Bewässerungsanlage gesagt, die er noch abstellen wollte. Es ist ihm wohl erst beim Fest wieder eingefallen.«

»Und an der Kette hing das.« Meillant deutete auf den dritten Ausdruck.

Er zeigte einen goldenen Schlüssel, der an der Kette baumelte. Er war daumenlang und hatte einen in drei dünnen Ebenen gefrästen komplexen Bart. »Ein Spezialschlüssel«, sagte Cédric.

»Richtig.« Meillant reichte die Ausdrucke Amadou, der sie zusammenschob. »Was wären wir ohne die Digitalisierung und Datenbanken? Bildverarbeitung ist schon ein Fortschritt.« Er winkte mit den blauen Handschuhen zur Längsseite.

Dort stand ein Flachbildschirm.

Meillant aktivierte ihn mit einem Fingertippen. »Präzise gesagt ist es ein Spezialschlüssel des Tresorherstellers *Coffres forts Solon*. Der Schlüssel gehört zu einem Modell, das vom Format etwas kleiner ist als eine Spülmaschine. Aus einer Serie, die 1997 eingestellt wurde.«

»Im Liebesnest gab es keinen Tresor«, sagte Amadou.

»Seine private Wohnung im anderen Aufgang des Hauses haben wir allerdings noch nicht durchsucht.«

»Wir aber.« Meillant zeigte auf das Telefonsymbol oben in der Funktionsleiste. »Ich habe meine Leute verständigt, als sie den Tatort aufgeräumt haben, und dorthin geschickt. Auch dort gibt es keinen.«

»*Merci.* Also verbirgt sich irgendwo anders ein für Grandjean wichtiger Tresor.« Cédric betrachtete den wuchtigen Oberkörper der Leiche. »Niemand trägt einen echten Schlüssel nur zum Schmuck, und ein erfolgreicher Mann wie Grandjean schon gar nicht. Die goldene Rose im Rachen sollte uns wohl vom eigentlichen Zielobjekt des Überfalls ablenken.«

Meillant richtete sich vor dem Bildschirm auf. »Psychologisch extreme Mordmotive erscheinen vielen interessanter als einfacher, habgieriger Raub.«

»Das kann nur einer denken, der uns Profis nicht kennt«, sagte Amadou.

»Oder der damit kalkuliert. Denn ungewöhnliche Symbolik bedeutet, die Ermittler haben die Profiler am Hals.« Der Ruf als Labertaschen hing den Kolleginnen und Kollegen der forensischen Psychologie zu Unrecht an. Ihre Trefferquote war kaum schlechter als der Durchschnitt der Kriminalkommissare.

»Chef, woran denken Sie?«, fragte Amadou.

»In diesem Tresor steckt also etwas, das den Täter motiviert hat, so brutal zu werden.«

Meillant lehnte sich mit der Hüfte an die Arbeitsfläche. »Diesen Tresor müssen Sie finden. Ich rege noch an zu bedenken, dass Grandjean den Schlüssel seit Jahren trug und also ganz Lézy offen gezeigt hat. Er hat wohl darin keine Gefährdung für dessen Sicherheit gesehen.«

Amadou rollte die Ausdrucke zusammen. »Für so einen Genickbruch braucht man keine Vorbereitung. Wollen wir eine spontane Tat infolge einer Provokation während des Abends wirklich schon ausschließen?«

Cédric schwirrte der Kopf von den neuen Informationen wie von den Desinfektionsmitteln.

»Nein. Solange wir nicht wissen, wo der Tresor ist und ob darin überhaupt etwas aufbewahrt ist, was einen Mord motivieren könnte, können wir gar nichts ausschließen.«

»Vielleicht finde ich ja noch etwas für Sie in dem Berg dort.« Meillant neigte seinen Oberkörper ein wenig in Richtung einiger aufgeschichteter Plastiktaschen mit gesicherten Tatortspuren. »Ich kann meiner Assistentin nicht alles auf einmal zumuten. Ehrgeiz ist ja lobenswert, aber in dem Alter braucht man auch ein Privatleben. Das stärkt die Lebenserfahrung.« Er lachte, als ob er an etwas Unanständiges dächte. »Ich habe ihr eine Pause befohlen.«

Amadou winkte ab. »Nicht dass Sie das gleich nachmachen, Chef. Ich habe mit Leyla Überstunden ausgehandelt und …«

»Schon gut, schon gut.« Cédric hob die Arme. »Dann opfere ich mich selbst und mache für heute Schluss.«

Sie lachten alle drei.

»Falls ich je wieder aus diesem Baustellen-Labyrinth hinausfinde …«

13

Maryse in voller Lautstärke, eindeutig sie! Cédric liebte einfach ihr Lachen – es klang so befreit, so französisch, als ob die Welt nichts koste und wär' nur wunderbar. Er hätte es unter tausend Stimmen herausgehört. Valérie, ihre beste Freundin, sekundierte prompt mit Stakkatogekicher. Dem Geräuschpegel nach zu urteilen waren die selbst ernannten *Champagner-Perlen* bei der dritten Flasche.

Cédric hängte seine Jacke an die Garderobe und zog die Schuhe aus. Auf Socken war er leiser. Bei dem ganzen Stress hatte er vergessen, dass Maryse mit ihrem Winzerinnenverein heute hier tagte. Schließlich mussten die Tombola für morgen gut vorbereitet sowie die Aufgaben am Stand auf dem Marktplatz verteilt werden, hatte Maryse ihm beim Frühstück angekündigt.

Cédric hatte Hunger. Er hatte noch bis kurz vor neun Uhr mit Amadou und Corinne am Bilderreigen des Tatabends gestückelt. Vielleicht schaffte er es bis zur Küche am großen Salon vorbei. Der natürlich für ihn tabu war, wenn Maryse mit den Freundinnen feierte.

Langsam voran. Wenigstens dafür war die Polizeiausbildung gut. Er konnte sich anpirschen, ohne dass man ihn hörte. Auch auf Socken war es klüger, dass man die Füße über den Boden schleifen ließ und nicht mit den Fersen auftrat.

»Kennt ihr den?« Arlettes raue Stimme schraubte sich höher. »Was soll eine Frau machen, wenn ihr Mann im Zickzack durch den Garten rennt?«

In die Kunstpause hinein schwoll ein vergnügliches Zischeln an.

»Sie lädt durch und schießt einfach weiter.«

Die nächste Welle Gelächter rollte.

»Wenn ich mir deinen Jean-Philippe vorstelle, wie er auf der Flucht vor dir durch eure Hecken hopst«, prustete Valérie.

»Vor mir hätte ich auch mehr Angst als vor ihm, dabei ist er Jäger«, sagte Arlette. »Aber schießen kann ich inzwischen wirklich. Er hat's mir beigebracht. Unser Haus steht ja ein bisschen einsam hinter der Flussbiegung.«

Ein Geräusch wie eine flache Hand auf Kissen, paff, paff. »Warum neigt der Mann den Kopf zur Seite, wenn er denkt?«

Maryse gluckste etwas, das Cédric nicht verstand.

»Ganz einfach. Damit die zwei einsamen Neuronen, die er hat, in Kontakt kommen.«

Ein mehrdeutiges »Ooch« rauschte durch den Salon. Cédric hielt sich sicherheitshalber hinter dem Türpfosten verborgen.

»Was ist der Unterschied zwischen einem Yeti und einem intelligenten Mann?« Arlette machte auf sachlich.

Bestimmt sahen die anderen drei sie jetzt alle an. Jetzt oder nie. Die Doppeltür des Salons war zwar breit, aber vielleicht schaffte er es ja.

»Wie es scheint, hat man den Yeti schon mal gesehen.«

In den Sopranbogen hinein rief Arlette: »Da schleicht übrigens einer vorbei!«

»Glückwunsch, Maryse, zu dem seltenen Exemplar.«

Mist. Cédric blieb in der Doppeltür stehen. »*Bonsoir*, ich wollte nicht stören.« Er zeigte das charmanteste Lächeln, das er nach diesem Tag voller Ermittlungen zustande brachte.

Maryse saß schief auf der Chaiselongue und hielt sich den Bauch, Valérie war gegen die Armlehne gekippt.

Die mehr als üppige Arlette drehte sich elegant herum wie eine Grande Dame des vorherigen Jahrhunderts. Ihre weißen Hosen mit Schlag und ihr durchscheinendes Leinenhemd allerdings entsprachen ganz der aktuellen Mode. Außerdem war sie als Expertin für Pilzkrankheiten begnadet in der Behandlung von Misswuchs. *Rebenflüsterin* nannte man sie.

»Dein Rosé ist *superbe*. Wir haben gar nichts anderes aufgemacht.«

»Na, wunderbar.«

»Weißt du vielleicht, was bei eurer Tante Viviane oben am Schloss los ist?«

Mireille trug ein knielanges geblümtes Sommerkleid und ein oranges Hütchen mit kecker Feder. Bisher hatte er sie meist nur in Sportkleidung, beim Laufen oder in der Halle getroffen.

Maryse kniff ein Auge zu. »Cédric bewundert deine Hutkreation.«

»Ich war beim Vin-d'Honneur, die Tochter meines Schwagers hat geheiratet. Den Hut habe ich mir gebastelt, weil auf der Einladung stand, dass man sich wie für die Rennbahn in Longchamps aufdonnern soll.« Sie strich kokett über die Feder. »Was ist los? Den ganzen Tag fahren Handwerker hoch zum Schloss. Schon ganz früh. Ich bin früh von der Mühle den oberen Hangweg entlanggelaufen, da ist mir schon ein Typ in grünem Gärtnerzeug entgegengekommen.«

»So einen könnte ich auch gebrauchen.« Arlette leerte ihr Glas. »Aber welche Firma schickt früh um sechs Leute? Überlegt doch mal.«

»Wenn deine Tante Viviane das möchte, springen die.«

»Die Aufträge sind ja mindestens dreimal so groß wie bei unsereinem. Ich möchte ihren Schlosshof nicht jäten müssen. Mir reicht schon die Terrasse am Haus.«

Cédric bemerkte es erst jetzt. Auf dem großen runden Tisch im Salon lag ein Berg aus Stoffteilen in vielen Farben. Sie waren fast so bunt wie die gar nicht so schlechten Gemälde regionaler Impressionisten, die Maryses Großvater gesammelt hatte und die an den Wänden hinter ihnen hingen. »Ihr habt vor, Dessous zu verkaufen?«

»Deine Frau ist *géniale*. Gib sie bloß nicht her. Sonst bleibt die Vereinskasse von uns *Champagner-Perlen* leer, und die Projekte für weiblichen Weinbergnachwuchs …« Valérie stieß ein »Pfft« aus und sank gegen das Rückenpolster der Chaiselongue.

Maryses Wangen glänzten rosig. »Die Dessous sind aus einem Komplett-Räumungsverkauf einer Boutique in Paris – ich habe sie für quasi nichts bekommen.«

Cédric mochte es, wenn Maryse so ihre Augen kullern ließ. Es ging ihr prächtig. Er hatte keine Ahnung, wie ihr das Schnäppchen gelungen war.

»Wir sind gerade beim Vorsortieren.« Valérie zog an einem zitronengelben Stoff. »Tangas mag ich nicht.« Sie warf das Stoffding zurück auf den Haufen.

»Jede von uns hat ein Anrecht auf ein Teil, das war ausgemacht.«

Er hätte nicht so lange hinschauen dürfen.

»Der Balkon-BH in grüner Spitze scheint es dir angetan zu haben.« Mireille fischte ihn oben vom Berg und hielt ihn Maryse vor die Brust.

Zu groß, zu verspielt für seinen Geschmack.

Arlette fischte sich ein rosa Tüllteil vom Stapel, hielt es sich vor die Hüften und wackelte damit. »Darin darf ich aber nicht tief einatmen, sonst platzt es.«

Cédric sagte lieber nichts.

Maryse warf Valérie ein glänzendes Lackbustier zu. »Streng wäre doch mal was anderes.«

Die beste Freundin, feingliedrig mit roten Feenhaaren wie aus Constantins Märchenbuch für die Kleinsten, schien auf den ersten Blick an die Schulter im Sonnenuntergang seufzender Jungpoeten zu passen. In Wirklichkeit war sie eine gewiefte Logistikerin in einem großen Champagnerhaus in Épernay.

Arlette zog ein Katalogheft unter dem Stoffberg heraus. »Wie wäre es denn mit was für deinen Mann, Maryse?« Sie blätterte. »Hier zum Beispiel.« Sie drückte die Seiten auseinander und packte den Katalog oben auf den Stoffberg. »Ein kurzer Netzlendenschurz?«

Darunter wäre er nackt …

»Oder der einbeinige Slip?«

»Der was?« Maryse beugte sich vor.

Seine Seitwärtsbewegung Richtung Küche entging ihr dennoch nicht.

»Nicht weglaufen. *Non, non, chéri.*« Maryse winkte ihn heran.

Ein goldener Slip war tatsächlich wie halbiert. Das Model trug ihn nur auf einer Hüfte, die andere lag frei. Mit welchem Strick oder dünnem Bändchen das auf der Hinterbacke hielt, konnte Cédric sich nicht vorstellen. »Echte Schneiderkunst. Dass so was nicht rutscht.«

Arlette beugte sich im Sessel zurück und begutachtete seine Rückseite. »Könnte bei dir gerade noch fest sitzen.«

Maryse blätterte um.

Ein schwarzes enges Unterhemd, für viel Haut durchsichtig von Streifen aus schwarzem Netzstoff und perforiertem Leder, ging nahtlos in einen Slip über, der wieder querlaufende Abschnitte in Spitze und Leder aufwies und so ziemlich alles sehen ließ.

Moment.

Cédric schaute genauer hin. Der Mann war genauso groß, nur glatt rasiert. Die hellblauen Augen identisch. Das Model war Yves!

»Du studierst ja ziemlich jedes Detail«, sagte Arlette.

Wie kam Yves zu drei Vierteln nackt in diesen Katalog? Er war auf derselben Katalogseite auch im Oberkörperharnisch in Lack zu sehen, der sehr kräftige Brustmuskeln und einen Waschbrettbauch hervorhob.

»Dein Mann ist ja erstaunlich offen«, flötete Mireille.

Cédric sah Maryse an. Was hatte sie ihnen erzählt?

Er gab ihnen lieber gleich Zucker. »Es ist alles in Ordnung, solange Maryse dabei ist und ihren Spaß hat.«

»Jean-Philippe würde mich umbringen, wenn ich einen für uns mitbrächte!«, rief Arlette.

»Besser als einfach sagen: ›Macht doch‹.« Valérie musterte mit vorgestrecktem Kinn Yves, verschieden ausstaffiert, im Katalog.

In Maryses herzförmigem Gesicht glitzerten die Augen. Sie zog an einer Schlaufe. »Probier das an, *chéri.*« An ihrem Finger baumelte ein nicht allzu großes in sich verknäultes Stoffbällchen in schwarz.

Cédric schnappte es mit der Linken. »Mache ich doch glatt, aber jetzt muss ich erst mal was essen.« Er drehte sich, winkte mit dem Stoff in der Hand. »Und nach den Zwillingen schauen.«

»Ist er nicht süß?«, seufzte Arlette hinter ihm. »Maryse, du weißt gar nicht, was für ein Glück du hast.«

Es klang beinahe ernst gemeint.

Erst als er wieder im Flur stand, begriff er: Sie hatten ihn vorgeführt! Sie hatten alle vier von Anfang an gewusst, wer im Katalog abgebildet war. Und natürlich, dass der gut gebaute Typ im Katalog der Mann vor ihm in Maryses Leben gewesen war. Sie waren die Art Freundinnen aus Kindertagen, die alles mitgekriegt hatten.

Frauen!

»Hast du es lebend überstanden?« Sein Schwiegervater stand an der Anrichte in der Küche und holte mit einer Messerspitze den Rest einer Fischcrème aus einem Glas.

»Fürs Erste.« Cédric war nur noch müde.

Er ließ sich auf den erstbesten Küchenstuhl sinken. Zwei Gläser warteten schon auf dem Tisch.

»Ich dachte mir, dass du noch was beißen musst.« Paul stellte einen Teller mit bestrichenen Tartelettes vor ihn. »Zweimal Jakobsmuscheln mit Sommertrüffel, zweimal Lachs-Duo mit Sahne und grüner Zitrone, einmal geräucherte Ente.«

Es roch köstlich.

»Wusste gar nicht, dass Muscheln mit Trüffel so gut schmecken«, nuschelte Cédric. Die Zwillinge schliefen schon fest, er brauchte jetzt kein Vorbild in guten Manieren zu sein.

Der Kühlschrank fiel zu.

Paul setzte sich und öffnete eine Flasche. »Unsere Cuvée angélique passt genau dazu.«

Perfekt feinperlig stiegen die Bläschen auf. »Ich müsste es wissen«, sagte Cédric, »in der Prüfung fragen sie so etwas. Aber wie war noch mal der durchschnittliche Druck in der Standardflasche?«

»Fünf bis sechs Bar. Rieche lieber daran, das macht mehr Spaß.« Paul führte das Glas unter seine spitze Nase.

»Auf die expressive Alte-Birne-Quitte-Note kannst du stolz sein.« Der Geschmack hielt an, gewann an Aromen von Haselnuss und Nelke. »Nach so einem Tag ist das wie eine Erleuchtung.«

»Machst du Fortschritte?« Paul knöpfte die Manschetten seines Sommerhemdes auf.

Eigentlich wollte Cédric seinem Hirn eine Pause gönnen, aber vielleicht wusste Paul ja etwas, was ihm weiterhalf. »Bernard Grandjean trug wohl immer einen goldenen Schlüssel am Hals. Weißt du, warum?«

»Darum hat er immer ein Geheimnis gemacht.« Paul rieb sich die Nasenspitze. »Aber einmal, da …«

Sein Blick verlor sich im Glas, die Lider sanken etwas, wie auch die Schultern.

»Maryses Mutter lebte noch. Viviane war zu Besuch. Ist schon lange her, vielleicht zwanzig Jahre. Im Scherz hat Bernard gern mal geprahlt. ›Ich habe die Kronjuwelen von Marie Antoinette gefunden‹ –, die es gar nicht gibt. Oder er hat behauptet, dass er einem englischen Touristen eine Schachtel abgekauft habe, in der Napoleons letzter Hut aufbewahrt gewesen sei. Mal war es die Flasche aller Flaschen.«

»Was soll das denn sein?«

»Sprüche! Aber es ist auch was dran. Gute Flaschen hat der Adel schon vor der Revolution eingelagert. Später haben die Nazis uns in der Champagne die Keller geplündert. Und die richtig Reichen in China oder die russischen Oligarchen sammeln heute noch welche.«

»Selbst die Scheichs tun das angeblich. Jedenfalls wenn man auf die Absatzzahlen in den Golfstaaten schaut, müsste das so sein.« In der Abendschule hatte der ganze Kurs über diese Anekdote gelacht.

»Wer weiß, was Bernard von seinen Weltreisen mitgebracht hat? Oder einfach ersteigert hat.«

»Ebay France?«

»Oder international. Warum nicht? Andere gehen auf Flohmärkte. Das ist in unserer Gegend eigentlich was für Touristen. Bernard hatte Humor.« Paul schenkte noch einmal nach.

Vom Salon her dröhnte eine Lachsalve durch die Wand.

Cédric tauchte noch einmal in den Duft des Alten Birne-Quitte-Wunders.

Paul hielt seine *flûte* gegen das Licht. »Das Spielerische hatte er von der Seite seiner Urgroßmutter, die war Zirkusakrobatin in Châlons.«

»Jetzt erzählst du Geschichten.«

»Nein, wirklich. Das feste Zirkusgebäude steht heute noch dort. Das weißt du doch.« Paul drehte sich im Sitzen zur Anrichte und angelte nach den Tartelettes.

Cédric schüttelte den Kopf.

Paul knabberte an einem der Törtchen. »Einmal hat Bernard was vom Schatz von Charlemagne geraunt. So ein Zeug, das man beim vierten Glas erzählt, um des Erzählens willen. Die Leute hörten ihn eben gern quatschen, und er wusste das.« Paul wischte sich Krümel aus dem Mundwinkel.

Cédric leerte sein Glas.

»Du musst bei Grandjean mit allem rechnen. Vielleicht gibt es überhaupt keinen Tresor zum Schlüssel und auch gar keinen Schatz darin. Er foppte gern die Leute.«

Dann hätte jemand den Spaß falsch verstanden.

Cédric brauchte morgen einen klaren Kopf. »Ich sollte schlafen gehen.« Er stand auf.

»Ich versorge morgen früh die Zwillinge. Maryse wird ja wohl ein bisschen träge sein, wenn die *Champagner-Perlen* so weiterfeiern.«

»Du hast recht. *Bonne nuit.*«

Im Schlafzimmer zog er sich aus. Eine Dusche noch und dann nichts wie schlafen.

Das Dessous-Dings lag auf dem Bett. Schwarze Schlingen, durchbrochene Spitze, schmale Lederstreifen.

Er zog mit dem Ringfinger an einer dünnen schwarzen Schleife und mit dem kleinen Finger der anderen Hand an einem Netzstoffstreifen. Das Dings entrollte sich, weitete sich und fiel auseinander. Wurde lang zum Unterhemd mit integrierter Unterhose. Jedenfalls dem Umriss nach. Er brauchte nur vorsichtig in die offene Vorderseite einzusteigen.

Cédric zog sich die Schlaufen über Schulter und Oberarm glatt, korrigierte die durchbrochenen Stoffbahnen über dem Bauch. Nicht mehr ganz Waschbrett, gerade noch definiert … Aber wie kam er dazu, sich mit Yves zu vergleichen?

Er schob bei der sehr luftigen Unterhose Lederlasche für Lasche, das Tüllfeld, Spitzenband, die Nähte an ihren Platz.

Er fühlte sich auf einmal anders. Als ob er sich an jemanden erinnerte, der er einmal gewesen war, oder der er *auch* war: ein Cédric, der ›spiel mit mir‹ flüsterte, oder ein Cédric, der ›mache ich selten, aber warum nicht, wenn du magst‹ in ein heißes Ohr flüsterte.

Er betrachtete sich seitlich im großen Schlafzimmerspiegel. Der schwarzlockige Mann dort mit den kräftigen Beinen hätte auch für den Dessouskatalog getaugt.

Er strich mit den Fingerspitzen über die verschiedenen Stoffarten, das kühle Leder, den glatten Lack, die raue Spitze. Die widersprüchlichen Sinneswahrnehmungen wanderten durch die Unterarme wie elektrisch weiter in seinen Körper.

Vielleicht gab es auch einen ganz anderen Cédric. Der etwas tun würde, was er noch nie getan hatte.

Kleidung, Verkleidung erregte. Sie konnte verbergen oder von moralischen Bindungen befreien. Vielleicht ging es Tätern und Täterinnen ähnlich. Und besondere Dinge schufen für sie symbolisch Handlungsraum? Und das wäre das Geheimnis der goldenen Rose im Rachen des Opfers.

Oder des Schlüssels?

Samstag

14

Für das Bürgerfest wurde großräumig abgesperrt, dafür hatte Bürgermeister Blaque gesorgt. Hätte Maryse nicht beim Frühstück gelästert, dass dem Mann jedes Mittel recht sei, wenn er es nur zum regionalen Großereignis aufblasen könne, wäre Cédric nicht zu Fuß gegangen. Es war die richtige Entscheidung gewesen. Natürlich verstopften die Vereine, Händler und wer sonst noch Zeug verhökern wollte mit ihren Lieferwagen die Straßen bis zum Vieux pont hinunter.

Vom gusseisernen Brunnen aus winkte Amadou ihm zu. Die Schmuckdistel des Fontänenaufsatzes ragte über seinem Kopf auf wie ein Römerhelm. Hinter dem über drei Becken herunterplätschernden Wasser leuchtete es bunt. Große lila Traubenhängel, Mohnblumenfelder und exotische Schriftzeichen. Cédric hoffte inständig, dass ihm eine Begegnung mit der Malerin Odette Hurtois erspart blieb. Auch wenn er ihr bei den Ermittlungen zum Tod des Präsidenten der Vigne d'Or vor knapp zwei Jahren einiges verdankte – so früh, um kurz vor neun Uhr, konnte er ihre exaltiere Art nicht ertragen.

»Beeilen wir uns, Chef. Odette ist gerade bei der Festaufsicht, um sich zu beschweren, weil hier die Durchfahrt zum *Marché* noch nicht ganz abgeriegelt ist.«

»Der Tag fängt ja gut an.« Cédric wich einem tuckernden Weinbergbagger aus. Der zog einen mit alten Schränken beladenen Anhänger vorbei. Hinter ihnen hupte es.

Ein Citroën Ë-C4 Cabriolet hielt gegen die Fahrtrichtung knapp vor dem Brunnen, Theuilly-Bazet ließ das Fenster seines E-Autos heruntergleiten. Er trug keinen Anzug, sondern eine graue Windjacke und machte keine Anstalten auszusteigen.

Diese ewigen Kämpfchen. Hierarchie spielte im eigenen Weinberg keine Rolle, da hatte man andere Sorgen und Feinde ganz anderen Kalibers – wie heimtückischen Mehltau.

Cédric gab Amadou einen Wink und ging vor.

Ein wenig verquollen wirkte das Gesicht des Staatssekretärs wie nach einer durchfeierten Nacht.

»*Bonjour, Bresson*. Ich habe Ihre Nachricht erhalten. Den Tresor zu suchen klingt plausibel.« Theuilly-Bazet beschattete die Augen gegen die Sonne. »Gute Arbeit.«

Amadou hielt sich beim Kotflügel auf Abstand. Lob als Auftakt war meistens vergiftet. Cédric nickte nur. »Fabrikate dieser Art wurden nicht in hohen Stückzahlen produziert. Die Anzahl der Kunden in der Champagne dürfte überschaubar sein.«

»Ich werde bei der Direktion von *Coffres Forts Solon* persönlich Druck machen, damit die in ihre Archive steigen.«

Das klang gut, aber *persönlich* irritierte Cédric. Hatte Theuilly-Bazet an einem Samstag nicht Besseres zu tun? Er konnte über Angestellte verfügen, die so etwas für ihn erledigten, selbst am Wochenende.

Das Elektro-Cabrio startete beinahe lautlos. Theuilly-Bazet nutzte eine Lücke zwischen den anrollenden Ausstellern des Bürgerfests und rollte grußlos davon.

»Ich glaub's nicht.« Amadou drehte die massigen Schultern in seinem orange-grünen Hemd. »Chef. Das ist das erste Mal, dass ich höre, dass ein so hohes Tier selbst etwas tun will.«

Cédric lachte schwach. »Die Arbeit kriegen hinterher wir, verlass dich drauf.«

Er folgte Amadou Richtung Marktplatz.

Auf der großen Fläche herrschte reger Betrieb. Drei Reihen Verkaufstische waren vor den Hausfassaden aufgebaut. Die Bühne für die große Tombola des Bürgermeisters verdeckte fast ganz die historische Viehtränke. Helfer drapierten hellgrüne und weiße Stoffbahnen im Hintergrund in elegantem Faltenwurf.

An den meisten Ständen wuselten Leute herum und packten Kisten und Taschen aus. Cédric hatte beim Frühstück vergessen, dass er Maryse hatte fragen wollen, wo sie mit den *Champagner-Perlen* stehen würde, weil Louise ihrem Bruder die Schüssel mit Erdbeerjogurt über den Arm gekippt hatte. Auch wenn solche Zwischenfälle Nerven kosteten – Cédric hätte die Erziehungsarbeit, die sein Schwiegervater gerade im Spielzimmer leistete, gern gegen die Ermittlungen eingetauscht. Er holte tief Luft. Von irgendwoher roch es nach Pfirsichkonfitüre.

Amadous dicke Lider verrieten, dass er wenig Schlaf bekommen hatte. »Wie war deine Nachtschicht?«, fragte Cédric.

Amadou ging an einem Stand mit alten Waagen und verrosteten Registrierkassen vorbei. »Rosen, Rosen, Rosen. Ich hätte mich lieber auf sie gebettet.« Er bog in Richtung Rathaus ab. »Das ist auch eine Welt für sich wie Champagner. Internationale Wettbewerbe, große und kleine Züchter, zig Vereine. Verrückte Kunden und Kundinnen, die immer noch die blaue Rose suchen.« Amadou lachte breit. »Ein chinesisches Märchen, auf das ich um halb zwei nachts gestoßen bin ... Symbol für die wahre Liebe. Das hat mich an Leyla erinnert und dass sie auf mich wartet. Da war Schluss.« Er blieb an den Treppen des Rathauses stehen, weil zwei Männer davor schwarze Stromkabel ausrollten.

»Schließlich hatte ich da schon herausgefunden, dass Léonore Voissinet mir – uns – nicht die ganze Wahrheit gesagt hat.«

Cédric tat ihm den Gefallen. Er legte die Finger hinters Ohr, hob die Augenbrauen und grinste. »Das hört sich an wie eine Spur.«

»Die Gartenberatungen, ihre eigene Rosenzucht, das ist wohl Mittel zum Zweck. Das Geld macht Voissinet damit, dass sie ein Näschen für die Moden und Trends im Markt hat. Sie kann einschätzen, welche neugezüchteten Rosensorten lukrativ werden. Sie stellt für die großen Handelsfirmen die Kontakte zu den Züchtern her, die die Patente halten.«

Cédric wich einer zweiten Kabelrolle aus. »Die fangen ja früh an mit dem Strom ... Geldgier ist das häufigste Mordmotiv, statistisch betrachtet. Vielleicht wollte Grandjean seine neue Rose selbst vermarkten und nicht über sie. Sie verliert die Nerven ...« Léonore Voissinet war ihm tatkräftig genug erschienen.

Amadou kratzte sich am Schädel. »Die Margen im Markt der Rosenfreunde sind respektabel. Aber nicht wirklich so groß, dass man morden würde, um von den Erben dann die Rechte zu kaufen. Die Gewinnspanne ist gering im Vergleich zu dem, was bei Champagner möglich ist.«

Cédric folgte die Stufen hoch. In der Halle des Rathauses hantierten die Elektriker mit Kabelbindern. Die Treppe zur ersten Etage war frei.

»Züchter sind eitel wie Künstler und Künstlerinnen, denk an Odette Hurtois. Auf ihren Ruf bedacht, ehrgeizig. Manche egoman.« Amadou schnaufte ein bisschen auf den Stufen. »Die Auszeichnungen sind eher Ehrenpreise, nicht hoch dotiert. Moment, ich schließe auf.«

Cédric warf seine Jacke auf den freien Tisch im Büro. Corinne war noch nicht da. Wahrscheinlich verfluchte sie gerade die Absperrungen und suchte einen Parkplatz.

Einige Zettel waren auf der Pinnwand hinzugekommen. Amadou zeigte auf eine Notiz mit der Überschrift *Voissinet*. »Der Produktgruppenleiter des Großzuchtbetriebs in

Châlons hat es mir bestätigt: ›Wie Madame ihre Kontakte pflegt, ist ihre Sache. Sie vermittelt uns sehr diskret und sehr erfolgreich auch Großkunden im Ausland.‹«

»Die Drohung, ihn wegen eines angeblichen Plagiats beim Bagatelle-Preis zu verklagen, war nur Show. Sie hat das Ganze aufgebauscht, weil ihr Geschäftsmodell nicht publik werden soll.« Cédric setzte sich mit dem Hintern auf die Tischkante und betrachtete die Pinnwand.

»Ich glaube nicht, dass sie wirklich einen Prozess gegen Bernard Grandjean angestrengt hätte«, sagte Amadou.

»Un … deux … trois …« Ein spitzer Ton schrillte in voller Lautstärke über den Platz.

Amadou hielt sich die Hand auf die runde Backe. »Das zieht bis in die Plomben.«

Cédric sah aus dem Fenster. *»Un … deux …«* Ein dünner Typ hampelte auf der Bühne, wo die Tombola stattfinden sollte, an einem Stehpult herum. Der Ton brach zusammen. »Können die das nicht erst mal mit niedriger Lautstärke machen?« Cédric wandte den Kopf zurück zur Wand.

Unter *Gemeinderat* waren Zettel in zwei Häufchen gepinnt. »Blaue und rote Namen?«

Amadou verschränkte die Arme. »Blau steht für die Liste von Lézy-zuerst, als da sind: Maire Blaque, die Wirtin der *Grenouille Bleue*, Mamie …«

Cédric hob die Mundwinkel. »Deine Großmutter ist im Gemeinderat?«

Amadou zuckte mit den Schultern. »Ich dachte, du wüsstest das. Schon seit siebzehn Jahren. Sie hat die Wahlliste gegründet.«

Cédric fuhr sich über den Nacken. *Rede viel über Leute mit den Leuten.* Auch so ein Lehrsatz. Er würde wohl nicht darum herumkommen. »Weiter.«

»Und Mireille Jappieux, die viel Sport macht, kennst du. – Was lächelst du?«

Cédric konnte Amadou jetzt nicht ausbreiten, welche neuen Wege der gestrige Abend erschlossen hatte: das Aufeinandertreffen seines von einem Dessous nur wenig umhüllten Männerkörpers mit Maryses Frauenkörper, in dem viele Champagnerperlen vibrierten. »Mireille ist eine Freundin von Maryse, sie war gestern bei uns.«

»Das Motto von Lézy-zuerst ist: ›Was Épernay kann, können wir erst recht.‹«

»Sagt das Mamie?«

»Bonjour, Messieurs-da…« Blaques Stimme brach draußen unter einem schrillen Pfeifen ab.

»Wenn man vom Teufel spricht. Es ist auf seinem Mist gewachsen.« Amadou deutete in Richtung Marktplatz. »Die andere Hälfte im Gemeinderat besetzt die Liste Lézy-für-alle.«

»Ich sehe Léonore Voissinet, den Unternehmer Mancy. Madame Ciboux, die Hundefreundin und Sandrine Clément, die nebenan die alte Seigneurie restauriert.«

»Genau.« Amadou deutete zur kahlen Wand ohne Fenster. »Hier gleich hinter dem Rathaus in der Rue Ducale. Das sind die Leute, die denken: ›Épernay? Was kommt als Nächstes? Châlons? Wir sind ein kleiner Ort. Tut was für die jungen Leute, sonst sterben wir aus.‹«

Die Tür flog auf. »Haben die Kollegen Gendarmes sie noch alle? *Bonjour, Chef.* Amadou …« Corinne packte ihren Motorradhelm auf den erstbesten Tisch. »Sperren sogar den Vieux pont stadteinwärts, ich musste ganz außenrum.« Sie hängte die Lederjacke über den Stuhl und zog die rote Bluse glatt. »Ihr seid beim Rat?«

»Grandjean wurde aber auf seiner eigenen Ein-Mann-Liste gewählt, nicht wahr?«

»Soweit ich weiß, lässt es das Gesetz zu«, sagte Amadou. »Wenn es einen Nachrücker oder eine Nachrückerin gibt.«

»Das Motto seiner Einzelliste war Ausgleich.« Corinne ließ den Rechner hochfahren.

»Der Ausgleich von Gegensätzen …« Cédric drückte sich vom Tisch ab. »Verdammt. Irgendwem ist er aber schwer im Weg gewesen.«

Corinne streckte die Arme durch und ließ die Gelenke der verschränkten Hände knacken. »Der Klatsch in Lézy behauptet, dass Viviane Lemonnier eine erklärte Feindin der Tombola sei. Sie habe Blaque gedroht, ihm die regelmäßige Spende für die Grünanlagen zu entziehen.«

Das konnte nicht stimmen. So wie Cédric Tante Viviane kennengelernt hatte, würde sie nicht mit ihrem Geld erpressen. Wenn sie sich engagierte, dann verlässlich.

Corinne nahm den Helm auf und legte ihn auf das Fensterbrett. »Jedenfalls hält Madame gerade da unten Hof. Sie stolziert an Blaques Bühne vorbei, als ob sie ihm die Schau stehlen wollte.«

»Um diese Zeit?« Cédric blickte auf Maryses Geburtstagsgeschenk an seinem Handgelenk. *9:25 Uhr.* »Sie ist Langschläferin.« Cédric trat ans Fenster.

Das Bürgerfest war noch bunter geworden. Spielzeugberge hier, alte Damenschuhe dort, Antiquitäten links, ausrangierte Technik aus der Kellerei rechts. Ein Verein verhökerte alte Schallplatten für Sammler. An der zur Kirche Sainte Prudentienne gelegenen Seite wirbelte Maryse mit Mireille hinter einem Berg Dessous. Cédric ließ den Blick über die vorderen Standreihen streichen, wo sich die ersten Lézyois drängten. »Wo steckt Viviane?«

»An der Bühne.«

Darauf befand sich Blaque und diskutierte über einen Plan gebeugt mit einigen Technikern. Davor, am grünen Dekostoff entlang, schwebte Viviane in einem knielangen weißen Mantel mit schwarzen Passen, auf dem Rücken unter dem hohen Kragen prangte ein Pique-Zeichen wie aus einem Kartenspiel. Vivianes blondes Haar leuchtete in der Morgensonne. Sie schlenderte um die Stände und würdigte Blaque und die Bühne, wo gerade ein Aufsteller *Große Tombola* positioniert wurde, keines Blickes.

»Diese Schriftfarbe, knallorange wie diese Sonnenölwerbung. Blaque übertreibt wie immer«, sagte Corinne.

Viviane flanierte zwischen Trödel, um diese Zeit? Sie hatte doch Monate damit verbracht, die Speicher und Keller ihres Schlosses entrümpeln zu lassen, damit die Fundamente saniert werden konnten. Außerdem waren der Grand Salon wie auch die Galerien im Schloss vollgestellt mit dem übernommenen Mobiliar der Marquise de Sillery, sie brauchte keinerlei Ergänzung.

»Viviane macht offenbar die große Runde außen entlang.« Allerdings entfernte sie sich vom Dessous-Stand der *Champagner-Perlen*, aber vielleicht wollte sie dort erst den Abschluss machen und ein bisschen schwatzen.

Vor einem alten Haus betreute die burschikose Patricia Manigray in der gewohnten grünen Vlieskleidung den Stand der Pflanzenschule. Das Trio aus Burgund war auch dabei. Der sportliche Sorel kniete links von einem Schild, der Bio-Winzer rechts, und der junge Jaquin machte einen runden Rücken, weil er einen Pinsel schwang. Auf die Entfernung erkannte Cédric in den runden Plexi-Zylindern, die hinter ihnen auf dem Tisch in mehreren Reihen aufragten, nur bunte Punkte. »Sind das Rosen?«

»Stecklinge der neuen Madame Mô-Rose. Ich habe gesehen, wie sie angeliefert wurden. So wie ich Patricia kenne, weiß sie jetzt schon, wie viel sie davon verkauft kriegt. Sie war schon in der Schule gut in Mathe.«

»Du doch auch, Corinne, sonst wärst du nicht bei der Polizei gelandet«, rief Amadou von der Tafel.

»*Messieurs-dames*, statt Tonprobe begrüße ich Sie gern vorab. Hocherfreut, dass Sie schon vor der offiziellen Eröffnung so zahlreich gekommen sind. Wir verstöpseln hier noch ein paar Kabel, und dann geht es richtig los.«

Der Ton war endlich gut.

»Blaque wird doch hoffentlich nicht die ganze Zeit quasseln.« Corinne reckte den Hals. »Gibt es da Rollläden, die wir runterlassen können, Chef? Oder welche zum Klappen?«

Cédric schaute die Fensterführung entlang. »Nein.«

Draußen auf dem Marktplatz fiel Viviane in dem weißen Mantel mit dem schwarzen Karten-Pique auf dem Rücken natürlich auf. Leute schauten ihr hinterher. Es konnte nur ihre Spottlust sein, die sie so früh aus den Federn trieb. Sie wollte Blaque wohl ein bisschen die Schau stehlen. Zudem zeigte sie sich völlig unbeeindruckt von seinem Gesülze und begutachtete demonstrativ lieber eine Billigvase.

Viviane widmete dem Stand der Pflanzenschule *Grandjean* allerdings keine Zeit. Leichtfüßig ging sie vorbei, mit dem einen schwarzen Handschuh wie zufällig den Mantelkragen hochklappend, mit der zeitlosen französischen Eleganz, für die sie in ihren Filmrollen von der internationalen Kritik gerühmt worden war. Dabei lachte sie sich privat kaputt über solche Ergüsse zu ihrer angeblich ikonenhaften *Féminité postmoderne* und wer-weiß-was-noch.

Cédric wollte sich schon wieder umdrehen, da blieb Viviane bei einem Stand mit alten Spielkarten stehen. Er schaute aus dem ersten Stock des Rathauses fast genau auf den Tisch in der mittleren Reihe hinab: Baccarat-Tafeln und Roulettekessel, Lederbecher für Würfel und Jeton-Rechen aus Elfenbein. Dabei besaß Viviane selbst mindestens zehn Kartendecks aus verschiedenen Jahrhunderten im Spieltisch in der Bibliothek des Schlosses.

Aber irgendetwas musste Viviane als reichste Frau der Gegend sich ja aufschwatzen lassen, selbst wenn sie es im Schlosshof gleich in die Mülltonne werfen würde. Cédric wandte sich Amadou und Corinne zu. »Habt ihr noch was?«

Corinne kreiste mit dem Finger über die Namen in Blau und Rot. »Grandjean war zwar im Gemeinderat immer bereit für Kompromisse, aber nicht um jeden Preis. Amadou weiß es …«

»Von seiner Mamie, die, wie ich eben gelernt habe, auch im Rat sitzt.« Cédric tippte seine Fäuste aneinander. »Und?«

»Bürgermeister Blaque ist klamm, weil er in der Krise der letzten Jahre seine Tochter vor dem Ruin gerettet hat.«

»Leute, ich stand bis gestern entweder in den Reben oder hatte die Nase tief im Lehrbuch.« Darüber, dass er heute die Prüfung verpasste, wollte Cédric jetzt lieber nicht nachdenken. »Ruin bei was?«

»Du kannst das nicht wissen – du hast ja kein Gramm Fett zu viel, und deine Frau sicher auch nicht. Mir wollte Leila schon eine Kur bei Isomée Blaque-Nevers schenken. So heißt die Tochter, sie betreibt eine Diätklinik in der Villa Auguste. Süppchen mit Detox-Extrakten aus dem hauseigenen Biogarten, die Richtung.«

»Das Anwesen mit den römischen Amphoren am Tor?« Cédric fuhr manchmal dort vorbei, wenn er zu ihrem Hang bei Saint Félix musste.

»Genau. Blaque wollte Grandjean das Grundstück verkaufen, das er ihm verpachtet hatte. Aber Bernard wollte keinen Kredit aufnehmen und Zinsen zahlen, wenn er mit normaler Pacht davonkam.«

»Ich werde den Bürgermeister zu den Einzelheiten befragen.«

Corinne nahm ein gelbes Fragezeichen und pinnte es unter *Stiftung*. »Geld ist ein Motiv. Bekommt Blaque als Mitglied im neu zu berufenden Vorstand irgendwie die Kontrolle, kann er den Grund verkaufen. Einen anderen Käufer findet er nicht, weil der Pachtvertrag Grandjeans noch lange läuft. Wie …«

»… Mamie weiß«, ergänzte Amadou.

»Hilfe!«, schrie eine Frauenstimme, direkt unter ihrem Eckfenster zur Rue Ducale. »Hilfe!«

Es war eindeutig sie, aber weil es ihm so unwahrscheinlich erschien, brauchte sein Hirn zwei Sekunden. »Das ist Viviane!«

Cédric stürzte zum Fenster, drehte am Knauf und riss es auf. Er warf sich mit dem Bauch auf das Fensterbrett und blickte in die Gasse hinunter.

Amadous Masse prallte gegen seine linke Hüfte, Corinnes knochiger Leib drückte sich gegen seine Schulter.

»Hilfe!« Viviane wehrte mit ausgestreckten Armen ein grünes Netz ab, wie es in den Weinbergen gegen die Insekten verwendet wurde. Eine vermummte Gestalt, ganz in Schwarz, breitschultrig, mit Strumpfhose über dem Gesicht und Wollmütze auf dem Kopf, warf es über sie, und wickelte Viviane schnell ein.

Viviane wand sich zwar heftig, entkam aber nicht, wurde schon umfasst. »Hilfe!«, schrie sie schrill.

Der Vermummte hob sie an. Halb schleifte er sie, halb trug er sie zu einem weißen Lieferwagen, der quer auf der Rue Ducale stand und direkt an der Hausecke unter ihnen geparkt war. So, dass er nur drei Viertel vor die Hausecke ragte. Der Vermummte stieß Viviane durch die offene Seitentür hinein und warf diese hinter ihr zu. *Zack* – und verschwand aus dem Blickfeld.

Corinne riss an Cédrics Schulter. »Nicht glotzen, Männer! Wir müssen hinterher!«

Unten sprang der Motor an, der Wagen preschte mit quietschenden Reifen los.

»Aber hinter dem Rathaus gibt es doch nur die Ruelle du vieux puits«, stammelte Amadou.

»Merde.« Am liebsten wäre Cédric aus dem Fenster gesprungen, aber es nützte Viviane nichts, wenn er sich die Knochen brach.

15

Cédric nahm immer drei Stufen gleichzeitig und wäre in der Halle fast über die Stromkabel gestürzt.

»Hier lang, Chef. Zum Hinterausgang.«

Cédric sprang die letzte vierstufige Treppe mit einem Satz hinunter.

Amadou zerrte vor ihm die alte Holztür auf.

Ein Stahlcontainer stand quer und blockierte.

»Verfluchte Mülltrennung.«

Amadou wuchtete die massive Hüfte gegen die Fläche. Zweimal, dreimal. »Wenigstens hat das Ding Rollen.«

Sie schoben einen Schlitz frei. Corinne schlüpfte an Cédric vorbei, Amadou folgte.

Der Parkplatz hinter dem Rathaus war bis auf den privaten Peugeot des Bürgermeisters leer. Links neben der sehr hohen, bemoosten Einfassung der Seigneurie direkt gegenüber zweigte die Gasse ab. Der weiße Lieferwagen war schon tief hineingerollt.

»Am Vieux puits wird es doch viel zu eng«, keuchte Amadou.

»Schon vorher.« Der Lieferwagen rollte zwischen den Gassenmauern auf einen hohen Stapel aufeinanderliegender alter Weinfässer zu, zwölf, fünfzehn Stück. »Der kommt da nicht …«

Der Wagen rammte eines in der der untersten Lage. Es verdrehte sich, die darüberliegenden gerieten in Bewegung, kullerten alle auf einmal los … und donnerten auf das Kopfsteinpflaster. Es schepperte und hallte von den hohen Mauern wider.

Ein paar weitere prallten ab, andere holperten zur Seite übers Kopfsteinpflaster. Ein Fass blieb genau auf der schmalen Seite mitten in der Gasse stehen. Vier, fünf rollten ihnen entgegen. Corinne wich aus. »So schnell, wie die trudeln, sind sie leer.«

Amadou machte einen Satz zur Seite.

Cédric hörte Holz bersten.

Aber dreißig Meter vor ihnen stellte sich der Lieferwagen in der Gasse quer, krachte mit der Stoßstange gegen das Gemäuer links, stoppte.

»Die Fahrerkabine ist mit Pappkartons verkleidet.« Cédric konnte nicht erkennen, wer am Steuer saß oder was dahinter vor sich ging. Er hörte nur durch das Gerumpel der Fässer hindurch, wie die Ladetür aufrutschte.

»Die verdammten verkeilten Dinger blockieren uns.«

Corinne und er mussten sich an brüchigem Putz entlang- und zersprungenen Fässern vorbeidrücken. Amadou, auf der gegenüberliegenden Gassenseite, hechtete auf ein Fass, trat es dabei los, sprang aber schnell genug weiter und über noch zwei auf das Pflaster zurück. »Mist!«

Holz krachte auf Holz.

Vom Marktplatz echote ein verwaschener Tusch, Widerhall und Wind verzerrten Bruchstücke der Eröffnungsrede des Bürgermeisters.

Cédric wandte den Kopf. »Amadou. Bleib hier und halte uns Gaffer vom Hals. Es kann nicht lang dauern.«

»Mach ich, Chef.« Amadou drehte sich und blieb breitbeinig zwischen zwei Fässern stehen.

Cédric rannte vor Corinne um den Lieferwagen herum. Die Seitentür stand offen.

»Leer!« Nur ein paar Erdkrümel auf der braun lackierten zerkratzten Ladefläche.

Corinne riss die Fahrertür auf. »Dreckiger Boden, Bonbontüten.«

»Wo sind sie hin?«

Eine bröckelnde Gassenmauer reichte auf der einen Seite weit hoch bis zu überhängenden Kastanienästen, dunkelgrüne Blätter ragten in den blauen Himmel. Auf der anderen Seite gab es ein von Sandstein eingefasstes Holztor mit Spitzbogen. Dessen Kassettenfächer zierten geschnitzte Trauben. Sie standen vor der Küferei Langreval.

»Aber wir hätten doch sehen müssen, wenn das Tor aufgeschwungen wäre. Der Spitzbogen ist doch hoch genug.« Corinne rüttelte trotzdem am Schloss. »Zu!«

»Da sind sie nicht rein.« Cédric rannte tiefer in die Gasse, die sich zu einer Art Durchgang zwischen Mauern immer mehr verengte.

Es wurde noch schattiger, die Wände waren höher. In den Putzflächen gab es Risse, selbst große Lücken blanken Steinwerks. Noch zehn Meter …

»So ein Mist!«

Cédric drehte sich vor dem rechteckigen Steinbecken des Vieux puits, das kaum größer als eine Badewanne war. Rechts und links zweigten zwei mittelalterliche Durchschlupfe ab, in denen Unkraut kniehoch aus den Winkeln wucherte. Gerade eine Person passte dort hindurch.

Corinne kniete sich in der Blickachse hin und fixierte die verschatteten Durchgänge. »Die Brennnesseln müssten geknickt sein. Keine Schleifspuren auf dem Gras. Die Entführung liegt nur wenige Minuten zurück. Die Lemonnier muss noch in das grüne Netz gefesselt sein.«

Platz am alten Brunnen – der Name auf dem verrosteten Schild über dem mittelalterlichen Steinbecken war eine maßlose Übertreibung für die wenigen Quadratmeter vor dem steinernen Rondell.

Cédric checkte die unregelmäßigen Steinmauern. »Keine Fenster, nicht mal oben kleine Luken in den Dächern. Nur Laub über den Mauerkronen.«

Corinne legte den Kopf in den Nacken. »Es ist viel zu hoch. Selbst mit Bergsteigerausrüstung brauchst du ein paar Minuten. Ich weiß, wovon ich rede. Ich gehe in den Alpen klettern.« Sie streckte ihren muskulösen Arm aus.

Hellerer Putz verriet, dass hier vor ein paar Jahrzehnten ein Tor zugemauert worden war. »Früher war hier der Eingang fürs Volk ins alte Waschhaus, in dem jetzt die Jugendhilfe Projekte macht. Hier ist der vermummte Typ mit ihr unmöglich durch.«

Cédric drehte sich weiter. Auf der anderen Seite reichten nur Regenrinnen in die Gasse herab. »Sie können doch nicht geflogen sein.« Er fuhr sich durch die Haare.

»Selbst wenn.« Corinne stemmte die Hände in die Seiten. »Eine Transportdrohne oder so'n Zeug hätten wir von oben herabschweben hören.«

»Ich bin hier noch nie entlanggelaufen. Wohin genau führen die beiden Durchschlupfe?«

»Auf die Rue des remparts, die um die Altstadt führt.«

Sie hörten jemanden von rechts heranpreschen.

Ein schwarzer Labrador schoss auf Cédric zu. »Tiff!« Der Hund schnüffelte an seinem Hosenknie, erkannte ihn wohl auch und sprang wedelnd um ihm herum.

»Sie haben ihn nicht vergessen, das freut mich.« Madame Ciboux klatschte laut mit ihren großen Händen, die mit vielen Goldringen bestückt waren. Tiff gehorchte sofort und kehrte zu ihr zurück. »Er hat es rumpeln hören und war total unruhig.«

Ciboux trug einen marineblauen Freizeitanzug und einen schicken grüngelben Schal, ganz die konservative Bürgerin, die auf Chichi verzichtete. »Ist Ihnen jemand entgegengekommen, gerade eben, sagen wir, vor drei bis fünf Minuten?«

»Tiff hätte jeden in der engen Passage verbellt. Das hätten Sie selbst gehört.« Ciboux richtete ihren Blick an Cédric vorbei zu den Fässern weiter hinten in der Gasse, wo Amadou auf die ersten Gaffer einredete. »Was hat sich Hugo Langreval nur gedacht? Diese vermaledeite Tombola.«

»Was meinen Sie?«, fragte Corinne.

»Sonst mache ich abends meine Runde mit Tiff über den *Marché* und an der alten Seugnerie vorbei durch die Rue Ducale.« Ciboux kniff ein Auge zu. »Aber weil Blaque natürlich schon alles hat absperren lassen, bin ich hier durch. Hugo Langreval hat die alten Fässer da vorn für die Tombola gespendet und in der Gasse vor seiner Küferei für die Gewinner zur Abholung aufgestapelt. Hat er mir selbst erzählt, gestern Abend, als er seine Leute beaufsichtigt hat. So eine Schnapsidee. Auf so etwas kommen nur Männer.« Ciboux tätschelte den Kopf des Labradors. »Als ob die Leute ihren Hauptgewinn nicht einen Tag später bei Hugo im Hof abholen könnten.«

So dumm fand Cédric Hugo Langrevals Idee gar nicht. Waren die Fässer in der Gasse vorher präsentiert, konnten die Lézyois vorbeischlendern und überlegen, was ihnen ein Versteigerungslos Wert war. »Ich danke Ihnen, Madame Ciboux. Leider ist dies ein Tatort, und ich möchte Sie nun bitten, den Weg so wieder zurückzugehen, wie Sie gekommen sind. Wir sperren hier ab.«

»Noch ein Toter in Lézy?« Ciboux hielt sich die Hände mit den vielen Ringen vor den Mund.

»Non, non«, sagte Cédric schnell, obwohl ihm die Gefahr, in der Viviane schwebte, jetzt erst richtig in die Knochen fuhr. »Gehen Sie jetzt, bitte.«

»Wenigstens sind Sie mal einer, der seine Pflicht ernst nimmt.« Ciboux drehte sich um und ging davon, ihr grüngelber Schal umwehte sie, und Tiff folgte ihr auf drei Schnauzen Abstand in den Durchschlupf. Die Brennnesseln knickten unter Tiffs Pfoten ein.

Cédric hieb gegen Putz. »Verdammt noch mal. Wir übersehen was.«

»*Floß der* … zum …sten«, drang es vom Marktplatz zu ihnen herüber. Cédric war froh, dass er nicht richtig hören konnte, was der Bürgermeister quatschte.

»zum … Dritten!«

Offenbar wurde gerade irgendetwas versteigert.

»Ich sehe aber keinen anderen Weg.« Corinne ging in die Hocke, blickte aber durch die Gasse zurück in Richtung Amadou, der auf die Gaffer einreden musste. »Sie müssen zu Fuß durch einen der beiden Durchgänge zur Rue des remparts entkommen sein, wo ein Fluchtwagen gewartet hat. Eine andere Möglichkeit gibt es nicht.«

Corinne schaute zu den Regenrinnen und Brennnesseln zurück. »Aber rechts durch bis zur gusseisernen Fontaine hätten sie an Odette Hurtois und ihren Kitschgemälden vorbeirennen müssen, die die dort aufgestellt hat. Außerdem haben noch ein paar andere Leute Tische mit Trödel auf der Gasse, die von da zum Marktplatz führt. Und links gibt es auch Stände.«

»Stimmt.« Cédric war vorhin dort mit Amadou vorbeigekommen. »Wer wo steht, dafür gab es vorher genug Werbung. Das wusste ganz Lézy und die Entführer sicher auch.«

Corinne zeigte nach vorn über die Leute hinweg zum Rathaus, das den Schall von der Bühne dämpfte.

»Chef. Die Flucht von dort hier lang ist doch kompletter Blödsinn. Gerade an der Ringstraße kann es viele Zufallszeugen geben, die zur Tombola gehen. Außerdem ist man zu Fuß extrem langsam mit einem Entführungsopfer im Schlepptau.«

»Und Tante Viviane ist jemand, der sich wehrt.« Daran hegte Cédric keinen Zweifel.

»Aber wie hat es dann funktioniert? Sie sind ja weg.«

Wieder echote ein Tusch vom Marktplatz herüber. Cédric schaute die Gasse zurück. »Bleibt als Fluchtweg eigentlich doch nur das Tor zur Küferei von Hugo Langreval.«

Halt. Da schimmerte was! Cédric stützte sich mit einem Knie auf das Pflaster. »Corinne, siehst du, was ich sehe?« Unter einem der Fässer, das vor die Vorderräder des Wagens gerollt war, lugte Metall über die Pflastersteine, an dem ein grünes Fitzelchen hing.

Cédric rannte hin.

»Das grüne Netz, mit dem sie Viviane eingefangen haben … Sie sind an etwas hängen geblieben. Der Kanaldeckel sitzt auch nicht richtig drin! Das Ding hat den Einstieg verdeckt.«

Zusammen mit Corinne bugsierte er das angebrochene Fass zur Seite, dessen Dauben dabei aus den Metallreifen sprangen. Der edle Holzduft des Barrique mischte sich mit weniger edlen Düften aus der Kanalisation. »Da unten ist der Fluchtweg.«

»Da hat jemand aber ziemlich gute Ortskenntnis.«

»Chef!«, rief Amadou. »Hier will einer was von dir.«

Cédric kam um den Wagen herum. Gut zwanzig Leute reckten die Hälse. Gesichter aus Lézy. Auch das Trio aus Burgund aus dem Wein-wie-früher-machen-Kurs stand in der ersten Reihe. Die drei fielen ihm nur auf, weil sie gleich groß waren und alle als Hommage an Grandjean eine Madame Mô-Blüte am Revers festgesteckt hatten.

Ein ziemlich kleiner dünner Mann gab Amadou einen freundschaftlichen Klaps auf die Oberarme. Er trug braune Funktionskleidung und hob sich einen Werkzeugkasten auf die Schulter.

»Triandel mein Name. Ich arbeite bei den Wasserwerken. *Bonjour, Monsieur le Commissaire.* Corinne«, sagte er heiser, wie jemand, der sich regelmäßig im Stadion beim Anfeuern die Stimme ruinierte. »Ich glaube, ich kann euch helfen.«

16

Die verrostete Leiter führte dreizehn Sprossen nach unten in die Kanalisation. Cédric war nicht so schnell wie der Mann von den Wasserwerken.

»Moment, ich schalte die Beleuchtung an«, rief Triandel aus dem Dunkel unter Cédrics Füßen.

Es roch bestialisch, säuerlich nach verkommenem Fleisch, aber auch der Gestank von verrottetem Kohl und altem Fisch mischte sich hinein. Leider verbanden sich die Sinneszellen unmittelbar mit dem Riechkolben im Gehirn.

Eine Reihe altmodischer ovaler Glaslampen, die von Gitterkörbchen geschützt wurden, flammte auf. Sie hingen an staubigen Leitungen auf Schulterhöhe an den Kanalwänden. Cédric stand auf ausgetretenen Kalksteinplatten oberhalb eines noch tiefer liegenden Kanals. Einfache Rundbögen stabilisierten die Decken alle zehn Meter.

»Sieht römisch aus«, sagte Cédric.

Triandel stellte seinen Werkzeugkoffer hinter der Leiter ab. »So alt ist Lézy auch wieder nicht. Wir sind nicht in Reims beziehungsweise Durocortorum. Der Abschnitt hier ist aus dem achtzehnten Jahrhundert, als die Seigneurie von Lézy erweitert wurde.«

Der Gewölbegang war erstaunlich kurvig, in die andere Richtung verzweigte er sich sogar. »Wenn ein Entführer diesen Kanal als Fluchtweg plant, welcher Ausstieg bietet sich dann an?«

»Gute Frage. Es gibt keinen. Jedenfalls keinen offenen.« Triandel stemmte die Hände an die braune Funktionshose. »Wenn der Entführer hier ausgestiegen ist, muss der Kerl vorher irgendwo durchgebrochen sein. In der Kanalisation nachmauern macht keinen Spaß, glauben Sie mir – in der Brühe …«

Triandel streckte den Arm zur Gewölbedecke, reichte aber nicht mit dem Finger daran. »Über uns verläuft die Ruelle du vieux puits, aber alle Gebäude vom Rathaus an über die Küferei von Langreval und weiter entwässern in die fast parallel verlaufende Rue Ducale. Wegen der Seigneurie.«

Cédric musste vorankommen. »Ich bin kein Spezialist in der lokalen Geschichte von Lézy.«

»Bei unsereinem bleibt das nicht aus. Wenn Sie jeden zweiten Tag unter dem mittelalterlichen Kern herumturnen.« Triandel zeigte auf eine Bogenverankerung. »Die Kurzfassung: Im achtzehnten Jahrhundert erstreckte sich da, wo heute das Rathaus steht, der Garten des Herrenhauses, die Seigneurie war ja noch nicht aufgeteilt. Sogar das Haus, in dem Sandrine Clément ihren Laden hat, gehörte noch dazu. Deshalb entwässert alles drüben.« Triandel wies an der verdreckten Leitung entlang zur Verzweigung. »An diesem Kanal hier hing damals nur das kommunale Waschhaus da hinten links, deshalb ist der auch recht breit gebaut, und von rechts ergießt sich der alte Brunnen. Mehr ist bis runter zum *Marché* nicht angeschlossen.«

Ein Ausstieg am Marktplatz beim Bürgerfest war unwahrscheinlich. Es sei denn, unter einem präparierten Stand oder in ein Zelt …

Triandel schritt in Richtung Marktplatz voraus. »Vorsicht, besser nicht stolpern.«

Cédric achtete auf die unebenen Bodenplatten.

Drei Biegungen weiter blockierte ein Gitter den Weg und reichte tief in den Kanal. Es war im Gewölbe verankert. Im Wasser drehten sich Spieße wie auf einer Walze.

»Das alte Zwischenwerk fängt die gröbsten Sachen ab. Gedacht war es für Stofffetzen. Wir reinigen es von hier. Aber nur selten, weil das mittelalterliche Waschhaus ja heute ganz anders genutzt wird.«

An den Stäben hatte sich viel Dreck gesammelt. Cédric brauchte nicht die Spurensicherung zu bemühen. »Hier oben ist keiner durch.«

Triandel kniete sich hin und leuchtete mit einer Taschenlampe die Spieße ab. »Sieht noch genauso aus wie am Freitag.«

»Sie haben hier gestern erst inspiziert?«

»Bürgermeister Blaque hat darauf bestanden. Gut, Lézy ist nicht Paris, aber ein Sicherheitskonzept für Großveranstaltungen wie das Bürgerfest oben gibt es trotzdem. Ganz diskret sollten wir vorgehen, damit niemand auf die Idee kommt, Bombenwarnungen zu erfinden.«

Cédric ging hinter Triandel an der Leiter vorbei zurück. »Kann man an der Verzweigung nach oben aussteigen?«

Der Abwasserkanal weitete sich zu einem runden Becken. Durch einen schmalen Schlund plätscherte über drei Stufen klares Wasser herab. Auf jeder blockierte ein rostiges Gitter ein paar Ästchen und halb verfaultes Laub, das wohl seit den Frühjahrsstürmen dort lag. Dort war niemand durchgekrochen.

»Über uns ist das Steinbecken des alten Brunnens, der hier entwässert.«

»Deshalb also stinkt die Brühe hier auch nicht mehr so.«

»Ja? Ich rieche das nicht mehr, nach fünfundzwanzig Jahren.« Triandel lachte. »Trotzdem schrubbe ich mich nach jeder Schicht ausgiebig unter der Dusche. Sonst macht mir mein Partner die Hölle heiß. Der ist im *hôpital* von Châlons ausgerechnet Desinfektionsbeauftragter. Verrückt, nicht?«

L'Amour mit großem A, der Liebesgott machte, was er wollte.

Das Abwasser im runden Becken spiegelte dunkel. Aber irgendein Höllengott hatte ihn zurück in die Polizeiarbeit gestürzt. Und Viviane in Gefahr gebracht.

Der Abzweig zum Waschhaus endete mit einem fünf Meter weit gespannten Bogen, der aber mit großen Kalksteinen zugemauert war. Im Becken davor quollen Blasen auf. »Das Abwasser scheint unter der Wand durchzuströmen. Richtig?«

»Die verlängert sich aber bis zum Kanalboden und hat vier Durchlässe«, er legte die Hände an seinen Gürtel, »etwas schmaler als meine Hüfte.«

Er war ein dünner Mann, Viviane eine schlanke Frau. Das reichte vielleicht, aber der vermummte Entführer war Cédric massiger vorgekommen. »Kann man dort durchtauchen? Einen anderen Weg sehe ich nicht.«

»Nur, wenn die Mauersteine rausgehauen sind und auf der Kanalsohle liegen.« Triandel kniete sich tief am Übergang des Rundbeckens zum Bogengewölbe und tastete mit einer Hand unter der Steinplattenkante herum.

»Hab ich dich!« Er zog eine Stange hervor. Modernes Alu mit einem faustgroßen Kugelende. Triandel stocherte im Abwasser eher wie ein Gondoliere in Venedig. Langsam und konzentriert. »Wir Männer im Untergrund fischen ja meist bloß Müll hier raus. Oft Windeln, die Hebewerke blockieren. Sogar eine Nähmaschine habe ich schon mal extrahiert.«

Auf Cédric wirkten die gleichmäßigen Bewegungen des Mannes alles andere als beruhigend. Von Mal zu Mal steigerte sich seine Nervosität. Hier war niemand durchgetaucht. Der offene Kanaldeckel war ein verdammtes Ablenkungsmanöver.

Triandel lachte wieder. »Aber dass ich mal nach einem Entführer fische, darauf werde ich den Kollegen einen ausgeben müssen.« Er blickte auf. »Signieren Sie auch?«

»Wie bitte?«

»Ihre Flaschen.« Triandel lehnte die Stange an seine schmale Schulter. »Ihr neuer Rosé soll exquisit sein. Und eine von einem Commissaire persönlich signierte wäre ein Sammlerstück.«

Cédric brauchte eine Sekunde. Offenbar kannten wirklich alle in Lézy inzwischen seine Geschichte. »Ich ermittle in einem Mordfall und in einer Entführung.«

»Muss ja nicht jetzt sein.« Triandel stach wieder ins Abwasser und beugte sich weiter vor. »Später reicht auch noch.«

Nur wann? Entführungen zogen sich meistens hin, Lösegeldforderungen trafen ein, Übergaben scheiterten, die engsten Angehörigen verloren die Nerven … *Denk richtig nach, sonst wird das nichts.* Vivianes Familie waren eigentlich Maryse, sein Schwiegervater und er selbst! Viviane hatte außer ihrer Halbschwester, Maryses Mutter, keine Verwandtschaft.

Triandel stieß sich ab, zog die Stange aus dem Wasser und richtete sich auf. »Die Mauerschlitze sind intakt. Da ist keiner durchgetaucht.«

Er verstaute die Stange wieder unter der Steinplattenkante. »Einen anderen Ausstieg gibt es nicht. Das Gewölbe über uns ist auch intakt. Da hat Sie jemand mit dem angehobenen Kanaldeckel reingelegt.«

Und dem Fitzelchen des grünen Netzes als falscher Spur. Cédric hob den Zeigefinger und Daumen wie eine Pistole, zielte aber zurück zur Leiter. Und dieser jemand hatte nun noch mehr Zeit gewonnen, seine Spuren zu verwischen, wohin auch immer er mit Viviane verschwunden war.

Cédric lief voraus zur Leiter. Er wandte den Kopf zu Triandel. »*Merci.* Sie bekommen Ihre signierte Flasche. Sobald ich den Kerl gefunden habe.«

Auch Tricksereien verrieten etwas. Der Täter hatte einen großen Fehler gemacht: zu glauben, er könne mit Cédric spielen.

Als Cédric wieder oben in der Gasse stand, atmete er tief durch. Für einen Moment roch die Welt süß und sauber.

Er trat über die zerbrochenen Dauben eines Fasses vom

Lieferwagen weg. Zuerst zog er seine Jacke aus und schwenkte sie wie ein Torrero vor dem Stier zweimal durch die Luft. Die restlichen Kleider mussten leider warten. »Hoffentlich stinke ich nicht zu sehr.«

»Nein, Chef.« Amadou hockte auf einem Fass. »Corinne sperrt gerade mit den Kollegen von der Gendarmerie die Rue Ducale ab. Die haben den Facel Vega von Madame Lemonnier gefunden.«

»Noch etwas?«

»Ich habe die Anwohner befragt, die ja alle vom *Marché* hergelaufen kamen, ob sie vielleicht doch eine Gaube oder so was im Dach haben. Ob jemand zufällig … Fehlanzeige.« Amadou hieb mit der Faust aufs Fass. »Niemand hat was gesehen oder gehört. Die Leute waren auf dem Marktplatz, weil sie Blaque anhören wollten, damit sich alle schön aufregen können.«

»Hat man vorn auf dem Platz nichts von der Entführung mitbekommen?«

»Leider nein. Keine Zeugen. Die Tonanlage war sehr laut, und Madame Lemonnier wurde auf der Rue Ducale unter unserem Fenster entführt. Der Bürgermeister hat genau diese Seite wie auch den Parkplatz des Rathauses gut mit Stellwänden absperren lassen.«

Sieh an. »Warum?«

»Weil sein Privatwagen auf dem Parkplatz steht und er Angst hatte, dass man ihm wieder die Türen verkratzt wie während der Corona-Maßnahmen.«

»Dieses ganze Manöver hier mit dem Lieferwagen.« Cédric stieß Amadou am Ellenbogen an. »Hole bitte Corinne. Einen anderen Weg als durchs Tor in die Küferei gibt es nicht. Wir müssen bei Langreval rein. Wenn er nicht zustimmt, durchsuchen wir. Schließlich ist Gefahr im Verzug.«

Die Verbrechen mussten zusammenhängen. Aber wie? Cédric fiel kein denkbares Motiv für den Mord ein, das zugleich als Begründung für Vivianes Entführung herhalten konnte.

Amadou sprang vom Fass auf und seufzte. Womöglich dachte er dasselbe wie Cédric: *Hättest du gleich machen sollen, statt zur Stinkebrühe hinabzusteigen.*

Cédric warf noch einen Blick in den Lieferwagen. Auf dem Boden waren Erdspuren zu erkennen. Außen an den Seitenblechen erkannte er grünen Abrieb wie von Biegedrahtlack. Daraus würde die Spurensicherung viel ableiten können. Auch die Ladefläche von Cédrics Wagen sah so aus, wenn er nach der Feldarbeit Drahtspulen ausgeräumt oder Spaten, Hacke, Gummistiefel zurück in die Werkstatt gebracht hatte. Für einen so planvoll vorgehenden Täter waren das ziemlich viele offensichtliche Spuren. Noch eine Falle?

Jemand strich ihm über die Schulter. Er fuhr herum.

»Ist es wahr, *chérie*?« Maryse hielt die Fäuste vor ihrem Bauch. Tränen schwammen in ihren braunen Augen. »Erst Grandjean … Glaubst du, sie bringen Tante Viviane um? Du kennst doch die Vorurteile gegen sie, nur weil sie so viel Geld hat, dabei …« Der Rest ging in einem quietschenden Schluchzer unter.

Cédric zog sie an ihren Schultern zu sich. Ihre Fäuste drückten in seine Magengrube.

»Du musst sie finden, bitte.«

»Natürlich findet er Viviane. Cédric ist der beste Kommissar, den sie in Paris hatten.« Paul stieg um ein verrolltes Weinfass herum.

Er hatte sich fürs Bürgerfest fein gemacht und trug heute einen dunkelblauen Leinenanzug. Man wusste ja nie, wen man traf.

»Corinne hat uns durchgelassen.«

»Aber nur weil uns was aufgefallen ist.« Maryses Stimme gewann an Festigkeit.

Cédric bewunderte die Kollegin für den kühlen Kopf. Er

war auf einmal sehr froh, dass Corinne sich freiwillig gemeldet hatte. »Also: Ganz ruhig und der Reihe nach.«

Maryse presste ihre Hände gegen die Wangen. »Sie soll um Hilfe gerufen haben, das haben wir aber nicht gehört.« Maryses Blick tanzte um seine Schuhspitzen herum. »Auch haben wir nichts von dem Lieferwagen hier gesehen, weil die Stellwände zu hoch sind.«

Herrje. »Ja«, sagte Cédric möglichst neutral.

»Ich habe Viviane durch die Absperrung durchschlüpfen sehen«, sagte Paul, »als ich gerade auf dem Weg zu Maryse und ihren Freundinnen war. Nach dem Umsatz fragen und so.«

»Deshalb ist es uns auch aufgefallen«, sagte Maryse. »Viviane hat die ganze Runde an den Ständen auf dem Marktplatz entlang gedreht. Sie hat sogar bei Emma Vellot ein paar alte Spielkarten erstanden. Aber sie war nicht bei uns!«

Paul deutete mit dem Daumen über die Schulter. »Viviane ist die Letzte, die etwas gegen Dessous hat. Sie hat früher als junge Schauspielerin sogar einmal Werbung dafür im Fernsehen gemacht.«

»Wir *Champagner-Perlen* haben unseren Stand in der Verlängerung der Rue Ducale, in der sie entführt worden ist, auf der kurzen Seite des *Marché*. Viviane muss die Runde um die Stände mit Absicht abgebrochen haben, um uns auszuweichen. Aber wieso?«

Beide sahen ihn erwartungsvoll an wie früher die Kolleginnen und Kollegen in Paris.

»Möglich, dass sie eine Abkürzung nehmen wollte. Aber näher liegt, dass sie jemandem auswich, der sie verfolgte, oder dass sie plötzlich eine Bedrohung erkannt hat und schnell zu ihrem Wagen wollte.«

Den Facel Vega hatten die Gendarmes unweit im Parkverbot entdeckt.

»Aber bei uns wäre sie doch sicher gewesen.« Paul hängte die Daumen ins Leinenrevers wie bei einer Weinbergjacke.

»Ich werde die Erklärung dafür finden.« Cédric küsste Maryse aufs Ohr. Mit der Linken schob er sie sanft in Richtung Marktplatz. »Ihr macht am besten einfach am Stand weiter.«

»Es wird spät, nicht wahr?«

Er nickte. »Es ist wie bei der Assemblage, wenn die Basisweine kombiniert werden, bevor sie zur zweiten Gärung mit Dosage gemischt und abgefüllt werden. Alles braucht viel Zeit. Es kommt auch in meiner Ermittlung auf die richtige Reihenfolge an.«

In Gedanken erstellte Cédric eine lange Liste von Dingen, die er jetzt ganz brav wie als ehrgeiziger Jung-Kommissar abarbeiten würde. Er musste dringend weiterkommen. Erfahrungsgemäß lief bei Entführungen die Zeit gegen das Opfer.

17

Die alten Steinmauern der Seigneurie mit ihren Rissen im weißen Kalkputz, die überhängenden Efeuranken, die immer enger zueinanderrückten bis zum alten Waschhaus, dessen Frontbogen zugemauert war. Von Cédrics Standpunkt aus schienen sie wie eine von einem Maler geschaffene Perspektive auf den alten Brunnen ganz da vorn. Der vergessen im Halbdunkel plätscherte.

»Schritt für Schritt – stellen wir uns ganz dumm. Was genau können wir selbst überhaupt bezeugen und sicher wissen?« Cédric störte zwar der faulige Geruch aus den Mülltonnen hinter dem Rathaus, aber notwendig war es trotzdem, dass er sich noch einmal mit seinen Leuten besprach. »Denkt streng, wie bei einem Verhör! Hier sind wir aus dem Hinterausgang herausgerannt. In welcher Reihenfolge?«

»Sie zuerst, dann du, dann ich«, sagte Amadou.

Corinne hielt ihre Ellenbogen umklammert und betrachtete die gegenüberliegende weiß gekalkte Außenmauer der alten Seigneurie, die ganz oben von bemoosten Ziegeln gekrönt war. »Wir haben aus dem Rathaus vom Fenster aus gesehen, wie der vermummte Täter Madame Lemonnier ein grünes Netz übergeworfen und sie in den Lieferwagen gezerrt hat, von dem wir wegen des schlechten Winkels und der Hausecke nur die rückwärtige Hälfte sehen konnten.« Sie ließ ihre Arme fallen und wandte sich zu Cédric um. »Aber wir haben nur gehört, wie er die Ladetür zugeworfen und den Motor gestartet hat. Dann ist der Wagen abgefahren.«

Amadou tippte sich an die fleischige Ohrmuschel. »Du hast uns angebrüllt, dass wir hinterher müssen.«

Corinne tockte an die Mülltonne, deren Plastik dumpf klang. »Ich war nur laut, damit ihr auf Trab kommt.«

»Das war auch richtig. Jede Sekunde hat gezählt.« Cédric trat zwischen den großen Containern vor. »Das heißt: Es gab eine Lücke. Wir haben nicht gesehen, was passierte, nachdem der Wagen losgerollt ist.«

Amadou verschwand hinter dem Container, lugte aber auf Kniehöhe wieder mit seinem runden Kopf hervor. »Wir haben zum Beispiel nicht gesehen, ob der Lieferwagen nicht doch wieder geöffnet wurde.«

Cédric deutete hinter sich hoch zum Eckfenster am Rathaus. »Wie lange haben wir von dort durchs Treppenhaus gebraucht, Kollegen?« Er selbst konnte Zeitverläufe schlecht abschätzen.

Corinne blickte über den gepflasterten Parkplatz bis zur Außenwand der Seigneurie. »Höchstens zwei Minuten.«

»Ein Fluchtweg, der den Fluchtwagen blockiert, ist nicht logisch. Warum also gerade hier?« Amadou lief ein paar Schritt genau einen weißen Markierungsstrich entlang, der den Parkplatz für den Bürgermeister abgrenzte. »Könnte Madame Lemonnier – sagen wir mal, von einem Komplizen – nicht doch hier durch die Rue Ducale davongeschafft worden sein?«

»Während der vermummte Täter den Wagen in die schmale Gasse zur Ablenkung zwar reinfährt, aber rausspringt und den Wagen einfach ungesteuert rollen lässt, damit er gegen die Fässer prallt.«

Ganz unmöglich schien es Cédric nicht.

Corinne drehte den Kopf zur Ruelle du vieux puits. »Das wäre sehr riskant. Auch wenn die Rue Ducale vom Marktplatz bis zur Kurve vorn an der *Grenouille Bleue* abgeriegelt ist, mit Zeugen, zum Beispiel ein paar verspäteten Lézyois, die zur Tombola abkürzen, hätte der Täter rechnen müssen.«

Die Fässer lagen noch immer quer in der Gasse. »Wir klären das jetzt in der Küferei.«

Amadou schloss zu ihnen auf. »Wenn man vom Teufel spricht.«

Der kompakte Hugo Langreval bog um die Ecke des Rathauses, die geballten Fäuste an die grüne Küferschürze gedrückt, als wollte er zum Dauerlauf starten. Ihn überragte um einen Kopf die Innenarchitektin Sandrine Clément.

»Ich suche Sie schon die ganze Zeit!« Corinne drückte den Rücken durch. »Wo haben Sie bloß gesteckt?«

»Wir sind sofort losgelaufen, kaum dass wir von der Entführung gehört haben. Aber die Gendarmes haben uns an der Absperrung die ganze Zeit nicht durchgelassen.«

Cédric fing einen zum blauen Himmel gerichteten Blick Amadous auf: *Warum kann die Gendarmerie ihre Leute nicht gründlich ausbilden?* Die beiden waren Anwohner, vielleicht Zeugen, keine Gaffer, die man fernhalten musste.

Heute trug Clément ein blaues Samtkostüm mit Spitzenschal und eine Hochsteckfrisur. Ihre Silberketten blinkten in der Sonne.

»Mince!« Hugo Langreval, den Blick zu seinem Anwesen in der Gasse gewandt, schlug die Hände über dem Kopf zusammen. »Wirklich der ganze Stapel Fässer futsch, die Leute haben nicht übertrieben.« Rote Flecken schimmerten in seinem so ungewöhnlich zarten Teint.

Clément knotete ihren Spitzenschal und steckte die Enden im üppigen Dekolleté fest. »Wir haben offenbar das Drama knapp verpasst. Ich habe mit Hugo das *Floß der Medusa* aus der alten Seigneurie zur Versteigerung geschafft, weil es sowieso nicht ins Umbaukonzept passt.«

»Moment. Sie beide waren vorhin«, Cédric deutete an der großen Mauer der Seigneurie entlang, »dort in der Rue Ducale unterwegs?«

Beide nickten.

»Sandrine hatte das Gemälde natürlich schon eingepackt. Aber es ist ein Großformat. Wir mussten erst noch beide

Türflügel ihres Geschäfts aufmachen.« Langreval zeigte einen roten Flecken am Handballen. »Der Riegel war sperrig. Ich bin zwar einiges gewohnt mit meinen Fässern, aber der Knauf hat nicht gleich nachgegeben.«

»Sie beide waren also in der fraglichen Zeit gerade mal vierzig Meter von hier in der Rue Ducale?«, fragte Corinne hinter ihm.

»Weiter«, sagte Cédric nur.

»Dieses *Floß der Medusa* ist natürlich nicht das Original von Géricault, sondern eine passable Kopie.« Clément steckte eine lose Strähne in ihre Frisur zurück. »Es passt überhaupt nicht zur Geschichte der Champagne – und in irgendein hiesiges Ausstattungskonzept. Der Museumsverein hat es klugerweise für die Große Tombola gespendet.«

»Der Rahmen war ziemlich schwer, wir haben das Ding durch die schmale Lücke in den Absperrungen des Marktplatzes bugsiert und zusammen langsam zur Bühne geschafft.«

»Sie haben Madame Lemonnier nicht um Hilfe rufen hören?«, fragte Cédric.

»Nein.« Langreval klopfte sich mit seiner schwieligen Hand auf die Küferschürze. »Sonst wäre ich ihr doch sofort zu Hilfe geeilt.«

»Wir hatten das Gemälde auf die Stufen bugsiert und schlossen wohl gerade die Türflügel meines Ateliers, gleich neben der Seigneurie«, sagte Clément. »Außerdem gebe ich zu, dass ich mich bemüht habe, den Lärm vom Marktplatz gedanklich auszublenden.«

»Sie meint die Ansprache von Bürgermeister Blaque.« Langreval drehte seinen Zeigefinger vorm rechten Ohr. »Er ist nicht der begnadetste Redner.«

Wie wahr. Cédric sah sich wieder am Fenster oben im Rathaus stehen und Tante Viviane unten im weißen Mantel mit dem Pique auf dem Rücken über das Bürgerfest spazieren.

»Ich habe nicht darauf geachtet, was in der Rue Ducale los war, als wir aus dem Hinterausgang gerannt sind. Du?«, fragte Amadou.

Cédric überlegte. Sie waren auf den Lieferwagen fokussiert gewesen und waren in die schmale Ruelle du vieux puits gerannt, wohl kurz vor dem Moment, als Hugo Langreval und Sandrine Clément in ihrem Rücken das verpackte Bild an Parkplatz und Rathaus vorbeigetragen hatten, aber bevor die Fässer vom Stapel gerissen worden waren. »Ist Ihnen hier hinter dem Rathaus etwas aufgefallen?«

Cléments Silberschmuck spiegelte winzige Sonnenflecken, während sie sich zu ihm drehte. »Nein. Ich war ganz damit beschäftigt, das großformatige Gemälde sicher zu balancieren.« Sie streckte den Arm aus. »Ich reichte gerade so bis zur Mitte des Rahmens. Ich habe nirgendwo anders hingeschaut als auf Hugos Nase.« Sie lachte schwach. »Ich meine, sein Gesicht. Um zu sehen, ob er das Gleichgewicht noch halten kann. Und dann noch der ganze Lärm des Fests …«

»Mir ging es genauso. Ich bin ja noch kürzer als Sandrine.«

»Wir durften *Das Floß der Medusa* ja auf keinen Fall fallen lassen. Und die Plastikverpackung war echt glatt.«

»Genau.« Hugo Langreval rieb die Handflächen aneinander. »Die Folie war wirklich rutschig.«

»Der Entführer wird Viviane Lemonnier doch nichts tun?«, fragte Clément, die Hand auf den Spitzenschal gepresst. »Dass sie sich freikaufen kann, steht außer Frage.«

Ihre Stimme klang ehrlich aufgeregt. Cédric betrachtete die beiden. Geschäftsleute aus Lézy, die häufig Aufträge Vivianes ausführten. Sie hatten keinen Grund, etwas anderes zu sagen als die Wahrheit. Die Frage nach Lösegeld war naheliegend.

»Wenn es nur um Geld ginge, hätte man sie oder jemanden, für den Madame Lemonnier ihr dickes Portemonnaie öffnen würde, leichter an einem normalen Wochentag entführen können, statt während des Bürgerfests.«

Corinne war Cédric zuvorgekommen.

»*Mon dieu*«, sagte Clément leise.

»Madame, Sie geben bitte meinem Kollegen Diouf alles noch einmal zu Protokoll.«

Amadou zog sein Diensthandy, startete die Aufnahme und hielt es ihr unter die Nase. »Madame Clément, noch mal ganz langsam …«

»Corinne, Monsieur Langreval«, Cédric winkte sie mit Zeige- und Ringfinger zu sich. »Sie folgen mir.«

Er ging einfach voraus durch die schmale Gasse auf Langrevals Küferei zu.

Mit jedem Schritt stieg die Wut höher in ihm auf. Entweder verfolgte der Täter einen ausgeklügelten Plan und hatte das Risiko einkalkuliert, Zeugen wie Langreval und Clément zu begegnen, oder er hatte einen zwingenden Grund, Viviane um jeden Preis unter seine Kontrolle zu bringen.

Cédric stieg um die Fässer herum, die in der Gasse verstreut lagen.

Kurz vor dem großen Tor mit den geschnitzten Traubenmotiven in den Holzkassetten blieb Langreval stehen, kniete sich hin und griff nach einem dünnen gelben Seil. Er hielt ein zerrissenes Ende hoch. »Das kann nicht sein, *Monsieur le Commissaire*. Ich habe die Halteseile selber verknüpft.«

»Was kann nicht sein?« Corinne beugte sich zu ihm und dem aufgedröselten Faserende hin.

»Diese Seile sind aus Hochleistungsfasern gedrillt, stabil gegen mehrere Bewegungsrichtungen gleichzeitig.«

»Aha«, sagte Cédric nur, damit Langreval sich nicht bremste.

Rosige Flecken zeigten sich auf dessen Hals. »Der spezielle Faserdrill ist erfunden worden, um Schiffsladungen zu sichern. Es hält den Fliehkräften stand, die bei der Krängung oder beim Wellenhub im Laderaum entstehen. Früher wurde Wein ja mit Segelschiffen um die Welt geschickt.« Langreval zwirbelte die Faserenden auseinander. »Sehen Sie hier!«

Cédric kniete sich neben Corinne auf den Boden. Über den schwieligen dicken Fingern Langrevals schimmerten gelbe Fasern.

»Würde sagen, ein Drittel fusselig gerissen, zwei Drittel glatt gekappt.« Corinnes dunkle Augen schauten ihn über dem Seilstück an.

Langrevals Finger zitterte ein bisschen. »Das hat offenbar jemand angeschnitten.«

»Wir sichern den Beweis.« Cédric drückte sich aus dem Knie hoch.

»Geben Sie her.« Corinne zückte ihr Handy für eine Aufnahme. Sie legte die Faser neben die Dauben des zerschellten Fasses auf den Boden.

Langreval hielt sich die Stirn. »Ich habe alles verzurrt und geprüft. Wirklich.«

»Daran zweifle ich nicht. Wann haben Sie die Fässer hier aufgestapelt?«

»Gestern mit meinen Leuten, wegen der Tombola.«

Das deckte sich mit den Aussagen der Hundeliebhaberin Ciboux. »Der Täter hatte genug Zeit, die Seile anzusägen.« Ein Beleg wenigstens für planvolles Vorgehen und gegen einen Risikoexzess eines rauschhaft agierenden Täters.

Cédric zeigte zum Kassettentor mit den geschnitzten Traubenhängeln. »Sie werden verstehen, dass wir Ihren Betrieb durchsuchen müssen.«

Hugo Langreval nickte. »Natürlich, natürlich.« Er nestelte einen Schlüssel aus seiner Hosentasche. »Ich muss nur erst die Alarmanlage deaktivieren.« Er fummelte ganz rechts in der Verankerung des Tors an einem sehr kleinen Loch mit einem kleinen Schlüssel herum.

»Läuft die immer?«

»Aber sicher! Heutzutage muss man aufpassen. Eichenholz wird immer teurer. Der Branchenverband warnt schon vor Banden, die es stehlen und sich wieder teuer abkaufen lassen oder gegen Kryptogeld im Netz verticken.«

Langreval sprang in die Mitte des Tores. »Schlüssel zwei ist für die Verankerung.«

So kompakt der Küfer aussah, so schnell war er auch. »Schlüssel drei gehört einfach zur Schließanlage.«

Langreval drückte den großen Torflügel auf. Er schwang weit auf gegen eine fensterlose Wand voller gelber Blüten einer Kletterpflanze bis fast unter den First. Im quadratischen Hof roch es nach Sägespänen und Holz. Gegenüber lag die Werkstatt, in der hinter drei großen Fenstern Holzfässer verschiedener Größen in Spezialmaschinen aufgebockt waren.

»Da drin werden sie ausgeschliffen und geflämmt, für die Wiederverwertung. Die neuen bauen wir in den hinteren Räumen, die Sie von hier aus nicht sehen. Ist alles ein bisschen verwinkelt.« Langreval deutete zur Kletterpflanze. »Die hohe Mauer war eigentlich die Rückwand der Zehntscheune der alten Seigneurie nebenan, bevor im frühen neunzehnten Jahrhundert alles neu aufgeteilt wurde. Deshalb gibt es keine Fenster. Mein Haus hat allerdings nie zum herrschaftlichen Anwesen gehört. Es war immer eine Küferei. Die Langrevals bauen hier Fässer seit 1773.«

Cédric hörte seinen Stolz mitschwingen.

Die vierte Wand reichte ebenfalls sehr hoch. Der Putz war völlig intakt, vor höchstens zwei Jahren erst nachgestrichen worden. Von oben kroch Efeu über rote Ziegel herab, die die Mauerkante vor Regen schützten. Die Blätter glänzten unbeschädigt und wunderbar dunkelgrün in der Sonne. *Merde*, hätte Cédric am liebsten geflucht.

Außerdem brauchte man eine stabile Leiter wie die einer Feuerwehr für diese Höhe. Und selbst wenn so eine hier herumgestanden hätte, wie hätte der Entführer mit einer sich wehrenden Viviane hinaufsteigen sollen? Geschweige denn, dass sie solch eine Leiter hinterher hätten hinaufziehen können.

»Diese Mauer teile ich mit gleich zwei Nachbarn. Die Altstadt von Lézy ist ziemlich verwinkelt. Das äußere Stück gehört tatsächlich zur Garage Gambry, denkt man nicht.«

Deren Hauptfront lag schon am Straßenzug um den mittelalterlichen Kern. Amadou sollte dort nachfragen, der Vollständigkeit halber, ob irgendwer etwas bemerkt hatte.

Vor der vierten Wand war im Winkel hinter dem Tor noch ein Fass in einem Autoanhänger mit halbhohen Seitenblechen abgestellt. »Warum haben Sie dieses nicht auch gestiftet für die Tombola?«

»Als Geschäftsmann kann ich es mir mit dem Bürgermeister ja nicht verderben. Ich spende immer für alle Listen im Rat. Aber das Fass hier wäre noch viel zu gut, als dass es als Gartendekoration herhalten sollte.« Langreval ging zur verschatteten Ecke und strich über den dicksten Metallreifen. »Der ist nur ein bisschen locker geworden. Ein Kunde lässt es reparieren.«

»Wo sind Ihre Leute?«

»Keine Ahnung.« Langreval fuhr sich mit dem Handballen über die Stirn. »Die arbeiten am Wochenende ja nicht.« Er kam aus der Torecke zurück. »Wahrscheinlich sind alle bei der großen Tombola, jedenfalls die aus Lézy.«

Corinne lugte durch die Werkstattfenster. »Geräumt, gekehrt.«

»Die Industriestaubsauger sind gut. Freitags gegen Schichtende geht mein Lehrling durch.«

»Was ist in den zwei Stockwerken darüber?«

»Im ersten Büros. Im zweiten meine kleine Wohnung, im dritten die Kinderzimmer. Aber meine Töchter sind längst ausgezogen und wohnen im Elsass. Meine Ex-Frau wohnt auch dort.« Er legte den Kopf in den Nacken. »Ganz oben im Speicher lagern wir Holz zum Nachtrocknen und Verbrauchsmaterial wie Nägel und Schrauben.«

»Wir müssen trotzdem alles durchsuchen.« Eine andere Lösung, als dass der Entführer sich mit Viviane irgendwo in Langrevals Haus versteckte, konnte sich Cédric einfach nicht vorstellen.

Hugo Langreval drückte Corinne die Schlüssel in die Hand. »Erlauben Sie, dass ich für uns alle Evian und *jus d'orange* in die Mitarbeiterküche stelle?«

Aber außer O-Saft und Wasser war nichts. Eine gute Stunde war vertan. Cédric stand nach der Durchsuchung wieder vor dem Tor mit den geschnitzten Kassettenfächern in der Gasse.

Cédric hatte die nächsten Ermittlungsschritte auf seiner Liste unter ihnen dreien aufgeteilt. Aber es hatte keine neuen Erkenntnisse gebracht.

Nicht bei Amadou, der die Nachbarschaft abgeklappert hatte. Dank der Hilfe seiner Mamie hatte er schnell ermittelt, wo sich die Anwohner in der fraglichen Zeit aufgehalten hatten: Die fünfundachtzigjährige Florence, die gleich nebenan wohnte, war wie jeden Samstag den ganzen Tag bei ihrer dementen Schwester Germaine im Altenheim in Saint Félix. Noch ein Haus weiter, beim Autohändler Gambry, hatte man die Restaurierung eines alten Simca 5 mit drei Flaschen Champagner begossen, viel gelacht, aber sonst nichts gehört und gesehen.

Auch die Anwohner drüben in der Rue Ducale waren alle am Marktplatz beim Bürgerfest gewesen: Waren sie Fans, hatten sie dem Bürgermeister Blaque zugejubelt, waren sie keine, hatten sie sein Geschwafel ertragen.

»Nur die Küchenstaffel von der *Grenouille Bleue* war nicht am *Marché*, allerdings hatten die Leute die Nasen überm Schneidebrett oder dem Kochtopf.« Amadou seufzte.

Corinne war wie immer gründlich gewesen. Für den unwahrscheinlichen Fall, dass der Entführer sich dreisterweise ausgerechnet in das Rathaus geflüchtet haben könnte, hatte sie das Gebäude vom Dach bis zum Keller durchsucht. »Aber das hat natürlich nichts ergeben, außer einem vergessenen Nahrungsvorrat, der womöglich einem Obdachlosen gehört hat: ein verschimmelter Käse und ein grüngraues Baguette vor alten Kellergittern, die vollkommen zugestellt sind.«

Cédrics eigener Besuch im Jugendclub im alten Waschhaus hatte ebenso wenig erbracht: Die Sozialarbeiterinnen hatten sich zur fraglichen Zeit an ihrem eigenen Stand aufgehalten und hatten mit ihrer Truppe getöpferte Schachfiguren verhökert. Cédric hatte die Räumlichkeiten inspiziert. »Auf den Tischen liegen noch zig Figuren aus Ton zum Trocknen. Keine ist zu Bruch gegangen. Da ist niemand von oben mit einer Leiter runter.«

»Wenigstens wissen wir jetzt, dass der Lieferwagen dem dicken Jojo, also Joël Voiron, gehört.« Corinne steckte die Hände in die Gesäßtaschen und setzte einen Fuß gegen ein Fass. »Er ist mir vor dem Rathaus direkt in die Arme gelaufen und hat fast geheult, der Arme. Der Lieferwagen sei ihm in der Nacht von der Straße vor seinem Haus weggeklaut worden.«

Der alte Jojo war Vivianes Gärtner. Er machte all ihre Marotten und spontanen Pflanzideen mit.

»Das ist interessant!« Amadou hob den Finger und bekam ein Leuchten in den Augen. »Den Wagen hat die alte Anwohnerin Florence heute früh, als sie zu ihrer Schwester fuhr, auf dem Gästeparkplatz bei der *Grenouille Bleue* parken sehen. Sie hat sich noch gewundert, was Jojo dort wollte. Wenn der überhaupt mal ausgeht, dann höchstens zu Chantal ins *bistrot*.«

Ein Ziehen erfasste Cédrics Unterarme, wie immer, wenn etwas in sein Bewusstsein drängte, ohne dass er den Gedanken greifen konnte. »Befrage später dort die Gäste.« Man wusste nie. »Vielleicht hat jemand den Fahrer erkannt.«

Corinne dehnte sportlich ihr Knie auf dem Fass. »Ich habe Jojo nur mit Mühe von der Idee abbringen können, du würdest glauben, dass er seiner *patronne* etwas antun könnte, oder würdest ihn verhaften, weil er wie so oft vergessen hatte, den Wagen abzuschließen.«

»Überprüfen musst du ihn trotzdem.«

»Klar.« Corinne legte den Kopf schief. »Wie es aussieht, haben wir so gut wie nichts.«

»Gibt es schon Tarnkappen im SuperU?«, fragte Amadou matt.

»Nicht so pessimistisch. Wir haben doch Anhaltspunkte.« Als Chef der Équipe musste er motivieren. Cédric bemühte sich um ein zuversichtliches Lächeln. »Der Täter geht sehr planvoll vor. Er kennt Lézy, sonst wäre er nicht auf Jojo und diese vermaledeite Gasse zum fast vergessenen alten Brunnen gekommen.« Cédric legte den beiden, die nahe genug bei ihm standen, die Arme um die Schultern. Nur das Stirnstoßen wie mit den Kumpels beim Kanufahren ließ er. »In Paris, gut, da hatten wir zig Tote die Woche. Dort kriegt man es mit der ganzen Palette zu tun, bis hin zum Totschlag im Affekt. Aber ein Mord an Grandjean hier in Lézy, dazu noch die Entführung von Viviane ausgerechnet während der Tombola des Bürgermeisters, und all das binnen achtundvierzig Stunden, ist bestimmt kein Zufall. Sondern eine Gelegenheit, auf die der Täter aus einem bestimmten Grund gewartet hat. Und da bohren wir jetzt nach.«

Amadou blies die Backen auf. *»Oui, chef.«*

Corinne knurrte: »Is'n Ansatz.«

Auch immer schön die Kolleginnen und Kollegen loben. »Ihr habt gerackert wie die Teufelinnen. Gehen wir was essen am Markt. Ich lade euch ein.«

Das half bei Blockaden immer.

18

Der Geruch der dampfenden Sauce auf Corinnes Teller nahm Cédric völlig ein. Ein salziger Hauch von Ozean rührte von den erhitzten Austern in ihrem Jus her, die sahnige, aber frische Milde von der eingerührten Crème fraîche. Und dass alles so sanft durch die Nase glitt, lag an der Legierung mit Eidotter. Cédric konnte nicht anders, als zu schnuppern und wohlig zu brummen.

Am langen Stand von *Jocelyne – Specialités régionales* herrschte Hochbetrieb. Hinter ihren Rücken drängelten sich die Leute. Sie hatten Glück gehabt, dass gerade ein Stehtisch frei geworden war. Das Rathaus ragte auf der anderen Platzseite gegenüber auf, von der Sonne bestrahlt. Die Absperrungen an der rechten Seite verbargen tatsächlich den Blick in die Rue Ducale. Kein Wunder, dass sich noch keine Zeugen der Entführung gefunden hatten.

Amadou kam mit drei Gläsern Champagner zurück und stellte zwei mit seinen dicken Fingern auf dem Stehtisch ab. Er hob seines. »Aus den Austern sind die Perlen aber längst rausgefischt.«

Corinne brach sich Baguette ab. »Jungs, verschont mich. Ich kenne alle Witze zu Austern und Frauen oder Männern samt deren angeblichen Qualitäten als Aphrodisiakum. Ist mir egal.« Sie tunkte das Brot in die Sauce. »Jean-Luc und mir geht es bestens. Und ich liebe einfach *huîtres chaudes au champagne*.« Sie schloss die Augen und seufzte. »Jocelyne verrät leider ihr Rezept nicht. Keine Ahnung, welche Gewürze sie hineintut.«

»Eindeutig Koriander und Piment«, sagte Cédric.

Amadou machte große Augen. »Sicher?«

»Dem Duft nach, ja.« Cédric hatte erst spät im Leben begriffen, dass die meisten Leute anders als er, was den Geruchssinn betraf – es gab ja kein richtiges Wort dafür –, sozusagen kurzsichtig waren und nur unscharf wahrnahmen.

»Der Champagner ist von Lacostes Cousin, der mich kennt.« Amadou zwinkerte. »Halber Preis.«

»Wie lange ist der Kollege noch auf Lehrgang?« Corinne nuschelte über einem Löffel mit Austern in heller Crèmesauce. »Er wird sich ärgern, dass er nach dem Mord noch die Entführung verpasst.«

Die offizielle Fahndung nach Viviane hatte Amadou noch auf dem kurzen Weg zum Marktplatz ausgelöst.

Cédric griff lieber zum Glas Champagner. »Ziemlich große Perlen.« In vier Linien stiegen die Bläschen vom Glasgrund auf.

»Aber langlebige.« Amadou nahm noch einen Schluck.

»Starker Anteil von Pinot meunier, würde ich sagen.«

»Entspann dich, Chef. Du bist hier nicht bei der Prüfung für euren Winzer-Dingsda-Abschluss.« Corinne tupfte Sauce auf. »Wichtig ist doch: Schmeckt er oder nicht?«

»Tut er.«

»Wer profitiert vom Tod Grandjeans? Das wäre, wenn wir einmal nach dem Lehrbuch vorgehen, die Leitfrage für unsere Ermittlung«, sagte Amadou.

»Und wer braucht zusätzlich für seinen maximalen Profit die Gewalt über Madame Lemonnier?« Corinne fischte mit dem Löffel eine Auster aus dem Teller. »Leider läuft das Leben selten so schön nach Lehrbuch ab – sagen meine siebzehn Jahre bei der Polizei.«

»Bürgermeister Blaque hat angeblich noch mehr finanzielle Probleme. Er soll mit Mancy dick in eine Firma investiert haben. Unkaputtbare Keramikhüllen für Rechner und Handys. Im Gewerbepark von Mardeuil.« Amadou stellte sein Glas ab. »Angeblich laufen die Kosten davon. Mancy hat ja Reserven, aber Blaque zahlt noch seine überdimensionierte Villa oben am alten Friedhof ab.«

»Der Bürgermeister könnte sein verpachtetes Grundstück notfalls mit Hypotheken belasten.«

»Vielleicht. – Außerdem soll er im *Belles-de-nuit* an der A4 regelmäßig parken. Ihr wisst schon, der Laden mit den Blondinen, die an der Stange tanzen«, sagte Amadou. »Muss man sich auch leisten können.«

Corinne lachte knapp. »So'n Quatsch. Ich war lange genug bei der Abteilung, die die Prostitution überwacht. Das hätte ich gehört.« Sie tippte mit Brot die Austernsauce auf. »Ich habe dafür die Rosenfreundin Voissinet durchleuchtet.«

Cédric biss in sein *casse-croûte au chaource*. Er mochte diesen Käse für diese spezielle Sahnigkeit auf der Zunge.

Corinne blickte Cédric an. »Die Dame verdient tatsächlich gut mit den Gartenberatungen und Patentvermittlungen auf Rosenzüchtungen. Man glaubt nicht, womit man heutzutage Geld machen kann. Hätten wir mal wissen sollen, bevor wir zur Kripo sind.«

Amadou beugte sich vor. »Außerdem hätte sie doch«, sein Ton wurde ernst, »mehr Befriedigung davon gehabt, wenn sie Grandjean in einen rufschädigenden Skandalprozess hätte ziehen können. Umgebracht hätte sie ihn höchstens, wenn sie gerade so einen Prozess verloren und in der Rosenwelt ihre eigene Reputation verloren hätte.«

Cédric gab ihm Recht. Léonore Voissinet hatte selbst gesagt, dass sie doch nicht so blöd sei, ihr Gartenparadies zu verspielen. »Kein richtiges Motiv.«

»Was ist mit Sandrine Clément?« Corinne legte das Besteck auf den leeren Teller. »Immerhin hattest du sie mit Grandjean doch komisch tuscheln sehen, kurz bevor er rausgerannt war.«

»›Belmondo‹ oder so was Ähnliches habe ich gehört.«

»Und wenn Grandjean ihr in Wirklichkeit *plein le dos* zugezischt hat? Dass er die Nase voll von ihr hat?« Corinne legte die Papierserviette weg. »Enttäuschte Leidenschaft und spontane Tat passen zusammen.«

»Hier nicht.« Amadou lachte kurz. »Mamie und halb Lézy wissen, dass Sandrine Clément ein Verhältnis mit Hugo Langreval hat.«

»Ach«, sagte Cédric im gleichen Moment wie Corinne.

»Lézy weiß natürlich auch das: Hugo hat für sie beide eine Doppelbadewanne aus einem alten Fass gebaut mit Sprudelanlage. Der Sohn von Mamies Freundin Florence ist Installateur und hat Hugo beim Einbau mit den Anschlüssen geholfen. Er hat gleich selbst eine bestellt. Angeblich führt Hugo jetzt sogar eine Warteliste.«

»Schön für Langreval, schlecht für uns. Kein Motiv für Sandrine Clément.«

»An den Ständen hier gibt es viel Klatsch über die Schlossherrin.« Corinne ließ den Blick über den Marktplatz gleiten. »Wusstet ihr, dass sich die *Association des amis du cinéma*, der Filmkunstverein, letztes Jahr mit ihr verkracht hat? Weil sie für das *Festival du cinéma populaire* einen Emanzipationsfilm aus den achtziger Jahren in einer Retrospektive aufgeführt haben, ohne sie als Rechteinhaberin zu fragen. Ihre Anwälte haben dafür gesorgt, dass die wirklich für die Urheberrechtsverletzung blechen mussten. Das war nicht wenig.«

Viviane hatte alle Rechte an den drei Filmen, in denen sie ihre Darstellung als künstlerisch misslungen erachtete, zurückgekauft. Cédrics Schwiegervater hatte über die Eitelkeit gespottet, aber Maryse hatte bloß gesagt, das sei nur logisch. Die Maison Cherriot-Bresson ziehe ja auch misslungene Champagnerflaschen zurück.

Amadou verdrehte die Augen. »Aber deshalb entführt doch jetzt kein Vereinsmitglied die Lemonnier. Oder ermordet gar Grandjean.«

Corinne zuckte mit den Schultern. »Wir suchen nach Motiven. Ich sage es nur, weil die Signorets, das Apothekerpärchen, das auch beim Empfang Grandjeans herumgesprungen ist, deshalb aus dem Vorstand des Filmvereins abgewählt worden ist.«

Die beiden waren Cédric am Abend zwar komisch vorgekommen, so wie sie alle Rosen im Garten nach und nach untersucht hatten wie Forscher. »Aber das ist ein bisschen dünn als Mordmotiv.«

»Sollen wir bei diesem hohen Tier von Staatssekretär Theuilly-Bazet nach Motiven suchen?«, fragte Amadou.

Cédric winkte ab.

»Was ist mit Yves Rémond?«, fragte Corinne.

»Meine Frau hatte ihn eingeladen. Die beiden sind zusammen in einem Marketing-Kurs in Épernay.«

»Nun ja. Es gibt da allerdings Gerüchte.« Amadou drehte die Hände in den Handgelenken. »Rémonds Familie war bankrott, weil der Großvater alles versoffen hat. Bernard Grandjean hat zu halbwegs gutem – je nachdem, wem du in Lézy glauben willst – oder unverschämt niedrigen Preis alles aufgekauft.«

»Du meinst: Yves könnte sich rächen für verpasste Lebenschancen.« So abwegig war das gar nicht. Und würde einiges erklären. Es wäre nicht das erste Mal, dass ein Täter sich einschleicht, Menschen manipuliert, überfreundlich sogar zum neuen Mann der Ex ist. Cédric straffte sich. »Rache ist ein Motiv.«

»Stimmt.« Amadou kaute an einem Ardenner-Schinken-Brot.

Sie hingen einen Moment ihren Gedanken nach.

Samstag in Lézy. Sonst war Cédric an diesem Tag mit dem Einkauf beschäftigt und schleppte Maryse die Körbe hinterher, während sie planvoll die Marktstände abklapperte. Heute gab es stattdessen dieses Bürgerfest mit großer Tombola und Trödel. Ein paar Markthändler schlenderten mit von der Champagnerverkostung geröteten Gesichtern an den drei Reihen Ständen vorbei. Freie Samstage kannten die selten.

Vorn die Uhren, dann die Antiquitätenhändler, die alten Schuhe … An der Seite zur Kirche Sainte Prudentienne hin müsste Maryse mit ihrem Winzerinnenverein doch noch am Stand verkaufen … Cédric verdrehte den Hals. Der Haufen Dessous auf dem langen Tisch leuchtete sogar auf die Entfernung rot-schwarz. Ein paar knallrosa Teile waren auch darunter.

Frauen steckten die Köpfe darüber zusammen, Kinder zogen an ihren Händen und waren vergessen. Ein Mann hielt seiner Freundin eine weiße Rüschencorsage vor die Brust, worauf die nur die Augen aufriss.

Die dicke Arlette charmierte die Kundinnen. Wo steckte Maryse?

Hinter den Frauen mit den Kindern lugte ihre Haarfarbe hervor. Alles war in Bewegung, Arme, Schultern. Sie trat zum zweiten Haufen links.

Die Männersachen, weil nur schwarz und weiß … Ein Kunde wandte sich um. Der Bart glänzte hell im Sonnenlicht. Yves. Schon wieder? Er tauchte für Cédrics Geschmack zu oft ohne richtigen Grund auf.

Yves Rémond war durch und durch Parisien; selbst wenn er zehnmal in Épernay beim großen Champagnerhaus im Marketing saß. Allein das ganze Bartwachs musste ihn ein Vermögen kosten, natürlich bio und ohne chemische Zusätze, von Bienen aus dem unberührten Cantal.

Und jetzt schob Yves seinen kleinen Hintern, wo diese affige Rocker-Kette vom Gürtel bis zum Portemonnaie reichte, noch hinter den Stand und rückte ran an Maryse.

»Chef? Wollen wir im Büro erst mal …«

Cédric hörte nicht richtig, was Amadou sagte. »Ich muss

mich mal … bei den Freundinnen meiner Frau sehen lassen.« Er leerte sein Champagnerglas und ließ den Rest vom Chaourcebrötchen auf der Serviette liegen.

»Wer hat das noch mal gesagt, Corinne? Wenn eine Frau will, dass ihr Mann zuhört, braucht sie nur mit einem anderen zu reden.«

»Amadou, du stehst im Fettnäpfchen.«

Cédric bahnte sich einen Weg durch das Gedränge, am Stand mit den alten Grammophonen ballte es sich besonders. In der nächsten Reihe wogen Typen mit Rosen am Revers silberne Champagnerkübel in ihren Händen … Cédric stieß an eine Tischecke. Verdammt, das waren die Männer aus Burgund, Cordier von der Winzergenossenschaft und Jaquin aus dem Museum.

»*Chéri?*« Maryses Lächeln verwandelte sich in ehrliche Überraschung.

»Unterhaltet ihr euch gut?«

Yves warf einen roten Slip zurück auf den Haufen. »Die Elasthan-Dinger laufen am besten.«

»Aha.« Cédric ärgerte sich, dass Maryse seinem Blick auswich.

»Kein Wunder, die sitzen fast immer gut.«

Cédric war egal, warum Yves sich für den Dessous-Katalog hatte ablichten lassen. »Hast du nicht das Privileg, im Gegensatz zu mir heute eine Prüfung abzulegen, Yves?« Cédric wollte sich zwischen die beiden hinter den Stand quetschen, aber zwei Jungen drückten sich schnell an ihm vorbei und kicherten vor den bunten Stoffteilen.

»Lasst mal schön liegen.« Maryse klopfte mit der Hand auf den Haufen.

»Die Prüfung beginnt doch erst heute Nachmittag.« Yves legte demonstrativ den Zeigefinger ans Kinn. »Sag mal, Cédric. Warum wird das Bürgerfest eigentlich nicht abgebrochen?«

»Chaos nützt uns überhaupt nichts bei Ermittlungen.«

Und schon gar nicht hätte es geholfen, wenn Cédric ganz Lézy gegen sich aufgebracht hätte. *Tout Lézy*, das sich hier zwischen Trödel und Antiquitäten und echtem Champagner samt Entführungsdrama bestens amüsierte.

»Und die Spuren wären ganz hinüber.« Amadou schob sich hinter einem Rentnerpärchen heran.

»Verstehe«, sagte Yves.

Maryse entgingen die Sekunden nicht, die Cédric schwieg. Ihre Augenbrauen zogen sich zusammen, so wie wenn sie ehrlich besorgt war, ob Louise oder Constantin etwas im Bauch zwickte.

Ihre Aufmerksamkeit berührte ihn. Seine ganze Eifersucht … war idiotisch.

»Pack bitte mal ein für Madame.« Mireille, heute mit Strohhut, drückte Valérie zwei Schritt neben ihm am Stand ein Paar verspielter Strümpfe in die Hand. »Ich muss Cédric was zeigen.«

»Was gibt's?«

Mireille kam um den Stand herum und zog Cédric am Ärmel. »Eure Tante Viviane ist ja für ihre Ironie bekannt. Aber jetzt, wo sie entführt worden ist, man weiß ja nie. Es ist vielleicht wichtig.« Sie zog Cédric weiter, Amadou folgte. Und auch Maryse. Und natürlich drängte sich Yves hinterher.

Drei Stände weiter gab es in der Ecke des Platzes einen für Lézy typischen schmalen Durchgang zwischen mittelalterlichen Fachwerkhäusern zur Stadtkirche Sainte Prudentienne.

»Ich wollte nur sichergehen, dass ihr es mitgekriegt habt.« Sie zeigte auf das schwarze Holz eines Fachwerkhauses. Darauf befand sich, so groß wie eine Männerhand und mit dickem Strich gezogen, eine fächerförmig auseinandergezogene Kreidezeichnung. *Ty3* stand dort. »Ich hatte vorhin noch mal eine Kiste mit Dessous vom Auto herangeschleppt, das ich hinter der Kirche geparkt habe. Es war wirklich die Schlossherrin persönlich, die es hier mit Kreide aufgemalt hat.«

»Was genau soll das darstellen?«, fragte Amadou.

»Tante Viviane kann nicht zeichnen, das sagt sie selber.« Maryse verschränkte die Arme und betrachtete die Kreidestriche wie ein unangenehmes Krabbeltier. »Aber warum tut sie es dann hier?«

»Für mich sieht es wie Blumen aus.« Mireille fuhr an der Krempe ihres Strohhuts entlang. »Viviane spottet gern, sagt ihr oft. Bürgermeister Blaque will doch so eine Aktion mit virtuellen Blumen starten, die nachts auf die Wände projiziert werden sollen.«

»Echt jetzt? Das will Blaque?« Amadou hob die Oberlippe und streckte sich. »Das da erinnert mich mehr an unsere Spülmaschine. Sie projiziert die Laufzeit auf die Bodenfliesen.«

»Fotografiere das.« Cédric prüfte die Hausecke auf der anderen Seite des Durchgangs. Dort stand nichts.

Amadou machte noch eine Aufnahme von dem *Ty3* aus einem anderen Winkel.

»Heute früh habe ich Viviane in ihrem weißen Mantel mit dem schwarzen Karten-Pique auf dem Rücken den ganzen Markt ablaufen sehen«, sagte Cédric.

»Moment mal.« Yves kniff ein Auge zu. »Das klingt eher nach einem Filmkostüm.«

Maryse wandte sich von der Hausecke ab. »Du könntest recht haben. Es war überhaupt nicht ihr Stil – schwarz-weiß und bei dem warmen Wetter einen knielangen Mantel?«

»Na ja. Eure Tante hat noch nie etwas Unauffälliges getragen.« Mireille wedelte sich mit dem Strohhut Luft zu.

»Pique, pique …« Yves hielt sein Smartphone gegen das Licht und gab etwas ein. »Irgendwer hat mir mal von einem Film erzählt, der *Pique Dame* hieß. Damals, als ich bei Cinéfrance angefangen habe.« Er tippte. »Er basiert auf einer Novelle von Alexander Puschkin.« Seine hellblauen Augen überflogen den Bildschirm. »Die Lemonnier hat aber keinen

Film gemacht, der irgendwas mit Puschkin zu tun hat.« Er ließ das Smartphone sinken. »Aber trotzdem.« Er steckte das Handy weg. »Ich könnte bei meinen Kontakten beim Film nachfragen …«

Amadou räusperte sich. »Chef. Eine Querverbindung von Madame Lemonnier zum Film liegt sehr nahe. Außerdem war ihr verstorbener Mann Rollain Investmentbanker. Er besaß eine Menge Firmen.«

»Die gehören nun ihr. Wie auch sein Schloss da oben und die besten Weinberge bis runter nach Saint Félix.« Mireille setzte sich den Strohhut wieder auf den Kopf.

Amadou beschrieb mit den Zeigefingern zwei Kreise in der Luft, die sich überschnitten. »Vielleicht verbindet ja Madame Lemonnier und Grandjean noch mehr als nur das Champagnergeschäft.«

»Überzeugt.« Und wenn Yves selbst dabei helfen wollte, dass Cédric zurück ins Weingut kam, zu den Zwillingen und Maryse, dass er wieder den ganzen Tag mit ihr schuften und lachen könnte, dann sollte es Cédric recht sein. »Wir müssen Viviane finden, bevor es zu spät ist.«

Maryse hatte plötzlich Tränen in den Augen. »Es ist einfach so schrecklich.« Sie presste die Hand auf den Mund.

»Ihr macht an eurem Stand weiter. Viviane würde das wollen. Für euren Verein.« Cédric legte Maryse die Hände auf die schmalen Schultern.

»Solltest du etwas herausfinden, Yves, was irgendeine Verbindung von Viviane zu einem Pique- oder was-auch-immer-Film mit Rosen belegt, lass es uns wissen. Wir sind im Rathaus zu finden«, sagte er zu Yves gewandt.

»Das Internet vergisst nichts. Nicht mal das, was vor ihm existierte, seit die Archive digitalisiert werden.« Yves wartete hinter Maryse und Mireille, bis die sich in Bewegung setzten, Richtung Rathaus.

Mireille zupfte Cédric im Laufen am Ärmel. »Kann es

nicht doch sein, dass eure Tante Viviane echte Feinde hat? So wie der tote Grandjean offenbar auch, dem man die Rose in den Rachen geschoben hat?«

Cédric musste dringend in Ruhe nachdenken. Dass es womöglich um anderes ging als um Geld, fürchtete Cédric mittlerweile auch. Aber das wollte er nicht sagen. »Wichtiger ist: Viviane hat echte Freunde. Euch und mich.«

19

Am frühen Nachmittag badete Vivianes großes Schlafzimmer geradezu im Licht, wunderbar gebrochen von einem zarten Voile-Stoff von der Farbe weißer Schokolade. Fünf klassische Balkonfenster öffneten sich zu einem Balkon über dem Tal. Von dort hätte Cédric über die Rebenhänge oberhalb von Lézy zum eigenen Weingut und weiter bis zum alten *couvent* schauen können.

Cédric hatte sich nie Gedanken gemacht, wie Vivianes Schlafzimmer wohl aussah. Nicht einmal, seit er öfter ins Schloss geladen wurde. Er hätte einen Baldachin mit Goldstickerei erwartet oder ein Deckengemälde der verliebten Götter Mars und Venus. Tatsächlich aber war alles crèmeweiß, leicht und fließend: die geschwungenen Wandpaneele, die wolkenförmigen Deckenlampen, der hochflorige Wollteppich.

»Ich weiß nicht, wie ich es Ihnen erklären soll.«

Madame Faure, Vivianes Haushälterin, faltete die Hände, als wollte sie beten. Ihr lila-rotes Karo-Kostüm wirkte wie ein Fremdkörper im milden Weiß des Schlafzimmers. Mit klugen Augen, aus denen viel Lebenserfahrung sprach, betrachtete sie Cédric. Sie war höchstens zehn Jahre jünger als Viviane und perfekt geschminkt.

»Was ich versuche zu erklären: Die Lage des Bettbezugs ist verändert, aber nicht genug.«

Das Bett war überraschend groß und rund.

»Sehen Sie.« Faure stand auf sehr hohen Absätzen, schien aber auf dem tiefen Wollteppich trittsicher. »Der Bettumschlag rutscht normalerweise irgendwann in der Nacht heraus. Ein oder zwei Zipfel gibt es immer irgendwo, die ich beim Bettenmachen nachziehe.« Sie zuckte ein bisschen mit den Schulterpolstern. »Eine Fixierung des Stoffs mit Sicherheitsnadeln lehnt Madame ab. Ich habe sonst alles versucht, aber ein so übergroßes rundes Laken bleibt dynamisch.«

»Wollen Sie damit sagen, dass Viviane nicht hier übernachtet hat?«

Sie ließ sich auf das hohe Bett sacken und blickte an ihm vorbei. »Diese Entführung. Wer tut so etwas? Da kommt man ins Grübeln.« Sie zeigte zum Wollteppich. »Mir ist plötzlich aufgefallen, dass auch diese Fransen dort noch ganz gerade liegen. Ich ziehe sie morgens glatt. Sonst sieht es nach der Morgentoilette von Madame anders aus. Deshalb habe ich Sie angerufen.«

»Das war auf jeden Fall richtig.« Cédric blieb einfach stehen. Und diese Information machte Vivianes Auftritt auf dem Bürgerfest vor der Entführung noch merkwürdiger.

»Madame ist mir natürlich keine Rechenschaft schuldig. Und spricht auch nie davon, wen sie wann trifft. Sie ist keine, die aus ihrer Haushälterin eine Vertraute macht.« Faure blickte auf.

Über ihr Gesicht huschte so etwas wie ein Schatten von Erleichterung.

»Das machen nur launische Herrschaften, wie man früher unsere Arbeitgeber nannte. Natürlich informiert Madame mich, wenn sie Gäste im großen Saal erwartet oder zum Essen. Dann setze ich mit der Köchin das Menü um, das sie wünscht. Aber gestern … Es wäre mir nicht aufgefallen, wenn …«

»Sprechen Sie ruhig alles aus.« Er ging bis zum Kopfende des Rundbettes weiter, wo mindestens sechs Kissen ineinandergeschoben lagen. Weiß und flauschig.

»Ich kann es gar nicht in Worte fassen. Ständig sagte Madame ›warten Sie‹ oder ›kommen Sie mit‹ oder ›zeigen Sie mir doch bei der Gelegenheit das und das.‹ Sonst hält Madame uns vom Personal eher auf Abstand und sitzt bei Besprechungen am Tisch gegenüber. Oder sie läuft herum, während wir notieren. Die Köchin, Jojo der Gärtner, oder wer sonst gerade dazugerufen wird.« Sie blickte zu den wehenden Voiles vor den Fenstern. »Ich erinnere mich, dass ich ganz nervös davon geworden bin, weil sie dauernd hinter mir stand.«

Faure tupfte vorsichtig mit dem Ringfinger an ihrem Lidschatten entlang. »Fast scheint mir jetzt, dass sie ihre Neugier auf die Vorbereitungen zum Gerüstaufbau nur gespielt hat.«

Aber das hieße, wenn Viviane die Nacht nicht hier verbracht hatte, dass sie die Sonderaufträge bewusst organisiert hatte, weil sie den Tag über ständig Menschen um sich hatte haben wollen. Weil ein Schloss groß genug war, dass sich ein Angreifer verstecken und ihr auflauern konnte. Cédric schnappte sich ein Kissen und warf es hoch unter die Decke. *Verdammt, Viviane, warum hast du nicht mit mir gesprochen? Wovor hast du Angst?*

Faure blickte ihn irritiert an. »Habe ich etwas Falsches gesagt?«

»Im Gegenteil.« Das sanfte Weiß um ihn herum milderte seinen Zorn nicht. »Gibt es einen Safe im Schloss?«

Faure erhob sich. »Nur für den Alltagsschmuck.«

»Wie bitte?«

»Die wirklich teuren Cartier-Colliers, die Rollain, ihr Mann, Madame geschenkt hatte, liegen in einem Pariser Banksafe. Madame trägt sie nur zu besonderen Anlässen. Drei-, viermal im Jahr. Zu Hochzeiten von Industriellen oder wenn sie vom Kulturministerium zur Verleihung der neuen Orden der Ehrenlegion eingeladen wird.«

Faure ging zu einem geschwungenen Wandpaneel und wischte im großen Bogen davor durch die Luft. Es gab wohl eine Lichtschranke: Das weiße Holz wich lautlos zur Seite. Dahinter war ein Ankleideraum verborgen, dessen feine hellgraue Textilbespannung das Licht wattig neutral werden ließ.

Faure ging an drei Fenstern zu einem in der Wand eingelassenen kühlschrankgroßen Safe. »Ich kann ihn natürlich nicht öffnen.«

Über dem Griff waren zwei schwarze Sensorflächen eingelassen.

»Das kann wohl nur der Daumen von Viviane.«

»Nein. Beide Zeigefinger, um genau zu sein. Sie sagt immer: Geld gehört auf die Bank und Schmuck an meine Haut.« Faure blinzelte, ihr Blick verlor sich auf dem hellgrauen Boden. »Haben sich die Entführer schon gemeldet?«

»Leider nicht.« Cédric bedauerte das wirklich. Ob es früh oder spät geschah, machte statistisch einen Unterschied für die Überlebenschance. An die Quote von *gar keine Forderung* wollte er gar nicht denken.

Sein Diensthandy piepte. »Verzeihen Sie.«

Pique-Mantel anbei. Von den Geschwistern Vellot aufgenommen, die die alten Spielkarten am Markt verhökern. Corinne war eine Wucht. Sie hatte offenbar die Standbetreiber abgeklappert und um ihre Fotos gebeten. Bevor er die Datei öffnete, tippte er schnell: *Merci. Gute Arbeit.*

Die Aufnahme war ziemlich schlecht. Schiefe Perspektive, schräges Licht, lauter angeschnittene Menschen, verwackelte Kanten. Am Stand der Vellots erkannte man noch Tarotkarten, die auf einer roten Unterlage aufgefächert und mit einem Glasstab beschwert waren. Viviane in ihrem weißen Mantel steckte ein Kartenpäckchen in die linke Tasche, drehte ihren Kopf über den hohen Kragen zurück und zwinkerte wie bei ihrem ersten Erfolgsfilm *Nounou, die Husarin.* Das schwarze Pique unter dem Kragen war scharf, aber im Winkel sehr schräg erfasst.

»Haben Sie Madame so angekleidet?« Er zeigte Faure das großgezogene Bild.

»Ach du meine Güte, nein!«

Faure reichte ihm das Diensthandy zurück.

»Ich habe ihr das neue blaue Kostüm von Jacquemus rausgelegt. Sie trägt nie etwas anderes als französische Modeschöpfer. Das sei sie ihrem Ruf und ihrem Land schuldig.«

Wie unterschiedlich Menschen doch in ihren sozialen Rollen wirkten. Cédric kannte Viviane als die spöttische Patentante seiner Frau mit Hang zu alten Sportwagen, generös und *gourmande* beim Essen. Und nicht als Herrin eines Schlosses, die auf sich und ihren Ruf hielt.

Cédric zog den Bildausschnitt mit dem Pique größer. »Könnte es ein Filmkostüm sein?«

»Ich müsste nachsehen, ob es ...« Faures perfekte Schminke verbarg fast die steile Stirnfalte. »Film ist ein heikles Thema im Schloss.« Sie ging dabei aus dem Ankleideraum.

Vor der Schlafzimmertür, die von innen ebenfalls in den durchgehenden schwingenden Wandpaneelen verborgen war, wischte sie durch die Luft. Wieder eine Lichtschranke, die die Tür lautlos aufgleiten ließ.

Vivianes privater Wohntrakt lag hinter dem Hauptsaal im zweiten Stock, den sie aber über eine Dienstbotentreppe verließen.

Cédric war froh, dass die alten Holzstufen richtig knarrten und das Geräusch ihn in der Wirklichkeit verankerte.

»Was meinten Sie eben mit ›heikel‹?« Soweit sich Cédric erinnern konnte, genoss Viviane, dass sie noch immer Verehrer und Verehrerinnen hatte, die ihr weiterhin Post schickten, auch wenn sie alle Filmangebote konsequent ablehnte.

Vier, fünf Kehren in der Stiege, holzig staubiger Geruch.

»Madame Lemonnier trennt ihre frühere Karriere von ihrem Leben hier mit Rollain.« Faure schaute über die Schulter zu ihm herunter. »Sie hat ihn wohl sehr geliebt.«

Das sagte sogar Paul, Cédrics Schwiegervater. Und der raspelte nie Süßholz.

Faure hielt eine einfache Tür auf.

»Ist das die obere Galerie?« An einer Kette hing ein Kronleuchter, dessen oberster Glühbirnenkreis direkt hinter der Brüstung aufragte.

Faure deutete zu den Holzdielen. »Die ist zwei Stock tiefer. Diese hier heißt *Galérie de la petite tour* und führt zum kleinen Turm.«

»Aber die Wandschränke sehen genauso wie unten aus.« Allerdings waren sie mit römischen Zahlen auf weißen Emailschildchen oben an der Abschlussleiste nummeriert.

»Fast. Die Türen schlagen in die andere Richtung auf.«

Faure strebte an dunkelbraunem Eichenholz vorbei zu einem Knick, den die Galerie vollführte, bevor sie nach ein paar Metern unter einem Rundbogen endete.

Vor einem Seitenfenster, das dort den Übergang beleuchtete, öffnete Faure ein Pult. »Das Register hat meine Vorgängerin angelegt. Es ist ein bisschen kompliziert.« Sie lächelte. »Sie war nicht so systematisch wie ich.«

»Erklären Sie es mir.« Cédric entzifferte nicht gern Handschriften.

»Am Anfang der Karriere war Madame noch kein Star. Also bekam sie nur selten ihre Kostüme geschenkt, am Ende einer Produktion. Als sie berühmt geworden war, bekam sie natürlich alle, die sie mochte.«

»Aber sie wollte nicht immer?«

»Doch. Aber Madame hat das nicht nach Jahren, sondern nach Filmtiteln sortiert. Weil sie sich so erinnert.« Faure lächelte milde. »Welche Schauspielerin will schon genau wissen, wie viel Zeit seit einem Dreh vergangen ist?«

»Wir müssten also den Filmtitel kennen.« Cédric blickte die Galerie entlang.

»Pique …« Faure wiegte den Kopf auf dem lila-roten Karokragen hin und her. »Es kann nur in der siebzehn sein.« Sie drehte sich auf den hohen Absätzen um.

»Vor vier Jahren haben wir mit dem *Musée des Arts décoratifs* in Paris für eine Ausstellung zusammengearbeitet. Da bin ich mit ihr durchgegangen, was sie bereit war, als Leihgabe wegzugeben. Der schwarz-weiße Mantel ist zu auffällig, den hätte ich nicht vergessen.« Sie öffnete den Schrank mit dem Emailleschildchen XVII. »Hier sind Überbleibsel von den wenigen unvollendeten Filmen drin.«

Sieben Querbretter voller Schuhe, ein Strohhut wie aus Vietnam, eine grüne Federboa und offene Kartons mit Modeschmuck. Ein paar Zeitschriften, vergilbte Seiten. Es roch nach Mottenpulver wie im Schrank seiner Großmutter in Sucy-en-Brie, wo das Brautkleid Jahrzehnte unter einem Plastikschoner verwahrt wurde.

An einer Holzstange hingen Kleider, dicht gedrängt. »Sie kennen sich aus. Ist etwas Schwarz-Weißes dabei, was zum Mantel passen könnte?«

Faure ließ die Kleiderhaken über die Stahlstangen kratzen, zog, verwarf und stopfte wieder glatt zurück in einer Geschwindigkeit, die nur Garderobieren hinbekamen.

»Das.« Sie präsentierte eine weiße Schärpe mit schwarzem Rand und einem darauf gedruckten Band von wiederkehrenden Piques.

»Es glänzt seidig.« Cédric betrachtete noch mal das Bild auf dem Diensthandy. »Ist das nicht eher ein Wollmantel?«

»Beides Kunstfaser, glauben Sie mir.« Faure hielt die Schärpe am ausgestreckten Arm und betrachtete sie. »Genau das Maß, um von Madames Schulter über die Brust zur Hüfte zu reichen.«

»Warum trug sie nur den Mantel? Falls Viviane ihn hier herausgeholt hat«, warum auch immer, dachte er, »dann doch eher das ganze Kostüm, oder?«

»Vielleicht erinnerte sich Madame, dass die Schärpe unbequem zu tragen war? Soll ich sie wieder weghängen oder wollen Sie …« Sie ließ den Arm sinken.

»Ich weiß ja, wo ich sie finde.«

Sie stopfte die Schärpe ebenso schnell zurück, wie sie aufgetaucht war. »Ich weiß so gut wie nichts darüber, wie Madame über ihre Zeit beim Film denkt.« Faure schloss den Schrank XVII. »Einmal hat sie geseufzt und gesagt: ›Ich bin wie eine Katze, ich habe sieben Leben. Der Film war das zweite, jetzt bin ich im fünften.‹«

Cédric hätte beinahe den Finger hinters Ohr gelegt. »Das hat sie wirklich gesagt?«

»*Bien sûr, Monsieur le Commissaire.* Madame hat Humor.«

Wieso fünf? Ihre uneheliche Geburt als Tochter von Maryses Großvater mütterlicherseits könnte das erste sein, der Weg zum Film als junge Frau das zweite. Das Leben mit Rollain, dem Großbankier das dritte, dann wäre aber ihre Witwenzeit erst Nummer vier. Aber fünf? Da fehlte eines.

Am Tatabend zwischen den duftenden Rosen Grandjeans war Cédric so beschäftigt gewesen, dass er kaum auf Viviane geachtet hatte, vor lauter Sorge um seine Champagnerpyramide. Außerdem hatte Yves, der um Maryse herumscharwenzelt war, ihn eifersüchtig gemacht.

Viviane war bis hier heraufgestiegen, allein, nur um ein altes Filmkostüm zu holen, das sie auf dem Markt spazieren geführt hatte. Die Zeichnung am Fachwerk spielte auch eine Rolle. »Haben Sie Kreide im Schloss?«

Faure hob eine Augenbraue. »In allen Farben, im Atelier. Monsieur Rollain vertrieb sich die Zeit mit Malen. Acryl, Kreide, Öl, was Sie wollen. Wir müssten allerdings erst hinunter in die Halle und im großen Turm wieder nach oben auf die vierte Etage, wo das Atelier untergebracht ist.«

Es könnte sein, dass sich Viviane vor dem Täter gefürchtet hatte. So sehr, dass sie nicht im Schloss übernachtet hatte. Was hatte Viviane ihm bloß verheimlicht? Das alles ergab keinen Sinn. Viviane hätte sich doch sofort, noch im Liebesnest, an ihn wenden können, wenn sie eine Ahnung hatte, wer der Täter war.

Cédric tippte in sein Diensthandy: *Prüfen, ob Lemonnier jemals Belastungszeugin war. Abgleich mit Haftentlassungen in den letzten sechs Monaten.*

»Melden Sie sich, wenn Ihnen noch etwas einfällt.« Cédric sah die Galerie entlang. »Was ist von hier aus der kürzeste Weg in den Schlosshof?«

»Der Fahrstuhl natürlich.« Faure ging an ihm vorbei, ihr Parfüm roch dezent nach Maiglöckchen. Seltsamerweise wirkte es an ihr nicht altmodisch.

Sie zeigte auf ein leeres Emailleschild. »Er verbirgt sich dahinter. Die Römer kannten keine Null, deshalb hat Madame es einfach leer gelassen.«

Im Schlosshof, als Cédric auf sein Fahrrad stieg, betrachtete er die roten, grünen, blauen Firmenwagen von Dachdecker, Gerüstbauer und Regenrinnenmacher, dazu kamen noch zwei Roller von jungen Gärtnerinnen. Es war kein Zufall, dass so viele Leute auf einmal bestellt worden waren. »Als ob Viviane sich wie eine Bienenkönigin von ihren Arbeitsbienen hatte schützen lassen wollen.«

Aber offenbar hatte Königin Viviane riskiert, den heimischen Stock allein zu verlassen. Cédric zweifelte sehr, dass sie nur diese seltsame Kreidezeichnung an einer Hausecke hatte anbringen wollen.

20

Corinne legte die Hand auf den Tisch. »Die Lemonnier hatte vor jemandem Angst, sonst hätte sie nicht woanders übernachtet.«

Cédric hatte die Kollegen informiert. Sie mussten neu nachdenken.

Die Kollegin holte Luft. »Dass der Bürgermeister oder die Rosentante eine Truppe Komplizen dirigieren, glaube ich nicht, so wie die um sich selbst kreisen. Blaque stand bei der Entführung auf der Bühne, wir haben ihn ja selbst auf der Bühne reden hören. Léonore Voissinet besuchte zu der Zeit Patricia Manigray am Stand der Pflanzenschule, das hat sie mir vorhin bei meiner Runde auf dem Markt erzählt, und fachsimpelte mit ihr über indische Beetrosen. Als ich dir das Bild mit dem weißen Mantel und dem Pique geschickt hatte.«

Das Filmkostüm … Eine Erinnerung flackerte auf. Cédric hieb sich mit der Faust an die Stirn. »Meillant! Verdammt, unser Kollege von der Spurensicherung ist Cinéast und weiß als großer Verehrer von Viviane Lemonnier alles über ihre Filme. Warum habe ich nicht gleich daran gedacht?« Cédric sprang auf und holte sein Diensthandy vom Fensterbrett. Draußen quetschten sich die Leute durch die Reihen zwischen den Ständen.

»Ich hätte auch längst darauf kommen müssen«, sagte Amadou.

Corinne räumte Papiere vom Schreibtisch. Cédric wählte, setzte sich dazu und stellte für die Kollegen den Lautsprecher zum Mithören laut. Ein Rufzeichen, zwei, Meillant ging sofort ran.

»Bresson, Sie direkt? Geht es um Madame Lemonnier? Ich habe in der Kantine von der Entführung gehört.«

»Es geht um einen Mantel, den sie heute getragen hat. Möglicherweise ein Kostüm aus einem ihrer Filme.« Cédric machte Corinne Zeichen. »Wir schicken es Ihnen gerade rüber.« Er hörte, wie Meillant sich setzte, eine Stuhlfederung quietschte.

»Sie hat sich sogar anders frisiert«, brummte Meillant.

»Ist mir nicht aufgefallen«, sagte Cédric.

Amadou notierte das an der Pinnwand.

»Im Stil wie in den frühen neunziger Jahren. Der Außenriss ist fast quadratisch, viele Locken. Doch, doch, heute trägt sie sie ein bisschen asymmetrisch, nicht wahr?«

»Ich prüfe das auf den Aufnahmen vom Abendempfang, wie Madame die Haare dort trug«, sagte Corinne. »Stimmt.«

Cédric hätte nicht mal sagen können, wie sich Maryse heute Morgen gekämmt hatte.

»Bresson. Das ist kein Kostüm aus einem ihrer Filme. Ich habe alle auf DVD. Ein Pique auf einem weißen Mantel hätte ich nicht vergessen. Kurzfilme hat sie nur drei gemacht, und die sind bekannt, weil ein berühmter Regiekollege darin als Erster mit digitalen Avataren experimentiert hat.«

Cédric hörte die Kunstpause. Er tat ihm den Gefallen. »Und was denken Sie darüber? Als Experte?«

Meillant lachte leise. »Es gibt in den Foren im Netz immer wieder das Gerücht, dass Lemonnier mal einen Film in Sankt Petersburg gedreht haben soll, der nie über die ersten Dreharbeiten hinausgekommen sei. Der Regisseur Kyril Borissev hat ja so einiges verbrochen.«

Tak, tak. Offenbar tockte Meillant mit dem Fingerknöchel auf seinen Schreibtisch.

»Es ist ja leicht, diesem Regisseur etwas anzuhängen. Alkoholexzesse, eine Scheidung von einer echten Romanowa-Prinzessin Olga. Prozesse um Veruntreuungen, aber auch zwei Oscars und fünf Césars. Ich kenne mich zwar beim neuen russischen Kino, also dem nach der Sowjetzeit, nicht besonders aus, aber so ganz unwahrscheinlich ist es auch wieder nicht, weil es Fotos vom Festival in Cannes 1991 gibt, bei dem die Lemonnier mit Borissev auf dem roten Teppich tanzt.«

»Tanzt?«

»Es war eine Art Parodie der Ballets Russes. Sie trugen nachgeschneiderte Kostüme wie die berühmten Ballettstars Nijinsky und Pawlowa. Es sollte wohl eine Satire auf die Tanzwelt sein, eben genau wie in dem Film, für den Borissev zum Wettbewerb eingeladen worden war.«

»Schicken Sie uns das.«

»Müsste schon da sein.«

Corinne hob den Daumen über ihrem Rechner.

»Borissev ist in den 2000er Jahren in die Action-Film-Ecke abgedriftet, die Van-Damme-haut-alle-Bösen-zusammen-Schiene, verstehen Sie? Die Cinéasten haben ihn dafür geächtet, aber den Regisseur scheint es in seiner Zwanzig-Zimmer-Villa in Saint Tropez nicht zu stören.«

»*Merci.* Aber selbst wenn der Film mit Borrissev damals nicht fertig gedreht worden war, wieso sollte Viviane Lemonnier das alte Kostüm ausgerechnet auf dem Bürgerfest von Lézy ausführen? Dieses Schaulaufen mit dem Pique passt auch nicht dazu, dass sie offenbar aus Angst nicht im Schloss übernachtet hat.«

»Das müssen Sie herausfinden, Bresson, ob es überhaupt ein Geheimnis in der Vergangenheit rund um das Kostüm gibt. Oder ob Madame Lemonnier sich nur einen Spaß erlaubt hat.«

Cédric sprach es aus, obwohl private Überzeugungen in der Polizeiarbeit nichts zu suchen hatten. »Nicht nach dem Mord an ihrem Freund Grandjean, das glaube ich einfach nicht.«

Meillant räusperte sich.

»Bresson. Ich habe noch eine schlechte Nachricht für Sie.«

Amadou und Corinne drehten die Köpfe zu Cédrics Handy auf dem Tisch.

»Ich hätte Sie nicht anrufen sollen«, versuchte Cédric es mit Ironie, aber sein Tonfall kippte ins resignierte Register.

»Am Tatort gab es hinter dem Schreibtischstuhl, auf dem der Tote saß, eine schmale Verbindungstür zum Technikraum der Gewächshäuser.« Meillant sprach langsam wie bei einer Bestandsaufnahme am Tatort.

»In deren Türschloss hatte der Schlüsselbund des Toten gesteckt. Laut Spurensicherung war die Tür von innen verschlossen«, ergänzte Cédric.

»Jein.« Meillant holte hörbar Luft. »Das Türschloss ist eine Sonderanfertigung und beidseitig schließbar, auch wenn ein Sicherheitsschlüssel steckt. Man nutzt das gern bei aufeinanderfolgenden Räumen. Oder wenn zwei Verantwortliche immer Zugang zu allem haben sollen.«

Cédric war froh, dass er bereits hockte. »Grandjean wollte, dass seine Frau zu allem Zutritt hatte wie er.«

Amadou und Corinne schlossen erschöpft die Augen. Auch sie hatten es begriffen: Die ganze Auswertung der Bilder auf den Handys war quasi umsonst gewesen.

»Das heißt: Der Täter könnte auch von den Gewächshäusern her angeschlichen sein. Ich weiß, was das für Sie bedeutet. Tut mir leid.«

Meillants Bedauern klang ehrlich.

»*Merci* trotzdem.« Cédric legte auf.

Amadou legte seinen Kopf an der Tischplatte auf die Unterarme.

Corinne sackte im Stuhl gegen ihre Rückenlehne. »Ouf.«

Cédric fühlte sich, als hätte man ihm den Stecker gezogen. »Das schließt nicht einmal jemanden aus, der gar nicht auf dem Fest geladen war. Der Täter müsste sich nur irgendwann einen Schlüssel zur Tür beschafft haben. Wie aus dem Nichts kommend, tötet er Grandjean, inszeniert die Rose, steckt dessen Schlüssel zur Ablenkung innen ein, schließt aber vom Technikraum aus mit seinem Duplikat ab und – pluff – verschwindet im Dunkel bei den Gewächshäusern.«

Amadou hob den Kopf von den Armen. »Auf den Sicherheitsaufnahmen wurde aber niemand erfasst, der von dieser Seite kam oder dorthin ging.«

»Beweist das wirklich was? Die Bewegungsmelder der Überwachungskameras sind leicht zu umgehen, wenn man sie kennt. Sicher auch dort an den Gewächshäusern.« Corinne positionierte sich vor dem Rechner. »Außerdem haben wir am Anfang der Ermittlung den Zeitraum vielleicht zu eng begrenzt, falls der Täter ihm länger aufgelauert hat.«

Cédrics Blick pendelte zwischen dem noch auf Corinnes Rechner offenen Bild des Pique-Mantels und Amadous Schweißperlen auf der breiten Stirn.

»Euer Engagement in allen Ehren.« Cédric holte Luft, ein neuer Gedanke keimte in ihm. Viviane hatte nicht im Schloss übernachtet, höchstwahrscheinlich aus Angst vor jemandem. »Man kann von oben nach unten arbeiten oder von rechts nach links.«

»Chef«, stöhnte Amadou, »jetzt nicht philosophisch werden, bitte.«

»Ich meine, dass wir vielleicht verkehrt herum denken, nur weil der Mord vor der Entführung liegt. Vielleicht war ja das Opfer Grandjean eine brutale Warnung an Viviane, wie weit man bereit wäre zu gehen – damit sie nachgibt, wenn sie entführt wird.«

»Würde erklären, warum sie nicht in ihrem Schloss übernachtet hat«, sagte Amadou langsam.

»Dann wäre ihre Kreidezeichnung an der Hauswand am Markt eine Antwort auf die Drohung.« Corinne klang nicht überzeugt. »Ist sie so mutig? Du kennst sie.«

»Ich traue es ihr zu.« Cédric griff sich in die Haare. »Viviane im Pique-Dame-Kostüm kauft sogar noch einen Satz alte Spielkarten, dabei hat sie im Spielsalon im Schloss selber mindestens zwanzig. Vielleicht will sie ihre Botschaft durch die Kreidemitteilung damit noch unterstreichen?«

»Also, meine ganze Berufserfahrung, Chef, sagt: Das ist nur dann eine Botschaft, wenn die Lemonnier davon ausgeht, dass der Täter sie dabei am Markt beobachten kann.« Corinne stand auf, schnappte sich einen Filzstift und trat zur Pinnwand. »Nahezu alle Gäste des Abends waren dort. Das schließt auch die Auswärtigen, dieses Trio aus Burgund, ein. Ich habe die drei Männer mit den Rosen am Revers vorhin, als ich auf dem Markt rumgefragt habe, zweimal gekreuzt. Und von mir aus gehört auch Yves Rémond zu den potenziellen Tätern, der bei den Winzerinnen bei den Dessous abhängt. Und dein Staatssekretär«, sie nickte zum Fenster, »der stand auch mit Keramik-Mancy in der Menge, ganz langsam schlendernd, als ob die Messieurs das Volk in Augenschein nähmen wie die Ducs von Louis XIV.«

Vom anderen Tisch her, wo die eingesammelten Handys aufgereiht lagen, ertönte ein Klingelton.

Sie starrten hin, bevor Cédric als Erster darauf zustürzte.

»Das ist Vivianes Handy! Die Dinger hattest du doch stumm gestellt, oder?«

»Das von Madame habe ich nicht gecheckt. Das wollten Sie tun, Chef.«

Corinne klappte für ihn die Hülle auf.

Cédric gab den Code ein, den Viviane ihm verraten hatte: ihr Geburtsdatum ohne Punkte und Jahr. Ein Symbol zeigte eine neue Textnachricht an. Er tippte einfach drauf.

Lemonnier stirbt, wenn sie nicht verrät, wo der Safe ist.

»Öffne den Bildanhang!«, sagte Corinne.

Cédric erkannte drei dünne Ebenen eines gefrästen Barts.

»Das ist garantiert der goldene Schlüssel, den Grandjean um den Hals trug«, flüsterte Amadou.

»Prüft sofort, woher die Nachricht kommt, bevor die Transitdaten weg sind.«

Corinne sprang um die Tischecke herum zu ihrem Rechner und warf die Software an.

»Nimm gleich die Radius-Funktion von Vigiphone mit rein.« Amadou beugte sich konzentriert über ihren Rücken.

»Kommt von einem Prepaid-Handy, wie es Kriminelle benutzen. Die Funkzelle ist aber die von Lézy.«

Amadou streckte sich. »Das heißt, unser Mörder ist noch hier!«

»Ist das nun eine Art Auslöseforderung oder nicht?«, fragte Corinne. »Aber warum sendet er diese Botschaft auf Vivianes Handy?«

Bei Cédric setzte eine Gedankenkaskade ein. Er griff zum Filzer und ging schnell zur Pinnwand. Cédric malte ein Dreieck.

Ecke eins. »Der Täter hat zwar den Schlüssel beim Mord an sich gebracht, aber er weiß nicht, wo der Safe ist.«

»Aber warum quetscht er es nicht aus Viviane selbst heraus?«, fragte Amadou.

»Weil sie es nicht weiß, oder weil …«, murmelte Corinne.

Cédric zeigte auf die zweite Ecke. »Genau, weil der Absender der Nachricht, also unser Täter, niemand anderes hat ja den goldenen Schlüssel Grandjeans in Besitz, Viviane gar nicht entführt hat«, Cédric zeigte auf die dritte Spitze, »sondern jemand anderes. Und der Täter sagt dieser Person mit dieser Nachricht, dass er sie jagt. Er geht ja davon aus, dass Viviane ihr Handy mit sich führt. Und es deshalb nun unter Kontrolle dieser anderen Person ist.«

Corinne hielt sich die Fingerspitzen an die Schläfen. »Deshalb schreibt der Täter auch nicht ›du stirbst‹, sondern ›Lemonnier stirbt‹.«

Amadou kniff ein Auge zu. »Moment, nicht so schnell. Ich habe die Handys von den Leuten am Abend eingesammelt. Das muss der doch mitgekriegt haben.«

»Genau. Aber deshalb weiß er auch, dass du nicht das von Theuilly-Bazet und Viviane genommen hast.« Cédric blickte noch einmal zum Dreieck an der Pinnwand. »Dass Viviane es mir später in einem diskreten Moment doch ausgehändigt hat, weiß unser Täter nicht.«

Corinne nickte. »Noch weniger wüsste er, dass wir und nicht Vivianes Entführer das Handy in Besitz haben, wenn der Täter auf der Party im Rosenrondell gar nicht dabei war, als du sie eingesammelt hast. Wenn er tatsächlich von außen kam.« Corinne deutete zum Dreieck. »Also haben wir jetzt zwei Parteien am Start?«

Cédric drehte sich um und tippte auf die drei Spitzen des Dreiecks. »Zwei: Den Entführer und den Mörder. Und gewissermaßen ist Partei Nummer drei Viviane. Sie hat mit dem Pique-Mantel offenbar auch eine Strategie verfolgt. Die leider gescheitert ist.«

»Langsam, langsam.« Corinne knabberte an ihrem Fingerknöchel, ganz aufs Dreieck fixiert. »Wir können noch nicht sicher sagen, ob ihre Kreidezeichnung sich als Botschaft an den Mörder Grandjeans oder an die andere Partei gerichtet hat, die sie entführt hat.«

Amadou richtete sich vor dem Rechner ein. »Ein Filmkostüm und ein Kreideblumenstrauß *Ty3*. Ich scanne das ein. Keine Ahnung, ob die Datenbanken der Polizei dazu was hergeben werden.«

Cédric malte noch mal und noch mal die Linien des Dreiecks nach, bis es schwarz und schwärzer wurde. Viviane war verrückt geworden, dass sie völlig allein agiert hatte. »Sie hat mich sogar abgewimmelt, als ich sie am Telefon befragen wollte.« Als Viviane ihren schützenden Handwerker-Bienenstaat und viel Betriebsamkeit im Schloss organisiert hatte.

»Als Einziges scheint mir gesichert, dass Viviane weiß, wo dieser verdammte Tresor wirklich steckt.« Cédric würde sich seinen Schwiegervater und Maryse zur Brust nehmen. Irgendetwas aus Vivianes Vergangenheit, abgebrochene Filmarbeiten oder Abenteuer mit russischen Skandalregisseuren, mussten sie doch wissen.

»Es hilft nichts, ihr müsst alle Überwachungsaufnahmen von außen noch mal filtern. Alles, was wir haben.«

21

Cédric krabbelte auf allen vieren, schnaufte und brummte. Er spielte wieder das Ungetüm. Er langte nach den kleinen Füßchen, die vor ihm aus dem Polster-Tunnel ragten. Constantin quietschte, strampelte ihm gegen die Stirn, Cédric zog ihm das Söckchen vom Fuß. *»Arrête!«* Louises aktuelles Lieblingswort. Sie hängte sich an seinen linken Oberschenkel, rutschte unter seinen Bauch und drückte den Kopf an seinen Gürtel. Das Ungetüm ruckelte noch ein bisschen, bevor es immer länger und länger wurde und schließlich schnarchte. Constantin wirbelte herum, zerstörte das Polster-Tunneldach und riss an seiner Nase.

»Iiiih«, machte er. »Nass.«

Louise trampelte über seinen Rücken und warf das Polster ein Stück in den Salon.

»*Maman*, Durst.«

Sie lief zu Maryse in die Küche.

Eigentlich war es jetzt um einundzwanzig Uhr viel zu spät für die zwei. Aber Cédric war Maryse dankbar, dass sie die Zwillinge noch nicht ins Bett gesteckt hatte. Als hätte man zwei kleine Zusatzbatterien an ihn angeschlossen, durchströmte Cédric neue Energie. Das Ungetüm öffnete ein Auge und beobachtete das Schlachtfeld im Salon.

»Papa wach!« Constantin machte einen Purzelbaum rückwärts oder jedenfalls so etwas Ähnliches.

Cédric drehte sich auf den Rücken und setzte sich auf. Er hielt seinem Söhnchen einen Holzklotz hin.

Constantin untersuchte die unterschiedlichen Holzmaserungen am Klotz, als ob die Welt nur daraus bestünde.

Alle Kissen der Polstergarnitur hatten für den Tunnelbau herhalten müssen. Zwei herausgerissene Kinderbuchseiten lagen zwischen den geometrischen Formen des Holzspielzeugs.

»Ich fürchte, du hast recht mit dem Bienenstock für die Königin.« Cédrics Schwiegervater stand, beide Hände in die Hüften gestemmt, vor dem großen Fenster im Salon und starrte hinaus in den Hof zu den Rollen Insektenschutznetz, die bald auf die Reben mussten.

Cédric hatte seinem Schwiegervater und Maryse alles erzählt. »Viviane ist sonst froh, wenn sie mal einen Monat nichts reparieren lassen muss. Vier, fünf Firmen gleichzeitig – das sollte sicherstellen, dass tagsüber genug Leute im Schloss waren. Für nachts hat sie übrigens schon immer einen Wachdienst beschäftigt.«

»Dem hat sie aber offenbar nicht vertraut, sonst hätte sie nicht aushäusig übernachtet.« Die kleine Ablenkung mit seinen Zwillingen war bitter nötig gewesen. Das Denken fiel Cédric wieder leichter. »Noch mal: Welche Feinde hat Viviane? Was macht ihr so viel Angst?«

»Wenn ich das wüsste! Seit sie vor fast dreißig Jahren mit Rollain in die Champagne gekommen ist, geht es Viviane prächtig. Sie hat mehr Geld als ganz Lézy zusammen – na ja, jedenfalls genug, um das altehrwürdige Schloss der Marquise de Sillery zu sanieren. Mit Rollain war sie viel gereist, seit seinem Tod ist sie Mäzenatin für alles Mögliche. Frag Maryse, die weiß das besser als ich. Sozialkram ist nicht so meins.«

Sein Schwiegervater schob an seinem Enkel vorbei mit dem Fuß rote und grüne Holzdreiecke zum großen Tisch.

»Auch haben!« Constantin krabbelte darauf zu.

Hinter ihnen leuchtete das Lézy von 1897 als impressionistische Sommerlandschaft an der Wand. Cédric blieb am Boden sitzen und stützte sich auf. Perspektivwechsel taten gut.

»Yves Rémond ist heute Nachmittag vorbeigerollt …«

Er wollte sich ja umhören, fiel Cédric ein.

»… der Monteur war gerade weg, der sich mit der Traubenpresse beschäftigt hat.«

»Reicht der Druck nun endlich?« Im Geschäft gingen die Probleme leider auch weiter.

»Es fehlt noch ein Ersatzteil für den hinteren hydraulischen Zug. Kommt aber morgen.«

»Wenigstens eine gute Nachricht heute.« Cédric schlug die Beine zum Yogasitz unter. Das Brustbein nach vorn, dehnte er die verspannten Schultern. Eine Massage von Maryses Zauberhänden täte jetzt gut. »Was wollte Yves?«

»Er sagte, er bekomme etwas aus einem Filmarchiv.«

»*Bon.* – Leidet er vielleicht darunter, dass er kein reicher Erbe wertvoller Weinberge sein darf?«

Paul zog eine Grimasse, als hätte er an gekipptem Traubensaft geschnuppert. »Sie haben doch viel gerettet. Als die Rémonds damals bankrottgegangen waren, hat sich der alte Blaque, also ich meine den Onkel des heutigen Bürgermeisters, eingeschaltet. Er hat als Präsident der Vigne d'Or nachgeholfen, dass die Rémonds die Grundstücke an jemandem aus Lézy verkaufen. Der alte Blaque war der Vorvorgänger des Champagner-Präsidenten, dessen Mord du vor zwei Jahren aufgeklärt hast.«

»Yves war froh, dass er und seine Mutter keine Schulden geerbt haben, glaub mir.« Maryse im flauschigen krokantbraunen Hausanzug führte barfuß an der Hand Louise herein.

Prompt fiel seine Tochter auf die Knie, krabbelte aber gleich los und griff sich die Holzteile. »Louise Turm bauen.«

»Wer schreit als Erster?«, flüsterte Paul.

Aber Constantin war mit den Dreiecken beschäftigt und wackelte auf dem Bauch liegend mit dem orangenen Söckchen.

»Yves ist was aufgefallen. Nämlich, dass dieser Sorel aus dem Wein-wie-früher-machen-Kurs, der in Tonnerre den Weinberg vom Opa geerbt hat, den Museumsmitarbeiter Jaquin als ›Sahnemichel‹ bezeichnet hat. Da haben die wohl am Gartenbecken in Grandjeans Garten was geraucht.« Maryse hob ein Polster auf und packte es zurück auf den Sessel.

»Türsteher reden so.« Jedenfalls hatte Cédric das Wort nur bei Kontrollen in der Clubszene in Paris gehört.

»Ach ja?« Maryse klopfte das Polster fest, setzte sich in den Sessel und schwang die Beine übereinander, ihr nackter Fuß pendelte.

Ein Sahnemichel könnte allerdings auch Yves selber sein. Ein hübscher junger Mann, der alle Omis über die Straße brachte, aber leider auch eine ziemlich dunkle Seite hatte, gar nicht Sahne, sondern brutal. Cédric verdrängte lieber den unschönen Fall des an der *Université Paris Cité* so erfolgreich studierenden Enkels, der einfach die Erbengemeinschaft mit ein bisschen Pharmakologie ausgedünnt hatte.

Cédric sprang vom Boden auf. »Mich interessiert alles, was mit Vivianes Verschwinden zu tun haben könnte.« Er fischte sein Diensthandy aus der Jacke, die er über den Stuhl gehängt hatte. »Corinne hat auf Nachtschicht bestanden, weil sie sowieso morgen früh um sechs Uhr ihren Mann in Roissy am Flughafen abholen fährt.« Er tippte schnell eine Textnachricht. Es war zwar nur eine vage Möglichkeit einer Spur, aber … *Prüfe Verbindung Roger Sorel,* Cédrics Daumen zögerte, *und Yves Rémond zur Türsteherszene*. Cédric durfte nicht vergessen: Sie hatten es mit zwei Parteien in diesem bösen Spiel zu tun.

»Noch einen, *ma chérie*. Schaffst du das?« Maryse setzte den Fuß auf den Teppich und reichte Louise das vierte Turmstockwerk, einen quadratischen Klotz.

»Wo passt der dran?« Paul machte einen schnellen Schritt, gab Constantin einen blauen Halbkreis.

»Yves nimmt der Mord auch mit.« Maryse sank wieder in den Sessel zurück. »Wusstest du, dass es Grandjean war, der ihn bei Cinéfrance untergebracht hatte?«

Vielleicht rührte Yves' Engagement auch nur daher. »Solche Beziehungen hatte er?« Cédric lehnte sich an den Tisch.

»So engagiert, wie er war, kannte Grandjean Gott und die Welt, nicht nur bei Rosen und Champagner.«

»Apropos Film. Wenn Yves recht hat und der Mantel, den Viviane getragen hat, zu einem Film nach Puschkins *Pique Dame* gehört, wisst ihr davon irgendwas? Vivianes Karriere war ja nicht gerade kurz. Vielleicht am Anfang, ein Film, der nicht fertig wurde?«

Cédrics Schwiegervater fuhr mit der Hand über die Steuerleiste der Rollläden und ließ sie herunterfahren. Dabei bewarf ihn Constantin mit kleinen Holzkugeln, aber Cédric ging ausnahmsweise nicht dazwischen. Paul starrte gegen die sich schließenden Lamellen. »Es muss mit der Zeit vor 1995 zu tun haben. Erst in dem Jahr hat Viviane sich mit ihrer Halbschwester Véronique, Maryses Mutter, ausgesöhnt.«

»Sie konnte ja nichts dafür, dass mein Großvater seiner unehelichen Tochter Viviane zwar eine Ausbildung hatte finanzieren wollen, aber nur eine richtige, also keine zur Schauspielerin.«

»Dabei war Viviane von der renommierten Schule *Cours Florent* aufgenommen worden.«

Diese Geschichte kannte selbst Amadous Mamie nicht: Viviane war Frucht einer durchfeierten Nacht von Motorsportlern nach einem Autorennen in Le Mans, bei dem Maryses Großvater den Champagner geliefert und die Gattin eines Renault-Händlers ihren Mann begleitet hatte. Ein beschwipster, schwacher Moment … Man arrangierte sich, zahlte pünktlich den Unterhalt – aber Kontakt zwischen den Halbgeschwistern durfte es keinen geben. Darauf hatten der Autohändler und Maryses Großmutter bestanden.

»Viviane hat einerseits offenbar Angst, spaziert aber andererseits in einem Filmkostüm über das Bürgerfest. Wie passt das zusammen? Es muss etwas geben, erinnert euch!« *Verdammt noch mal*, hätte er am liebsten geflucht. »Und helft mir mit irgendetwas Konkretem.«

»*Chéri*, du brauchst nicht laut zu werden.«

Louise und Constantin starrten ihn beide an. Ein halbrunder Klotz fiel auf den Turm, der daraufhin umstürzte.

Louise heulte auf und ihr Bruder wie immer gleich mit.

Was soll das? Maryses kleiner Mund wurde noch spitzer, ihre braunen Augen luden den telepathischen Blick mit mittelstarker Wut auf. *Glaubst du, wir sorgen uns nicht um Viviane bis zum Verrücktwerden?*, während sie aufstand und Louise sich auf die Knie hob.

Muss ich auf Yves warten, oder erfahre ich mal was von euch? Cédric hatte über die Jahre gelernt, wie er nur mit Mimik mit ihr kommunizierte. *Ihr wisst doch, was Viviane früher in Lézy oder sonst wo gemacht hat, nicht ich!*

Cédric schnappte sich sanft Constantin bei den Schultern und strich ihm über die Wange. »Mit deiner Schwester baust du den Turm einfach wieder auf. – So.« Cédric legte den zweiten auf den ersten Stein und reichte Louise auf Maryses Knien den dritten.

Kopfschütteln. Eine Kinderträne sprang über auf seine Wange. Cédric schloss die Augen. In seiner Kindheit hätte er Ohrfeigen kassiert, wenn er so einen Aufstand gemacht hätte. Er war froh, dass er nicht den geringsten Impuls dazu verspürte und nun seinerseits austeilte. Er hielt den Klotz Constantin hin, der vergnügt quiekte und mit neuer Energie zum angefangenen Turm kroch.

»Der zum Pique-Mantel passende Schal, den mir Madame Faure, Vivianes Haushälterin, gezeigt hat, war Teil eines extra geschneiderten Filmkostüms, das Viviane aufbewahrte. Vielleicht gehörte er zu einem unfertigen Film.«

»Dann hat alles mit ihrer Zeit als Star zu tun.«

Maryses Unterton verriet, dass sie sich beruhigte.

»Mit *En vitesse* hatte sie 1990 den ersten nationalen Erfolg, also frühestens dann.«

Paul blinzelte. »Ha!« Er stieg über den zusammengebrochenen Polster-Tunnel und das zerfledderte Kinderbuch. »Lasst uns etwas nachsehen.«

Ganz hinten im Salon stand ein schmaler *Semainier*-Schrank mit sieben Schubladen, in denen früher die Tischwäsche pro Wochentag verwahrt wurde, geschmückt in der gleichen floral überrankten Schnitzerei wie das restliche Möbel. Paul zog zwei, drei Schubladen auf.

Weißt du, was er meint?, blinzelte Cédric.

Keine Ahnung. – Die Kinder sind überdreht, schau dir Louise an.

Paul kam mit einem grünen Fotoalbum zurück und legte es auf den großen Tisch.

Maryse und Cédric stellten sich daneben.

»Helsinki liegt zwar nicht in Russland, aber zu Puschkins Zeiten gehörte Finnland zum Zarenreich. Deshalb fiel es mir ein.« Paul blätterte durch die Kartons. »Hier.« Sein Zeigefinger deutete auf Fotos.

Die junge Viviane schmiegte sich an ihren späteren Mann Rollain, beide in weißen Hosen und blauen Segeljacken unter Masten einer Jacht. Cédric erkannte etwas an der Bugspitze wieder, eine aus runden Chrom-Elementen stilisierte französische Königslilie. »Das ist die gleiche Jacht wie auf einem Foto im Liebesnest! Das zeigt aber Bernard Grandjean als Steuermann.« Am großen Holzrad, vor dem Viviane hier posierte.

»Viviane hat immer behauptet, sie habe Rollain in Helsinki auf einer Party auf einer Jacht kennengelernt.« Paul hüstelte. »Und zwar bei einem ihrer wenigen Werbefilme.«

»Werbung wofür?«, fragten Maryse und Cédric gleichzeitig.

»Moment«, Paul lief noch mal zurück zum Semainier, kramte und kam mit einer Lupe zurück.

Er blätterte im Album weiter. »Hoffentlich bin ich noch nicht so alt und verkalkt, wie ich mich manchmal fühle«, brummte er. »Aber wenn mich nicht alles täuscht ... Da!« Er tippte mit dem Rand der Lupe auf ein Bild und hielt sie Cédric hin. »Wodka-Werbung. Angeblich weil sie das Geld hatte mitnehmen wollen, bevor ihre Karriere zu Ende wäre. Bei Frauen ist die Filmindustrie ja gnadenlos. Das war kurz vor der Heirat mit Rollain.« Paul schüttelte beide Hände auf Schulterhöhe aus. »Dieses Früchtchen von Viviane hat uns an der Nase herumgeführt! Lies mal, da hinter Viviane und Rollain am Steuer liegt ein halb ausgerolltes Kinofilm-Plakat auf den Planken.«

Cédric kniff ein Auge zu. Das Motiv war eindeutig. Eine grafisch verfremdete Spielkarte trug den Filmtitel in einer eckigen Schrift. *Pique Dame 4.0.*

Paul tippte auf seinem Handy herum. »Es gibt weder einen russischen noch einen finnischen Wodka, der so heißt.« Er wischte über die Suchergebnisse. »Weder heute noch in den 1990ern.«

Cédric schlug seinem Schwiegervater auf die Schulter. »Du hättest Kollege werden sollen. Hier ist der Beweis, dass die Entführung und der Mord auf jeden Fall zusammengehören und es irgendwie mit diesem Film zu tun haben muss.«

»Aber weshalb hat uns Viviane all die Jahre angelogen?« Maryse nahm Cédric die Lupe aus der Hand und beugte sich über das Bild.

»Weil es offenbar einen Kinofilm gab, der verschwiegen werden musste. Deshalb spielte sie es herunter und behauptete, es wäre ein Werbefilm gewesen.«

Maryse legte ihrem Vater die Hand auf die Schulter. »Nein, ich meine, warum haben weder Viviane noch Grandjean uns je erzählt, dass sie sich schon aus der Zeit kannten, als er gar nicht in der Champagne im elterlichen Betrieb arbeitete?«

»Heiß, sehr heiß. Die beiden hatten ein gemeinsames Geheimnis, das sowohl der Täter als auch der Entführer kennen mussten«, sagte Cédric.

»Grandjean am Steuerrad, hast du gesagt?« Paul kratzte sich am Kopf. »Das hieße ja, er hat bei den Filmaufnahmen mitgewirkt.«

»Constantin Turm baut.« Sein Söhnchen klatschte quiekend in die Hände, und Louise machte es ihm nach. »Gut gemacht, *mon petit.*«

Aber hinter dem kleinen bunten Türmchen, an Louises Knie, fing ein Holzklötzchen seinen Blick ein. Es war sechseckig. Wie etwas, dass er im Liebesnest gesehen hatte, in Bernard Grandjeans Regal. *L'hexagone* – das eingeätzte Sechseck auf dem Golfball-Kristallobjekt.

Maryse drehte ihren Kopf. »Ist was mit Louise?«

»Nichts. Mir kommt nur ein sehr schräger Gedanke, der … Kollege Paul, suche mal im Handy nach den Logos der DGSE, der *Direction générale de la sécurité extérieure*, dem früheren Auslandsgeheimdienst.«

»Wie bitte? Du willst doch nicht etwa behaupten, Viviane und Bernard waren Geheimagenten?« Paul war blass geworden. Seine Finger wirbelten auf dem Handy.

»Hier.« Er zeigte die leuchtende Oberfläche.

Bunte Logos, alle so eine Mischung aus militärischem Buchstabensalat und blauweißrot, im Zeitgeschmack des jeweiligen Jahrzehnts von Grafikern in Form gebracht. Es war das dritte.

»Bernard Grandjean hatte dieses Logo auf einem Golfball-Kristall eingraviert in seinem privaten Büro stehen. Und jetzt ist er tot.«

Louise rollte sich herum und legte den Kopf in den Schoß ihres Bruders, der daraufhin einfach auf sie fiel und die

Arme streckte. Dann quirlten sie wieder auseinander und lachten.

Noch jemand hatte Cédric mit Lachen aus dem Konzept gebracht. Der Staatssekretär Theuilly-Bazet am Abend, als Cédric den Rosé servierte. Der so überraschende Gast aus Paris.

Hatte der Staatssekretär ihn nur deshalb sofort auf den Fall angesetzt, weil er am Tatort das Logo erkannt hatte und befürchtete, dass die Interessen Frankreichs bedroht sein könnten?

»Viviane hat es sofort verstanden, als wir alle uns um die Leiche gedrängt haben. Dass die Rose im Rachen eine Ablenkung für die Polizei ist, dass es dem Täter in Wirklichkeit um den goldenen Schlüssel an Bernards Hals ging. Und um das mit dem Tresor verbundene Geheimnis, dass sie mit ihm offenbar all die Jahre geteilt hatte.«

Es konnte sogar sein, dass der Staatssekretär Theuilly-Bazet jemanden auf den ehemaligen Agenten Grandjean angesetzt hatte, um eine alte Rechnung zu begleichen. In dem Fall hätte er die unvermeidlichen Ermittlungen unter Kontrolle halten wollen. Aber das hieße, dass auch Theuilly-Bazet oder der Staat nach dem Tresorinhalt suchte. Was konnte sich darin befinden, das für Frankreich so wichtig war, dass ehemalige Agenten liquidiert wurden?

Cédric spürte Maryses Blick. *Rette Viviane vor sich selbst. Kann ich das überhaupt?*

»Könnt ihr euch bitte nicht so anstarren? Ich kann keine Gedanken lesen.« Paul stützte sich auf den Tisch und schaute zwischen Cédric und Maryse hin und her.

Cédric musste auf und ab gehen, damit er es besser ordnen konnte. »Ich denke, es war so: Viviane weiß zwar, warum Grandjean ermordet wurde – weil der Täter unbedingt an den Tresor-Schlüssel kommen wollte –, aber sie weiß nicht, genauso wenig wie wir, wer der Täter ist.«

»Sonst hätte Viviane es dir gesagt.« Paul setzte sich an den Tisch. »Davon bin ich überzeugt.«

Cédric hoffte es inständig. »Andernfalls wäre sie auf der ›schwarzen Seite der Macht‹, wie es im Kino so schön heißt.«

Paul drehte das Album mit den Fotografien aus Helsinki zu Cédric hin. Rollain und Viviane zeigten fröhliche Gesichter, aber auch abenteuerlustige. »Weder Rollain noch Viviane mussten sich an etwas bereichern. Geld hatte er als Investmentbanker genug. Und Macht? Das interessierte beide nicht. Sonst wäre Rollain in die Politik gegangen.«

»Du vergisst, dass in Frankreich Politiker gern mal gekauft werden«, seufzte Paul. »Wir hatten da einen Staatspräsidenten, der verurteilt worden ist und ziemlich lange mit einer elektronischen Fußfessel herumlaufen musste.«

Cédric ließ sie weiterüberlegen, das half.

Maryse tippte auf den Bug der Jacht auf dem Foto, die Chrom-Lilie. »Viviane kämpft jetzt mit Mitteln aus dem Film: Inszenierung, Staffage, Kostüm, damit der Täter sie nicht kriegt! Ein grässliches Cape, Spielkarten kaufen, wo sie zig Sets in der Bibliothek hat. Und dann«, Maryse ließ die Hände fliegen, »pluff – verschwindet sie wie im Zirkus die Taube beim Zauberer.«

»Ich fürchte, du hast recht, *chérie*.«

»Aber warum vertraut sie sich dir nicht an?«, fragte Maryse. »Um dir Zeit zu verschaffen?«

Wenn Viviane den Rosenzüchter Grandjean als Geheimdienstler von früher kannte, gehörte sie auch dazu. »Was um Himmels willen ist in dem Tresor? Was hast du noch mal gesagt, was Grandjean behauptet hat?«

»Mal Kronjuwelen, mal die Flasche aller Flaschen«, sagte Paul.

»Was immer es auch ist, jedenfalls ist der Inhalt wertvoll genug, dass dafür gemordet wird.« Cédric begriff es jetzt erst richtig. »Vivianes Kreidezeichnungen an der Fachwerkhausecke und das Pique-Dame-Kostüm sind Mitteilungen an den Mörder Grandjeans. Und ihre Entführung ist in Wirklichkeit gar keine, sondern eine Flucht vor diesem Täter! Sie selbst hat das inszeniert, um den Täter damit abzulenken.«

Maryse stand der kleine Mund in perfekter O-Form offen.

Cédric musste sofort mit den Kollegen sprechen. »Ich muss los.«

»Aber wo versteckt sie sich dann?« Paul nickte zum Fußboden hin und flüsterte leise. »Die Welt mit ihren Schätzen kann untergehen, Kindern ist das egal.«

Constantin und Louise lagen schlafend einander zugewandt, die Däumchen im Mund zwischen den Klötzchen, den umgestürzten Turm zwischen den Knien.

Nur das sechseckige Teil lag genau zwischen ihren Stirnen.

22

Cédric streckte sich auf dem Ehebett aus. Vom Balkon zog nach feuchtem Rebenlaub riechende Luft durch die angekippte Tür. Der kleinste ihrer Weinberge begann hinter der Hofmauer. Dort hätte er am liebsten morgen den Tag über in der Sonne geschuftet. Cédric mochte das schlicht hellgrün gestrichene Zimmer unterm Dachgiebel.

Er hatte noch eine Textnachricht an Theuilly-Bazet abgesetzt mit der Frage, ob Bernard Grandjean eine Vergangenheit bei den französischen Geheimdiensten hatte. Der sollte ruhig etwas für ihn tun.

Maryse klapperte im Bad nebenan mit dem Tiegel ihrer Nachtcrème auf dem Glasregal. Licht sickerte unter dem Türblatt auf die Holzdielen.

Im Juni waren die Nächte schon warm genug für den Schlafanzug mit den kurzen Hosen und Ärmeln. Trotzdem war Cédric heiß. Er hatte, nachdem sie die Zwillinge ins Bett gebracht hatten, nach dem Zähneputzen im Bad Corinne noch telefonisch seine neueste Theorie in die Nachtschicht durchgegeben. Die hatte prompt geantwortet:

Und die Drohung per Textnachricht auf Lemonniers Handy, dass sie stirbt, wenn sie nicht sagt, wo der Safe ist, stammt die dann von ihr selbst? Und was ist mit dem Vermummten, der wäre dann ein Komplize. Wer soll bei so etwas mitmachen? Ohne Beweise verrennen wir uns, Chef.

Cédric hatte nur sein deutliches Gefühl, dieses leichte Kribbeln in den Unterarmen, sein Spürnasen-Gefühl wie damals

als Kommissar in Paris, dass er richtig lag. Aber das war keine Antwort, die er einer erfahrenen Ermittlerin wie Corinne zumuten konnte.

Die Fakten in seinem Kopf sanken irgendwie ineinander. Cédric starrte in den Dachgiebel hoch.

Jetzt juckte es ihn auch noch arg auf dem Rücken. Cédric wälzte sich auf dem Laken hin und her.

Auf dem Nachttisch gab Maryses Handy einen leisen kurzen Pfiff ab. Wie früher die Loks der SNCF. Sonst verknüpfte Maryse ihre sozialen Medien alle mit dem gleichen *Dôôoing*.

Wieder der Pfiff. Cédric drehte den Kopf zu Maryses Nachttisch. Ihr Handy leuchtete unter der Schutzhülle. Es sperrte erst nach fünfzehn Minuten automatisch, weil sie es tagsüber dauernd für Kundennachrichten brauchte.

Nach Mitternacht würde nicht mal ihre beste Freundin Valérie Nachrichten schicken.

Blieb Yves. Niemand sonst fiel Cédric ein.

Der dunkle Winkel unter dem Giebel würde es auch nicht wissen. Und wenn er noch so lange hinaufstarrte.

Er durfte das nicht machen: unerlaubt nachsehen.

Noch ein leiser Pfiff.

Die alte SNCF machte ihn wahnsinnig. Er hasste Bahnanlagen, weil er immer in den Kiosk zu seiner Großmutter am RER geflüchtet war, wenn es zu Hause nur Streit und Geschrei gegeben hatte.

Im Bad rauschte die Dusche an.

Pfiff.

Cédric warf sich im Bett quer über Maryses Seite und schnippte den Deckel der Schutzhülle auf.

Ein Chat bei Signal war offen. Cédric presste die Lider zusammen. Er durfte das nicht lesen, sich durch die Nachrichten wühlen, wie er es bei der Polizei gelernt hatte. Es war kein Handy einer Verdächtigen.

Aber Viviane war verschwunden, vielleicht doch nicht freiwillig, sondern entführt; und Grandjean war auf jeden Fall ermordet worden.

Cédric robbte noch ein Stück vor auf die leuchtende Fläche zu. Bunt hinterlegte Sprechblasen im Chat.

Willst du wirklich den keuf?

Den Bullen – Cédric zuckte zurück. So hießen er und seine Kollegen bei den Typen in den sogenannten *Quartiers difficiles*, weil sich Frankreich zu fein für das Wort Vorstadt-Ghettos war. Und Yves kannte offenbar den Jargon.

Er beugte sich schnell vor. Maryses Antwort-Blase: *Wen sonst? Cécé ist einzigartig, oder?*

Sie nannte ihn im Chat bei seinem Kosenamen. Cédric las die nächste Blase.

Das ist ein Unique-selling-Point in unserem Marketing. Ein Bild war angehängt.

»Ich im ersten Jahr?«, entfuhr es Cédric leise.

In Polizeiuniform mit weißen Dienstschnüren und Tressen, samt der Mütze, die nie richtig auf seinen Schädel gepasst hatte. Die hatte man ihnen im ersten Jahr auf der Polizeihochschule *ENSP* aufgesetzt.

Cédric konnte sich nicht erinnern, dass er Maryse je das bescheuerte Foto geschickt hatte. Die blaue Uniform hatte er nur zu seltenen Anlässen tragen müssen. Was um Himmels Willen hatte sie damit nur im Sinn fürs Marketing?

Im Bad stellte Maryse die Dusche ab.

Cédric klappte die Schutzhülle zurück. Er fischte nach dem Laken und warf es sich über die nackten Unterschenkel.

Augen zu, langsam atmen – das sähe nach schlafen aus.

Maryse kam aus dem Bad und streifte ihr Nachthemd über. Jedenfalls hörte es sich so an.

Ihr feuchtes Haar streifte sein Ohr, als sie sich an ihn kuschelte, und roch nach Pfirsich. Ihr Fuß strich kühl an seiner Wade entlang. Ihre Hand schlich sich auf sein Schlafanzugoberteil und ruhte auf dem Nabel wie eine Feder.

Ihr Handy auf dem Nachttisch war unberührt geblieben. Frauen waren so gut im Verbergen. So lautlos in den Bewegungen, so fähig, ihr Körpergewicht beim Hinlegen in Nichts zu verwandeln. Wie seine Mutter, wenn sie von ihren Liebhabern um drei nach Hause in die Wohnung schlich und nur Cédric wach wurde, weil es anders roch, aus dem Flur, wenn der von Zigarettendampf verrauchte Mantelstoff ausdünstete oder ein Männerparfüm drinhing, das sein Vater nicht benutzte. Der irgendwann Mutters späten Sitzungen bei der Gewerkschaft gegenüber immer misstrauischer geworden war und seinen Bruder und Cédric dazu verhört hatte wie …

Er hatte nie so werden wollen. Cédric setzte sich mit einem Ruck auf. »Was bin ich für ein Idiot!« Und Maryse war ganz und gar nicht wie seine Mutter, in keinem Punkt.

Sie nahm die Hand von seinem Bauch. »*Chéri*, was hast du?«

Er fiel ins Kissen zurück und fischte nach ihrer Hand. »Yves und du. Die Ballonfahrt, eure Gespräche am Abend bei Grandjean. Ich muss mich bei dir entschuldigen. Dafür, dass ich überhaupt denken kann, du könntest vielleicht wieder was mit ihm anfangen.« Er rollte sich auf ihre Seite.

»Ach das!« Sie machte ihm ein bisschen Platz. »Nett war es nicht. Und ziemlich albern.« Sie boxte ihm sanft gegen die Brust. »Aber ein kleines bisschen war ich auch beruhigt, dass es dir auch nicht einfach egal ist, wenn er auftaucht.«

Ein Windhauch von draußen, Rebenlaubduft.

Schuld waren ja immer die anderen, dachte man. »Mein Vater ist weggelaufen, vor der ganzen Verantwortung, vor dem schlechten Viertel, dem Erfolg meiner Mutter im Beruf. Und hat sie im Grunde schon lange vor der Scheidung allein gelassen mit uns, dem knappen Geld, dem Leben im miesen Wohnturm in Sucy.« Cédric schluckte. »Ich hätte nicht gedacht, dass ich einmal verstehe, warum sich meine Mutter andere gesucht hat.«

»Dein Vater hat bei seinem Besuch mit Constantin und Louise erst spielen können, als wir alle aus dem Haus waren. Er hat sogar mit ihnen gelacht.«

Vater lachte nur bei Wiederholungen im Fernsehen von alten Coluche-Filmen. »Woher weißt du das?«

»Weil ich ihn durchs Fenster beobachtet habe. An dem Tag, als ich den Platten hatte und wir die Lieferung für das Kloster bei Vaucresson umladen mussten.«

Cédric erinnerte sich vage. »Wenn du jetzt noch etwas Gutes über meine Mutter sagst, wirst du mich zum ersten Mal richtig heulen sehen.«

»Zum zweiten Mal wäre das, *chéri.*« Maryse gab ihm einen Kuss. »Deine Freudentränen bei der Hochzeit zählen auch.«

Familienmuster konnte man durchbrechen, egal, was die Polizeipsychologen sagten. Er würde sich um seine Zwillinge kümmern und nicht abhauen unter einem Vorwand, wenn es mal schwierig würde. Schließlich waren es zwei Dickköpfchen, die er mit Maryse gezeugt hatte.

»Außerdem hat Yves längst jemand Neues.«

Hätte er sich eigentlich denken können, so wie Yves aussah und bei dem glamourösen Titel Chef der Prestigemarke beim drittgrößten Champagnerhaus.

»Es ist eine Kunstfotografin, die …«

»… deshalb also hat er sich in Männerdessous ablichten lassen.«

»Genau. Ihr zuliebe.«

Cédric konnte unmöglich fragen, was genau Maryse mit seiner Aufnahme in Uniform im Champagner-Marketing vorhatte. Aber er befürchtete einen Zusammenhang. »Kennst du sie schon?«

»Noch nicht. Aber bald, weil …« Maryses Hand krabbelte über den Schlafanzug vom Nabel zu seinem Kinn. »In der Marketing-Fortbildung beim CIVC sind wir ja mit dem Heißluftballon aufgestiegen. Dabei kam mir die Idee für eine spezielle Werbeaktion für Champagnes Cherriot-Bresson.«

»Was in so großer Höhe geboren wird, kann nur gefährlich sein.«

Maryse tippte ihn auf die Nase. »Du machst den exklusiven Champagner für die Feier-danach für alle Polizisten.«

Cédric zog die Beine an, schneller, als er denken konnte, und kniete sich im Bett auf. »*Was* soll ich?«

»Ich habe sogar schon einen Namen dafür.«

Und ein Foto. Sein bescheuertes Uniformfoto sollte für eine Werbeaktion herhalten!

»*Taux de réussite – Erfolgsquote* – wird der Champagner heißen, als hundert Prozent Blanc de Blancs natürlich. Das ist doch ein perfekter Name. Deine ist ja auch …«

»Nicht hundert Prozent, nur vierundneunzig-Komma-drei.« Cédric holte Luft. »Ich werde auf keinen Fall als Winzer meinen Ex-Kollegen bei irgendwelchen Polizei-Veranstaltungen unseren Champagner ausschenken, bis die mich total vollgesoffen auf alte Fälle ausquetschen.«

»Anquatschen meinst du wohl.« Maryse summte ein Glissando von Seufzen zu Schmeicheln. »Es ist das perfekte Alleinstellungsmerkmal. Welcher Kommissar wird schon Winzer? Und ein besseres Mitbringsel können die zig Hundert Kommissariate doch nicht bekommen. Ich hoffe, dass in Frankreich wenigstens noch ein paar Fälle pro Tag gelöst werden. Macht also mal die Anzahl der Dienststellen …«

Cédric hieb so fest auf die Matratze, dass sie schaukelte. Seine Hose rutschte halb von der Hüfte. *»Non. Non!«*

»Jetzt schlägst du ins Kissen wie Louise, wenn sie sich nicht waschen lassen will.« Maryse lachte lauthals. »Von dir hat sie das also.«

Es war so ansteckend. Frei. Und es stimmte. Er war mindestens so kindisch. »Dafür schleift Constantin mit den Füßen wie du, wenn er bockig wird.«

»Tu ich nicht!«

»Do-och.«

Der Rest war Kissenschlacht.

Sie lagen nebeneinander, Hand in Hand, und rangen nach Luft.

»Je t'aime, chérie.«

»Wehe, wenn nicht.«

Sonntag

23

Mak-mak. Makmak-mak. Vor den Küchenfenstern hupte es schrill. Eine E-Vespa rollte vorbei. Unter einem Helm flatterte Yves' langer Bart, auf seinem Rücken leuchtete gelb der Trageriemen einer vollgepackten Sporttasche.

Cédric mümmelte schnell eine der *tartines* mit Reine-Claude-Marmelade weg, die Maryse für alle geschmiert hatte. Die Zwillinge schliefen noch.

»Yves, so früh?«, fragte Maryse. »Es ist erst kurz nach halb sieben.« Ihr brauner Hausanzug war verknittert.

»Er hat versprochen, wenn er was hat, es Cédric sofort zu bringen.« Paul legte eine Aprikosenhälfte auf seinen Teller.

Ohne Beweise blieb Cédrics Theorie ja riskant, dass Viviane freiwillig verschwunden war. Cédric trank sein Glas Orangensaft in einem Zug leer. Wenigstens steckte er schon in frischem weißem Hemd und Jeans, seiner alten Kommissars-Montur.

Sein Schwiegervater stand auf. »Bleib sitzen, ich mache ihm auf.«

Maryse rieb sich die Handballen durch das Gesicht. »Ich wische mal besser die ganzen Brotkrümel hier weg.«

»Kommt ihr bitte in meinen Salon!«, rief Paul aus dem Flur. »Wir brauchen den großen Bildschirm.«

Sonst war Pauls privates Wohnzimmer zwar nicht tabu, aber dessen Rückzugsort, wo er allenfalls mit Freunden eine gute Flasche Champagner leerte. Oder in ein neues *Ludiciel* eintauchte. Paul machte es einen Heidenspaß, wenn er in seinem Alter in den Gamer-Welten im Netz mit der übernächsten Generation mithalten konnte. Aktuell baute er in einem virtuellen Königreich in einem Dschungelsumpf an seinem Palast.

Bei Paul lag nie viel herum. Er verstaute alles in einer großen azurblau lackierten Schrankwand. Gerade mal die Spielkonsole ruhte auf dem beigen Teppich vor dem Riesenbildschirm, der fast die ganze Stirnwand einnahm. Gegenüber glänzte das stierblutrote Leder des Sofas im Morgenlicht.

»*Bonjour*, ihr zwei.« Yves packte seine Umhängetasche auf den Glastisch. »Sonst bin ich ja nicht der Frühaufsteher.«

»Brauchst du einen Espresso?«, fragte Cédric.

Ein Reißverschluss ratschte.

»Lieber nicht. Ehrlich gesagt, nach der Entdeckung konnte ich kaum schlafen. – Für euch.«

Drei Filmdosen aus Aluminium schepperten auf dem Glastisch.

»Ich habe gestern noch eine Produzentin angerufen, die mir aus meiner Zeit in der Branche noch einen Gefallen schuldet.«

»Setzt euch doch.« Paul zog einen der Freischwinger heran.

Yves folgte seinem Beispiel. Cédric auch, Maryse hockte sich lieber auf das Stierblut-Sofa und schlug die Beine unter.

»Und wie es so geht: Eine Freundin eines Freundes hat sich erinnert, wer die späten Filme der Lemonnier produziert hatte. Außerdem war ihre Entführung ja in den Abendnachrichten, das hat ein bisschen geholfen.« Yves schnappte sich die oberste Filmdose, stellte sie auf den Rand und rollte sie, bis das Logo sichtbar wurde.

»Ein paar Telefonate, und ich landete beim neuen Direktor von *Piter-Paris-Films*. Die Firma residiert in einem luxuriösen Appartement Rue de Rivoli mit Blick auf die Tuilerien.«

»Du bist extra nach Paris gefahren?«, fragte Maryse.

»Besten Dank«, sagte Cédric.

»Na ja, es war sowieso geplant, dass ich nach der Prüfung in Avize«, er hob die Handfläche, »aber von Champagner-Normen et cetera später. Also ich wollte sowieso in Paris bei Isabelle übernachten. Ihr werdet sie bestimmt bald kennenlernen, wenn das hier alles vorbei ist.« Er drehte den Kopf zu Maryse. »Sie ist auch einmalig.«

»Du warst bei *Piter-Paris-Films*«, räusperte sich Paul.

»Genau. Wichtiger sind diese original 35-Milimeter-Filmrollen, die mir der Produzent schließlich doch aus dem Archiv geholt hat.« Yves klopfte auf den Tisch. »Lass mich bitte nicht hängen, Cédric. Ich habe dem hoch und heilig versprochen, dass alles juristisch in Ordnung ist und du ihm noch eine polizeiliche Bestätigung nachschickst für den Datenschutz-blabla.«

»Aber wieso hat er es überhaupt gemacht, wenn er so ängstlich ist?«, fragte Maryse vom Sofa her.

»Weil, stellt euch vor«, Yves fuhr mit dem Finger über das Logo, »Viviane Lemonnier quasi seine oberste Chefin ist.«

»Das heißt?« Cédric aktivierte innerlich sein mentales Detailprotokoll.

»Eigentlich gehört die Firma *Piter-Paris-Films* über eine Beteiligungsgesellschaft indirekt immer noch zu dreiundfünfzig Prozent Viviane Lemonnier als Erbin ihres Mannes Rollain.«

»Dabei behauptet sie doch immer, sie habe mit der Branche nichts mehr zu tun.« Cédric überlegte. »Wem gehören die restlichen Prozent?«

»Warte. Ursprünglich gehörten die anderen siebenundvierzig Prozent dem Oligarchen Raschnikow aus Sankt Petersburg. Deshalb heißt die Firma ja auch *Piter-Paris-Films*, nach der beliebten Abkürzung für die Stadt. 1996 aber übernimmt Lemonniers Mann Rollain dessen Anteile und verkauft sie weiter an die üblichen Verdächtigen, denen schon der halbe französische Film gehört. Davor und danach hat Rollain aber keine Filme persönlich produziert«, Yves rollte die flache Dose ein wenig auf ihrem dünnen Rand, »außer diesem hier drin. Sagt der Direktor.«

Paul war alles zuzutrauen, so vernarrt, wie er in Technik war. »Hast du irgendwo noch einen Projektor rumstehen?«

Sein Schwiegervater zog eine Fernbedienung aus einer Schublade an der azurblau lackierten Schrankwand. »Nicht nötig. Yves hat das Material für dich digitalisiert.«

»Ich habe einen Apparat zu Hause, der das kann. Beweismittel hin oder her. Die Zeit hast du einfach nicht, wenn du Viviane schnell finden willst.«

Und das hatte Cédric vor, damit Viviane ihm ihren Pique-Auftritt erklären möge. Das wäre der kürzeste Weg zu einer vernünftigen Spur zum Mörder Bernard Grandjeans, der immer noch frei herumlief.

Yves zog einen Stick aus der Hosentasche. »Wo soll ich ihn einstecken?«

»Am Bildschirm links unten seitlich findest du die Schnittstelle.«

»Es gibt zwei Dateien im Verzeichnis, nimm einfach die erste.«

Yves setzte sich auf den Teppich vor dem Bildschirm. Er stützte sich mit den Händen hinter dem Rücken ab und schaute zu ihnen hoch. »Ich habe mir die Augen rot geguckt heute Nacht. Der Film von 1995 ist nie fertig gedreht worden. Es gibt nur ein paar Filmszenen im Rohschnitt. Das Projekt war eine moderne Version von *Pique Dame*, dem Klassiker von Puschkin.«

Paul kratzte sich hinter dem Ohr. »Also schon französische Literatur ist nicht gerade meine Stärke, aber von alten Russen habe ich keine Ahnung.«

»Es ist eine Erzählung über einen, der gewinnen will, ohne ein Risiko einzugehen.« Yves räusperte sich. »Ganz kurz:

Ein russischer Offizier hört von einer steinalten Gräfin. Diese, einstmals als die russische Venus von Paris gefeierte und berüchtigte Dame, soll in ihrer Jugend erfahren haben, wie man unfehlbar drei Gewinnkarten beim Pharo-Zockerspiel voraussehen kann.« Yves schlug sich am Boden sitzend die Beine unter. »Der Offizier manipuliert ein unschuldiges Mädchen und erschleicht sich Zutritt. Doch die Gräfin schweigt. Als er sie mit einer Pistole bedroht, stirbt sie vor Schreck.« Yves hob den Zeigefinger. »Abends erscheint dem Offizier ihr Geist und eröffnet ihm, dass die Drei, die Sieben und das Ass ihm den Gewinn bringen werden. Der Offizier setzt auf die Drei, er gewinnt. Am nächsten Tag auf die Sieben, und wird reich. Am dritten Tag setzt er alles, was er hat, auf Ass, das auch gewinnt, aber …«

»Aber was?«, fragten Maryse und Paul gleichzeitig.

»Schaut selbst. Film bitte ab, Monsieur Cherriot.«

Cédric erkannte Viviane sofort. Nur war sie ungefähr dreißig Jahre jünger. Eine offenbar russische klassische Musik, die aber elektronisch verfremdet war, untermalte leise die Szene.

Grauer Morgen. Über einem Petersburger Kanal steigt Nebel auf. Viviane in dem weißen Mantel geht an den gusseisernen Gittern der Ufereinfassung vor klassizistischen Fassaden entlang. – Die Kamera holt auf, Viviane wird größer im Ausschnitt. – Unter ihrem Kragen prangt im Rückenteil ein schwarzes Pique. Viviane bleibt an einem gelb gestrichenen Hauseck stehen. Sie holt aus der Manteltasche ein Kreidestück, lang und spitz wie ein Dolch, und schreibt 3-7-Ty3 *auf die Fassade. Viviane versenkt die Hände samt Kreide in den weißen Manteltaschen, die kleine schwarze Piques schmücken. Viviane verschwindet um die Hausecke. Die Kamera folgt, aber die Straße vor den herrschaftlichen Fassaden ist plötzlich menschenleer. Nur an einem Haus blinkt in roter Neon-Leuchtschrift би´ржа.*

Cédric begriff es durch das blinkende Schriftzeichen. »Viviane hat am Marktplatz mit der Kreide den Film zitiert. Es waren gar keine Blumen, die sie am Markt ans Hauseck gezeichnet hat. Wir Idioten. Was wir für einen stilisierten Blumenstrauß gehalten haben, war kyrillische Schrift.«

»In der Vorlage Puschkins sind die drei Karten 3-7-Ass, bevor die Pique Dame ins Spiel kommt, auf die der Zocker aus Versehen setzt.« Yves streckte seine Beine wieder auf dem Teppich aus und wackelte mit dem Schuh.

»Und dann ins Verderben stürzt ... laut Wiki.« Maryse hob den Kopf von ihrem Handy.

»Das franco-russische Projekt von *Piter-Paris-Films* hatte den Titel: *Pique Dame 4.0!* Was bei Puschkin der geldgierige Pharo-Spieler ist, der mithilfe einer Weissagung unbedingt gewinnen will, ist im Film ein junger Makler in der postsowjetisch wieder auferstandenen Börsenspekulation. Damals wurden die großen Vermögen der Oligarchen wie das von Raschnikow gemacht.«

»Also war das ganze Filmprojekt eine Art Selbstbeweihräucherung?«

»Wenn es wie bei Puschkin ausgeht, eher nicht. Da wird der Held wahnsinnig. Aber wie die Handlung von *Pique Dame 4.0* weitergeht, weiß ich nicht. Der Direktor sucht noch das Drehbuch in den Archiven, falls es überhaupt noch existiert.«

»Der gleiche Raschnikow ist übrigens der Oligarch, der für seine Krimsektproduktion den erfahrenen Kellermeister aus dem großen Champagnerhaus rausgekauft hat«, sagte Paul.

»Das war vor den Finanzblockaden.«

»Raschnikow residiert noch immer in Petersburg, sagt das Netz.« Paul ließ sich über seinen Computer gebeugt nicht beirren.

»Oligarch ist ein gutes Stichwort.« Yves stand vom Teppich auf. Er nahm sich den Freischwinger neben Cédric. Yves zog die unterste Filmdose auf dem Glastisch vor. »Diese ist sogar besonders gekennzeichnet.«

Ein *X!* »Sogar in Rot und offenbar handschriftlich mit Spezialstift auf das Metall geschrieben.«

Yves schaute zu Cédric. »Vielleicht kannst du dir einen Reim darauf machen.«

»Ich starte mal die Datei«, sagte Paul.

»Es gab auch im Original keinen Ton.«

Cédric war nicht auf goldüberladene Wände eines Neo-Rokoko-Speisezimmers gefasst und schon gar nicht auf drei Hände, die drei Gläser Champagner in den ersten Sekunden aneinanderstießen.

Die schmale Hand ist die von Viviane. Die zweite gehört einem athletischen Mann mit schwarzen Haaren, der ein gelbes Poloshirt trägt. Der Siegelring mit dem grünen Achat ist eindeutig der von Rollain. Die dritte Hand führt Grandjean. Er ist noch ein schlanker Mann mit kurzem blondem Haar. Er trägt ein enges Hemd und Hosen in Schwarz wie Filmleute von hinter der Kamera. Viviane dreht den Kopf zwischen beiden wie bei einem heiteren Plänkeln hin und her.

»Wenn ich die Lippen richtig lese, sagen alle drei gerade nur ›bla-blaa‹.« Cédric konzentrierte sich

Viviane fasst sich an den Kopf, taumelt zur Seite und sinkt auf einen Stuhl am Speisetisch. Rollain wankt auch, sackt auf die Knie und streckt sich vor ihren Füßen aus. Grandjean presst sich die Hand auf den Mund, greift zu einem Stuhlrücken, schafft es gerade noch darauf, sein Oberkörper sackt auf die goldbestickte Tischdecke. Alle drei verharren regungslos.

»Ist die Datei abgestürzt?«, fragte Maryse.

»Wartet«, sagte Yves schnell.

Die Aufnahme machte offenbar eine Standkamera. Cédric zählte bis siebenundsechzig.

Rollain erhebt sich. Er tritt zu Grandjean, nestelt ihm eine dünne Kette mit einem Kreuzanhänger vom Hals. Dann beugt er sich zu Viviane, von deren Schulter die Handtasche gerutscht ist. Er zieht daraus eine Wodkaflasche. Rollain springt mit Kette und Flasche in der Hand zu einem in ein Wandpaneel eingelassenen Spiegel. Er drückt mit dem Handrücken auf eine Rose in einem Füllhorn. Der Spiegel schwingt auf. Dahinter ist in einer Vertiefung ein Safe in die Wand eingelassen. Rollain stellt die Wodkaflasche in die Wandhöhlung. Er nimmt den Kreuzanhänger und tut so, als ob er damit den Safe aufschlösse. Zieht – nur in der Luft imaginär – die Safetür auf, nimmt imaginär etwas heraus, stellt es neben die Wodkaflasche, nimmt stattdessen diese und bringt sie bis an den Safe, als ob er sie gleich hineinstellen wollte. Rollain schließt die imaginär offene Safetür wieder mit dem Kreuzanhänger. Er schnappt sich die Wodkaflasche.

Zurück am Tisch legt er den Kreuzanhänger wieder um den Hals Grandjeans. Mit der Flasche tritt er an einen Filmscheinwerfer, der ganz rechts im Kameraausschnitt auf den Speisetisch gerichtet ist.

Cédric schlug sich auf das Knie. »Das ist der alte Scheinwerfer, der in der Vitrine im Liebesnest die Rosen mit Tageslicht versorgt. Das beweist die Verbindung!«

Rollain streckt sich, klappt die metallene Hinterseite des Scheinwerfers auf und schiebt die Flasche dort hinein.

Er kehrt zurück zum Tisch, wo Viviane regungslos liegt

Er zählt stumm an allen zehn Fingern. Klatscht.

Viviane und Grandjean springen auf. Der schaut auf die Uhr und hebt den Daumen.

Die Aufnahme fror ein.

Paul schob sich die Hand in die vollen weißen Haare. »Das war doch keine Stellprobe, oder?«

»Nein, das läuft beim Film anders«, sagte Yves.

Endlich bekam Cédric Vivianes Geheimnis zu fassen. Er schlug Yves, der neben ihm auf dem Freisitzer saß, auf die Schulter. »Das war eine Generalprobe eines Agenten-Coups: Rollain, Viviane und Grandjean haben dem Oligarchen Raschnikow anlässlich der Filmaufnahmen 1995 etwas geklaut, was in dem Petersburger Safe dort hinter dem goldenen Wandspiegel gesteckt hat. Und ungefähr die Größe einer Vodkaflasche hat. Was auch immer es genau ist, es muss die ganze Aktion Wert gewesen sein.«

Yves strich sich über den Bart. »Sagt mal, rührt vielleicht daher der ganze Reichtum des Mannes der Lemonnier?«

Paul schaltete den Bildschirm aus. »Sicher nicht. Rollain hat schon vorher mit Aktien erfolgreich spekuliert.«

»Aber wenn Viviane ihren Coup damals mit Rollain wirklich so durchgezogen hat, dann haben sie Raschnikow schwer reingelegt. Wenn das gestohlene Objekt so wertvoll ist, wieso hat der Oligarch sich nicht längst an ihnen gerächt? Warum der Mord erst jetzt?«

»Das müssen wir Viviane fragen.« Cédric merkte sich auch das. »Das, was dort in der Petersburger Palastwand hinter dem Spiegel versteckt war, verbirgt sich nun in dem französischen Tresor, dessen Schlüssel Grandjean um den Hals getragen hatte. Deshalb hat der Täter ihn durch den Mord an sich gebracht.«

»Wenigstens hast du nun ein Motiv für den Mord, oder?«, fragte Maryse.

»Das heißt doch aber auch«, Yves zog an seinem Bart, »der Täter weiß wirklich nicht, wo dieser französische Tresor verborgen ist, sonst wäre er längst mit der Beute über alle Berge.«

»Dieses Kreidezeichen aus dem Film, ihr Auftritt im Pique-Dame-Mantel, was will Viviane dem Mörder eigentlich damit sagen?« Maryse stellte die Beine auf den Teppich zurück und hielt die Hände wie Waagschalen in die Luft. »Dass sie ihn doch kennt, von damals? Und will, dass er verschwindet, dafür, dass sie ihn nicht verrät? Damit sie Ruhe hat.«

Yves ging zum Bildschirm, zog den Stick ab und legte ihn vor Cédric auf den Glastisch.

Sie blickten ihn an wie damals die Kolleginnen und Kollegen in Paris. »Ein Oligarch wie Raschnikow hätte genug Geld für einen Auftragskiller, der für ihn eine alte Rechnung begleicht.« Profis dieser Kategorie hätten die von beiden Seiten schließbare schmale Verbindungstür im Liebesnest, die zu den Gewächshäusern abkürzte, mit Spezialwerkzeug überwinden können. Sie wüssten, wie man sich über die Rebenhänge ungesehen heranschlich. Und sie hätten die Ausbildung, Grandjeans Widerstand schnell zu überwinden und sein Genick mit einem kurzen hebelnden Griff zu brechen.

Was, wenn Cédric sich mit seiner Theorie irrte, dass Viviane ihre Entführung selbst inszeniert hatte? Und Raschnikow doch einen Entführungsexperten am Start hatte, der Viviane tatsächlich entführt hatte – und sie mit welchem teuren Trick auch immer aus der kleinen Gasse hinter dem Rathaus weggeschafft hatte.

»*Pardon*, Cédric.« Yves stand aus dem Freischwinger auf. »Warum hat die Lemonnier nicht daran geglaubt, dass du sie schützen kannst?«

Paul legte die Fernbedienung zurück in eine Schublade der azurblauen Schrankwand und schnaubte. »Wenn es um

Oligarchen geht? Viviane war nie gut auf die französischen Eliten zu sprechen, die politischen schon gar nicht.«

Das spräche für Vivianes Vorsicht. Am Mordabend hatte Viviane mit dem Staatssekretär und dem Unternehmer Mancy am Gartentisch gestanden und Cédrics Rosé absolu getrunken. Sie mochte sich genauso wie er gefragt haben, warum Theuilly-Bazet ausgerechnet an diesem Abend zu dieser Feier in der Provinz aufgetaucht war. Die Aufsichtsratssitzung im Keramikwerk konnte vorgeschoben sein.

»Was ist mit deiner Vermutung, dass Viviane alles nur inszeniert hat?«, fragte Maryse.

Cédric erinnerte sich an Corinnes professionelle Zweifel. »Viviane müsste jedenfalls einem Komplizen genug vertrauen können, dass er sie nicht im letzten Moment hängen lässt. Immerhin ist das Vortäuschen einer Entführung strafbar.«

Maryse stemmte die Hände an den Hausanzug. »Papa? Musst du uns etwas gestehen?«

»*Ma fille!* Wie kannst du so etwas denken. Ich lass euch doch nicht vor Angst um Viviane zappeln, wenn ich wüsste, wo sie steckt.« Paul drehte sich im Sitz von seinem Computer weg. »Es gibt bestimmt mehr als einen in Lézy-le-Sec, der springt, wenn Viviane Lemonnier mit den Fingern schnippt.«

Der Spurensicherer Meillant wäre auch so einer. Einen größeren Verehrer hatte Cédric noch nicht kennengelernt. Aber das war absurd.

»Es muss um etwas sehr Wertvolles gehen. Sonst packt es kein Oligarch in einen verstecken Safe in einem Petersburger Palast.« Yves stapelte die Filmdosen aufeinander. »Wirklich große Schätze wie – was weiß ich – der Bleu-de-France aus der Krone Frankreichs haben eine Geschichte, einen Mythos …«

»Und sind oft verflucht«, sagte Maryse.

»Genau. Es könnte doch sein, dass auch jemand ganz anderes all die Jahre von dem Schatz wusste und jetzt erst seine Chance gekommen sieht, ihn zu heben.«

Cédric erhob sich. »Ich muss los, ich muss meine Leute auf den neuesten Stand bringen. Wir müssen Viviane unbedingt finden.«

Yves zeigte auf die Dosen. »Die Tasche kannst du dafür mitnehmen.«

Cédric lag noch die Frage auf der Zunge, ob Yves die Prüfung bestanden hatte, aber die Ergebnisse waren sicher noch nicht in Avize ausgehängt worden. Es war ja erst Sonntag. Herrje! Da war ja noch die praktische Prüfung der Verkostung Montagmittag.

»Als Dank für deinen Einsatz bei *Piter-Paris-Films* bekommst du jetzt den Geheimtipp für die Verköstigung.«

Yves legte die Hände hinter die Ohren. »Du bist der Experte!«

»So.« Cédric legte den Kopf in den Nacken. »Du musst die Zunge über die Zähne kreisen lassen und vorher an den Geschmack klaren Wassers denken.«

Paul hielt in der Bewegung inne. Und machte große Augen, sagte aber Gott sei Dank nichts.

Maryse blickte Cédric vom Sofa her an. *Was erzählst du für einen Quatsch?*

Es sollte Yves nur dazu bringen, dass er seinem Urteil mehr traute. Wenn er es täte, hätte er Maryse niemals ziehen lassen, als sie damals zusammen waren.

Maryse erhob sich. »Yves, jetzt schaffst du es bestimmt.«

In Cédrics Hose vibrierte das Diensthandy.

»Videoanruf von Amadou!« Cédric trat vom Glastisch weg und nahm an.

Amadous runde Wangen waren ganz groß im Bild. Er hielt sich mit zwei Essstäbchen einen visitenkartengroßen Zettel unter das Kinn. »Das hier sollten Sie sofort anschauen. Es lag auf dem Schreibtisch, als ich eben reinkam. Corinne ist seit

Mitternacht weg, zum Flughafen, und ich habe keine Ahnung, wie das hierhergekommen sein könnte.«

Viviane kennt die combinaison!

Maryse, Paul und Yves waren an Cédrics Seite gerückt und lasen es auch.

»So kleine runde, leicht verkippte Buchstaben schreiben meist nur Frauen«, flüsterte Maryse.

»Vivianes Schrift ist es nicht«, sagte Paul langsam. »Die ist groß und zackig, ich kenne sie von ihren Bestellnotizen.«

»Ich komme sofort, Amadou.«

Cédric drückte den Videoanruf weg. »Wer auch immer hier mit mir Spielchen treibt, es reicht mir jetzt.« Cédric nickte den drei anderen zu und rannte in den Flur. »Und wenn es Viviane selbst ist«, rief er, »braucht sie eine sehr, sehr gute Begründung, damit ich sie nicht wegen Behinderung der Justiz anzeige.«

Im Hof schwang Cédric sich auf sein Fahrrad. Durch das Hoftor vor der Mauer draußen strampelte er am eigenen Weinberg entlang. Quer durch die Reben und über den Sandpfad war er am schnellsten bei seinen Leuten im Rathaus.

Cédric stieg in die Pedale.

24

Mitten auf der gusseisernen Passerelle über das Flüsschen von Lézy meldete sich sein Diensthandy. Cédric bremste das Fahrrad scharf und fischte das Ding aus der Hose.

Theuilly-Bazet! Cédric nahm den Videoanruf an.

Vergoldete Stühle um einen Tisch. Im ersten Moment glaubte Cédric, dass auch der Staatssekretär an den Filmausschnitt von *Pique Dame 4.0* gekommen war, bis er die rotseidenen Vorhänge und den grauen Marmorkamin erkannte. Dieses hochpolierte Interieur wurde oft genug im Fernsehen gezeigt. Theuilly-Bazet rief aus dem Büro des Premierministers im *Hôtel de Matignon* an.

Das Gesicht des Staatssekretärs wirkte seltsam fahl und faltig. »Bresson, ich habe nicht viel Zeit, gleich kommt die deutsche Delegation. Bernard Grandjean war tatsächlich einmal im Dienst der Nation. Meist wurde er in Asien und Afrika eingesetzt. Er ist aber bereits 1994 ausgeschieden.«

Das hieße, Grandjean hätte 1995 bei *Piter-Paris-Films* ganz regulär als Beleuchter gearbeitet. Das war aber ein Beruf. Dafür hätte er eine Ausbildung absolvieren müssen.

»Grandjean wurde seitdem von uns als inaktiv geführt. Das behalten Sie für sich, kein Wort an Ihre Leute.«

Mal sehen. Cédric konnte das nun glauben oder auch nicht. Was würde Paris wohl sagen, wenn mit Grandjean ein Agent liquidiert worden wäre? In Pariser Machtspielen wurden auch alte Rechnungen beglichen. Zudem bedeutete *inaktiv* nicht das Gleiche wie *ausgeschieden*. Das wusste er selbst am besten.

Zu Viviane sagte Theuilly-Bazet kein Wort. Cédric versuchte es trotzdem. »Gibt es noch jemanden aus Lézy, der in Ihren Akten geführt wird, zum Beispiel die entführte Madame Lemonnier selbst?«

»Es tut mir leid für die Patentante Ihrer Frau.«

Der Staatssekretär hatte nicht umsonst den Ruf als *Monsieur-tout-lu*, der alles las und keine Fakten vergaß. Er war in Debatten gefürchtet.

»Sie wissen, dass ich Ihnen dazu nichts sagen darf, ohne unmittelbaren Bezug zu Ihrem Auftrag.«

Der goldene Glanz des *Matignon* verschwand, übrig blieb das Grauschwarz der Handyoberfläche.

Das war kein Nein, sondern eine Art Nicht-Ja, das aber das Gegenteil bedeuten konnte.

Cédric beeilte sich auf dem Fahrrad. Er kürzte durch die verwinkelten Gässchen hin zum Rathaus ab.

Je länger Cédric überlegte, desto mehr traute er Grandjean eine berufliche Vorgeschichte als Techniker beim Nachrichtendienst zu. Diese besondere Vitrine im Liebesnest hatte er selbst konstruiert, damit die Rosen sich optimal bestäubten. Sogar eine Tageslichtlampe hatte er in einen alten Filmscheinwerfer eingebaut. Überhaupt steckte in der Rebenzüchterei und den Treibhäusern die modernste Technik, mehr als bei anderen Betrieben.

Amadou kniete vor der großen Pinnwand und steckte einen Plan in der Ecke fest. Sein rotes Polohemd spannte über dem Rücken.

»*Bonjour*, Chef. Ich habe uns den Grundriss von Grandjeans Betrieb besorgt. Corinne hat was gefunden … Sie holt gerade Kaffee im Büro von Blaque.«

»Ich liebe gute Nachrichten am Morgen.« Cédric warf seine Jacke auf den Haken des Garderobenständers und traf sogar. »Zeig mir den Zettel mit der Nachricht, den du hier gefunden hast.«

Amadou deutete zum rechteckigen Arbeitstisch vor dem Fenster, wo das Gebläse seines Rechners rauschte. »Ich habe ihn nur mit zwei sauberen Essstäbchen angefasst, um ihn dir zu zeigen. Er liegt wieder so platziert, wie ich ihn gefunden habe. Meillant hat leider gerade einen Einsatz in Reims. Er schickt uns später seine Assistentin Tranh.«

Das visitenkartengroße Stück Papier lag genau mittig auf dem Tisch.

Viviane kennt die combinaison!

»Der Tresor, zu dem der Schlüssel des toten Grandjean gehört, ist zusätzlich mit Drehscheiben gesichert, mit der man eine Zahlenkombination einstellen kann«, sagte Amadou. »Der Hersteller hat es mir bestätigt.«

»Auf der Rückseite steht nichts?« Cédric beugte sich über das Stück Papier. Etwas irritierte ihn.

»Das hätte ich dir gleich gezeigt«, sagte Amadou in seinem Rücken.

»Das Papier ist parfümiert!« Cédric schloss die Augen. Er schnupperte daran wie ein Hund.

»Chef?«

Er nahm den Geruch des Staubes wahr, den das Gebläse des Rechners aufwirbelte. Die Platte des alten Schreibtischs roch holzig. Aber hineingemischt gab es einen feineren Duft, den eines teuren Parfüms … Das Cédric kannte … Es war … *Eau de merveilles.* Fast stieß er mit der Nasenspitze auf die Schrift. Cédric streckte sich wieder. »Der Zettel riecht nach Vivianes Lieblingsparfüm! Er muss Kontakt mit Vivianes Körper gehabt haben, sonst hätte sich keine Duftspur übertragen.«

Amadou betrachtete den Zettel, als wäre er ein seltsames Insekt. »Aber warum schreibt Madame Lemonnier dann nicht einfach: ›Ich kenne die *combinaison*‹?«

Cédric roch den Kaffeeduft eines richtig guten *petit noir.*

»Und ich frage mich ehrlich gesagt die ganze Zeit, warum

die Lemonnier dich nicht einfach mal anruft. Wenn sie die Entführung nur vortäuscht und sich nur vor dem Täter verstecken will. Das ist doch deine neueste Theorie, oder, Chef?« Corinne balancierte drei Tässchen in drei Farben auf einem Aktenordner herein, den sie zum Tablett umfunktioniert hatte.

»Das verstehe ich auch noch nicht.« Cédric schwitzte auf einmal, obwohl der Morgen noch nicht richtig heiß war. Er war froh, dass von der offen stehenden Tür zum Treppenhaus kühle Luft hereinzog.

Hinter Corinne ging ein Bote in der hellgrün-orangen Uniform von *Boîte-baguette.fr* vorbei, der große Croissanttüten auf die Schulter gepackt hatte, die er mit der Wange stützte.

»Ich habe dich vom Fenster des Sekretariats über den Markt heranradeln sehen und einen mehr gemacht.«

»Merci.« Cédric nahm das blaue Tässchen. Er kippte den *café* in einem Zug. »Jemand führt uns an der Nase herum. Seit wann genau liegt das Papierstück dort?«

Corinne stellte den Aktenordner neben die offene Tür. »Ich bin um 0:25 Uhr hier raus. Ein Concierge ist längst eingespart. Das Rathaus verfügt aber über Fluchttüren, die von innen geöffnet werden können.« Corinne setzte ihr gelbes Tässchen auf die Untertasse. »Die Angestellten haben ja alle Schlüssel. Die Sekretärin hat für mich in der Zeiterfassung nachgeschaut. Die Leute sind alle erst kurz nach acht Uhr in ihre Büros gekommen, man kennt ja die Verwaltung. Außer Bürgermeister Blaque, der war früher da.«

Amadou riss ein Tütchen Zucker auf. »Den habe ich aber auf der Treppe singen hören. Er kam kurz nach mir die Treppe hoch. ›*Quand le ciel est bleu*‹ von den Pfadfindern hat er geschmettert. Stellt euch mal vor.« Amadou lachte. »Er ist richtig rot geworden, als ich ihn begrüßt habe.«

»Das macht ihn nicht gerade verdächtig«, sagte Cédric.

Amadou zog das rote Polohemd über dem Bauch stramm.

»Ich habe ja keinen Schlüssel, deshalb kam ich erst um 7:17 Uhr hier rein, weil ich von Leyla weiß, dass ab sieben Uhr die Putzkolonne durchgeht. Ihre Freundin Amal leitet das Trüppchen Frauen schon seit Jahren. Die haben aber nichts Auffälliges gesehen.«

»Also bleiben nur die Nachtstunden. Aber man muss sich erst einen Zugang ins Rathaus verschaffen.« Cédric seufzte. »Das müssen wir später klären. Was hast du Neues, Corinne?«

Sie ging zur Tafel. Heute trug sie eine gelbe Jeans und eine weiße Bluse mit einem für sie ungewöhnlich verspielten runden Kragen. Corinne zählte mit dem linken Zeigefinger in ihre rechte Handfläche. »Erstens: Die Gewächshäuser von Grandjeans Betrieb sind ebenfalls mit Kameras gesichert. Zweitens: Die Kameras dort laufen durchgehend, also ohne Bewegungsmelder, der sie an- oder ausschaltet. Drittens: Es gab in der Nacht ausreichend Licht, selbst zur Hangseite nach Daverny hin, der Mond schien hell genug. Das heißt viertens: Ein flüchtender Täter wäre definitiv wenigstens als unscharfe Figur von den Kameras erfasst worden.«

»Gute Arbeit.« Cédric fühlte sich noch mehr belebt. »Also kommt der Täter zwingend aus dem Kreis der Abendgäste.«

»Genau. Und deshalb«, Corinne hob den Finger, »habe ich mir mit Amadou die Lebensläufe angeschaut, von denen wir noch am wenigsten wissen.«

»Du meinst das Trio aus Burgund?«

»Genau. Den Bio-Winzer Cordier, den jungen Museumspädagogen Jaquin und diesen saturierten Monsieur Sorel, der ein Weingut geerbt haben will.«

Wenn Corinne ironisch wurde, war es ernst. »Hat er etwa nicht?« Cédric richtete sich im Sitzen auf. »Sag bloß, er lügt die ganze Zeit.«

»Das Weingut in dem Örtchen Tonnerre gibt es. Auch eine alteingesessene Familie Sorel. Aber der Rest von Roger

Sorels Biografie sieht mir ein bisschen zu glatt aus. Ich war lange genug beim Erkennungsdienst.«

»Das heißt?«

»Wenn du nichts in den Suchmaschinen findest und nichts von ihm als Versicherungsangestellten in den berufsbezogenen Portalen, stimmt was nicht.«

Amadou legte die große Hand neben seinen Rechner. »Ich habe inzwischen mit den Kollegen gesprochen, die für Tonnerre zuständig sind. Sie kennen an der Adresse nur ein abgeschirmtes Anwesen, zu dem seit ein paar Monaten ab und zu Autos mit Pariser Plaketten vorfahren. Das ist kein geerbtes kleines Gut, wo ein Enkel ein paar Trauben keltert.«

Ein so diskretes Anwesen passte sowohl zum Geheimdienst wie zu einem Oligarchen mit Racheplan, der seine Mannschaft tarnt.

»Weiter kam ich nicht.« Corinne ging von der Pinnwand zurück zu ihrem Platz. »Leider musste ich zum Flughafen, sonst hätte mich mein Jean-Luc geköpft. Er kam mit der Jugend-Nationalmannschaft Leichtathletik aus Seoul.«

»Haben sie eine Medaille gewonnen?«, fragte Cédric höflichkeitshalber.

»Bronze im Speerwurf und Silber beim Hochsprung.«

»So schlimm steht es um Frankreichs Jugend also doch noch nicht. – Aber mir fällt gerade etwas auf.« Amadou erhob sich, holte den Grundriss von der Pinnwand und legte ihn auf den Arbeitstisch vor Cédric und Corinne.

»Stellt es euch genau vor«, Amadous Zeigefinger wanderte über den Plan. »Aus der Rotunde gibt es einen Durchgang zum Entrée. Aus diesem kann man entweder hinaus zum Parkplatz gehen, durch die bordeauxrot lackierte Tür ins Liebesnest oder durch den Rundbogen zum kleinen Flur vor den Toiletten.«

»Ist klar«, sagte Corinne.

»Aber auch aus einer anderen Richtung geht das. Seht hier:

Vom Technikraum hinter dem Liebesnest kann man in den kleinen Flur vor den Toiletten gelangen.« Er zeigte seine weißen Zähne, grinste gespielt böse. »Und von dort kommt man auch weiter in die Rotunde. Man nutzt den Durchgang an der Gartenseite, wo die Rosengirlanden hingen.«

»Die roten Striche sind die Lichtschranken, nicht wahr?«, fragte Cédric.

»Genau. Das hast du ja mit der Spurensicherung ausgewertet.«

»Deshalb wissen wir, wann Léonore Voissinet hier am Rundbogen stand und Michel Cordier vom Parkplatz kommen sieht, der seinerseits kurz darauf den Toten findet.« Corinne trat zu Amadou und malte mit grünem Stift entsprechend Kreuze auf den Plan. »Blaque hatte Grandjean jedoch kurz vorher noch lebend angetroffen. Der hatte ihn jedoch aus dem Büro geworfen. Das war aber nur wenige Minuten vor dem Moment, als ihn Cordier tot auffindet.«

Amadou schrieb die entsprechenden Uhrzeiten neben die grünen Kreuze auf dem Plan. »Das bedeutet, dass Léonore Voissinet und Cordier den Täter aus dem Liebesnest hätten kommen sehen müssen.«

»Gute Arbeit.« Cédric begriff langsam, worauf sie hinauswollten. »Wir wissen, dass die kleine Verbindungstür vom Liebesnest zum Technikraum von beiden Seiten aufgeschlossen werden kann, auch wenn ein Schlüssel steckt. Das bedeutet, dass der Täter nach dem Mord dort hinaus den Tatort verlassen hat. Er hat im Technikraum stehend die schmale Verbindungstür wieder abgeschlossen, nachdem er Grandjeans Schlüsselbund auf der Innenseite eingesteckt hat, um uns zu täuschen.«

Amadou zog einen blauen gebogenen Pfeil von da durch den Technikraum vor bis zum Flur. »Er will dann in die Rotunde zurück. Er muss durch den kleinen Flur zurückgehen und landet damit fast genau vor der Herrentoilette.«

Corinne zog einen großen Kreis auf dem Plan.

»Und dort begegnet die Rosenzüchterin Monsieur Sorel.« Cédric hob die Daumen. »Wir haben ihn!«

Amadou lächelte. »Ich denke ja, Chef.«

»Denn da ist auch noch die Aussage von Voissinet, Sorel habe sich dort gekämmt.« Corinne legte den Stift weg. »Ich denke, in Wirklichkeit beseitigt Sorel dabei eine Kampfspur, wenn er sich das Haar ordnet. Voissinet *denkt* nur, Sorel komme aus der Herrentoilette. Gesehen hat sie es nicht.«

Amadou nickte. »Sorels Alibi ist falsch.«

»Er ist unser Mann!« Cédric sprang auf. »Holen wir ihn uns. Er wohnt in der *Grenouille Bleue*.«

Auf Corinnes Rechner erscholl ein lauter Warnton. Cédric starrte wie sie hin.

»Kollegen am Sonntag?« Sie klickte sich in die Nachricht. »Aus Reims. Ich lese vor: Madame Lemonnier hat im *Hôtel de la cathédrale* zwei Suiten für sich und ein Ehepaar Dupont bezahlt.«

»Na, bravo.« Cédric konnte nicht anders, als mit der flachen Hand auf den Tisch zu hauen. »Also habe ich recht. Sie hat die Entführung inszeniert. Sie hat noch in der Nacht gleich zwei Komplizen aktiviert.«

»Moment, es geht noch weiter.« Corinne kniff ein Auge halb zu. »Es waren zwei Nächte. Madame Lemonnier kam beim Nachtportier erst um 0:57 Uhr an.« Corinne blickte auf. »Gesehen hat der Nachtportier die beiden anderen Personen aber nicht, weil die direkt aus der Tiefgarage mit dem Aufzug zu den Zimmern hochgefahren sind. In dem feinen Hotel fragt keiner nach, wenn eine Berühmtheit wie Lemonnier Freunde diskret unterbringen will. Bestätigt ist, dass der Zimmerservice tatsächlich drei Frühstücke in die Suite der Lemonnier gebracht und später abgeräumt hat.«

Cédric schnalzte mit der Zunge. »Dort also hat Viviane den Entführungsplan mit ihren Komplizen ausgeheckt.«

Amadou drehte sich zur Pinnwand mit den vielen Notizen, farbigen Markern, Fotos und Pfeilen um. »Was heißt das jetzt für die erste Textnachricht? Ich meine die Drohung, dass Madame Lemonnier stirbt, wenn sie nicht verrät, wo der Safe ist. Ist diese Botschaft nun auch Teil von Madame Lemonniers Inszenierung, oder stammt sie doch von Sorel, unserem Täter?«

Cédrics Blick fiel auf das schwarze Dreieck, das er selbst gemalt hatte. »Die stammt von Sorel, weil er den Schlüssel an sich gebracht hat, denke an den Bild-Anhang der Nachricht.«

Corinne machte auf dem Rechner Notizen, nickte dabei aber.

Mit dem Finger tippte Cédric auf die Spitzen des Dreiecks an der Pinnwand. »Wir haben jetzt drei Parteien im Spiel: Den Täter Sorel, Viviane und uns. Sorel schickt mir die Textnachricht, weil er wegen des Pique-Mantels sofort eine Inszenierung vermutet. Und natürlich denkt er, dass Viviane als Patentante meiner Frau sich mir sofort anvertraut. Und es deshalb eine Lüge ist, dass Madame Lemonnier spurlos verschwunden sei, nur drei Minuten nachdem wir den Entführungswagen in der Gasse gestellt haben. Eine Lüge, die ihn täuschen soll. Mit der Nachricht wollte Sorel Viviane und mir gleichzeitig Angst einjagen, dass er wieder morden würde. Sobald er sie findet.«

»Sie hat sich aber wirklich in der Gasse wie in Luft aufgelöst, Chef«, seufzte Amadou.

Cédric hielt sich die Fäuste vor die Augen. »Wir waren einfach blind für das Nächstliegende. Ein Ehepaar Dupont als Komplizen von Viviane – mir fallen nur zwei ein, die zusammen sind, aber so heimlich tun.«

»So sinnlos, wie das in Lézy ist«, seufzte Amadou. »Hugo Langreval …«

»… und Sandrine Clément«, sagte Cédric mit Corinne in einem Atemzug.

»Bei Hugo in der Küferei ist sie nicht, das Haus haben wir durchsucht. Also versteckt sich die Lemonnier gleich nebenan bei der Innenarchitektin Sandrine Clément. Irgendwie haben sie Viviane aus dem Hof der Küferei über die Mauer in Cléments Anwesen geschafft.«

»Erst holen wir uns Sorel«, befahl Cédric.

Amadou malte ein blaues Ausrufezeichen an die Pinnwand. Corinne klappte den Rechner zu. *»Top, c'est parti!«*

Draußen ging der Bote in der hellgrün-orangen Uniform von *Boîtes-baguette.fr* wieder mit der großen Croissanttüte auf den Schultern vorbei.

Cédric wollte schon seine Jacke von der Garderobe nehmen, da zerbröckelte sein Hochgefühl jäh. Cédric wandte den Kopf zur offenen Bürotür. Weil eine Sinneswahrnehmung fehlte, genauer, ein Geruch. Nach den Billig-Croissants dieser Lieferfirma, die mehr nach Analogkäse rochen als nach Butter. Es hätte eben eine halbranzige Note ins Büro hereinziehen müssen. »Warum hat der Typ die Croissanttüte auf den Schultern und hält sie halb vor sein Gesicht?«

Amadou stierte auch ins Treppenhaus. »Nach der Lieferung müsste die eigentlich oben bei den Leuten in der Verwaltung stehen.«

»Mit dem Typen stimmt was nicht!«, rief Corinne. »Die blonden Haare sehen nicht echt aus, und überhaupt eine Sonnenbrille hier drinnen, was soll das?«

Cédric rannte mit ausladenden Schritten ins Treppenhaus.

»Wir müssen ihn kriegen!«, rief Corinne hinter ihm.

Cédric erspähte von oben nur das hellgrün-orange Käppi auf dem Treppenabsatz unter ihm, der Typ rannte die Stufen hinunter.

Cédric hatte in der Polizeischule trainieren müssen, wie man vier, fünf Stufen sicher nach unten sprang, wenn man jemanden verfolgte, ohne dass man sich die Füße brach.

Aber der Kerl wusste das offenbar auch.

In der Haltung eines Sprinters vorm Start landete dieser auf dem Boden der Eingangshalle direkt vor einer Mitarbeiterin. Die junge Frau trug einen Stapel Kopien auf dem Arm und schrie auf.

Der Typ kam aus der knienden Haltung hoch, stieß die Frau zur Seite gegen einen Aufsteller mit Informationsbroschüren. Das Plastik barst. Die Fotokopien flogen in hohem Bogen durch die Halle.

Hinter sich hörte Cédric die Schritte Amadous und Corinnes auf den Stufen. Er wollte schon in die Halle springen, aber der Typ machte einen Satz in die Ecke zum roten Feuerlöscher, riss an der Metallampulle und zielte mit dem Schlauch auf ihn.

Nur eine Spezialausbildung verlieh dieses Tempo.

Cédric warf sich gegen die Wand des Treppenabsatzes zurück. Ein Strahl Löschschaum prasselte auf die Stufen.

Blaque riss die Tür seines Amtszimmers auf. »Was ist hier …« Und warf sie wieder zu, weil der Kerl ihn sofort einschäumte.

»Haltet euch am Geländer fest, sonst brecht ihr euch die Knochen.« Cédric tastete mit dem Fuß nach den Stufenkanten.

Die junge Frau rieb sich geschockt den Schaum aus dem Gesicht.

Der Kerl sprühte in der Halle einen Schaumwall auf. Aber Cédric ließ sich nicht stoppen. Er watete hinein.

Mit beiden Händen packte der Typ die rote Löschampulle und holte über Kopf Schwung. Sein Käppi fiel rückwärts ab, samt blonder Perücke und Sonnenbrille.

»Roger Sorel!«

»Er hat uns die ganze Zeit belauscht«, rief Amadou.

In Sorels Gesicht flammte ein schiefes Lächeln auf, das blanken Zorn überspielte – wie in der berühmten Szene aus *Le professionel.* »Er grinst wirklich wie Belmondo.« Cédric begriff endlich, wie Grandjean auf den Vergleich gekommen war.

Aber der rote Feuerlöscher schoss auf ihn zu. Cédric machte sich so klein als möglich, warf sich in den chemisch stinkenden Schaumberg. Der Feuerlöscher prallte knapp über seiner Schulter vom Mauerwerk ab und klackerte über die Stufen zurück in die Halle.

Sorel rannte aus der Tür des Rathauses hinaus.

»Schnell, hoch mit dir«, keuchte Corinne, die ihm die Hand hinstreckte.

Cédric packte zu und schwang sich auf. »Amadou, alarmiere die Kollegen von der Gendarmerie. Wir müssen sofort hinterher.«

25

In der Rue Ducale fand Cédric auf dem rauen Pflaster festen Tritt. Die letzten Schaumfetzen lösten sich von seinen Hosen. Sorel rannte mitten auf der Gasse an der Fassade der alten Seigneurie entlang. Am Atelier von Sandrine Clément bog er scharf ab.

»Er stürmt in den Laden«, keuchte Amadou. Corinne überholte Cédric. Sie lief Marathons und war im Training.

Auf den letzten Schritten hörten sie innen an der schwarz lackierten Tür einen Riegel einrasten, der silberne Messingring des Türklopfers schepperte.

Cédric warf sich mit dem Ohr gegen das Holz.

»Was erlauben Sie sich? Raus aus meinem Laden!«

Sorel lachte hart auf. »Ihr steckt alle unter einer Decke. Dieser feine Möchtegernwinzer von Kommissar und Sie!«

»Aufmachen, Polizei!« Cédric hämmerte gegen das Holz.

Corinne drückte sich links neben ihn, Amadou nahm Anlauf und wuchtete seinen massigen Körper mit der Schulter voraus gegen das Holz. Aber nur der Klopfer wackelte.

»Lass mich!«, schrie Sandrine Clément. »Nicht!«

Es klatschte. Drei-, viermal. Schmerzensschreie gellten.

»Er ohrfeigt sie wie ein Zuhälter«, flüsterte Corinne.

»Wo hat sich die Alte versteckt? Rede schon, oder ich prügele es aus dir raus, *conne*.«

Wieder klatschte es, Sandrines Schreie brachen plötzlich ab.

»Ist sie ohnmächtig?«

»Typen wie der treiben die Opfer bis an die äußerste Grenze des Schmerzes. Ohne dass sie eine Ohnmacht zulassen, die die Qualen unterbricht.« Sie kniff die Lippen zusammen. »Was sollen die Frauen dann anderes tun, als sich zu fügen? Damit er endlich aufhört.«

»Sperre das Quartier mit der Gendarmerie. Sorel darf hier nicht wieder entkommen.« Cédric hieb Amadou auf die Schulter. »Mobilisiere alle, die wir kriegen. Sonntag hin oder her.«

»Sollen wir durch die Fenster brechen?« Corinne zeigte zu den beiden Schaufenstern. »Das Haus hat keinen Hintereingang.«

»Nicht ohne Verstärkung. Wir dürfen Sandrine nicht in noch größere Gefahr bringen.« Cédric schätzte die Zeit ab. Es dauerte alles zu lange. Bis zum Eintreffen der Kollegen könnte Sorel Sandrine und Viviane, falls sie sich wirklich in dem Haus versteckt hielt, bis aufs Blut quälen. »Lass mich überlegen.«

Corinne hatte eben etwas Wichtiges gesagt: Es gab keinen Hintereingang zu Cléments Atelier. Cédric blickte zurück, am Sandsteinportal der Seigneurie vorbei zur Rückseite des Rathauses. Diese Grundstücke hatten vor der Revolution alle zum alten Herrenhaus gehört. Deshalb erstreckten sich die alten Champagnergewölbe der Seigneurie von Sandrine Cléments Haus bis unter das Rathaus. Die Person, die den nach *Eau de merveilles* duftenden Zettel in sein Büro geschmuggelt hatte, hatte diesen unterirdischen Verbindungsweg durch die alten Gewölbe gewählt. Niemand anderes als Viviane oder Sandrine selbst. Sie hatten ihn mit der Nase darauf stoßen wollen, damit er den gestohlenen Schlüssel ernst nahm. Und nach dem zugehörigen Tresor suchte. Beide hatten ja nicht wissen können, dass inzwischen Sorels Nachricht mit der Drohung bei ihm eingegangen war.

Cédric straffte sich. »Hugo Langreval hat behauptet, dass er von genau hier mit Sandrine Clément ein Gemälde zu Blaques Tombola transportiert hat.«

»Wieso ist das jetzt wichtig?«, fragte Corinne.

»Sandrine und Hugo sind Vivianes Komplizen bei der Entführung. Also war der Vermummte, den wir vom Eckzimmer des Rathauses aus gesehen haben, in Wirklichkeit Sandrine. Ihr Talent für Kostüme ist bekannt.«

»Dann hat Hugo den Lieferwagen gefahren, den sie dem alten Jojo geklaut haben«, sagte Amadou. »Und er hat den Kanaldeckel als Ablenkung geöffnet. Stark genug ist er.«

»Das Gemälde wurde aber auf der Tombola von Blaque versteigert. Die beiden haben es wirklich zusammen hingeschafft. Das aber bedeutet, dass es doch einen Weg von der Küferei herüber zum Innenarchitektenladen von Sandrine geben muss.« Cédric schlug sich mit der Faust in die Hand. »Und den nutzen jetzt wir!« Das ging sicher schneller als durch die zugestellten Kellergewölbe.

Amadou zückte das Diensthandy. »Ich halte hier Wache und telefoniere die Kollegen zusammen.«

»Ich sorge dafür, dass die Ringstraße blockiert wird.« Corinne rannte los. »Dirigiere ein paar Gendarmen an die Rue des remparts. Ich norde sie ein.«

Cédric rannte in die andere Richtung. »Ich knöpfe mir jetzt Langreval in der Küferei vor. Er weiß, wie wir hineinkommen.«

»Kapieren Sie es nicht?« Cédric hatte Hugo Langreval alles an den Kopf geworfen, seine Nacht im Hotel in Reims mit Viviane und Sandrine, die Komplizenschaft bei der Entführung, die Falschaussagen, als er ihn bei den Gewächshäusern Grandjeans befragt hatte, alles.

Cédric fegte ein halbfertiges Marc-de-Champagne-Fässchen zur Seite, dass es beinahe von der Werkbank kippte. »Wo steckt Viviane?« Wozu hatte er Langreval herausgeklingelt, gleich im Hof zwischen den alten Holzfässern am Kragen gepackt und vor sich her rückwärts in die Werkstatt getrieben. »Sandrine Clément, die Frau, die sie lieben, ist in Gefahr! Reden Sie. Jetzt!«

Der kompakte Langreval presste die Arme an die Seite, auf seiner braunen Küferschürze klebten Holzspäne. Er senkte den runden Kopf, nur sein sonst so weißer Teint glühte rot. »Die beiden hatten nicht auf mich hören wollen. Was hätte ich denn tun sollen?«

»Nicht mitmachen. Nein sagen. Gleich zu mir kommen.«

»Viviane kann man nicht bremsen.« Hugo wirbelte mit den Händen wie ein Trommler ohne Schläger. »Und Sandrine erst recht nicht«, sagte er leise.

Er schaute Cédric aus großen Augen an wie ein Säugling, der die Schwerkraft entdeckt hatte, weil er aus dem Bett gefallen war.

»Kapieren Sie es nicht? Sandrine und Viviane sind in akuter Gefahr! Wie haben Sie sie bei der Entführung von hier in das Haus von Sandrine gebracht?«

Dort prügelte Sorel womöglich auf beide Frauen ein. Langreval stand offensichtlich unter Schock. Cédric blieb nichts mehr übrig, als zu schreien. »Hugo, Sandrine und Viviane brauchen Sie jetzt!«

Ein Zucken durchlief den kompakten Mann. Er schüttelte sich. »Einverstanden, einverstanden.«

Langreval lief von Werkbank zu Bank. »Wo habe ich das Ding bloß hingetan?« Er schaute in angefangene Fässer, in Schubladen mit Werkzeug. Schlug sich vor dem Fenster zum Hof an den Kopf, lief zur Küchenzeile in der Ecke und öffnete die Mikrowelle. »Da, die Fernsteuerung.«

Cédric wollte schon fragen, wofür er sie brauchte, aber Hugo winkte ihn schon hinaus zum Hof.

»Eine Kassette unten im Tor lässt sich separat öffnen.« Langreval zeigte auf einen unscheinbaren Riegel. »Das ist ein praktischer Schnellzugang, wir rollen da angelieferte Fässer durch.«

»Dort seid ihr also alle durchgeschlüpft.« Deshalb hatte Cédric keine Bewegung der Torflügel gesehen, als sie dem Lieferwagen hinterhergerannt waren.

»Das war meine Idee. Ich gebe es zu. Jojos Lieferwagen zu ruinieren, damit es echter wirkt, war Vivianes Einfall. Sie meinte, sie würde ihren treuen Gärtner für die Aufregung später entschädigen und einen neuen kaufen.«

Viviane brauchte Kosten für ihren Plan nicht zu scheuen. Cédric legte den Kopf in den Nacken. »Dieses Stück Ihrer Mauer grenzt an Sandrines Haus?«

Hugo zielte mit der Fernsteuerung auf den Transportanhänger, der in der Hofecke stand. Darin lag hinter Halteblechen noch das Fass.

Ein Motor surrte, das Fass ruckte in die Höhe. Cédric drückte den Handballen an die Stirn. »Das ist gar kein Autoanhänger wie ich dachte, sondern eine Hebebühne.«

»Die brauchen wir zum Aufeinanderstapeln. In alten Kellern reichen die Zwischengelasse bis zu zwölf Meter hoch.«

»Mit dem Ding also haben Sie Viviane aus Ihrem Hof verschwinden lassen. Schnell, wir müssen rüber!«

»Steigen Sie ein.« Hugo stoppte die Bühne. »War auch meine Idee. Es war ja klar, dass bei mir alles durchsucht würde. Haben Sie ja auch.« Hugo schwang ein Bein über das Halteblech. »Das Fass liegt nur zur Tarnung hier.«

Cédric war darauf reingefallen. Er musste die Füße ziemlich schräg stellen, damit er neben dem bauchigen Holz das Gleichgewicht nicht verlor.

»Beugen Sie sich vor und halten Sie sich am Metallreifen fest.« Langreval lächelte schwach. »Ich habe die Bühne schneller laufen lassen als vom Hersteller erlaubt. Das war ziemlich riskant mit drei Leuten. Wir haben uns gegenseitig festgehalten, Hand an Hand.«

Der Motor rumorte. Die Bühne bewegte sich nach oben.

»Die Fernbedienung hatte ich dabei. Wir sind an der

Mauerkrone rüber zu Sandrine geklettert, und ich habe das Ding wieder per Knopfdruck nach unten geschickt. Wo Sie es dann vorgefunden haben.«

Cédric hielt sich mit beiden Händen am Fass fest. »Was ist in dem Tresor, dass Sorel dafür mordet?«

Hugo stützte sich am Blech, die Mauerkrone näherte sich. »Es geht um eine Geschichte von früher, in die Viviane und Sandrine verwickelt sind. Es geht um einen Filmdreh in Sankt Petersburg in den Neunzigern.«

»Wie bitte? Sandrine ist deutlich jünger als Viviane. Lügen Sie mich bloß nicht an.«

»Ich weiß nicht, was in dem Tresor steckt, hinter dem Sorel her ist.« Hugos rundes Gesicht wirkte vor Sorge wie ein verknautschter Ball. »Wirklich nicht, *Monsieur le Commissaire*. Es sei besser für mich, wenn ich davon nichts wüsste – darauf haben Viviane und Sandrine bestanden, als wir im Hotelzimmer in Reims saßen und die beiden durcheinandergeredet haben, wie sie herausfinden könnten, wer hinter ihnen her ist.«

Die Hebebühne schwankte auf einmal.

»Viviane wusste nicht, dass es Sorel ist?«

Hugo schüttelte den Kopf. »Es war bloß klar, dass es einer der drei, die angeblich aus Burgund gekommen waren, sein muss. Auch Jaquin, der jüngere, kam für Viviane infrage. Sie sagte immer nur: ›Was, wenn der Koljas Sohn ist? Der sieht doch ein bisschen aus wie der junge Belmondo.‹ Das war wohl ein Spitzname für jemanden in Sankt Petersburg, der ihnen damals gefährlich geworden war.«

»Grandjean hat Sorel doch erkannt.«

»Eben nicht.« Hugo schüttelte den Kopf. »Er sei sich nicht sicher gewesen, wiederholte Sandrine immer wieder. Die blauen Streifen Isovinex an Jaquins Wange, die ihm der Bio-Winzer nach der verlorenen Wette verpasst hatte. Das hatte Grandjeans Verdacht geweckt. Weil der junge Mann damit wie der junge Belmondo auf dem berühmten Filmplakat aussah.«

Die Fahrt mit der Hebebühne nach oben schien endlos. Der Motor klang wie heiser. Cédric konzentrierte sich: »Und deshalb kamen Sie zum Betrieb am Freitagmorgen, unter dem Vorwand, das Marc-de-Champagne-Fässchen auszuliefern, um sich die drei aus Burgund noch mal anzuschauen.«

»Eigentlich war meine Rolle, alle mit dem Likör-Fässchen abzulenken. Geschaut hat Sandrine selbst.«

Die Bühne wackelte, weil wohl ein nächstes Hebeglied ausgefahren wurde.

Cédric begriff auf einmal, dass er Cléments angeblich vergessenen roten Ledersack auf keiner Aufnahme gesehen hatte. »Aber sie hat Sorel auch nicht erkannt.«

»Nein. Viviane war sich in Reims aber sicher, dass dieser Kolja, wer von den dreien er auch war, ihr nachts im Schloss auflauern würde, weil er natürlich denken würde, dass der Tresor dort verborgen ist.«

»Ist er das nicht?« Cédric schaute ihm fest in die Augen, damit er nicht die sechs, acht Meter nach unten schauen musste.

Langreval hielt seinem Blick stand. »Fragen Sie Viviane und Sandrine. Die hüten ihr Geheimnis auch vor mir.«

Sorel würde vor nichts mehr zurückschrecken, um es aus ihnen herauszuholen.

»Wir haben alles den Freitag über vorbereitet, weil der Täter ja am Kurs Wein-wie-früher teilnehmen musste, damit seine Tarnung nicht aufflog.«

»Wohin Sie alle dieser Wahnsinnsplan gebracht hat, sehen wir ja.«

Die efeubewachsene Mauerkrone rückte endlich näher.

»Die Entführung hätte eine Warnung an den Täter sein sollen, dass er Viviane nicht zu fassen kriegt und besser verschwindet, bevor Sie ihn verhaften.«

Wie auch das Zitat *Ty3* aus *Pique Dame 4.0* an der Hauswand, vortäuschen sollte, dass Viviane ihn erkannt habe. »Viviane war also der Safe-Inhalt wichtiger als Gerechtigkeit für Grandjean?« So richtig glauben konnte Cédric das nicht.

Langreval senkte den Kopf. »Auf wen würden Sie setzen, wenn Sie sich von jetzt auf gleich gegen einen Oligarchen und seine Killer wehren müssten? Vertrauen Sie mehr sich selbst oder dem französischen Staat?«

Cédric wich mit dem Blick aus. Die Tricolore auf Tressen und Abzeichen, die *Grande Nation*, geschützt von ihren Funktionären, war ein schönes Erörterungsthema bei der Polizeihochschule gewesen, bevor die Realität in Form von Budgetzwängen, Personalmangel und Verwaltungshickhack zugeschlagen hatte.

»Verdammt noch mal. Viviane hätte sich mir anvertrauen sollen.« Nun war sie Sorels Gewalt ausgeliefert.

Die Ladefläche stoppte genau auf Höhe der Mauerkrone.

Ein Seitenflügel von Sandrine Cléments Anwesen stieß hier an die Mauer zu Hugos Hof. Das rote Ziegeldach war nicht allzu schräg.

»Ich habe die Höhe vorher genau programmiert, damit wir nicht manövrieren mussten.«

»Trägt dieses kleine Dach da überhaupt das Gewicht von drei Leuten?«

»Es ist neu. Darunter hat Sandrine einen hellen Raum eingerichtet, wo sie gern ihre Vorzeichnungen auf Papier macht und ihren Kunden zeigt. Bildschirmpräsentationen hätten die Leute über.«

Cédric stieg vorsichtig über das Halteblech und kniete sich auf das rote Dach. »Und Sie, Hugo, fahren gleich wieder in Ihren Hof runter, damit Sorel nicht am Ende mit dem Ding hier flüchten kann. Und erzählen alles noch mal haarklein meinen Kollegen, die die Rue Ducale abriegeln. Aber vorher verraten Sie mir noch, wie ich jetzt vom Dach ins Haus komme.«

Langreval deutete zur Dachkante hin. »Dort sind Tritteisen für die Schornsteinfeger eingelassen. Knien Sie sich an der Ecke hin. Zwischen den Ziegeln befinden sich Bügel. Die halten.«

»Wo führen die Tritteisen hin?«

»Auf den Verbindungsbalkon vor dem Atelier, den wir aus dem Winkel nicht sehen können.«

»Bringen Sie Amadou Werkzeug, mit dem er die Ladentür aufbrechen kann. Und ab mit Ihnen, schnell.«

Hugo lehnte sich ans leere Fass. Die Hebebühne stürzte mit ihm geradezu nach unten weg.

Cédric erfasste ein Schwindel wie nach einer zu langen Nacht in zu vielen Bars in einer zu schlechten Gegend. Aber Viviane rettete seine Höhenangst nicht. Vor Stromschnellen im Fluss beim Wildwasserkanu hatte er doch auch keinen Schiss.

Zeit war jetzt zu kostbar.

26

Die gotisch spitzen Balkontüren verdeckte ein weiß blühender Oleander. Zarter Duft umhüllte Cédric. *Noch langsamer schleichen.* Die Zweige durften nicht von einer Berührung schwanken.

An der Steineinfassung hörte Cédric ein Geräusch reißenden Stoffs. Die bunte Übergardine hinter der Scheibe bewegte sich. Cédric presste seinen Rücken gegen die Fassade.

»Grandjean hat dich erkannt.«

Vivianes Stimme. Sorel hatte sie gefunden.

»Gar nichts hat er. Vollgequatscht hat er mich, hat sich als Ampelograph gerühmt. Ja, das Wort kennst selbst du nicht. Er hat sich als Rebsortenexperte aufgeblasen.« Sorel lachte hart. »Meine Tarnlegende war perfekt. Völlig abgefahren ist Grandjean auf meine romantische Nummer vom Enkel, der Großvaters Weinberg restaurieren und ganz, ganz traditionell Burgunderwein ins echte Holzfass füllen will.«

Cédric wagte einen Blick an der Vorhangkante vorbei in den Raum. Nur zwei Schritte entfernt stand Sorel mit dem Rücken zum Fenster. Die Uniform der Lieferfirma hatte er abgestreift, jetzt trug er schwarzes Zeug wie ein militärischer Einzelkämpfer. Seine Oberarme bewegten sich ausholend, als ob Sorel mit der Rechten etwas in die Linke hieb, mit dem er Viviane und Sandrine bedrohte. Dahinter reihten sich bunte Yoga-Klötze und Sitzkissen an der Wand auf.

Cédric tastete sich weiter vor, damit Viviane in den Sichtwinkel rückte.

Vielleicht eineinhalb Meter neben Sorel hielt sie sich sehr aufrecht. Viviane stand mitten auf dem Parkett in einem weinroten Sportanzug. An sie klammerte sich Sandrine, die eine Hand auf die linke Gesichtshälfte presste.

So hatten Frauen in den Hochhäusern von Sucy-en-Brie in den Wohnungstüren gestanden, wenn der Sozialdienst vorbeikam – und die Kinder weggeschickt wurden. Sandrines spannungslose Haltung passte so gar nicht zur weißen Reithose und den dunklen Stiefeln.

»Oh, ihr Franzosen. Euer *patrimoine* ist euch so heilig, dass ihr jedes Märchen glaubt.« Sorel machte einen Schritt auf die beiden zu.

Sandrine wich zurück, aber Viviane gab nur mehr Spannung in ihre Haltung. Sie reckte ihr Kinn, ließ die Haarsträhne über dem linken Auge hängen, wo sie eben hing. Wie eine der Revolutionärinnen von 1789, die sie auch einmal gespielt hatte. »Dir ist nichts heilig.«

Sorel neigte den Oberkörper vor. Er schwang eine daumendicke, gedrillte Kordel, die er wohl von der Übergardine gerissen hatte. »Ich lasse mich nicht gern verarschen. Und das habt ihr beiden Hübschen schon viel zu lange.«

Sorels Arme schnellten vor. Unter je einem heftigen Faustschlag gegen die Schlüsselbeine sackten beide auseinander. Sandrine stöhnte auf und fiel zu Boden. Viviane drehte sich auf dem linken Sportschuh, wirbelte mit dem rechten Arm durch die Luft und suchte nach Gleichgewicht.

Eine Sekunde kreuzte ihr Blick dabei seinen. Cédric war sich nicht sicher, ob ihre Wangen in der zweiten wirklich vor Überraschung gezuckt hatten. In der dritten verwandelte sich Vivianes Gesicht wieder zu dem einer Widerstandskämpferin, die ihren Unterdrücker verhöhnte. »Du hast Jahre gebraucht, Grandjean zu finden.«

»Am Anfang habe ich wie Raschnikow geglaubt, dass es das Syndikat aus Moskau gewesen sei, das ihn hereingelegt hatte. Die Marke der Wodkaflasche, den ihr an die Stelle des Schatzes praktiziert habt, gehörte zum Wirtschaftsimperium, das diese Leute kontrollierten. Es gab in den Neunzigern genug Revierkämpfe um die fetten Stücke von der Beute Russland.« Sorel lachte wie ein Sportler, dessen Mannschaft gerade die Meisterschaft abgeräumt hatte. »Aber mit den Jahren nagte der Zweifel an mir, weil nie einer der anderen Oligarchen damit geprahlt hat, dass er die Flasche aller Flaschen besitzt.« Sorel tanzte um Viviane herum, die sich mitdrehte, aber extra einen langen Halbschritt in die Blickachse Sorels machte. Wohl damit Cédric durch ihren Körperumriss verborgen blieb.

Cédric konnte nur hoffen, dass Vivianes Bühnenerfahrung ausreichte.

Sandrine wischte sich über die Nase. Ihr linkes Auge war schon dick und rot geschwollen. Ihr Blick erfasste Cédric. Sie erschrak und presste sich die Hand auf den Mund, was Sorel aber wohl nur für einen weiteren Schmerzenslaut hielt.

»Du hast Angst?« Er schwang die dicke Vorhangschnur zwischen beiden Händen. »Zu recht, meine Teure.« Er knotete die beiden Enden zusammen. »Es wurde mein Freizeitding, in all den Jahren, den reichen Champagnersammlern auf den Fersen zu bleiben. Versteigerungen bei Drouot oder in Moskau, Schanghai, sonst wo. Ich lag falsch, ganz falsch.« Sorel säuselte nicht mehr. »Eure Schuld!«

Er sprang hinter Sandrine. Vor ihrem Gesicht ließ Sorel die Schlinge am ausgestreckten Arm baumeln.

»Sonst hätte ich nicht so lange warten müssen. Aber irgendwann macht jeder Fehler.« Sorels Mundwinkel hingen herab. »Grandjean hätte seiner Madame Mô diese Rosenzüchtung nicht als persönliches Tadsch Mahal widmen dürfen.«

Cédric versuchte zu erkennen, ob er die Balkontür leicht aufdrücken könnte oder durch das Glas brechen müsste.

»Das Foto von der Ostseefahrt bei Helsinki hätte er niemals online stellen dürfen. Weil ich das Boot eurer Filmfirma damals in Petersburg am Kai habe liegen sehen.« Sorel ließ die Kordelschlinge um Sandrines Hals fallen und deutete mit dem Finger auf Vivianes Brust. »Rollains tolle Jacht, nicht wahr? Damit habt ihr die Flasche aller Flaschen außer Landes geschafft. Und weiter über Helsinki hierher.«

»Haben wir das?«, äffte Viviane Sorels Tonfall nach.

»Als ich Grandjean in seinem Liebesnest den Hals brach, da habe ich endlich begriffen, wie ihr die Flasche aus dem Petersburger Palais weggeschafft habt. In dem alten Scheinwerfer, den Grandjean in die Vitrine eingebaut hat. Aus Nostalgie für das große Abenteuer.«

»Hat er das?« Viviane ballte die Faust.

Cédric suchte den Balkon mit dem Blick ab. Er brauchte schnell etwas, womit er die Scheiben einschlagen konnte. Der Lärm würde Sorel ablenken.

Ein Korbstuhl stand zu weit weg am anderen Ende des Balkons. Cédric wandte den Blick zurück über die Schulter. Blieb nur die Blechgießkanne gleich hinter dem Pflanzkübel des Oleanders.

»Grandjean hat dich doch erkannt.« Sandrines laute Stimme klang erstaunlich fest.

Wie ohne Angst sogar. Cédric lugte an der bunten Vorhangkante vorbei ins Innere.

»An deinen Belmondo-Gesten. Sogar dessen schiefes Lächeln kopierst du noch heute, als ob die Zeit stehen geblieben …«

Sorels Ohrfeige stoppte sie. Sandrine sackte nach vorn auf die Knie und Unterarme.

»Hat er nicht. Hätte er dich sonst zu sich in sein bescheuertes Liebesnest bestellt? Pech für euch, dass ich es mitbekommen habe.«

»Warum hast du ihn umgebracht, Kolja? So heißt du doch wirklich.«

»Tue ich das?« Er grinste wie Belmondo. »Kolja Ivanow war ich in Russland. Ein Thomas Birch in London, Roger

Sorel in Frankreich. Du kannst es dir aussuchen, welche Version meiner Biographie dich überzeugt.« Er zerrte die Kordelschleife an Sandrines Hals fest und ließ den Knoten in ihrem Dekolleté wie ein Schmuckstück liegen.

Sandrine schob ihre Finger zwischen Kordel und Hals, aber Sorel war zu schnell. Er schlug wieder zu wie nebenbei. Sandrines Kopf ruckte, ihre Hände sackten weg.

»Oder zieht ihr meinen Ehrennamen nach dreißig Jahren persönlicher Spezialoperationen für die Oligarchen vor? Duschitel – *l'étrangleur* – der Würger.«

Sorel zog die Kordel mit einem Ruck enger.

»Weißt du, Drogen, Diamanten, einige Leben … Viele wertvolle Dinge sind durch meine Hände geglitten, aber ein wirklich unbezahlbarer Schatz, das ist ein besonderer Reiz.«

Sandrine röchelte unter dem zunehmenden Druck der Schleife.

»Und die Flasche aller Flaschen will ich haben. Man wird mir dafür Millionen bezahlen. La France wohl nicht, euer Land ist bankrott. Ein exilierter Oligarch vielleicht, die haben immer noch genug Geld. Oder ein Scheich, weil Alkohol so schön verboten ist, oder ein roter Partei-Mandarin, der Europa demütigen will? Schwerreiche Champagnersammler gibt es auf der ganzen Welt.«

Sandrines Körper verlor die Spannung, aber Sorel schaute nicht einmal hin. Cédric wog die Blechkanne in der Hand. Er musste unbedingt den richtigen Moment erwischen.

»Und dann: Kolja Ivanow-Thomas Birch-Roger Sorel erfindet sich irgendwo neu, im Tessin vielleicht, als reicher Rentner ohne Sorgen, mit Frau Lucinda und den vier Hunden. Glaubt, was ihr wollt.« Er lachte leise. »Aber Grandjean, der Idiot, hat mir nicht verraten wollen, wo er den Safe zu seinem Scheißschlüssel versteckt hat. Im Betrieb war er nicht, den habe ich ausspioniert. Nachschlüssel zu seiner Schließanlage hatte ich besorgt.«

Basishandwerk für einen aus der Sicherheitsbranche. Deshalb hatte Sorel beim Empfang so schnell handeln können. Deshalb hatte Sorel den Flacon mit Wildrosenöl an der Destille greifen können, den er im Liebesnest zerschmettert hatte. Nur damit es nach einem längeren Abwehrkampf aussah, den es gar nicht gegeben hatte.

»Wo ist der Safe, Schlosshexe? Du wirst nicht so dumm sein wie der alte Fettsack.«

Sorel hatte beim Empfang nicht Zeit genug gehabt, es aus Grandjean herauszuprügeln, weil er ihn töten musste, damit seine Tarnlegende nicht aufflog.

»Unser Freund wusste es tatsächlich nicht.« Viviane drehte die Handflächen nach außen wie ein Priester, der Wahrheiten verkündete.

»Quatsch.« Sorel gab Sandrine einen Stoß in den Rücken, ließ ihr Luft für zwei Atemzüge nur. »Rede! Oder ich erdrossele deine Komplizin vor deinen Augen.«

Sandrines Blick flackerte von Viviane weiter zum Balkonfenster, wo Cédric langsam die Blechgießkanne hoch über den Kopf hob. Sorel achtete nicht auf sie.

»Grandjean bewahrte zwar den Schlüssel, aber Rollain und ich haben je die Hälfte der *combinaison* gekannt, die man ebenfalls braucht, um den Tresor zu öffnen … Seit seinem Tod kenne ich natürlich die ganze.«

Viviane spielte auf Zeit. Cédric wollte den nächsten Moment erwischen, wenn Sorel sich selbst im Aktionsradius einschränkte, weil er mit zwei Händen Sandrine mit der Kordel würgte.

»Wo ist der Safe, Hexe?«

Sandrines Kopf lief rot an.

»Willst du nicht wissen, wie wir es genau gemacht haben mit der inszenierten Betäubung?« Viviane flüsterte mit rauer Stimme.

»Nein.«

»Wie genau wir es mit der Flasche im Scheinwerfer am Dreh von *Pique Dame 4.0* organisiert haben?«

»Nein. Wozu? Deine Diven-Nummern beim Abbruch der Filmarbeiten habe ich selbst erlebt.«

Diesmal gab er der Vorhangkordel so einen bösen Zug, dass Sandrines ganzer Körper ins Schütteln kam. Cédric holte aus.

Aber Viviane warf sich nach vorn. Sie riss an Sorels Händen. »Aber dass Sandrine schon damals dabei war, das hast *du* noch immer nicht erkannt!«

Sorel ließ unwillkürlich lockerer. »Was?«

Sandrine rang vor ihm nach Luft und rangierte mit den langen Beinen nach Halt, bis sie es schaffte, ein Knie unterzuschlagen.

»Niemand anderes als Sandrine war die Katze auf dem Dach, nur halt nicht wie Brigitte Auber in dem berühmten Film mit Gary Grant in Nice, sondern in Sankt Petersburg. Sie ist aus meinem Gäste-Schlafzimmer an der Regenrinne hochgeklettert und auch so wieder zurück ins Palais gekommen.«

»Es gab nie einen Einbrecher von außerhalb, nach dem du so lange gesucht hast.«

Sandrines Stimme war vom Würgen brüchig, aber laut, wohl damit Cédric sie hören konnte.

»Du hast am nächsten Tag nur die paar Ziegel gefunden, die ich heruntergeschubst habe, und die von mir durchgeschnittenen Telefonleitungen.«

»Meine blutjunge Garderobiere konntest du dir überhaupt nicht als Täterin vorstellen.«

»Blond gefärbt war ich und viel, viel schlanker als heute.«

Sorels Gesicht lief rot an. Er vergaß, dass er hätte an der Kordel ziehen können. Cédric hoffte, dass er noch weiter die Kontrolle verlor.

»Ihr lügt wieder! Ich habe alles, alles persönlich abgesucht, jeden Zentimeter. Drinnen wie draußen.« Sorel knurrte. »Aber jetzt ist genug.« Er spannte die Oberarme für einen festen Zug.

Sandrines verebbendes Gurgeln war zu grässlich.

Cédric riss die Blechgießkanne über seinen Kopf und donnerte sie auf die Mitte der Balkontür. Die Flügel knallten nach innen auf. Glassplitter regneten aufs Parkett. Cédric sprang hindurch.

Sorel kickte sofort mit allen vieren. Mit dem linken Knie stieß er Sandrine zu Boden. Mit der rechten Faust boxte er Viviane in den Magen, die zur Seite wegtaumelte, mit dem rechten Fuß fand er Halt für eine rasend schnelle Kippbewegung nach vorn.

Die linke Faust traf Cédric knapp unterm Kinn am Hals, dass er meinte, der Adamsapfel zerspringe ihm.

Cédric fand aber Stand, streckte seine Fäuste vor und rammte sie Sorel gegen die Brust. Der kreiselte die Arme dagegen. Sie verhedderten sich ineinander.

Viviane schrie, Sandrine hechtete vor und fasste Sorels Beine, damit er kippen würde. Er trat gegen ihre Schultern, fiel aber um. Cédric stürzte über Sandrines Hüfte rückwärts aufs Parkett.

Und hatte Sorels Knie auf der Brust, das andere rammte Sorel ihm zwischen die Beine, eine Faust landete auf dem rechten Auge.

Der Schmerz war dunkel, schwarz, lohend.

Hände am Hals?

»Bleibt stehen, oder ich breche ihm das Genick wie Grandjean.«

»Du bekommst, was du willst«, schrie Viviane.

Das brachte Cédric zwar ganz zurück, aber er bekam keine Luft. Sorels Finger ließen nicht locker.

»Wo ist der Tresor? Du schlaues Biest warst in der Nacht nicht da, sonst hätte ich es sofort aus dir rausgequetscht.

Deine Vorsichtsmaßnahmen waren clever, aber doch ein bisschen zu französisch-nachlässig. Leider war das Schloss zu groß und die Nacht zu kurz, bis deine Haushälterin angerollt ist und das ganze Geschwader von Handwerkern, das du organisiert hast.«

Cédric wurde klarsichtig, so wenig Luft er auch bekam, oder gerade deswegen. Sorel war der Mann im Gärtnergrün gewesen, den die Freundin seiner Frau, Mireille Jappieux, beim Joggen so früh am Schoss beobachtet hatte.

Viviane stand bleich hinter Sandrine und strich ihr über das verwirrte Haar. »Wir müssen ihm die Wahrheit sagen, sonst bring er Cédric um.«

»Der Tresor ist weder im Schloss noch hier bei mir.« Sandrines Stimme war noch immer fest. »Er befindet sich im Champagnergewölbe der Seigneurie.«

Sandrine gestaltete die Gewölbe neu. Cédric nutzte Sorels Überraschung für drei tiefe Atemzüge.

»Auf so einen billigen Kniff falle ich nicht herein. Draußen wimmelt es von Polizisten.«

»Ich lüge nicht.« Sandrine rappelte sich auf die Knie und stand sogar auf. »Der Museumverein von Lézy hat das Gebäude gekauft. Ich richte dort eine schicke Champagnerbar ein. Ein öffentlich zugänglicher Raum ist das beste Versteck, wenn niemand ahnt, dass der Tresor dort verborgen ist.«

»Quatsch!«

Sorel würgte Cédric. Er bäumte sich auf und schlug nach dessen Gesicht, aber er drehte sich mit der Schulter weg, sodass Cédric nur den Rücken traf.

»Lass das, oder es ist für dich endgültig aus!«

Cédric ließ es.

»Ob du es glauben willst oder nicht – mein Versteck ist perfekt. Außerdem kann ich es überwachen.« Sandrine drehte ihren Zeigefinger einmal im Kreis. »In meinem Haus hier wohnte vor zwei Jahrhunderten der Verwalter der Seigneurie. Wo heute das Rathaus steht, befand sich der Schaugarten. Die riesigen Keller der alten Grundherrschaft sind selbst heute noch verbunden, weil noch bis ins zwanzigste Jahrhundert die Gewölbe an lokale Champagnerhändler als Lager vermietet worden waren. Man hat die Kellerabschnitte später nur mit Gittern getrennt. Wir können jetzt ganz einfach hinüber in die Seigneurie gehen, ohne dass es die Polizei bemerkt. Ich habe die Schlüssel.«

»Wir zeigen dir den Durchgang.« Viviane wandte sich zur Tür.

»Schön stehen bleiben.« Sorel zog mit einer Hand einen Kabelbinder aus der Tasche seiner schwarzen Kampfuniform. »Mach Fäustchen, Commissaire.«

Cédric blieb nichts übrig. Er streckte die Hände aneinander vor seine Brust. Sorel brauchte kaum hinzusehen, während er Cédric fesselte. Er musste es schon oft gemacht haben, so schnell wie er damit fertig war.

Die Plastikbänder schnürten in Cédrics Handgelenke.

»Auf die Seite rollen und langsam aufstehen.« Sorel kniete sich vor Cédric hin, ließ ihn dabei aber sein ganzes Gewicht noch einmal schmerzhaft spüren.

»Jetzt ist der Ex-Filmstar dran.« Sorel winkte mit Kabelbindern.

Viviane gehorchte. Während Sorel sie fesselte, suchte sie Cédrics Blick. Ihre Lider zuckten. Der Rhythmus sollte etwas mitteilen, aber Cédric konnte es nicht wie bei Maryse dechiffrieren.

Sorel schnappte sich Sandrines Arm, zerrte ihn irre schnell weit hoch auf den Rücken, dass sie aufschrie.

»Die Schlossherrin wird langsam vorausgehen, Bresson hält zwei Meter Abstand, auch zu mir. Ab mit euch.«

Sorel hatte zu seiner sonoren Tenorstimme gewechselt, die so gar nichts von der Brutalität verriet, zu der er fähig war. Viviane öffnete vor ihnen die Tür.

Cédric taten bei jedem Schritt die Körperteile weh, die Sorel traktiert hatte.

»Bresson, wenn dir eure Leben etwas bedeuten, dann …«

»Mache ich keine Dummheiten.« Cédric hoffte auf seine Leute. Draußen organisierten Corinne und Amadou die Abriegelung. Cédric sortierte rasend schnell alle seine Polizeierfahrung für eine intelligente Falle.

27

Der Keller war von Messinglampen erleuchtet, deren Form an Eistüten erinnerte. Die Mauern bestanden aus dicken Kalksteinen wie überall in der Champagne. Das garantierte ein feucht-kühles Raumklima um die elf, zwölf Grad, was für die zweite Gärung in der Flasche ideal war. Alte Rebscheren und anderes Werkzeug dekorierten die Wände. Weiter hinten nahm ein schwarzes Gitter die ganze Gewölbehöhe ein.

»Und nun alle schön stehen bleiben!«

Viviane hielt unter dem zweiten von fünf Gewölbebögen, Cédric unter dem ersten. Hinter sich hörte er Sandrine ächzen vor Schmerz.

»Was hast du davon, wenn du ihr den Arm brichst?«, fragte Viviane.

»Kontrolle. Ihr beiden Hübschen seid zu raffiniert.«

Sorels Stimme schmeichelte sonor, als flirtete er wie ein wohlerzogener Studienrat. Cédric fielen die Tätertypisierungen der Polizeipsychologen ein. Die charmante Tonlage war Teil eines Psychospiels. Oder Sorel verbarg einfach damit, dass er drei Geiseln mühsam beherrschen musste. Cédric wandte den Kopf.

Irrtum.

Sorel drückte Sandrine eine Pistole an die Schläfe. Die er jederzeit auch auf Viviane und Cédric abfeuern konnte. Das bedeutete aber auch, dass Sorel nicht zögern würde, sich draußen einen Weg durch die Absperrungen der Kollegen freizuschießen.

Sorel ließ Sandrines Arm los und stieß sie nach vorn auf

die Knie. »Auf allen vieren an den beiden vorbei bis zur Wand mit der Truhe.«

Cédric wartete regungslos. Irgendwas musste er tun; aber jetzt auf Sorel loszuspringen wäre Selbstmord. Sorel hielt einfach zu großen Abstand.

Er deutete mit der Waffe auf eine lasierte, grobe Bohlentür. »Was ist in dem Gelass hinter der Diva?«

»Ein Vorratsraum.«

»Weit aufmachen.«

Der Kalkstein des Mauerwerks innen war gröber. Früher verwahrte man hier vielleicht die Pasteten und die Wurst für die Tafel der Seigneurs. Holzregale gab es, allerdings neue, nur an einer Seite. Alle leer. Gegenüber stand ein Kühlschrank. Sorel würde sie hier einsperren und Cédric endgültig kalt stellen.

»Das ist für deinen Komplizen Bresson.« Sorel zog etwas aus der Hosentasche und warf es Viviane vor die Sportschuhe. Kabelbinder.

»Oder glaubst du, ich hätte nicht durchschaut, dass ihr beiden die Entführung nur vorgetäuscht habt, damit ich Madame Filmstar nicht finde?«

Cédric beeilte sich. »Genau.«

Viviane tauschte nicht mal einen kurzen Blick mit ihm. »Die Medien und Lézy haben es geglaubt.«

»Ich nicht. Fessele deinen *chéri*. Dann bist du dran.« Sorel säuselte wieder charmant. »Aber den Binder genau unter seine Fußknöchel legen und festziehen.«

Viviane seufzte eine Nuance zu leidend. Sie blickte auf und gab Cédric mit dem Lidschlag wieder etwas zu verstehen, was er auf einmal begriff. *Tu so, als ob es schmerzte.*

Cédric produzierte ein Zischen. Es klang echt, vor lauter Zorn, dass er nun an Handgelenken und den Füßen doppelt gefesselt war. Dann war Viviane an der Reihe.

Die Bohlentür schloss sich. Sandrine machte draußen noch eine Drehung vor dem Türspalt, wobei ihre linke Hand blitzschnell über den Rahmen fuhr. Dumpf fiel die Bohlentür zu. Das Türschloss klackte. Aber über ihnen flackerte eine alte Neonröhre träge drei-, viermal, und sprang doch an.

Wenigstens musste Cédric mit Viviane in diesem Gelass nicht im Dunkeln ausharren.

»Viviane, es tut mir so leid«, rief Sandrine sehr laut durch die Bohlentür.

Unter dem Türschlitz schoss ein flaches Kerbeisen vor, aber nur so weit, dass es nur mit der Spitze unter dem Holz hervorlugte. Leider müssten sie die Finger erst einmal freibekommen und sich danach bücken können.

»Er hat es nicht gemerkt«, flüsterte Viviane, »dass Sandrine es von der Wanddekoration genommen hat, als er deine Fesseln kontrolliert hat.«

»Maul halten! Und schön weiter. Hopp, hopp.«

Draußen schluchzte Sandrine extra laut. »Ich tue ja alles. Nicht wieder schlagen.«

Sandrine schrie wie an den Haaren gezogen.

»Du zeigst mir jetzt den Tresor!«

Sorels Stimme klang schon leiser. Die beiden entfernten sich.

»Wir müssen was ... wir müssen was tun«, flüsterte Cédric vor lauter Zorn, merkte aber, dass er nur noch mehr schwankte. So sehr blockierten die Kabelbinder seinen Bewegungsradius. Das Gleichgewicht zu halten war verdammt schwer, wenn die Arme vor dem Bauch an den Handgelenken und die Füße gefesselt waren. Schon beim Hereinhoppeln wäre er beinahe gestürzt.

»Nur was können wir überhaupt noch tun?«, fragte Viviane.

»Das Gelass hat keine Fenster.« Cédric zwang sich zur Ruhe.

»Hilferufe fallen aus. Die Mauern sind zu dick.«

»Schade.« Viviane stieß den Atem aus. »In der Schauspielschule hat mich die Concierge am Eingang gehört, wenn ich im Saal losgelegt habe.«

Cédric hätte Viviane mit dem Zeigefinger gedroht, wenn er nicht gefesselt worden wäre. »Du bist mir Erklärungen schuldig. Nicht nur als Commissaire, sondern auch als Mann von Maryse. Wir haben uns verdammt große Sorgen um dich gemacht.«

»Später. Alles. Versprochen.« Viviane hüpfte bis zur freien groben Kalksteinwand und lehnte sich an. Sie war ebenso gefesselt wie er. »Sandrine ist in höchster Gefahr. Wir *müssen* etwas tun.«

Cédric hüpfte schwankend bis zum Holzregal. »Kein vergessenes Werkzeug.« Er prüfte die Streben mit dem Blick. »Ich sehe keinen lockeren Nagel, nichts.«

»Was ist da drin?« Viviane setzte die Füße auf den Spitzen um. An der Wand über die Körperachse rollend arbeitete sie sich zum Kühlschrank vor. »Gut, dass ich als Kind ein bisschen Ballett gelernt habe.« Sie drehte sich in der Weise weiter um das Gerät und streifte mit den Fingern den Griff, mit dem Knie schob sie die Tür ganz auf. Er blieb dunkel. »Ist nicht angeschlossen. Ist das Ding leer?«

Cédric hüpfte näher, ging so weit in die Knie, wie es möglich war, ohne dass er umkippte. »Eine Flasche liegt vergessen im mittleren Fach.«

Viviane drehte sich neben ihn. »Scherben bringen Glück.«

»Nur wie kriegen wir sie da raus?«

»Weißt du, was Calisthenics sind?«

»Kein Polizeikram jedenfalls. Ansonsten habe ich nur noch Winzer-Fachbegriffe im Kopf.« Cédric stöhnte auf. »Sag's mir einfach.«

»Ist griechisch. Kommt von ›schön‹ und ›Kraft‹. Und meint eine Mischung aus Gymnastik und Akrobatik.« Viviane schüttelte eine Strähne aus den Augen. »Das heißt: Du wirst jetzt so vor dem Kühlschrank knien, dass ich auf deinem Rücken balancieren und mit den Fußspitzen die Flasche aus dem Fach kegeln kann.«

»Echt jetzt?«

»Oder hast du eine bessere Idee?«

Cédric lehnte sich als Antwort mit der Hüfte an den Kühlschrank, sank daran herunter, die Hände vorm Bauch, kippte die Knie nach vorn. »Der Kabelbinder schneidet höllisch ein.«

»Wem sagst du das?« Viviane hüpfte voran.

Cédric rutschte mit einem Knie vors andere ein Stück vor. Und noch zwanzig Zentimeter.

»Geh auf die Unterarme.«

»Yoga ist nichts dagegen.« Katze hieß die Position, oder das Brett? Cédric stabilisierte die Haltung.

»Und nun stillhalten, Cédric.«

Viviane war nicht schwerer als seine Frau. Sie setzte sich auf seinen Rücken.

»Ein kleiner Balanceakt.« Viviane zog die Beine an.

Cédric spürte, wie sie sich mit der Hüfte drehte und langsam den Rücken auf seinen legte und schließlich den Kopf gegen seinen senkte.

»Es gibt Situationen im Leben, da wünscht man sich keine Zeugen. Ich hake mich am besten mit dem Hinterkopf an deinem Hals fest. Strecke bitte dein Kinn vor. Das gibt Gegenspannung.«

»So?« Ihr Haar duftete nach Anstrengung und einer künstlichen Sommerwiese. Es strich seidig über sein Ohr.

»Nicht wackeln!«

»Tue ich nicht. Du bist das.«

»Ich streife gerade die Sportschuhe am Kühlschrank ab.«

Cédric hörte sie fallen. Ein leiser metallischer Hall hinter ihm verriet, dass Viviane die Flasche mit den Zehen bugsierte.

»Das Mistding dreht sich.«

Cédric wurde langsam der Hals starr.

Es blonkte zweimal an der Kühlschrankinnenseite, tockte hart auf den Boden.

Tickrrr-tactac. Das Geräusch lief aus. Neben seinen Unterarmen rollte die Champagnerflasche vorbei und stoppte am Gehäuse des Kühlschranks.

Vivianes Haare strichen über seine. Ihr Gewicht verließ seinen Rücken. Sie rutschte von ihm und schlängelte sich gefesselt, wie sie war, in einen Stand auf ihre nackten Füße.

Cédric drückte sich hoch in den Fersensitz und kickte die Flasche mit dem Ellenbogen zur Seite. Sie trudelte aber nur ein Stück über die groben Kalksteinplatten. Wie beim Flaschendrehen in Jugendzeiten zeigte sie auf Viviane.

»Eure Sankt Petersburger Ablaufprobe habe ich inzwischen aus dem Filmarchiv holen lassen.« Dass es eigentlich Yves gewesen war, spielte jetzt keine Rolle.

»Oh Gott.« Viviane erstarrte in ihrem Hüpfansatz. »Die gibt es noch? Rollain wollte das Material doch vernichten.«

»Was habt ihr dem Oligarchen geklaut, dass Sorel so scharf darauf ist?«

Viviane kniff ein Auge zu. »Klauen ist das falsche Wort. Es handelt sich um eine Repatriierung.«

Cédric musste einfach laut lachen. »Auf die Ausrede ist noch keiner der Diebe gekommen, die ich verhaftet habe. Welchen Schatz also habt ihr heimgeführt?«

Viviane hob den linken Zeigefinger in den aneinandergefesselte Händen vor dem Bauch, so weit es ging. »Die Flasche aller Flaschen.«

»Das ist nicht dein Ernst.«

»Oh doch.«

»Was soll das sein?«

»Der größte Schatz der Champagne natürlich.« Viviane blickte zur Flasche am Boden. »Keine wie die da.«

Cédric ließ sich aus dem Fersensitz zur Seite sinken. Er robbte auf der Hüfte ein Stück darauf zu. »Ich könnte sie gegen die Wand dort schleudern.« Cédric zog die Beine an, zielte und trat mit den Fersen gegen den grünen Flaschenboden.

Die Flasche holperte über die groben Kalksteinplatten, prallte gegen die gegenüberliegende Wand, zerbarst aber nicht.

»Leider sind Champagnerflaschen genau dafür gemacht. Dass sie nicht beim ersten Sturz zerbrechen.« Cédric seufzte. »Das Glas hält bis zu zwanzig Bar Druck standardmäßig stand.«

»Zum Trost beichte ich dir.« Viviane schlüpfte umständlich in ihre Sportschuhe, einen musste sie erst noch am Boden herumdrehen. »Rollain und ich waren damals noch nicht verheiratet. Er war als Bankier im Investment reich geworden. Natürlich knüpfte er wie alle in den frühen Neunzigern Kontakte nach Russland. Der Oligarch Raschnikow hatte vor Rollain – gerade ihm als Franzosen – mit dem Schatz geprahlt. Nur hatte der Oligarch meinen zukünftigen Ehemann unterschätzt.«

Wie Cédric Viviane, was er aber jetzt nicht zugab. »Hat dein Mann euren Diebstahl eingefädelt?«

»Repatriierung, *mon cher*. Du musst wissen: Erst hatten die Ducs d'Armencourt die Flasche aller Flaschen in ihrem Besitz, nach der Revolution war es eine Grande Maison aus Épernay. Im letzten Weltkrieg haben die Nazis den Schatz in die Reichskanzlei verschleppt.« Viviane lächelte fast wie Mona Lisa. »Die Mächtigen schmückten sich schon immer gern mit Trophäen. 1945 schnappten sich die Sowjets den Schatz für den erlauchten Kreis im Politbüro der KPdSU. Und von dort gelangte er«, sie rieb die Daumen an die Fingerspitzen, »dank schnöder Korruption in die Finger Raschnikows in Sankt Petersburg.«

»Diese Flasche möchte ich erst sehen, bevor ich dir die Repatriierung glaube.«

»Wirst du. Sandrine wird unseren Schatz mit allen Mitteln verteidigen«, sagte Viviane sehr ernst. »Wir müssen handeln. Viel Zeit kann sie uns nicht verschaffen. Sorel bedroht sie mit der Pistole.«

»Vielleicht schaffen wir es doch mit den kantigen Steinen hier.« Cédric robbte rückwärts. »Du schiebst mir diese Flasche zwischen die Schienbeine, und ich schleudere sie mit ausgestreckten Beinen über den Kopf gegen die Wand.« Seine Bauchmuskeln waren gut genug trainiert.

»Versuchen wir's.« Viviane hüpfte heran. »Rollain hatte mich beim Festival in Cannes am Tisch des Kulturministers kennengelernt. Wir verliebten uns. So kam Rollain auf die List mit dem Filmprojekt.« Viviane ging leicht in die Knie. Sie schob mit den Füßen den Hals der Flasche, die Cédric mit den Fersen blockierte, hoch und an seinem Knöchel vorbei. »Rollain gründete also eine eigene Filmfirma. Offiziell für mich, weil ich nur noch Hauptrollen spielen sollte. Das tat ich zwar schon seit Jahren, aber das fiel in Russland niemandem auf. Außerdem protegierten alle Oligarchen aus Statusgründen eine berühmte Opernsängerin oder eine Ballerina.«

Viviane setzte die Schuhspitze unter den Flaschenboden und hob sich gleichzeitig in die Giraffe oder Hyäne oder wie die Yogafigur hieß. Davon bekam ihr Fußspann Schwung, die Flasche Drall. Sie landete auf Cédrics Schienbeinen.

»Sandrine war deine Garderobiere. Was ist mit Bernard Grandjean?«

»Ich kannte ihn von früher … vom Film.«

Von wegen. Cédric ruckelte vorsichtig mit den Beinen. Zwar schnitten die Binder schmerzhaft in die Fußknöchel, aber die Flasche lag nun sicher zwischen seinen Schienbeinen.

»Viviane, so wie wir hier in der Klemme stecken, könntest du bitte aufhören zu lügen? Du kanntest Grandjean vom Geheimdienst.«

Sie schaute zur Neonröhre an der Decke und spielte *ertappt*: Ihr Mund formte ein stummes O. »*Bien oui.* Aber das ist eine andere, lange Geschichte. Die heben wir uns für einen Winterabend am Schlosskamin auf, wenn wir hier lebend herauskommen.«

»*L'union fait la force.* Einigkeit macht stark. Viviane, hüpf lieber ein Stück zur Seite. Die Flasche steht unter Druck.« Cédric legte sich auf den Rücken, ganz, ganz langsam, damit die Flasche nicht von seinen Schienbeinen rollte.

»Ich klappe mich gleich zusammen wie ein Opinel-Messer.«

Viviane bewegte sich vorsichtig zum Kühlschrank. »Raschnikow feierte in seinem Petersburger Stadtpalais die Übernahme eines Stahlkonzerns. Das war die Gelegenheit für unseren Plan: Sandrine gibt sich nur mit den russischen Technikern ab. Sie ist ja getarnt als einfache Garderobiere, die wir nicht weiter beachten. Aber zum richtigen Zeitpunkt, als der Oligarch uns in seine privaten Räume einlädt, klettert Sandrine heimlich aufs Dach, wirft Ziegel herunter und durchtrennt Telefonkabel. Sie täuscht einen Einbruch einer gegnerischen Mafia-Gruppe vor. Danach steigt sie über unser Gästezimmer wieder in das Palais ein und vergnügt sich in der Servierküche mit einem schönen Usbeken. Was der auch brav später bezeugt hat. Kameras überall zur Überwachung waren noch nicht Standard wie heute.«

»Wieso hat Raschnikow keinen Verdacht gegen euch geschöpft?« Cédric lag in Position und entspannte noch mal den Bauch.

»Weil Rollain sich selbst mit K.o.-Tropfen betäubt hatte, die er in einen Zuckerwürfel geträufelt in Alufolie bei sich trug. Allerdings erst nachdem er die Flasche aller Flaschen an sich gebracht und im Scheinwerfer versteckt hatte, wie du es auf dem Filmmaterial unserer Ablaufprobe gesehen hast. Rollain ist sogar erst nach Raschnikow aufgewacht.«

»Und Sorel? Hatte er damals Verdacht geschöpft?«

»Kolja Ivanow nannte er sich. Er war oder ist vielleicht immer noch der Sicherheitschef von Raschnikow. Kolja hatte alles gründlich durchsucht, selbst noch die letzte Perückenschachtel in meiner Garderobe. Wir waren natürlich *indignés*, empört, überhaupt in Verdacht zu geraten.« Viviane lehnte sich an den Kühlschrank. »Warte, ich muss mich noch schnell herumdrehen. Rollain hat Raschnikow nach dessen erster Wut über seinen Verlust überzeugen können, dass er ohne Skandal das Gesicht besser wahren könnte. Zwischen den Oligarchen liefen ja Revierkämpfe wie bei Mafiabanden. Wenn ich an seine entgleisten Gesichtszüge denke, als Raschnikow die im Austausch für den Schatz platzierte Wodkaflasche entdeckte …« Viviane lachte leise. »Raschnikow hat wirklich geglaubt, dass ihn die Konkurrenz gelinkt hätte. Unser Dreh für *Pique Dame 4.0* ging also zwei Tage weiter, bevor Raschnikow – angeblich künstlerisch unzufrieden – den Regisseur Kyril Borissev rauswarf. Rollain verschaffte dem einen neuen Auftrag in Frankreich. Das Filmkostüm der Pique Dame habe ich als Andenken mitgenommen.«

»Auf Grandjeans Filmscheinwerfer als Versteck ist also keiner gekommen.«

»Bernard hat den Hohlraum darin wunderbar mit Luftpolsterfolie präpariert. Selbst die Verschraubung hat Bernard künstlich eingestaubt. Ich nehme wohl wirklich besser hinter dem Kühlschrank Deckung, für den Fall, dass dein Schleudertrick funktioniert.«

»Besser ist es. Die Scherben werden durch den Druck herumfliegen.«

Cédric spannte die Muskeln, drückte die Hände auf den Bauch. »Vorsicht, Augen zu!« Er holte Luft …

… und ließ mit aller Kraft die ausgestreckten Beine hochschnellen. Die Flasche traf auf die grobe Kalksteinwand. Der Knall war herrlich, der prasselnde Champagnerregen nass, und Cédric fühlte keine Stiche von Glas.

»Bravo!«, rief Viviane.

»Da liegt eine dicke Scherbe des Flaschenhalses auf dem Regal. In Griffhöhe.« Cédric rappelte sich auf die Knie herum.

»Bin schon fast da.« Viviane hüpfte um die Champagnerlache am Boden herum. »Und habe das Stück.«

Cédric beeilte sich, kam auf die Füße und hüpfte zu Viviane. Sie sägte mit der scharfen Glaskante den Kabelbinder um seine Handknöchel durch. »Nimm die Scherbe!«

Tat das gut! Er spürte endlich wieder Blut in den Fingern.

Cédric befreite Viviane von ihren Fesseln.

»Es geht doch nichts über eine gute Flasche zur rechten Zeit.« Viviane ließ die Arme kreisen wie Cédric und schüttelte die Beine aus.

Cédric stürzte zur Bohlentür und zog das flache Kerbeisen mit den Fingerspitzen unter dem Türblatt hervor.

»Sandrine war schon immer kaltblütig. Sie hat ihre Schluchzer so echt vorgetäuscht, dass ich ihr beinahe geglaubt habe.« Viviane lächelte. »Sie hätte auch Schauspielerin werden können, aber sie interessierte mehr das Kostüm, die textile Seite der Verwandlung.«

»Hoffen wir, dass sich das Kerbeisen nicht bloß verbiegt.« Cédric hebelte am Türrahmen. Zweimal, dreimal.

»Ich hatte nach dem Mord an Bernard furchtbare Angst, dass Raschnikow uns auf den Fersen ist.«

»Sorel hast du wirklich nicht erkannt?« Cédric setzte im Spalt weiter unten neu an und trieb das alte Werkzeug tief hinein.

»Nein, das war ja das Furchtbare. Ich bilde mir viel auf mein Personengedächtnis ein.« Viviane lehnte sich neben

Cédrics Schulter an die Wand. »Aber Sorel war damals nicht nur hellblond, er muss sich auch einer plastischen Chirurgie unterzogen haben und farbige Kontaktlinsen tragen. Für ein neues Leben, was weiß ich. Die Oligarchen sind ja inzwischen auch nicht mehr das, was sie waren.«

»Was genau hat denn Grandjean nun gesagt? Ich habe nur das Bruchstück ›Belmondo‹ zufällig gehört.« Cédric ließ nicht locker, er hebelte mit dem Kerbeisen, aber die Tür gab nicht nach.

»Grandjean nuschelte vor lauter Aufregung. Sandrine glaubte, dass er einen *wie* Belmondo, also einen bezahlten Killer Raschnikows gemeint hatte. Damit kamen auch Gäste infrage, auf die wir vorher gar nicht geachtet hatten.«

Es knackte unter Cédrics Bemühungen im Türrahmen. »Endlich!« Das alte Schloss gab nach.

»Wir müssen uns anschleichen und den Überraschungsmoment nutzen«, flüsterte Cédric.

»Ich weiß nicht einmal, ob es überhaupt stimmt, was Sandrine Sorel vorhin aufgetischt hat. Dass der Tresor drüben im Keller unter der alten Seigneurie zu finden sei.« Viviane sprach sehr leise. »Wir hatten die Informationen rund um den Tresor wirklich unter uns aufgeteilt.«

Auch das noch. »Sorel hat keine Optionen mehr. Womöglich foltert er Sandrine gerade, damit sie die Wahrheit verrät.«

»Bewaffne dich.« Viviane schnappte das Bruchstück des Flaschenhalses aus der Champagnerlache am Boden. »Nimm es, du kannst besser damit umgehen.«

Cédric griff zu und zog die Bohlentür auf.

»In der neuen Bar unter der Seigneurie drüben ist Licht«, flüsterte Viviane hinter ihm und zeigte unter den Gewölbebögen nach vorn.

Ein schwacher Lichtschein tanzte dort unscharf über das Mauerwerk hinweg wie die Spiegelung eines Gegenstands.

Das deckenhohe Gitter dort vorn stand offen. »Beeilen wir

uns«, sagte Cédric. Eine Pistole in der Hand wäre ihm lieber gewesen als diese Glasscherbe.

Viviane nahm im Gehen ihren Pique-Dame-Mantel von der Garderobe und zog ihn über.

28

Das Gewölbe direkt unter der alten Seigneurie glich einer romanischen Kapelle mit drei Bögen, nur dass unter den runden Seitenläufen früher die Fässer der Herrschaft von Lézy geruht hatten.

Cédric verbarg sich hinter einer Kalksteinsäule, Viviane presste sich ihm gegenüber an die nächste.

Die neue Bar war von Sandrine unter dem weiten Mittelbogen eingerichtet worden. Die Stirnseite des Raumes, wo in einer Kapelle der Altar gestanden hätte, zirkelte ein niedriges schwarzes Ziergitter ab. Die Strahler darüber ließen rotgoldene Metallrosen an den gekreuzten Streben glänzen. Dahinter prangte auf einer Wandfliese das aufgemalte Wappen der Grafen der Champagne.

»Wehe, du spielst wieder auf Zeit wie beim Durchgang.« Sorel hielt einen Meter Abstand von Sandrine, die Waffe im Anschlag.

»Ich kann nichts dafür.« Sandrine nestelte an einer Metallblüte. »Die Rosenblätter, die alles zusammenhalten, sind ineinander verhakt. Ich brauche mehr Licht.«

»Wo sind die Schalter?«

Sandrine starrte seitlich ins Halbdunkel, wo der lange Tresen vor Regalen voller Gläser schimmerte. »Links von der Service-Zeile. Auf Hüfthöhe, damit sie optisch nicht stören.«

Sorel wich rückwärts und tastete am Tresen entlang.

Licht aus Schalenlampen an den Säulenkapitelen flutete die Gewölbedecke. Cédric wich in den Schatten zurück.

Im Raum standen rot gepolsterte Causeusen, ein S-förmiges Möbel, das zwei Sessel so verschmolz, dass man einander gegenübersitzen konnte. Die alten Gewölbe waren von Sandrine für Champagnerproben und Empfänge ausgestattet worden.

Drüben vor ihrer Säule hob Viviane die Wangen und kniff die Augen fragend zusammen. *Wann?*

Cédric winkte mit der flachen Hand ab. Sorel war noch nicht abgelenkt genug.

Sandrine kniete sich in ihren Reithosen vor das Rosengitter. »Es sind zwei Sicherheitsverschlüsse. Der Riegel ist im Boden eingehakt wie bei einer Gartentür.« Sie zog daran.

Sorel trat den Gitterflügel einfach zur Seite. »Hinter dem aufgemalten Wappen also.«

Es zeigte über blauem Grund einen weißen Querstreifen, der von zwei Zierbändern aus Goldmäander eingefasst war.

Sandrine verschränkte die Arme in ihrer Reitjacke. »Früher habe ich den Tresor in einem Wäschetrocknergehäuse versteckt. Der Auftrag zur Neugestaltung der Bar hier unten war die Gelegenheit. Die Wand ist das perfekte Versteck, weil niemand weiß, was hinter dem Deko-Wappen wirklich verborgen ist.«

»Quatsch nicht.« Sorel winkte Sandrine mit der Waffe nach vorn.

Sandrine drückte den Rücken in der Reitjacke durch. »Wenn du den Tresor geöffnet hast«, Sandrines Stimme versagte fast, »bringst du mich um, richtig?«

»Ich kann dich auch gleich töten, wenn es dir lieber ist.«

Sorels charmetriefender Tenor ekelte Cédric. Er packte den abgebrochenen Flaschenhals in seiner Rechten fester und machte mit der Linken Viviane Zeichen, dass sie Sandrine aus Sorels Schusslinie zerren sollte.

»Ich brauche dich nicht zum Öffnen. Sicherheitstechnik, damit arbeite ich schon seit über dreißig Jahren. Ich finde den Mechanismus auch ohne dich. Soll ich jetzt abdrücken?« Er streckte den Arm aus und zielte auf Sandrines Herz.

Sie presste die Hände gegen den Hals. »Im oberen goldenen Zierband die dritte Schleife ist in Wirklichkeit ein Drücker.« Sandrine wankte zur Seite.

»*Mais non.* Du tust das – nicht ich. Sonst läufst du mir noch weg.«

Sandrine drehte sich zum Wappen hin.

»Duck dich!« Cédric rannte hinter der Säule hervor und sprang, die Flaschenscherbe gezückt, direkt auf Sorel zu.

Der schoss sofort.

Etwas Hartes streifte Cédrics Arm, aber nur ein bisschen. Noch einen Schritt, dann würde die Flaschenscherbe … Sorel drehte sich zu schnell. Cédric schrammte nur über reißenden Stoff an der Schulter, verfehlte aber Sorels Hals.

»Sandrine, hier rüber«, schrie Viviane.

Cédric setzte einen Bauchhaken, traf aber das Koppel im schwarzen Gürtel. Sorel rammte ihm den Pistolengriff auf den Schädel.

Das helle Gewölbe verschwamm, Viviane kreischte etwas …

Sandrine warf sich vor, packte Sorel am rechten Fuß. Sie biss einfach zu. Er lachte roh. Viviane warf mit einem Champagnerkübel, der aber an Sorels Schulter abprallte.

Sorel beugte sich vor, griff Sandrine unter die Achseln und schleuderte sie gegen Viviane. Die beiden krachten rückwärts gegen den Tresen und sackten davor zu Boden.

Cédric kam nur halb auf die Füße. Sorel wirbelte auf ihn zu, mit der Faust griff er Cédrics Jacke. Ein Knie, ein Fuß hebelten an seiner Hüfte, Cédric verlor die Bodenhaftung. Als ob er kein Gewicht hätte, warf ihn Sorel im großen Bogen vor die Causeuse zurück. Cédric krachte mit dem Rücken auf die Steinfliesen.

Er rang nach Atem.

»Ihr macht keinen Mucks mehr.« Sorel stand breitbeinig vor dem Wappen und dem Rosengitter. Er riss seine Uniformjacke auf.

Um den muskulösen Bauch trug er verdrahtete beige Päckchen. »Ein Sprenggürtel«, rief Cédric. Den Anblickt kannte jeder Polizist von den Antiterror-Fortbildungen.

»Bresson weiß, dass die Ladung ausreicht, die gesamte Seigneurie samt Schatz und euch natürlich in die Luft zu jagen. Außerdem ist damit ein Fernzünder im Rathaus verbunden, wo ich als Croissant-Bote ein paar hübsche Stangen hinterlassen habe. Ihr geht alle drauf, du, die Schlosshexe, deine ganze Gendarmerie-Équipe samt Rathaus.«

Sorel hatte sich gut abgesichert, weil er Vivianes Entführung gleich misstraut hatte. Cédric keuchte am Boden. »Er lügt nicht.«

Viviane zog sich am Polster eines Sessels hoch. »Du warst schon in Petersburg der schwierigste Gegner.«

Sie trat vom Tresen weg und steckte die Hände in die Taschen des Mantels wie im Filmausschnitt von *Pique Dame 4.0*. Sie drehte sich halb und zeigte das schwarze Pique unter dem Kragen. »Wie bei Puschkins Pharo: Du spielst mit ganzem Einsatz.«

»Hui, ich erschrecke mich. Lemonnier macht auf mystisch.« Sorel deutete eine Verneigung an wie bei Hofe. »Nur läuft es diesmal nach meinem Drehbuch.« Sein Finger zeigte auf den Sprenggürtel.

Vivianes rosa geschminkte Lippen verzogen sich in würdevoller Langsamkeit zu einem maliziösen Lächeln, wie es französischer nicht hätte sein können: fast harmlos gleichmäßig, wäre da nicht eine leichte Verschiebung zur linken Wange gewesen, die nichts Gutes verhieß.

Cédric begriff auf einmal, wessen Drehbuch sie alle die ganze Zeit folgten.

»Nur müsst diesmal ihr etwas setzen. Nichts weniger als euer Leben.« Sorel winkte mit der Waffe. »Ihr drei, in den Winkel da hinter das Gitter, damit ihr mir nicht so einfach weglauft. Ihr dürft noch zusehen, wenn ich den Schatz hebe.«

Sandrine schlüpfte mit einem unterdrückten Fluch in den Winkel zwischen Wand und Gitter. Viviane folgte mit der entrückten Verachtung im Gesicht, wie sie wohl Marie Antoinette auf dem Schafott gezeigt hatte. Cédric blieb nichts übrig. Die Drohung mit der Pistole war unerbittlich.

Sorel drückte am Wappen der Champagne auf die dritte Schleife. Ein leises Knirschen. Gleich drei Fliesen wichen unter Sorels Handfläche ins Mauerwerk zurück und seitlich wie eine Schiebetür hinter die Wand.

Zum Vorschein kam ein dunkelgrauer schlichter Tresor mit Messingbeschlägen, Schloss und Drehscheibe. Das Licht der Deckenstrahler erzeugte seltsame Kontraste. Cédric glaubte, dass er im Putz einen Farbunterschied erkannte, eine feine Linie, die zum Tresor führte. Die Sorel im direkten Licht von oben gar nicht bemerkte. Ein Kabel vielleicht …

»Hugo hat mir beim Einbau und bei der Fliesenmechanik geholfen.« Sandrine klang völlig erschöpft. »Er kann handwerklich alles.«

Sorel legte die Pistole griffbereit neben seine Schuhe, streckte sich und zog eine goldene Kette über den Kopf.

»Du trägst Bernards Schlüssel um den Hals.« Vivianes Stimme verdunkelte sich. »Als ob kein Blut daran klebte.«

»Sei still, Schlosshexe, sei einfach still.« Sorel wandte ihr nicht mal den Kopf zu. Den goldenen Schlüssel steckte er ins Tresorschloss unter der Drehscheibe.

Es klackte metallisch dahinter. »Die Riegel sind frei.« Sorels Blick wanderte zu ihnen herüber. Er legte die Finger an den Knauf der Drehscheibe. »Die *combinaison*, Hexe, sonst …« Mit der anderen Hand legte er den Daumen auf einen verkabelten roten Punkt an seinem Sprenggürtel.

Ein metallisches Knirschen ertönte, hoch und spitz, wie verrostete Angeln, die man mit Gewalt drehte.

»Chef?«, rief Amadou aus den Tiefen des Gewölbes.

Cédric hörte Schritte, es mussten noch mehr Kollegen sein.

Sandrine lachte auf. »Sie kommen vom Durchgang vom Rathaus her. Du hast keine Chance.«

»Stehen bleiben, oder alles fliegt in die Luft!«, brüllte Sorel nach vorn.

»Tut nichts ohne meinen Befehl«, übertönte Cédric ihn noch. »Er trägt einen Sprenggürtel!«

Corinne blieb breitbeinig unter dem Hauptbogen stehen, die Dienstwaffe im Anschlag. »Nur damit du es weißt, Sorel, ich habe den Scharfschützen-Lehrgang mit *Auszeichnung* bestanden.« Neben ihr nahm auch Amadou vor einer Säule Stellung.

Hinter den beiden tauchte Hugo Langreval samt Bürgermeister Blaque auf – mit dem Staatssekretär Theuilly-Bazet an ihrer Seite.

»Der hier?«, flüsterte Viviane.

Cédric klappte das Rosengitter einfach vor ihnen zur Seite.

Sorels Blick loderte. »Keinen Schritt weiter!«

»Hören Sie lieber auf ihn«, rief Theuilly-Bazet von vorn. »Er ist einer der international meistgesuchten Agenten.«

»Sie kommen hier niemals heraus.« Cédric blieb drei Schritt vor dem Tresor stehen.

»Oh doch. Der Schatz ist ungemein zerbrechlich. Das werdet ihr nicht riskieren.«

Blaque stöhnte auf und sank in die erstbeste Causeuse.

»Die *combinaison*, sofort.«

Viviane trat neben Cédric. Kleine schwarze Piques prangten auf den Manteltaschen, sie drehte Sorel den Kragen zu. »Ich habe dir den Anfang als Kreidezeichnung *Ty3* am Markt an die Hauswand geschrieben.«

Cédric war sich sicher, dass sie das nur als Warnung getan hatte.

»Buchstaben? Auf der Scheibe gibt es keine kyrillischen Zeichen. Der Tresor braucht drei Ziffern.«

Viviane hob die Hände aus den Manteltaschen und drehte

sich zu den anderen herum. »Du hast alles, was noch fehlt, genau vor dir. Pique Dame ist die Erscheinungsform von Pallas Athena, der klügsten aller Frauen, als Spielkarte. Als Göttin steht sie für Weisheit und Strategie. Ihren Zahlenwert kennst du.«

»Also Ass wie eins. Klar, so arrogant wie dein Mann Rollain war, plus für Pique Dame die Zwölf.«

»Die Zahl der Perfektion.« Viviane breitete die Arme aus wie die Hohepriesterin Athenes am Opfertisch.

Sorel legte die Finger an die Drehscheibe, die der Deckenstrahler gut ausleuchtete. Alle Blicke richteten sich darauf.

»Eins«, sagte Sorel heiser. »Wie schön es in dem Kasten klickt.«

Nur Sandrines Blick rutschte zur feinen Linie unter dem Putz. Ihre Kinnlade schob sich minimal vor, Vorfreude eines Triumphs glomm in ihren Augen auf.

»Lassen Sie es!«, rief Cédric. »Der Tresor steht unter …«

Sorel lachte nur brutal. Er drehte weiter. »Noch eine Eins als erste Ziffer von zwölf. Und die Zwei!«

Klick. Ein irrer Schrei. Das Licht aus den Deckenflutern flackerte. Sorels Stimme kippte in tiefes Brüllen. Sein Arm zuckte vom Stromstoß, wie von Flammen erfasst, der ganze Leib schüttelte sich, als wären seine Glieder gar nicht miteinander verbunden. Sorels Augen verdrehten sich, bis sie ganz weiß wurden.

Er sackte von der unter Strom gesetzten Drehscheibe weg. Sorel kippte rückwärts Cédric vor die Füße. Die Wangen zuckten wie epileptisch, die Beine zappelten noch drei-, viermal. Und fielen schlaff zur Seite.

Corinne und Amadou ließen die Dienstwaffe sinken und rannten herbei.

Sandrine stöhnte auf. »Ist er endlich tot?«

Cédric hielt Sorel die Finger an die Halsschlagader. Die

Haut war kalt, aber vielleicht war es nicht nur Cédrics eigener Puls, der unregelmäßig in seinen Fingerspitzen pochte. »Ruft einen Krankenwagen, schnell.«

»Geht klar.« Amadou griff zum Handy.

Blaque erhob sich von der Causeuse. Theuilly-Bazet kam mit Corinne näher zum Tresor heran.

»Deine Falle ist zugeschnappt.« Sandrine hängte sich bei Viviane ein. »Du hast gewonnen.«

»Pique Dame gewinnt immer.« Viviane lachte befreit. »Hast du das nicht gewusst?«

Bürgermeister Blaque und der Staatssekretär klatschten Beifall.

»Film ist Illusion. Das hätte gerade er wissen können.«

»Ich schalte mal die Stromsicherung des Safes aus.« Sandrine stieg über den niedergestreckten Sorel hinweg.

»Er atmet. Wartet auf die Sanitäter. Schafft ihn dann gefesselt weg.« Cédric machte Corinne Zeichen.

Er wandte sich Viviane zu. »Du hattest von Anfang an vor, den Täter hier mit der Stromfalle zu erledigen.«

»Als Notwehr und nur, falls du ihn nicht vorher gefunden hättest.« Viviane stellte sich auf die Fußspitzen und küsste ihn auf die Wange. »Hast du aber.«

»Das war aber nicht die richtige *combinaison*, nicht wahr, Madame?« Corinne legte Sorel Handschellen an.

»Natürlich nicht.« Ihr Blick fiel zu Sorel hinab, der schmerzvoll stöhnte, weil Amadou ihn unter den Schultern packte und Corinne an den Beinen. »Warum sollte ich ausgerechnet diesem Verbrecher die Wahrheit sagen?«

»Gebt oben Entwarnung.« Cédric nickte Amadou zu. »Aber was befindet sich nun wirklich drin?« Cédric tockte an die graue Front, weil Sandrine hinter dem Tresen den Daumen hob.

»Der größte Schatz der Champagne natürlich.« Viviane maß Theuilly-Bazet, der näherkam, mit dem Blick. »Wir vier, mein Mann Rollain, Grandjean, Sandrine und ich, misstrauten immer der französischen Politik. Deshalb haben wir den Schatz fast dreißig Jahre lang verborgen.« Sie hob den Zeigefinger neben das Ohr und drehte ihn drohend in der Luft. »Es ist ja noch nicht allzu lange her, dass die Oligarchen nicht mehr so arg hofiert werden. Wir vier wollten nicht riskieren, dass der Schatz am Ende heimlich an Raschnikow im Austausch für irgendwelche Rohstoffgeschäfte zurückgegeben wird.«

»Wir hatten uns vorgenommen, bevor wir den Schatz den Franzosen zurückgeben, zu warten, bis von den Oligarchen keine Gefahr mehr drohte.« Sandrine bückte sich hinter dem Tresen neben Hugo. Schubladen rutschten. »Es hat sehr lange gedauert, bis diese entmachtet worden sind. Wir konnten jetzt erst ein *Musée* dafür gründen. Hier in der Seigneurie.«

Cédric legte den Kopf schief. »Also steckst doch du hinter dem Museumsprojekt!«

»Nicht allein.« Viviane seufzte. »Grandjeans Stiftung auch.«

Bürgermeister Blaque legte die Hände vor dem Hemd ineinander. »Und der Schatz, den mir Bernard für unser Lézy-Museum versprochen hat, ist der wirklich …?«

»Die Flasche aller Flaschen! Mach auf, Cédric, und seht selbst!«, rief Viviane.

Hugo tauchte mit Sandrine am Tresen wieder auf und warf Cédric ein paar Isolierhandschuhe zu. »Sicher ist sicher, wegen des Reststroms und so.«

Cédric schlüpfte mit den Fingern hinein. »Ich brauche die *combinaison*, aber diesmal die richtige, Viviane.«

»Wir sind in der Champagne.« Sie schob die Finger ineinander. Sie schaute allen reihum in die Augen. »Wer weiß es? Nimm das Todesjahr von Madame Veuve Cliquot minus das von Dom Pérignon – und du hast die drei Ziffern.«

»Also …« Hugo kratzte sich am Kopf.

Theuilly-Bazet nickte feinsinnig und gab sich mit eleganter Handbewegung geschlagen. Corinne und Amadou seufzten.

»Das ist einfach«, sagte Cédric. Also hatte sich die ganze Büffelei für die Prüfung am *Avize Viti Campus* doch noch gelohnt. »Das wäre dann für die Veuve Cliquot das Jahr 1866, für den Dom Pérignon das Jahr 1715, die Differenz macht 151.«

Eins, klick, Fünf, klick, Eins.

Die Tresortür sprang auf.

»Ich gebe euch mehr Licht«, rief Sandrine in die Stille vom Tresen her.

Der Strahler im Halbrund über dem Wappen leuchtete genau in den Tresor.

Alle rückten näher, formten einen Kreis, bestaunten wie Cédric einen quadratischen Kasten aus heller Eiche. Darin ruhte sie in einem Nest hellgelber Holzwolle. »Sie existiert wirklich, die Flasche aller Flaschen«, flüsterte Cédric.

Sie war bauchiger als die gewöhnliche Normflasche in seinem Jahrhundert. Ihr altes mehr ins Bräunliche spielende Glas war von einer Patina aus hellem Staub und Kalkgriesel überzogen.

»Sie ist noch gestopft wie im achtzehnten Jahrhundert üblich!« Im etwas dickeren Flaschenhals steckte ein von den Jahrhunderten schokoladenbraun gewordener Korken, über dem sich Hanfschnüre kreuzten. »Man ahnt sogar noch das Wachs unter der Patina, das die Schnüre einst geschmeidig gemacht hat.«

»Und vor allem ist der Korken dicht! Sie ist noch gefüllt«, sagte Sandrine. »Gegen diese ehrwürdige alte sind die in den Wracks in der Ostsee gefundenen Flaschen die reinsten Küken.«

Viviane nickte mehrfach. »Diese Flasche stammt aus der Abtei des Dom Pérignon in Hautvillers höchstselbst.«

Theuilly-Bazet räusperte sich. »Um den Abt ranken sich arg viele Mythen.«

Viviane hob die Hände bis auf Schulterhöhe. »Selbst wenn Dom Pérignon vielleicht nicht wirklich der war, der als Erster die Flaschengärung erfunden hat, so war der Abbé es doch, der die Komposition der Basisweine, die Assemblage, so verfeinert hat, dass der Champagner, wie wir ihn seither kennen, geboren war.« Viviane spreizte die Finger, führte die Hände langsam im Kreis zurück und streckte sie zur Flasche hin aus. »Seht hier, der vergilbte Streifen Papier mit der verblassten Galltinte. Man kann es noch entziffern!«

Alle rückten näher.

»Rollain hat damals Schriftvergleiche angestellt. Dom Pérignon hat diese Flasche persönlich Pierre de Montesquiou, dem Comte d'Artagnan, gewidmet, seinem größten Kunden. Am 21. September 1715, drei Tage vor seinem Tod. Ihr habt in der Flasche aller Flaschen den ältesten Champagner überhaupt vor Augen.«

»Wahnsinn«, sagte Corinne.

Blaque fuhr sich mit beiden Händen gleich zweimal über die Frisur. »Das war also das Geschenk, von dem Bernard Grandjean geraunt hat, an die Commune Lézy-le-Sec, wenn wir ein Museum gründen. Wir haben einen nationalen Schatz!«

»Versteht ihr jetzt, dass wir vier alles riskieren mussten, als Französinnen und Franzosen, damit diese Flasche in die Champagne zurückkehrt? Sie gehört auf keinem Fall einem Oligarchen wie Raschnikow, sondern dem französischen Volk!« Sandrine zog die Reitjacke straff. »Deshalb sind wir letztlich alle hierher nach Lézy gezogen, damit wir sie bewachen konnten. Hier gehört die Flasche hin und nirgends sonst!«

Die Glocken im Kirchturm der Sainte Prudentienne schlugen zwölf Uhr Mittag, zwar vom Gewölbe gedämpft, aber alle hörten sie doch.

»Mit ihrer üblichen Verspätung«, sagte Amadou.

Alle lachten in die letzten Schläge hinein.

»Nationales Kulturgut. Sie sagten es eben selbst.« Theuilly-Bazet räusperte sich. »Es steht außer Frage, dass der Élysée darüber entscheidet, wo diese Flasche aufbewahrt, gesichert und der Öffentlichkeit präsentiert werden wird. Dieser Keller gilt bis dahin als versiegelt. Mein Wort gilt als Ministerialverordnung.«

»Wusste ich es doch!« Viviane klatschte in die Hände. »Paris ist einfach nicht zu trauen. Wie gut, dass wir die Flasche damals nicht hergegeben haben, als alle auf Schmusekurs mit den Oligarchen waren. Ich schwöre, sie hätten sie für ein paar Gasfelder eingetauscht.«

Viviane stellte sich vor den Tresor. »Sie kriegen es mit mir zu tun, Staatssekretär. Wenn überhaupt, untersteht die Flasche nicht dem Innen-, sondern dem Kulturministerium. Ich habe Freunde dort, das bedeutet: Lézy-le-Sec hat dort starke Verbündete.« Pique Dame lächelte äußerst knapp. »Wir werden sehen, wer gewinnt.«

Theuilly-Bazet hielt sich aufrecht, die Wangen matt, ganz der hohe Beamte in der Provinz, und hob die Augenbraue.

Aber Cédric wusste, dass der Staatssekretär gerade ebenso wenig zweifelte: Diese Pique Dame gewann immer.

Champagnerflöten klangen am Tresen aneinander. »Sollten wir nicht lieber erst einmal auf die Rettung anstoßen?« Sandrine stellte Gläser bereit.

Bürgermeister Blaque beugte sich hinter den Tresen, Kühlschranktüren ploppten auf. Er holte zwei Flaschen hervor. »Wir haben hier für die Gemeinde ein paar von den besten Flaschen der hiesigen Winzer eingelagert. Die sind zwar nicht so alt wie unser nationales Prachtstück, dafür dürfen wir sie jetzt einfach trinken. Was halten Sie – aus besonderem

Anlass – von einem Jahrgangschampagner von *2008 Perles de la reine* aus der *Maison Cherriot*?«

Die war vor Cédrics Hochzeit und der Umbenennung in Cherriot-Bresson produziert worden. »Mein Schwiegervater schwört, dass es der beste Blanc de Noirs ist, den er je gemacht hat.« Die feinsten Pinot-Meunieur-Trauben aus allen sieben Weinbergen im selben Jahr gekeltert, assembliert und perfekt austariert.

Blaque ließ die Korken knallen. Sandrine goss ein, und Hugo reichte die vollen Gläser herum.

Der *Perles de la reine* duftete wunderbar nach Birnenblüten und Vanille.

Viviane nahm ihre *flûte* huldvoll an.

»Auf die Flasche aller Flaschen.«

Ein vielstimmiger Chor hallte unter dem Gewölbe wider.

Theuilly-Bazet neigte sich Cédric zu. »In vier Tagen so einen Fall zu lösen … Es ist wirklich schade, dass Sie sich gegen die Kriminalpolizei entschieden haben. Sie sind eine kriminalistische Spürnase, die …«

Cédric entdeckte unter dem Duft von Birnenbluten noch einen Hauch Sommerwind, den Schwiegervater eingefangen hatte. Ob das die Trauben aus dem kleinen Weinberg hinter dem Haus waren, die er eifersüchtig nur selbst pflegte?

»Bresson. Nun denn. Auch der Champagner verdient die Besten. Wenn ich allein an Ihren Rosé absolu denke, wünsche ich Ihnen eine große Karriere. Hiermit sind Sie offiziell von der Ermittlung entbunden. Die nötige Dokumentation erledigen Ihre Kollegen bestimmt gern.«

»Aktenvermerke tippen, bis die Finger bluten. Ich liebe das.« Corinne zwinkerte Cédric über den noch immer ohnmächtigen Sorel hinweg zu. »Wenn Amadou und ich noch eine Flasche hiervon mitnehmen dürfen, klappt das vielleicht sogar.«

»Genehmigt. Als letzte Amtshandlung.«

Es war vorbei. Cédric war wieder er selbst.

Viviane berührte seinen Arm. »*Merci.* Maryse wird stolz auf dich sein!«

Das war Cédric selbst. Er, die Spürnase, konnte es noch. Vielleicht war es doch eine gute Idee seiner Frau, einen Champagner *Taux de réussite* – Erfolgsquote – als besondere Spezialität bei Cherriot-Bresson aufzulegen. Vielleicht sogar als Rosé saignée – als blutroten Champagner.

Viviane zog den Staatssekretär vor die nächste Gewölbesäule. »So wie die Dinge liegen … Was wollen wir streiten. Ich könnte mir eine einjährige Präsentation *unseres* Schatzes in Paris vorstellen, während hier die Sicherheitsmaßnahmen in Abstimmung mit dem Élysée erhöht werden.«

»Was für eine ausgezeichnete Idee, Madame. Was halten Sie zusätzlich von …«

Auf die französische Kunst, sich zu arrangieren, verstanden sich die beiden allemal.

Cédric drehte sich um. Im Tresor ruhte auf der Holzwolle die mehr als dreihundert Jahre alte Flasche. Viele Augenpaare würden diese in den kommenden Jahrzehnten in Lézy-le-Sec bewundern.

Die *Perles de la reine* platzten spritzig an seinem Gaumen, der lang anhaltende Geschmack von weißer Birnenblüte nahm Cédric ganz ein. Da war noch ein Element von wilder Vanille. Faszinierend, wie sehr es ihn an einen Kuss von Maryse erinnerte …

29

17 Monate später

Das ganze Louis-XIV-Gedöns im Büro würde sie morgen abräumen lassen. Als gäbe es nicht genug neue französische *créations*. Die Zukunft, *l'avenir*, das Jahr 2040, das war die neue Referenz! Die alten Herren hatten das noch nicht verstanden. Es brauchte eben dringend eine Präsidentin. Und der erste Schritt war getan.

Nach dem Regierungswechsel war Theuilly-Bazet passé, und dessen Status-Mätzchen vergaßen alle im Ministerium am besten gleich mit. Wenigstens war er in Aktenführung so meisterhaft wie in Menschenmanipulation, jedenfalls bis er von ihr matt gesetzt worden war. Sie lächelte.

Nun, seine Versprechungen banden nicht sie, Gwenaelle Kérouac.

In der Champagne gab es einen unerfreulichen Kollateralschaden. Sie würde nicht dulden, dass sich mit Bresson ein solches Talent in Weinbergen vergeudete, wenn Frankreichs Interesse rief!

Dank

Zuallererst gilt mein Respekt all den unermüdlichen Winzerinnen und Winzern, die jahrein, jahraus in den Weinbergen der Champagne stehen. Sie sorgen für die Reben, aus denen von den großen und kleinen Champagnerhäusern in aufwändiger Kellerei-Arbeit dieses wunderbare Getränk gezaubert wird.

Diese besondere Welt wie auch das eine oder andere wunderbare Glas Champagner haben mich zu den Szenen in diesem Buch inspiriert.

Herzlich danke ich meiner Lektorin Regina Roßbach vom Kampa Verlag, die von Anfang an den Stoff begleitet hat, für die vielen wertvollen Hinweise und Anregungen beim Lektorat. Auch möchte ich mich bei meinem Agenten Michael Wenzel von der Editio Dialog Literary Agency bedanken für den entscheidenden Impuls im richtigen Moment.

Mein ganz besonderer Dank gilt Madame Brigitte Batonnet vom CIVC – Comité interprofessionnel du vin de Champagne – für die vielen wertvollen Informationen rund um die Champagnerherstellung und seine Vermarktung, und gerade auch für den humorvollen Blick auf die großen und kleinen Abenteuer, die die Bewohner dieser einzigartigen Region mit dem Champagner erleben.

Je remercie tout particulièrement Madame Brigitte Batonnet du CIVC *– Comité interprofessionnel du vin de Champagne – pour les nombreuses informations précieuses qu'elle a fournies sur la production du champagne et sa commerciali-*

sation, et notamment pour son regard plein d'humour sur les grandes et petites aventures que les habitants de cette région unique vivent avec le champagne.

Und vor allem danke ich D. K. für die unverdrossene Unterstützung und Begleitung in allen Höhen und Tiefen des Autorendaseins.

Carlo Feber

Carlo Feber studierte Politische Wissenschaften an der FU Berlin und am Institut d'études politiques de Paris. Bevor er sich ganz seiner Liebe zur Literatur widmete, war er als Arbeitswissenschaftler bei der Fraunhofer-Gesellschaft und als Projektmanager in einer Berliner Medienagentur tätig. Seit 1995 schreibt er Kriminal- und Historische Romane unter verschiedenen Pseudonymen und gibt Creative-Writing-Seminare. Als 65er-Jahrgang aus dem »Weinland Pfalz« hatte Carlo Feber schon immer einen Gaumen für gute Weine. Auf einer Reise durch die Champagne – während der er seine Leidenschaft für Champagner demi-sec entdeckte – kam ihm die Idee für Cédric Bresson.